DUMONT

Die Kunst, das Geld, die Arbeit, die Liebe zu den Frauen und den Vätern, das Leben bis hin zum – manchmal gewaltsamen – Tod: Das sind die Themen dieses weltumspannenden Romans, der mit dem Prix Goncourt ausgezeichnet wurde. *Karte und Gebiet* ist ein vollendeter Geniestreich von überraschender Zartheit, in dem das einstige Enfant terrible so reif und auf so humorvolle Weise melancholisch erscheint wie nie. Mit diesem von Presse und Publikum gleichermaßen gefeierten Bestseller hat Michel Houellebecq seine Freunde begeistert und seine Feinde versöhnt.

Michel Houellebecq wurde 1958 geboren. Er gehört zu den wichtigsten Autoren der Gegenwart, seine Bücher werden in über vierzig Ländern veröffentlicht. Auf Deutsch ist nahezu sein gesamtes Werk bei DuMont verlegt. Zuletzt erschienen der Gedichtband »Gestalt des letzten Ufers« (2014) sowie sein Roman »Unterwerfung« (2015).

Michel Houellebecq

Karte und Gebiet

Roman

Aus dem Französischen
von Uli Wittmann

DUMONT

Dritte Auflage 2015
DuMont Buchverlag, Köln

Die französische Originalausgabe erschien 2010 unter dem Titel
›La carte et le territoire‹ bei Flammarion, Paris.

Umschlaggestaltung: Zero, München
Umschlagabbildung: Getty Images/© Yasushi Okano
Satz: Angelika Kudella, Köln
Gesetzt aus der DTL Documenta
Druck und Verarbeitung: CPI books GmbH, Leck
Gedruckt auf säurefreiem und chlorfrei gebleichtem Papier
Printed in Germany
ISBN 978-3-8321-6186-6

www.dumont-buchverlag.de

»Die Welt ist meiner überdrüssig,
Und ich bin es ihrer gleichermaßen.«

Karl, Herzog von Orléans

Jeff Koons hatte sich gerade von seinem Sitz erhoben und voller Begeisterung die Arme ausgestreckt. Ihm gegenüber saß Damien Hirst leicht in sich zusammengesunken auf einem weißen Ledersofa, das zum Teil mit Seidenstoff bedeckt war. Er schien im Begriff zu sein, einen Einwand geltend zu machen, auf seinem geröteten Gesicht lag ein mürrischer Ausdruck. Beide trugen einen schwarzen Anzug – Koons einen Nadelstreifenanzug –, ein weißes Hemd und eine schwarze Krawatte. Zwischen den beiden Männern stand auf einem niedrigen Tisch eine Schale mit kandierten Früchten, der keiner von beiden die geringste Aufmerksamkeit widmete. Hirst trank ein Budweiser Light.

Hinter ihnen war durch eine Fensterwand eine Hochhauslandschaft zu sehen, ein babylonisches Gewirr aus riesigen Polygonen, das sich bis zum Horizont erstreckte. Die Nacht war hell, die Luft ungemein klar. Die Begegnung hätte in Katar oder in Dubai stattfinden können; tatsächlich war die Raumausstattung einem Werbefoto aus einer deutschen Hochglanzbroschüre über das Hotel *Emirates* in Abu Dhabi nachempfunden.

Jeff Koons' Stirn glänzte ein wenig. Jed milderte den Glanz mit dem Pinsel ab und trat drei Schritte zurück. Mit Koons gab es ganz offensichtlich ein Problem. Hirst dagegen war leichter darzustellen: Man konnte ihn als brutalen, zynischen Typen wiedergeben, mit einem Ausdruck, der gleichsam besagte: »Ich bin so reich, dass ich es mir leisten kann, auf euch zu scheißen«; man konnte ihn auch als *unbequemen Künstler* darstellen (wenn auch steinreich), der sich in seiner Arbeit *auf ängstliche Weise mit dem Tod auseinandersetzte*; und schließlich hatte sein Gesicht die typisch englischen Züge eines jener hitzköpfigen, pöbelhaften Kerle, wie man sie von den Fans des FC Arsenal kennt. Kurz gesagt, es gab verschiedene Aspekte, die sich jedoch zu einem kohärenten Porträt vereinigen ließen, das einen für seine Generation typischen englischen Künstler repräsentierte. Koons dagegen schien etwas Doppeldeutiges an sich zu haben, eine Art unlösbaren Widerspruch zwischen der üblichen Gerissenheit eines Vertriebsleiters aus der Technikbranche und der Überspanntheit eines Asketen. Schon seit drei Wochen arbeitete Jed am Gesichtsausdruck von Koons, der sich von seinem Sitz erhob und die Arme voller Begeisterung ausstreckte, als wolle er Hirst von etwas überzeugen; es wäre nicht schwieriger gewesen, einen pornografischen Mormonen zu malen.

Er besaß zahlreiche Fotos von Koons: allein, in Begleitung von Roman Abramowitsch, Madonna, Barack Obama, Bono, Warren Buffett oder Bill Gates … Keines dieser Fotos brachte irgendetwas von Koons' Persönlichkeit zum Ausdruck, auf allen glich er einem Verkäufer von Chevrolet-Cabrios, es war die Erscheinung, die er gewählt hatte, um sich der Welt zu präsentieren. Es machte Jed rasend, ebenso wie die Fotografen ihn schon seit langem rasend machten, vor allem die *großen Fotografen* mit ihrem Anspruch, auf den Bildern die *Wahrheit* über ihre Modelle an den Tag zu bringen; sie brachten gar nichts an den Tag, sondern begnügten sich damit, sich vor einen zu stellen und den Auslöser ihres Apparats zu betätigen, um leise glucksend aufs Geratewohl Hunderte von Aufnahmen zu machen, und später wählten sie dann die Fotos der Serie aus, die nicht total misslungen waren. So gingen sie vor, all diese sogenannten *großen Fotografen*, ohne Ausnahme, Jed kannte mehrere von ihnen persönlich und hatte nur Verachtung für sie übrig, in seinen Augen waren sie durch die Bank weg so kreativ wie ein Fotoautomat.

Ein paar Schritte hinter ihm gab der Heizkessel in der Küche eine Folge von kurzen, knackenden Geräuschen von sich. Jed erstarrte. Es war schon der 15. Dezember.

Ein Jahr zuvor hatte sein Heizkessel ungefähr um diese Zeit die gleiche Folge von kurzen, knackenden Geräuschen von sich gegeben, ehe die Heizung ganz ausfiel. Innerhalb weniger Stunden war die Temperatur im Atelier auf 3° Celsius gesunken. Jed hatte es fertiggebracht, ein bisschen zu schlafen oder genauer gesagt ab und zu vorübergehend einzunicken. Gegen sechs Uhr morgens hatte er sich mit den letzten Litern, die sich noch im Warmwasserspeicher befunden hatten, kurz gewaschen, dann hatte er sich einen Kaffee gekocht und auf den Monteur der Firma *Allgemeine Klempnerei* gewartet – sie hatten versprochen, ihm am frühen Vormittag jemanden zu schicken.

Auf ihrer Website versprach die Firma *Allgemeine Klempnerei*, »das Klempnerhandwerk in das dritte Jahrtausend zu überführen«. Sie könnten damit anfangen, ihre Verabredungen einzuhalten, brummte Jed gegen elf Uhr, während er im Atelier auf und ab ging, ohne dass es ihm gelang, sich aufzuwärmen. Er arbeitete zu jener Zeit gerade an einem Porträt seines Vaters, das den Titel *Der Architekt Jean-Pierre Martin gibt die Leitung seines Unternehmens ab* tragen sollte, und das Sinken der Temperatur würde unweigerlich das Trocknen der letzten Farbschicht verzögern. Wie jedes Jahr hatte Jed zugestimmt, zwei Wochen darauf am Heiligabend mit seinem Vater zu Abend zu essen. Er hoffte, das Bild vorher fertigzustellen, und wenn nicht bald ein Klempner kam, drohte die Sache zu scheitern. Eigentlich war das völlig unwichtig, er hatte gar nicht die Absicht, das Bild seinem Vater zu schenken, er wollte es ihm nur *zeigen*; warum maß er der Sache also auf einmal so große Bedeutung zu? Er war wohl gerade wirklich mit den Nerven fertig, er arbeitete zu viel, hatte sechs Gemälde gleichzeitig begonnen, seit mehreren Monaten hatte er so gut wie keine Pause eingelegt, das war ziemlich unvernünftig.

Gegen fünfzehn Uhr beschloss er die Firma *Allgemeine Klempnerei* anzurufen. Es war ständig besetzt. Kurz nach siebzehn Uhr gelang es ihm endlich, jemanden zu erreichen; die für den Kundendienst zuständige Mitarbeiterin machte die aufgrund des Kälteeinbruchs außergewöhnliche Mehrarbeit geltend, versprach ihm aber fest, am folgenden Vormittag jemanden vorbeizuschicken. Jed legte auf und reservierte ein Zimmer im *Hôtel Mercure* am Boulevard Auguste-Blanqui.

Den ganzen nächsten Tag wartete er auf die Ankunft eines Monteurs der *Allgemeinen Klempnerei*, aber auch auf jemanden von der Firma *Ganz einfach Klempner*, die er in der Zwischenzeit erreicht hatte. *Ganz einfach Klempner* versprach zwar die Wahrung der Tradition eines »Klempnerhandwerks von hohem Niveau«, stellte sich aber als ebenso unfähig heraus, eine Verabredung einzuhalten.

Auf dem Bild, das Jed von seinem Vater gemalt hatte, stand dieser auf einem Podium vor den etwa fünfzig Angestellten, die sein Unternehmen zählte, und hob mit einem leicht bitteren Lächeln sein Glas. Die Abschiedsfeier hatte im Großraumbüro seiner Firma stattgefunden, einem durch ein Glasdach erhellten etwa dreißig mal zwanzig Meter großen Raum mit weißen

Wänden, in dem sich mit Computern ausgestattete Arbeitsplätze und auf Böcken ruhende Tischplatten mit maßstabsgetreuen Modellen der in Arbeit befindlichen Projekte abwechselten. Der größte Teil der Mitarbeiter bestand aus jungen Leuten, die wie Nerds aussahen: Das waren die 3-D-Gestalter. Am Fuß des Podiums standen drei Architekten um die vierzig, die seinen Vater umrahmten. Die Gestaltung eines zweitrangigen Gemäldes von Lorenzo Lotto imitierend, mied jeder von ihnen den Blick der beiden anderen, versuchte jedoch den Blick seines Vaters auf sich zu ziehen; wie man sogleich begriff, hegte jeder von ihnen die Hoffnung, seine Nachfolge als Firmenchef anzutreten. Der Blick seines Vaters, der einen imaginären Punkt oberhalb der Köpfe seiner Mitarbeiter fixierte, drückte den Wunsch aus, sein Team ein letztes Mal um sich herum zu versammeln. Es lag ein gewisses Vertrauen in die Zukunft darin, vor allem aber unendliche Trauer. Die Trauer darüber, das Unternehmen zu verlassen, das er gegründet und dem er sein Bestes gegeben hatte, die Trauer angesichts des Unvermeidlichen: Man hatte hier ganz offensichtlich einen Mann vor sich, der am Ende war.

Im Verlauf des Nachmittags versuchte Jed etwa zehn Mal vergeblich, die Firma *The Klemp* zu erreichen, die sich für die Wartemusik ihrer Telefonanlage des Radiosenders Skyrock bediente, während sich *Ganz einfach Klempner* für das Unterhaltungsprogramm des Senders Rires et chansons entschieden hatte.

Gegen siebzehn Uhr ging er ins *Hôtel Mercure*. Über dem Boulevard Auguste-Blanqui brach die Dunkelheit an; ein paar Obdachlose hatten in der Seitenallee ein Feuer gemacht.

Die folgenden Tage verliefen ganz ähnlich: Er wählte die Nummern von Klempnerfirmen, landete fast augenblicklich in einer Warteschleife mit Musik und verharrte in immer eisigerer Kälte neben seinem Gemälde, das nicht trocknen wollte.

Am Vormittag des 24. Dezember bot sich ihm eine Lösung in Gestalt eines kroatischen Handwerkers an, der ganz in der Nähe in der Avenue Stephen-Pichon wohnte – Jed hatte das Schild zufällig auf dem Rückweg vom *Hôtel Mercure* entdeckt. Er könne kommen, ja, sofort. Er war ziemlich klein, hatte schwarzes Haar, eine blasse Gesichtsfarbe, ebenmäßige, feine Züge und einen kleinen Schnurrbart im Stil der *Belle Époque*; tatsächlich ähnelte er Jed sogar ein wenig – abgesehen vom Schnurrbart.

Gleich nachdem er die Wohnung betreten hatte, untersuchte er lange den Heizkessel, nahm die Bedienungseinheit heraus und tastete mit seinen feingliedrigen Fingern das komplizierte Netz der Rohrleitungen ab. Er sprach von Ventilen und Siphons. Er machte den Eindruck, sich im Leben generell ganz gut auszukennen.

Nach einer viertelstündigen Untersuchung stellte er folgende Diagnose: Er könne die Heizung reparieren, ja, er könne eine Art von *Ausbesserung* vornehmen, und zwar für fünfzig Euro, nicht mehr. Aber es handele sich dabei nicht um eine richtige Reparatur, sondern eher um eine Art Flickwerk, das ein paar Monate, bestenfalls ein paar Jahre halten könne. Auf lange Sicht jedoch könne er nichts garantieren, und ganz allgemein gesprochen erscheine es ihm nicht ratsam, auf die Langlebigkeit dieses Heizkessels eine Wette einzugehen.

Jed seufzte. Damit habe er schon fast gerechnet, gab er zu. Er erinnerte sich noch genau an den Tag neun Jahre zuvor, an dem er beschlossen hatte, diese Wohnung zu kaufen; er sah den untersetzten, selbstzufriedenen Wohnungsmakler wieder vor sich, der die außergewöhnliche Helligkeit rühmte, ohne zu verheimlichen, dass die Wohnung leicht »renovierungsbedürftig« sei.

Damals hatte Jed sich gesagt, dass er lieber Wohnungsmakler oder Gynäkologe geworden wäre.

Der untersetzte Wohnungsmakler, der in den ersten Minuten lediglich freundlich gewesen war, verfiel in eine geradezu lyrische Trance, als er erfuhr, dass Jed Künstler war. Es sei das erste Mal, rief er, dass er die Möglichkeit habe, ein *Künstleratelier* an einen *Künstler* zu verkaufen! Jed befürchtete einen Augenblick, er könne seine Solidarität mit authentischen Künstlern bekunden, im Unterschied zu Yuppies und anderen Spießern derselben Sorte, die die Preise in die Höhe trieben und somit den Künstlern den Kauf eines Künstlerateliers verwehrten, aber was soll man da schon machen, nicht wahr, ich kann mich schließlich nicht gegen die Marktlage auflehnen, das ist nicht meine Rolle ... Doch zum Glück kam es nicht dazu, der untersetzte Wohnungsmakler begnügte sich damit, ihm einen Preisnachlass von 10 Prozent zu gewähren – den er ihm vermutlich schon nach der ersten Vorverhandlung einzuräumen beschlossen hatte.

Das »Künstleratelier« war in Wirklichkeit ein Dachboden mit großen Glasfenstern, die allerdings sehr schön waren, und ein paar dunklen Nebenräumen, die selbst für jemanden wie Jed kaum ausreichten, obwohl er nur ein begrenztes Hygienebedürfnis hatte. Aber der Blick war tatsächlich prachtvoll: Jenseits der Place des Alpes konnte man den Boulevard Vincent-Auriol sehen, die oberirdische Metro und in der Ferne die in den Siebzigern erbauten viereckigen Festungen, die in totalem Gegensatz zur Ästhetik der restlichen Pariser Landschaft standen und die Jed vom architektonischen Standpunkt aus allen anderen Gebäuden in Paris vorzog.

Der Kroate nahm die Reparatur vor und steckte die fünfzig Euro ein. Er bot Jed nicht an, eine Rechnung auszustellen, was dieser im Übrigen keineswegs erwartet hatte. Die Tür war gerade hinter ihm ins Schloss gefallen, als es wieder mehrmals kurz klopfte. Jed schob die Tür einen Spalt auf.

»Noch eins, Monsieur«, sagte der Mann. »Fröhliche Weihnachten. Ich wollte Ihnen noch fröhliche Weihnachten wünschen.«

»Ach, richtig«, sagte Jed verlegen. »Das wünsche ich Ihnen auch. Fröhliche Weihnachten.«

In diesem Augenblick wurde ihm klar, dass er wohl ein Problem haben würde, ein Taxi zu bekommen. Wie erwartet weigerte sich *AToute* kategorisch, ihn nach Le Raincy zu fahren, und *Speedtax* war allenfalls bereit, ihn bis zum Bahnhof zu bringen oder zur Not bis zum Rathaus, aber bestimmt nicht in die Nähe der Cité des Cigales. »Eine Frage der Sicherheit, Monsieur …«, flüsterte der Angestellte leicht vorwurfsvoll. »Wir verkehren nur in völlig sicheren Bereichen, Monsieur«, erklärte seinerseits mit aalglatter Arroganz ein Typ von *Voitures Fernand Garcin* am Telefon. Jed bekam allmählich Schuldgefühle, weil er den Heiligen Abend in einem so wenig statthaften Vorstadtviertel wie der Cité des Cigales verbringen wollte, und wie in jedem Jahr nahm er es seinem Vater übel, dass dieser sich beharrlich weigerte, das großbürgerliche, von einem großen Park umgebene Haus zu verlassen, das durch die Bevölkerungsmigration mehr und mehr ins Zentrum eines Viertels rückte, das immer gefährlicher geworden und seit kurzem tatsächlich völlig in die Hand von Gangs geraten war.

Als Erstes hatte sein Vater die Umfassungsmauer verstärkt, sie mit einem Elektrozaun erhöht und durch ein mit der Polizeiwache verbundenes Videoüberwachungssystem aufgerüstet, und all das, damit er einsam durch die nicht zu beheizenden zwölf Zimmer irren konnte, in denen ihn nie jemand besuchte, abgesehen – an jedem Heiligabend – von Jed. Schon seit langem waren die kleinen Geschäfte ringsumher verschwunden, und es war unmöglich, zu Fuß durch die benachbarten Straßen zu laufen – selbst Autos wurden immer öfter an roten Ampeln überfallen. Die Stadtverwaltung von Le Raincy hatte ihm eine Haushaltshilfe bewilligt, eine mürrische, ja boshafte Senegalesin namens Fatty, die von Anfang an eine Aversion gegen ihn entwickelt hatte, sich weigerte, mehr als einmal im Monat die Bettwäsche zu wechseln, und bei den Einkäufen höchstwahrscheinlich einen Teil des Geldes für sich selbst abzweigte.

Wie auch immer, die Temperatur im Raum stieg jedenfalls langsam. Jed machte ein Foto von dem Gemälde, an dem er arbeitete, damit er seinem Vater wenigstens etwas zeigen konnte. Er zog Hose und Pullover aus, setzte sich im Schneidersitz auf die direkt auf dem Boden liegende schmale Matratze, die ihm als Bett diente, und hüllte sich in eine Decke ein. Nach und nach verlangsamte er seinen Atemrhythmus. Er stellte sich Wogen vor, die sich in fahlem Dämmerlicht langsam und träge hoben und senkten. Er bemühte sich, seinen Geist in eine Zone der Ruhe zu lenken, und bereitete sich, so gut er konnte, innerlich darauf vor, wieder einmal einen Heiligabend mit seinem Vater zu verbringen.

Diese geistige Vorbereitung trug Früchte, und der Abend verlief in neutraler, fast geselliger Atmosphäre; schon seit langem erhoffte er sich nicht mehr.

Am nächsten Morgen gegen sieben lief Jed zum Bahnhof in Le Raincy, da er davon ausging, dass auch die Gangs *Heiligabend gefeiert* hatten, und erreichte ungehindert die Gare de l'Est.

Ein Jahr darauf zeigte die Heizung zum ersten Mal wieder ein Zeichen von Schwäche, nachdem die Reparatur so lange gehalten hatte. Das Gemälde *Der Architekt Jean-Pierre Martin gibt die Leitung seines Unternehmens ab* war seit langem beendet und in Erwartung einer Einzelausstellung, die noch immer nicht terminiert war, im Lagerraum von Jeds Galeristen untergebracht. Jean-Pierre Martin selbst hatte – zur Überraschung seines Sohnes und obwohl dieser schon lange darauf verzichtete, das Thema anzuschneiden – beschlossen, die Villa in Le Raincy zu verlassen, um in ein Altersheim mit Pflegestation in Boulogne zu ziehen. Ihr alljährliches Abendessen würde diesmal in einer Brasserie namens *Chez Papa* an der Avenue Bosquet stattfinden. Jed hatte das Restaurant aufgrund einer Anzeige im Citymagazin *Pariscope* ausgewählt, die eine traditionelle Küche *wie zu Großmutters Zeiten* versprach, und dieses Versprechen war im Großen und Ganzen eingehalten worden. Weihnachtsmänner und mit Girlanden geschmückte Christbäume waren hier und dort im halbleeren Saal aufgestellt, der im Wesentlichen von kleinen Gruppen alter oder sogar sehr alter Leute besetzt war, die eifrig, gewissenhaft, ja fast grimmig auf den verschiedenen Gerichten traditioneller Küche herumkauten. Es gab Wildschwein, Spanferkel oder Truthahn und zum Nachtisch natürlich die zu Weihnachten übliche mit

Creme gefüllte Biskuitrolle *wie zu Großmutters Zeiten.* Höfliche, unscheinbare Ober walteten lautlos ihres Amtes wie in einem Zentrum für Brandopfer. Jeds Idee, seinen Vater in ein solches Restaurant einzuladen, hatte etwas Kindisches, das war ihm völlig klar. Der hagere, ernste Mann mit dem schmalen, strengen Gesicht schien sich nie für Gaumenfreuden interessiert zu haben, und die wenigen Male, an denen Jed mit ihm in der Stadt gegessen hatte, um ihn in der Nähe seines Arbeitsplatzes zu treffen, hatte sein Vater ein Sushi-Restaurant gewählt – und zwar immer dasselbe. Es war geradezu pathetisch und ziemlich aussichtslos, eine gastronomische Geselligkeit schaffen zu wollen, für die es keine Grundlage gab und vermutlich nie gegeben hatte – als seine Frau noch am Leben gewesen war, hatte sie es immer gehasst zu kochen. Aber es war eben Weihnachten, und was hätte Jed sonst für ihn tun können? Seinem Vater war es völlig gleichgültig, wie er gekleidet war, er las immer weniger und schien sich kaum noch für irgendetwas zu interessieren. Er war, den Worten der Leiterin des Altersheims zufolge, »relativ gut integriert«, was vermutlich hieß, dass er mit so gut wie niemandem sprach. Im Moment kaute er mühselig auf seinem Spanferkel herum, mit einem Gesichtsausdruck, als handele es sich um ein Stück Gummi. Nichts deutete darauf hin, dass er das schon lange anhaltende Schweigen brechen wollte, und Jed suchte nervös und fieberhaft – er hätte keinen Gewürztraminer zu den Austern trinken sollen, das war ihm schon in dem Augenblick bewusst geworden, als er die Bestellung aufgegeben hatte, denn wenn er Weißwein trank, konnte er keinen klaren Gedanken mehr fassen – nach etwas, das einem Gesprächsthema ähnelte. Wenn er verheiratet gewesen wäre, wenn es wenigstens eine Freundin oder auch nur *irgendeine Frau* in seinem Leben gegeben hätte, wäre die Sache ganz anders verlaufen – Frauen gehen bei solchen Familiengeschichten eben viel geschickter vor als Männer, das ist ihnen gewissermaßen in die Wiege gelegt, und selbst wenn keine Kinder anwesend sind, geben diese immer einen potentiellen Gesprächsstoff ab, und alte Leute interessieren sich bekanntermaßen für ihre Enkelkinder, sie verbinden das mit den Zyklen der Natur oder so, auf jeden Fall entsteht dabei so etwas wie Rührung in ihrem alten Kopf, der Sohn ist zwar der Tod des Vaters, das steht fest, aber für einen Großvater ist der Enkel eine Art Wiedergeburt oder Revanche, und zumindest für die Dauer eines Weihnachtsessens kann so etwas durchaus genügen. Jed sagte sich manchmal, er solle für diese Weihnachtsabende ein Escort Girl engagieren und eine kleine Geschichte erfinden; dazu hätte er das Mädchen nur zwei Stunden vorher kurz über die Situation informieren müssen, sein Vater war nicht sehr neugierig, was Einzelheiten aus dem Leben anderer Leute betraf, eben nicht neugieriger, als Männer es im Allgemeinen sind.

In den romanischen Ländern kann Politik als Gesprächsthema für Männer mittleren oder vorgerückten Alters ausreichen, in den unteren Schichten kann Sport eine weitere Möglichkeit bieten. Bei Leuten, die stark von angelsächsischen Werten beeinflusst sind, wird die Rolle der Politik eher durch Themen aus Wirtschaft und Finanz eingenommen, auch Literatur kann als Zusatzthema dienen. Doch was Jed und seinen Vater betraf, so interessierten sie sich weder für Wirtschaft noch für Politik. Jean-Pierre Martin war im Großen und Ganzen mit der Art einverstanden, wie das Land regiert wurde, und sein Sohn hatte dazu keine Meinung. Alles in allem erlaubte ihnen das aber immerhin, bis zur Käseplatte durchzuhalten, indem sie sich ein Ministerium nach dem anderen vornahmen.

Als die Käseplatte auf einem Rollwagen herbeigeschoben wurde, kam etwas Leben in Jeds Vater, und er fragte seinen Sohn nach dessen künstlerischen Plänen. Leider würde Jed diesmal die Stimmung etwas trüben müssen, denn sein letztes Gemälde *Damien Hirst und Jeff Koons teilen den Kunstmarkt unter sich auf* gefiel ihm überhaupt nicht mehr, er kam nicht voran, seit ein oder zwei Jahren war er von einer Kraft beseelt gewesen, die inzwischen nachließ und allmählich versiegte, aber warum sollte er all das seinem Vater sagen, der konnte nichts dafür, niemand konnte im Übrigen etwas dafür, die Leute konnten angesichts eines solchen Eingeständnisses höchstens ein leichtes Bedauern ausdrücken, denn die zwischenmenschlichen Beziehungen sind letzten Endes ziemlich begrenzt.

»Ich bereite fürs Frühjahr eine persönliche Ausstellung vor«, verkündete er schließlich. »Aber die Sache geht nicht so recht voran. Franz, mein Galerist, möchte gern einen Schriftsteller haben, der das Vorwort zu dem Katalog schreibt. Er hat an Houellebecq gedacht.«

»Michel Houellebecq?«

»Du kennst ihn?«, fragte Jed überrascht. Er hätte nie vermutet, dass sein Vater sich noch in irgendeiner Form für die gegenwärtige Kulturproduktion interessieren könnte.

»Im Altersheim haben wir eine kleine Bibliothek, ich habe zwei Romane von ihm gelesen. Das ist ein guter Autor, wie mir scheint. Liest sich sehr angenehm, und er zeichnet ein ziemlich zutreffendes Bild unserer Gesellschaft. Hat er dir schon geantwortet?«

»Nein, noch nicht …« Jed dachte jetzt blitzschnell nach. Wenn selbst jemand, der zutiefst in einer verzweifelten, ja geradezu tödlichen Routine erstarrt war, jemand, der sich zutiefst in die Schattenseiten des Lebens verkrochen und den düsteren

Weg zum Tod schon betreten hatte wie sein Vater, wenn also so jemand einen Autor wie Houellebecq zur Kenntnis genommen hatte, dann musste wohl wirklich etwas an ihm dran sein. Da wurde Jed plötzlich bewusst, dass er es versäumt hatte, Houellebecq per E-Mail an seine Anfrage zu erinnern, worum Franz ihn schon mehrmals gebeten hatte. Und dabei war die Sache sehr eilig. Aufgrund der Daten von *Art Basel* und *Frieze Art Fair* musste die Ausstellung im April oder spätestens im Mai stattfinden, und man konnte Houellebecq schlecht bitten, ein Vorwort für den Katalog in vierzehn Tagen herunterzuschreiben, er war immerhin ein berühmter, Franz zufolge sogar weltberühmter Autor.

Sein Vater war wieder in seine Lethargie verfallen, er kaute mit ebenso wenig Begeisterung auf seinem Saint-Nectaire herum wie auf dem Spanferkel. Vermutlich geht es auf Mitgefühl zurück, wenn man alten Leuten eine stark entwickelte Esslust unterschiebt, weil man sich einreden möchte, dass ihnen wenigstens das noch bleibt, dabei sterben bei den meisten Menschen vorgerückten Alters auch die Gaumenfreuden unweigerlich ab wie alles andere. Stattdessen bleiben nur noch Verdauungsstörungen und Prostatakrebs.

Ein paar Meter links von ihnen schienen drei Frauen in ihren Achtzigern andächtig vor ihrem Obstsalat zu verharren – vielleicht in Gedenken an ihre verstorbenen Ehemänner. Eine von ihnen streckte die Hand nach ihrem Champagnerglas aus, doch dann ließ sie sie auf den Tisch sinken; ihr Brustkorb hob sich von der Anstrengung. Nach ein paar Sekunden versuchte sie es mit stark zitternder Hand noch einmal, wobei sich ihr Gesicht vor Konzentration verzerrte. Jed nahm sich zusammen, um nicht einzugreifen, doch er wäre sowieso nicht dazu in der Lage gewesen. Selbst der Ober, der ein paar Meter neben ihnen stand und den Vorgang mit besorgtem Blick überwachte, hätte nicht mehr eingreifen können; diese Frau stand jetzt in direktem Kontakt mit Gott. Sie war vermutlich eher um die neunzig als Mitte achtzig.

Damit alles einen guten Abschluss fand, wurde nun der Nachtisch serviert. Resigniert machte sich Jeds Vater über die traditionelle Biskuitrolle her. Jetzt würde die Sache nicht mehr lange dauern. Die Zeit verging auf seltsame Weise zwischen ihnen: Obwohl sie kein Wort wechselten und das an ihrem Tisch nun schon lange andauernde Schweigen eigentlich schwer auf ihnen hätte lasten müssen, schienen die Sekunden und sogar die Minuten mit rasender Geschwindigkeit zu verrinnen. Ohne dass ihm irgendein Gedanke durch den Kopf gegangen wäre, begleitete Jed seinen Vater eine halbe Stunde später zum Taxistand.

Es war erst zehn Uhr abends, doch Jed wusste, dass die anderen Bewohner des Altersheims seinen Vater beneiden würden, weil er zu Weihnachten mehrere Stunden lang mit jemandem zusammen war. »Ihr Sohn ist ein guter Junge«, hatte man schon mehrfach zu ihm gesagt. Nach dem Einzug in ein Altersheim mit Pflegestation befindet sich der ehemalige Senior – der nun unwiderruflich zum *Greis* geworden ist – ein bisschen in der Rolle eines Internatsschülers. Manchmal bekommt er Besuch: Das ist dann ein Moment des Glücks, er kann die Welt erkunden, Schokokekse von Bahlsen essen und den Clown Ronald McDonald treffen. Aber die meiste Zeit bekommt er keinen Besuch: Dann irrt er traurig zwischen den Handballpfosten über das geteerte Gelände des leeren Internats. Er wartet auf die Befreiung, darauf, flügge zu werden.

Als Jed wieder in seinem Atelier war, stellte er fest, dass die Heizung noch funktionierte, die Raumtemperatur war normal, ja sogar recht warm. Er zog sich halb aus, ehe er sich auf seiner Matratze ausstreckte und mit völlig leerem Kopf sofort einschlief.

Er schreckte mitten in der Nacht hoch, der Wecker zeigte 4.43 Uhr an. Im Zimmer war es heiß und stickig. Das Geräusch des Heizkessels hatte ihn geweckt. Aber es war nicht das übliche Knacken. Diesmal gab das Gerät ein tiefes, infraschallartiges Brummen von sich. Jed riss das Küchenfenster auf, dessen Scheiben mit Eisblumen überzogen waren. Kalte Luft drang herein. Sechs Stockwerke tiefer störte ein Grunzen wie von Schweinen die weihnachtliche Ruhe. Er schloss das Fenster sofort wieder. Wahrscheinlich waren Penner in den Innenhof eingedrungen; am folgenden Tag würden sie sich an aus Mülltonnen zusammengesuchten Resten des Weihnachtsmahls gütlich tun. Keiner der Mieter würde es wagen, die Polizei zu rufen, um sie loszuwerden – nicht am Weihnachtstag. Meistens kümmerte sich die Mieterin aus dem ersten Stock darum – eine Frau in ihren Sechzigern, die ihr Haar mit Henna färbte, Patchwork-Pullover in grellen Farben trug und Jeds Einschätzung nach eine Psychoanalytikerin im Ruhestand war. Aber er hatte sie in den letzten Tagen nicht gesehen, sie war vermutlich in Urlaub gefahren – falls sie nicht plötzlich gestorben war. Die Penner würden mehrere Tage lang dort bleiben, der Gestank ihrer Fäkalien würde den Innenhof erfüllen, sodass man unmöglich die Fenster öffnen konnte. Den Mietern gegenüber zeigten sie sich freundlich, sogar unterwürfig, aber die Schlägereien, die sie untereinander anzettelten, waren äußerst brutal und endeten fast immer auf die gleiche Weise: Laute Schreie, wie von einem Todeskampf, drangen in die Nacht, irgendjemand rief den Notarztwagen, und dann fand man einen Typen, der mit halb abgerissenem Ohr in einer Blutlache lag.

Jed ging auf den mittlerweile verstummten Heizkessel zu und hob behutsam die Klappe an, hinter der sich die Bedienungseinheit befand; das Gerät gab augenblicklich ein kurzes Brummen von sich, als fühle es sich von diesem Eingriff bedroht. Eine gelbe Kontrollleuchte blinkte in kurzen Abständen auf, was Jed aber nicht zu deuten wusste. Vorsichtig drehte er den Wärmeregler Millimeter für Millimeter nach links. Falls die Sache schiefgehen sollte, hatte er noch die Telefonnummer des Kroaten; aber übte der seinen Beruf überhaupt noch aus? Er habe nicht die Absicht, »als Klempner zu versauern«, hatte er Jed ohne Umschweife gestanden. Sobald er »ein hübsches Sümmchen« zusammengetragen habe, wolle er in seine Heimat Kroatien zurückkehren, und zwar genauer gesagt auf die Insel Hvar, um dort eine Firma zu gründen, die Jet-Boote vermietete. Nebenbei bemerkt war eines der letzten Projekte, an denen Jeds Vater vor seinem Ruhestand gearbeitet hatte, eine Ausschreibung für den Bau eines luxuriösen Yachthafens in Stari Grad auf der Insel Hvar gewesen, die tatsächlich im Begriff war, ein Reiseziel von Rang zu werden – im vergangenen Jahr hatte man dort Sean Penn und Angelina Jolie begegnen können –, und Jed empfand eine gewisse zutiefst menschliche Enttäuschung bei dem Gedanken daran, dass dieser Mann die Klempnerei an den Nagel hängte, ein durchaus edles Handwerk, um stinkreichen kleinen Scheißern, die in Paris in der Rue de la Faisanderie wohnten, beknackte, lärmende Motorfahrzeuge zu vermieten.

»Worum handelt es sich hier eigentlich?«, ist die Frage, die die Internetseite der Insel Hvar stellt, ehe sie mit folgenden Worten darauf antwortet: »Hier findet man breite Lavendelfelder, uralte Olivenbäume und Weingärten, eine einzigartige Harmonie, deswegen wird ein Gast, der sich der Natur anzunähern versucht, viel lieber einen kleinen Hvarer Weinkeller als ein luxuriöses Hotel aufsuchen. Er wird authentische einheimische Weinsorten anstatt des berühmten Sekts kosten, wird ein altes Insellied anstimmen und seine alltägliche Routine vergessen«, das war es vermutlich, was Sean Penn verlockt hatte; Jed stellte sich die ruhige Nachsaison vor, einen noch milden Oktober, in dem der ehemalige Klempner in aller Ruhe vor einem Risotto aus Meeresfrüchten saß, und diese Wahl war natürlich verständlich, ja sogar durchaus zu entschuldigen.

Fast unwillkürlich näherte er sich dem Gemälde *Damien Hirst und Jeff Koons teilen den Kunstmarkt unter sich auf*, das auf der Staffelei mitten im Atelier ruhte, und wieder überkam ihn ein Gefühl der Unzufriedenheit, das diesmal noch bitterer war. Ihm wurde bewusst, dass er Hunger hatte, was nicht normal war, denn er hatte ein vollständiges Weihnachtsmahl mit seinem Vater eingenommen, inklusive Vorspeise, Käse und Nachtisch, nichts hatte gefehlt, aber er hatte Hunger und ihm war zu warm, er konnte kaum noch atmen. Er kehrte in die Küche zurück, öffnete eine Dose Cannelloni in Soße, verschlang die Nudeln eine nach der anderen und betrachtete dabei mit mürrischer Miene sein missratenes Bild. Koons war ganz eindeutig nicht locker genug geraten, nicht ätherisch genug – vielleicht hätte er ihn mit Flügeln versehen müssen, wie der Gott Merkur dargestellt wird, dachte Jed stumpf; so wie er hier abgebildet war, in seinem Nadelstreifenanzug und mit seinem Handelsvertreterlächeln, ließ er ein wenig an Silvio Berlusconi denken.

In der von *ArtPrice* aufgestellten Rangliste der vermögendsten Künstler nahm Koons weltweit den zweiten Platz ein; seit einigen Jahren hatte ihm der etwa zehn Jahre jüngere Hirst den ersten Rang streitig gemacht. Was Jed anging, so hatte er gut zehn Jahre zuvor den 583. Platz eingenommen – aber immerhin Platz 17 unter den Franzosen. Anschließend war er, wie die Kommentatoren der Tour de France es ausdrücken, »vom Feld geschluckt« worden, ehe er ganz aus der Liste verschwunden war. Er leerte die Dose Cannelloni und entdeckte eine Cognacflasche mit einem kleinen Rest. Dann drehte er die Spots seiner Halogenleiste voll auf und richtete sie auf die Mitte des Gemäldes. Bei näherer Betrachtung stellte er fest, dass selbst die Nacht nicht richtig gelungen war, ihr fehlte die geheimnisvolle Pracht, die man mit Nächten der arabischen Halbinsel verband; er hätte Cölinblau verwenden sollen und nicht Ultramarin. Es war wirklich ein beschissenes Bild, das er da malte. Er nahm einen Spachtel, stach Damien Hirst ein Auge aus und vergrößerte dann mühevoll das Loch – es war eine sehr widerstandsfähige Leinwand aus eng gewebten Leinenfasern. Dann ergriff er die klebrige Leinwand mit einer Hand und zerriss sie mit einem Ruck. Die Staffelei geriet ins Schwanken und stürzte zu Boden. Ein wenig ruhiger geworden, hielt Jed inne, betrachtete seine mit Farbe besudelten Hände und trank den Cognac aus, ehe er mit beiden Füßen auf das Gemälde sprang, es zertrampelte und über den Boden rieb, der allmählich glitschig wurde. Schließlich verlor er das Gleichgewicht und fiel der Länge nach hin, wobei er mit dem Hinterkopf gegen den Rahmen der Staffelei schlug. Er musste aufstoßen und übergab sich, und plötzlich fühlte er sich besser, die frische Nachtluft strich über sein Gesicht, er schloss glücklich die Augen; er hatte ganz offensichtlich das Ende eines Zyklus erreicht.

Erster Teil

I

JED ERINNERTE SICH nicht mehr daran, wann er zu zeichnen begonnen hatte. Vermutlich zeichnen mehr oder weniger alle Kinder, er kannte keine Kinder und war sich daher nicht sicher. Sicher wusste er im Moment nur, dass er damals begonnen hatte, Blumen zu zeichnen – und zwar mit Buntstiften in kleine Hefte.

Hauptsächlich an Mittwochnachmittagen und manchmal auch sonntags hatte er Momente regelrechter Ekstase erlebt, wenn er allein im sonnigen Garten war, während die Babysitterin mit ihrem aktuellen Freund telefonierte. Vanessa war damals achtzehn und studierte im ersten Jahr Wirtschaftswissenschaft an der Universität Saint-Denis/Villetaneuse, und über lange Zeit war sie die einzige Zeugin seiner ersten künstlerischen Versuche gewesen. Sie fand seine Zeichnungen hübsch, das sagte sie ihm, und es war durchaus ehrlich gemeint; dennoch blickte sie ihn manchmal verwundert an. Kleine Jungen zeichnen meistens blutrünstige Monster, Naziabzeichen und Jagdflugzeuge (oder, wenn sie schon weit für ihr Alter sind, Mösen und Schwänze), aber nur selten Blumen.

Jed wusste es damals nicht, und Vanessa ebenso wenig, aber Blumen sind reine Sexualorgane, farbenprächtige Scheiden, die die Oberfläche der Welt schmücken und der Lüsternheit der Insekten preisgegeben sind. Die Insekten, die Menschen und auch andere Tiere scheinen ein Ziel zu verfolgen, sie bewegen sich schnell und zielsicher voran, während die Blumen im Licht bleiben, strahlend schön und unverrückbar. Die Schönheit der Blumen stimmt traurig, weil Blumen empfindlich und dem Tod geweiht sind wie natürlich alles andere auf der Erde, aber in ganz besonderer Weise, und wie bei den Tieren sind ihre sterblichen Überreste nur eine groteske Parodie ihres lebendigen Seins, und wie die der Tiere stinken auch sie – all das begreift man, sobald man einmal den Wechsel der Jahreszeiten miterlebt hat, und Jed hatte es schon im Alter von fünf Jahren oder vielleicht noch früher begriffen, denn der Park, der das Haus in Le Raincy umgab, war voller Blumen und Bäume, und die sich im Wind bewegenden Zweige der Bäume gehörten vielleicht, abgesehen von Wolken und Himmel, zu den ersten Dingen, die er wahrgenommen hatte, als er von einer erwachsenen Frau (seiner Mutter?) in einem Kinderwagen durch den Garten geschoben worden war. Der Lebenswille der Tiere kommt durch schnelle Umwandlungen zum Ausdruck – durch das Befeuchten des Lochs, das Aufrichten des Stängels und anschließend das Ausscheiden der Samenflüssigkeit –, aber das sollte er erst später auf einem Balkon in Port-Grimaud herausfinden, unter Mithilfe von Marthe Taillefer. Der Lebenswille der Blumen kommt durch die Bildung von Flecken in leuchtenden Farben zum Ausdruck, die das banale Grün der natürlichen Landschaft wie auch die im Allgemeinen banale Einförmigkeit der Städte sprengen, zumindest in blumengeschmückten Gemeinden.

Abends kehrte Jeds Vater heim, er hieß »Jean-Pierre«, so nannten ihn seine Freunde. Jed nannte ihn »Papa«. Er war ein guter Vater, so wurde er zumindest von seinen Freunden und Untergebenen angesehen; ein Witwer braucht sehr viel Mut, um ein Kind allein aufzuziehen. In den ersten Jahren war Jean-

Pierre ein wirklich guter Vater gewesen, jetzt war er es nicht mehr so sehr, er ließ immer öfter eine Babysitterin kommen, aß abends häufig außer Haus (meistens mit Kunden, manchmal mit seinen Untergebenen, immer seltener mit Freunden, denn die Zeit der Freundschaften ging für ihn allmählich zu Ende, er glaubte nicht mehr so recht daran, dass man Freunde haben konnte und dass eine freundschaftliche Beziehung im Leben eines Mannes wirklich zählen oder seinen Lebensweg beeinflussen kann), er kehrte abends spät heim und versuchte nicht einmal, mit der Babysitterin zu schlafen, wie es die meisten Männer taten; er hörte sich nur ihren Bericht über den Tagesverlauf an, lächelte seinem Sohn zu und zahlte den geforderten Lohn. Er war das Oberhaupt einer zerfallenen Familie und hatte nicht vor, eine neue zu gründen. Er verdiente viel Geld: Er war Chef eines Bauunternehmens und hatte sich auf die Realisierung von schlüsselfertig übergebenen Ferienwohnungen in Seebädern spezialisiert; er hatte Kunden in Portugal, auf den Malediven und in Santo Domingo.

Jed hatte aus dieser Zeit die Hefte aufbewahrt, die seine sämtlichen damaligen Zeichnungen enthielten, und all das verkam allmählich (das Papier war nicht von hoher Qualität, die Buntstifte ebenso wenig), wenn auch nicht sehr schnell, es konnte vielleicht noch zwei oder drei Jahrhunderte überstehen, Dinge und Lebewesen haben nun einmal eine begrenzte Lebensdauer.

Ein Bild, das vermutlich aus den ersten Jahren seines Jugendalters stammte, eine Gouache, trug den Titel »Heuernte in Deutschland« (das war ziemlich rätselhaft, denn Jed kannte Deutschland nicht und hatte nie eine »Heuernte« miterlebt und erst recht nicht an einer teilgenommen). Im Hintergrund waren verschneite Berge zu sehen, obwohl das Licht ganz offensichtlich an den Hochsommer denken ließ, die Bauern, die das Heu mit Heugabeln auf die Wagen luden, und die an die Fuhrwerke angeschirrten Esel waren in gleichmäßigen lebhaften Farbtönen ohne Schattierungen dargestellt – das Bild war ebenso schön wie ein Cézanne oder was auch immer. Die Frage der Schönheit ist in der Malerei zweitrangig, die großen Maler der Vergangenheit wurden als solche betrachtet, wenn sie eine sowohl kohärente als auch innovative Weltsicht entwickelt hatten; das bedeutet, dass sie immer auf die gleiche Art malten, sich stets derselben Methoden, derselben Vorgehensweisen bedienten, um Objekte der Welt in Objekte der Malkunst zu verwandeln, und dass die Art, die ihnen zu eigen war, noch nie zuvor angewandt worden war. Noch höher wurden sie als Maler geschätzt, wenn ihre Weltsicht erschöpfend zu sein schien und sich dem Anschein nach auf alle Objekte und alle existierenden oder vorstellbaren Situationen anwenden ließ. Das war die klassische Vorstellung von Malerei, mit der man Jed während seiner Ausbildung im Gymnasium vertraut gemacht hatte und die auf dem Konzept der *gegenständlichen Darstellung* beruhte – der gegenständlichen Darstellung, auf die Jed seltsamerweise einige Jahre später im Lauf seiner Karriere zurückgreifen sollte und die, was noch seltsamer war, ihm letztlich Reichtum und Ruhm einbringen sollte.

Jed widmete sein Leben (zumindest sein Berufsleben, das sehr bald mit seinem übrigen Leben verschmelzen sollte) der *Kunst*, der Produktion von Darstellungen der Welt, in denen die Menschen allerdings absolut kein bisschen zu leben brauchten. Und daher konnte er Darstellungen produzieren, die eine gewisse Kritik enthielten – zumindest bis zu einem bestimmten Grad, denn die Kunst wie auch die gesamte Gesellschaft tendierten in Jeds Jugendjahren dazu, die Welt zu akzeptieren, manchmal sogar mit Begeisterung, meistens aber mit einer gewissen Ironie. Sein Vater dagegen verfügte nicht über die Freiheit dieser Wahl; er musste Wohneinheiten produzieren, bei deren Konzeption er sich keinerlei Ironie leisten konnte, weil Menschen darin wohnen und die Möglichkeit haben sollten, sich dort wohlzufühlen, zumindest für die Dauer ihres Urlaubs. Und falls in diesen Wohnmaschinen irgendwelche ernsthaften Funktionsstörungen auftreten sollten – wenn zum Beispiel ein Fahrstuhl abstürzte oder die Toiletten verstopft waren –, war er dafür verantwortlich. Keinerlei Verantwortung trug er dagegen für den Fall, dass der Ferienwohnungskomplex von einer rohen, gewalttätigen Bevölkerungsgruppe überfallen wurde, welche die Polizei oder die zuständigen Behörden nicht unter Kontrolle zu halten imstande waren; im Fall eines Erdbebens konnte er nur in begrenztem Maß zur Verantwortung gezogen werden.

Der Vater seines Vaters war Fotograf gewesen – seine Abstammung verlor sich in einem ziemlich unappetitlichen, seit vordenklichen Zeiten stagnierenden Sozialsumpf, der im Wesentlichen aus Landarbeitern und armen Bauern bestanden hatte. Was hatte bloß diesen aus armseligen Verhältnissen stammenden Mann dazu veranlassen können, sich mit den gerade im Entstehen begriffenen Techniken der Fotografie auseinanderzusetzen? Jed hatte nicht die geringste Ahnung, sein Vater ebenso wenig. Und doch war er der Erste in einer langen Ahnenfolge gewesen, der das Joch der simplen gesellschaftlichen Reproduktion des Immergleichen abgeschüttelt hatte. Er hatte sich sein Brot damit verdient, zumeist Hochzeiten, manchmal eine Erstkommunion oder das Abschlussfest zum Ende des Schuljahres in einer Dorfschule zu fotografieren. Da er in der Creuse lebte, einem seit jeher stiefmütterlich behandelten, weitab vom Schuss liegenden Departement, hatte er so gut wie nie die Gelegenheit gehabt, die Einweihung von Gebäuden oder den Besuch von Politikern nationaler Bedeutung zu fotografieren. Er übte einen bescheidenen, schlecht bezahlten Handwerksberuf aus, und dass sein Sohn den Architektenberuf ergriff, war als solches schon ein echter sozialer Aufstieg – ganz zu schweigen von seinem späteren Erfolg als Unternehmer.

Als Jed sein Kunststudium an der Pariser École des Beaux-Arts begann, hatte er das Zeichnen bereits zugunsten der Fotografie aufgegeben. Zwei Jahre zuvor hatte er im Haus seines Großvaters eine Fachkamera auf dem Dachboden gefunden – eine Linhof Master Technika Classic –, die dieser zum Zeitpunkt, da er in den Ruhestand gegangen war, schon nicht mehr benutzt hatte, die aber noch perfekt funktionierte. Jed war damals von diesem vorsintflutlichen Objekt fasziniert gewesen, das schwer und seltsam war, aber von außergewöhnlicher Qualität, was die Fertigung betraf. Nach ein paar tastenden Versuchen hatte er schließlich gelernt, wie man mit Hilfe von exzentrischer Verstellung und dem gegeneinander Verkippen von Film- oder Objektivebene nach der scheimpflugschen Regel gut fokussierte Fotos erhielt, ehe er sich einem Bereich zuwandte, der ihn während seines ganzen Studiums nahezu ausschließlich beschäftigen sollte: die systematische fotografische Wiedergabe der gewerblichen und industriellen Erzeugnisse der Welt. Er machte die Aufnahmen in seinem Zimmer, meistens bei natürlicher Beleuchtung. Aktenhefter in Hängevorrichtungen, Faustwaffen, Terminkalender, Druckerpatronen, Gabeln: Nichts entzog sich seinem enzyklopädischen Ehrgeiz, der darin bestand, einen erschöpfenden Katalog der Gegenstände menschlicher Fertigung im industriellen Zeitalter zu erstellen.

Dieses grandiose und zugleich manische, um nicht zu sagen etwas verrückte Projekt brachte ihm zwar die Anerkennung seiner Hochschullehrer ein, erlaubte ihm aber nicht, sich einer der Gruppen anzuschließen, die sich in seinem Umfeld auf der Grundlage gemeinsamer ästhetischer Ambitionen oder mit der eher prosaischen Absicht bildeten, sich als geschlossene Gruppe auf dem Kunstmarkt zu etablieren. Dennoch schloss er einige, wenngleich nicht sehr intensive Freundschaften, ohne zu ahnen, von welch kurzer Dauer diese sein würden. Auch Liebesbeziehungen ging er ein, von denen ebenfalls so gut wie keine länger anhalten sollte. An dem Tag nachdem er sein Diplom erhalten hatte wurde ihm bewusst, dass er fortan ziemlich allein sein würde. Das Resultat seiner Arbeit der vergangenen sechs Jahre bestand aus etwas mehr als elftausend Fotos. Im TIFF-Format gespeichert, ließen sie sich als Kopien in Form von JPEG-Dateien mit herabgesetzter Auflösung mühelos auf einer etwas über 200 Gramm wiegenden 640-Gigabyte-Festplatte der Marke Western Digital unterbringen. Er verstaute sorgsam seine Fachkamera und seine Objektive (er verfügte über ein Rodenstock Apo-Sironar 105 mm, f/5,6 und ein Fujinon 180 mm, f/5,6) und betrachtete dann seine restliche Habe. Er besaß einen Laptop, einen iPod, ein paar Kleidungsstücke und einige Bücher: also im Grunde nicht sehr viel, all das würde leicht in zwei Koffer passen. Das Wetter in Paris war schön. Er war in diesem Zimmer nicht unglücklich, aber auch nicht sonderlich glücklich gewesen. Sein Mietvertrag lief in einer Woche aus. Er überlegte, nach draußen zu gehen, um noch einen letzten Spaziergang durch sein Viertel zu machen, zum Beispiel an den Ufern des Arsenal-Beckens – dann rief er seinen Vater an, um ihn zu bitten, ihm beim Umzug zu helfen.

Ihr Zusammenleben in dem Haus in Le Raincy – zum ersten Mal seit sehr langer Zeit, tatsächlich zum ersten Mal seit Jeds Kindheit, von ein paar Schulferien abgesehen – entpuppte sich sofort als unkompliziert und zugleich ziemlich unausgefüllt. Sein Vater arbeitete damals noch sehr viel, er war weit davon entfernt, die Leitung seines Unternehmens abzugeben, und kehrte abends selten vor einundzwanzig, wenn nicht gar zweiundzwanzig Uhr heim. Dann ließ er sich vor dem Fernseher in einen Sessel sinken, während Jed eines der Fertiggerichte aufwärmte, die er ein paar Wochen zuvor im riesigen Carrefour-Supermarkt in Aulnay-sous-Bois gekauft und in den Kofferraum des Mercedes gepackt hatte; er bemühte sich, die Gerichte zu variieren, um ein gewisses Ernährungsgleichgewicht zu erzielen, er hatte auch Käse und Obst eingekauft. Sein Vater schenkte dem Essen ohnehin kaum Aufmerksamkeit, er zappte schlaff durch die Kanäle und sah sich schließlich meistens auf dem Kabelsender LCI eine der ermüdenden Debatten über Wirtschaftsprobleme an. Nach dem Abendessen ging er beinahe augenblicklich ins Bett, morgens war er fort, ehe Jed aufgestanden war. Das Wetter war sonnig und fast jeden Tag gleichmäßig warm. Jed ging unter den Bäumen des Parks spazieren, setzte sich mit einem Philosophiebuch in der Hand, das er im Allgemeinen nicht aufschlug, unter eine hohe Linde. Kindheitserinnerungen kamen ihm in den Sinn, aber nicht sehr viele; dann ging er wieder ins Haus, um sich die Tour de France im Fernsehen anzusehen. Er hatte eine Vorliebe für die endlosen, langweiligen Aufnahmen aus dem Hubschrauber, die das Peloton zeigen, das sich scheinbar träge durch die französische Provinzlandschaft bewegt.

Jeds Mutter Anne entstammte einer kleinbürgerlichen jüdischen Familie – ihr Vater hatte ein kleines Juweliergeschäft in einem abgelegenen Pariser Stadtviertel besessen. Mit fünfundzwanzig hatte sie Jean-Pierre Martin geheiratet, der damals ein junger Architekt gewesen war. Es war eine Liebesheirat gewesen, und einige Jahre später hatten sie einen Sohn gezeugt, der in Gedenken an ihren geliebten Onkel den Vornamen Jed bekam. Ein paar Tage vor dem siebten Geburtstag ihres Sohnes nahm sie sich das Leben – Jed erfuhr das erst viele Jahre später durch eine Indiskretion seiner Großmutter väterlicherseits. Seine Mutter war damals vierzig Jahre alt gewesen, ihr Mann siebenundvierzig.

Jed hatte fast keine Erinnerungen mehr an seine Mutter, und ihr Selbstmord war kein Thema, das er im Verlauf seines Aufenthalts in der Villa in Le Raincy anschneiden konnte; er wusste, dass er zu warten hatte, bis sein Vater von sich aus darüber sprach – und wusste zugleich, dass es vermutlich nie dazu kommen und sein Vater dieses Thema, so wie alle anderen Themen, bis zum Schluss meiden würde.

Ein Punkt musste jedoch geklärt werden, und das besorgte schließlich sein Vater an einem Sonntagnachmittag, nachdem sie sich gemeinsam eine kurze Etappe – das Zeitfahren von Bordeaux – angesehen hatten, die zu keiner wesentlichen Änderung in der allgemeinen Platzierung geführt hatte. Sie saßen im Bibliothekszimmer – dem mit Abstand schönsten Raum der Villa, der mit Eichenparkett und englischen Ledermöbeln ausgestattet war und in dem aufgrund seiner bunten Glasfenster immer ein leichtes Halbdunkel herrschte; in den Regalen an allen vier Wänden standen beinahe sechstausend Bücher, hauptsächlich im neunzehnten Jahrhundert veröffentlichte wissenschaftliche Abhandlungen. Jean-Pierre Martin hatte das Haus vierzig Jahre zuvor zu einem günstigen Preis von dem damaligen Besitzer erworben, der dringend Geld brauchte. Seinerzeit war diese Gegend noch völlig sicher gewesen, es war ein gutbürgerliches Viertel mit Einfamilienhäusern und vereinzelten Villen, und er hatte gehofft, dort ein glückliches Familienleben führen zu können; das Haus bot auf jeden Fall genug Raum für eine kinderreiche Familie und hätte es erlaubt, häufig Freunde zu empfangen, aber nichts von alledem war letztlich eingetreten.

In dem Augenblick, da auf dem Bildschirm wieder Michel Druckers Gesicht mit dem unvermeidlichen Lächeln zu sehen war, schaltete sein Vater den Ton ab und wandte sich seinem Sohn zu. »Hast du vor, eine künstlerische Laufbahn einzuschlagen?«, fragte er ihn. Jed bejahte. »Aber momentan verdienst du noch nicht genug, um deinen Lebensunterhalt zu sichern, sehe ich das richtig?« Jed gab ihm eine differenzierte Antwort. Zu seiner eigenen Überraschung war er im Verlauf des vergangenen Jahres von zwei Fotoagenturen angerufen worden. Die erste war auf Objektfotografie spezialisiert und hatte Kunden wie Quelle und La Redoute, für deren Kataloge sie die Fotos realisierte; manchmal verkauften sie ihre Aufnahmen auch an Werbeagenturen. Die zweite hatte sich auf die Gastronomiefotografie spezialisiert, Zeitschriften wie *Notre Temps* oder *Femme Actuelle* nahmen regelmäßig ihre Dienste in Anspruch. Diese Zweige genossen kein hohes Ansehen und zahlten nicht sonderlich gut: Ein Mountainbike oder einen Kartoffelauflauf zu fotografieren brachte sehr viel weniger ein als ein entsprechendes Foto von Kate Moss oder sogar George Clooney, aber die Nachfrage war beständig, unterlag keinen Konjunkturschwankungen und konnte ein annehmbares Einkommen garantieren: Jed war daher, wenn er sich die Mühe machte, nicht ganz mittellos; außerdem fand er es wünschenswert, sich weiterhin als Fotograf praktisch zu betätigen, wenn auch nur im Rahmen reiner Fotografie. Er begnügte sich damit, perfekt belichtete, gestochen scharfe Aufnahmen auf Planfilm abzuliefern, die die Agentur scannte und nach Belieben modifizierte. Er zog es vor, sich nicht mit dem Retuschieren der Fotos abzugeben, weil das vermutlich diversen kommerziellen Zwängen und Werbungskriterien unterlag, und begnügte sich damit, technisch perfekte, ansonsten aber neutrale Negative abzuliefern.

»Es freut mich, dass du finanziell unabhängig bist«, erwiderte sein Vater. »Ich habe in meinem Leben einige Typen kennengelernt, die Künstler werden wollten und von ihren Eltern finanziell unterstützt wurden – keiner von ihnen hat den Durchbruch geschafft. Es ist seltsam, man möchte meinen, dass das Bedürfnis, sich auszudrücken und eine Spur in der Welt zu hinterlassen, eine starke Kraft sein müsse; dennoch reicht das im Allgemeinen nicht aus. Was noch immer am besten funktioniert und die Menschen mit Macht dazu drängt, über sich hinauszuwachsen, ist und bleibt ganz einfach das Bedürfnis nach Geld.

Ich werde dir trotzdem helfen, eine Wohnung in Paris zu kaufen«, fuhr er fort. »Es ist gewiss notwendig für dich, dass du wieder unter Leute kommst und Kontakte knüpfst. Außerdem kann man das als Geldanlage ansehen, auf dem Markt herrscht gerade eine ziemliche Flaute.«

Auf dem Bildschirm war inzwischen ein Komiker zu sehen, den Jed wiederzuerkennen glaubte. Dann erschien die Großaufnahme eines selig lachenden Michel Drucker. Jed sagte sich plötzlich, dass sein Vater vielleicht ganz einfach Lust hatte, allein zu leben; der Kontakt zwischen ihnen war nie richtig wiederhergestellt worden.

Zwei Wochen später kaufte Jed das Atelier am Boulevard de l'Hôpital im nördlichen Teil des 13. Arrondissements, in dem er immer noch wohnte. Die meisten Straßen in der Nähe waren nach Malern benannt – Rubens, Watteau, Veronese, Philippe de Champaigne –, was sich zur Not als gutes Vorzeichen interpretieren ließ. Nüchterner betrachtet, war er nicht weit von den neuen Kunstgalerien entfernt, die in dem Viertel rings um die Nationalbibliothek eröffnet worden waren. Er hatte über den Kaufpreis nicht wirklich verhandelt, sich aber trotzdem über die Marktlage informiert; überall in Frankreich brachen die Preise zusammen, vor allem in den Städten, und trotzdem standen die Wohnungen leer und fanden keine Abnehmer.

II

JED HATTE ZWAR SO GUT WIE keine visuellen Erinnerungen an seine Mutter, aber er hatte natürlich Fotos von ihr gesehen. Sie war eine hübsche Frau mit blasser Gesichtsfarbe und langem schwarzem Haar gewesen, und auf manchen Aufnahmen konnte man sie durchaus als schön bezeichnen – sie ähnelte ein bisschen dem Porträt von Agathe von Astighwelt, das im Museum von Dijon hängt. Sie lächelte nur selten auf diesen Bildern, und selbst ihr Lächeln schien noch eine gewisse Beklemmung zu überdecken. Sicher wurde man von der Tatsache beeinflusst, dass sie sich das Leben genommen hatte, aber selbst wenn man versuchte, sich von diesem Gedanken zu befreien, ging etwas Unwirkliches oder zumindest Zeitloses von ihr aus. Man konnte sie sich leicht auf einem Gemälde des Mittelalters oder der frühen Renaissance vorstellen; dagegen schien es unwahrscheinlich, dass sie in den sechziger Jahren ein *Teenager* gewesen sein könne, ein *Transistorradio* besessen habe oder zu *Rockkonzerten* gegangen sei.

In den ersten Jahren nach ihrem Tod hatte Jeds Vater sich bemüht, die Schularbeiten seines Sohnes zu beaufsichtigen, außerdem unternahmen sie an den Wochenenden immer etwas gemeinsam, gingen zu McDonald's oder ins Museum. Doch dann weitete sich das Betätigungsfeld seiner Firma fast unvermeidlich immer mehr aus; sein erster Vertrag im Bereich der Realisierung schlüsselfertig übergebener Ferienwohnungen in Seebädern war ein glänzender Erfolg gewesen. Nicht nur die Termine und die anfänglich vereinbarten Kostenvoranschläge wurden eingehalten – was an sich schon eher selten war –, sondern die Verwirklichung der Bauten wurde für ihre Ausgewogenheit und die umweltfreundliche Konzeption einhellig gelobt – in der Regionalpresse und in den französischen Fachzeitschriften für Architektur waren überschwängliche Artikel veröffentlicht worden, und die Beilage »Styles« der Tageszeitung *Libération* hatte dem Projekt eine ganze Seite gewidmet. In Port-Ambarès, war da zu lesen, habe er es verstanden, sich der »Quintessenz der mediterranen Bauweise« anzunähern. Dabei hatte er seiner Ansicht nach lediglich in einheitlich mattem Weiß gehaltene Betonwürfel unterschiedlicher Größe aneinandergereiht, die nach dem Prinzip der traditionellen marokkanischen Häuser konzipiert waren, und diese durch Gruppen von Oleandersträuchern voneinander getrennt. Jedenfalls bekam er nach diesem ersten Erfolg eine Flut von Aufträgen und musste immer öfter Auslandsreisen machen. Als Jed in die siebte Klasse kam, beschloss sein Vater, ihn ins Internat zu schicken.

Er entschied sich für das Jesuitenkolleg in Rumilly im Departement Oise. Es war zwar ein Privatgymnasium, aber keines von denen, die einer Elite vorbehalten waren; im Übrigen hielt sich die Höhe des Schulgelds durchaus in Grenzen, der Unterricht war nicht zweisprachig und das Sportangebot in keiner Weise extravagant. Die Schüler des Kollegs von Rumilly waren keine Sprösse steinreicher Eltern, sondern stammten eher aus konservativen Kreisen der ehemaligen Bourgeoisie (viele der Väter waren Berufsoffiziere oder Diplomaten), waren jedoch keine fundamentalistischen Katholiken – meistens waren die Kinder nach einer langen, komplizierten Scheidung ins Internat geschickt worden.

Die Gebäude waren nüchtern und eher hässlich, boten aber akzeptable Wohnbedingungen – die Schüler der unteren Stufen waren in Doppelzimmern untergebracht, hatten aber Anrecht auf ein Einzelzimmer, sobald sie in die zehnte Klasse kamen. Die Stärke des Kollegs, das Hauptargument, welches das Internat geltend machte, war die pädagogische Betreuung, die jedem einzelnen Schüler zugute kam – und tatsächlich hatte die Erfolgsquote beim Abitur seit der Gründung der Schule immer über 95 Prozent gelegen.

Innerhalb dieser Mauern sollte Jed seine Jugendjahre verbringen, die im Wesentlichen arbeitsam und trübselig verliefen. Bisweilen unternahm er auch lange Spaziergänge unter dem äußerst finsteren Nadeldach der von Tannen gesäumten Parkwege. Er beklagte sich nicht über sein Schicksal und stellte sich kein anderes vor. Die Raufereien unter den Schülern waren manchmal sehr gewaltsam, die Erniedrigungen, die sie sich gegenseitig zufügten, brutal und quälerisch, und Jed, der empfindsam und schmächtig war, wäre nie imstande gewesen, sich zu verteidigen; aber es hatte sich herumgesprochen, dass er einen Elternteil verloren hatte, und zwar die Mutter. Dieser Schmerz, den seine Mitschüler nicht kannten, schüchterte sie ein, und daher war Jed gleichsam von einem Schutzwall furchtsamer Achtung umgeben. Er hatte keinen engen Freund und suchte nicht die Freundschaft anderer. Dagegen verbrachte er ganze Nachmittage in der Bibliothek, und als er mit achtzehn das Abitur machte, besaß er ein für die jungen Leute seiner Generation ungewöhnlich umfangreiches Wissen über den Schatz der

Weltliteratur. Er hatte Platon, Aischylos und Sophokles gelesen; er hatte Racine, Molière und Victor Hugo gelesen; er kannte Balzac, Dickens, Flaubert, die deutschen Romantiker und die russischen Romanschriftsteller. Und er war, noch erstaunlicher, mit den grundlegenden Dogmen des katholischen Glaubens vertraut, welche die westliche Kultur zutiefst geprägt hatten – während seine Zeitgenossen im Allgemeinen weniger über das Leben Jesu wussten als über das von Spider-Man.

Dieser Eindruck von etwas altmodischem Ernst, den er vermittelte, sollte die Hochschullehrer, die seine Bewerbungsunterlagen für die École des Beaux-Arts zu begutachten hatten, positiv beeinflussen; offenbar hatten sie es mit einem originellen, kultivierten, ernsthaften und vermutlich arbeitsamen Kandidaten zu tun. Das Dossier, das er vorlegte, trug den Titel »Dreihundert Fotos von Objekten aus dem Eisenwarenhandel« und zeugte von erstaunlicher ästhetischer Reife. Jed hatte es vermieden, den Glanz der Metallgegenstände und den bedrohlichen Charakter ihrer Formen hervorzuheben, stattdessen hatte er eine neutrale, nicht sehr kontrastreiche Beleuchtung gewählt und die Artikel des Eisenwarenhandels auf einem Hintergrund von mittelgrauem Samt fotografiert. Schrauben, Muttern und Rollgabelschlüssel wirkten so geradezu wie Juwelen mit diskretem Schimmer.

Dagegen hatte er große Mühe gehabt (und diese Schwierigkeit sollte ihn sein ganzes Leben begleiten), eine schriftliche Präsentation seiner Fotos zu verfassen. Nach diversen Versuchen, die Wahl seines Themas zu rechtfertigen, nahm er schließlich zu einer Darstellung reiner Fakten Zuflucht und begnügte sich damit zu unterstreichen, dass die einfachsten, aus Stahl hergestellten Gegenstände aus dem Eisenwarenhandel bereits eine

Fertigungspräzision von 1/10 Millimeter besaßen. Die für einen hochwertigen Fotoapparat oder einen Formel-1-Motor erforderlichen Bauteile fielen schon fast in den Bereich der Präzisionsmechanik; sie wurden im Allgemeinen aus Aluminium oder einer Leichtmetalllegierung gefertigt, und ihr Präzisionsgrad wurde in 1/100 Millimetern bemessen. Die Hochpräzisionsmechanik schließlich, die zum Beispiel in der Uhrenindustrie oder in der Zahnchirurgie zur Anwendung kam, griff auf Titan zurück, die Toleranzgrenze der Werkstücke wurde in diesem Fall in Mikrometer-Einheiten gemessen. Zusammenfassend ließ sich, wie Jed die Argumentation etwas abrupt und verkürzend auf den Punkt brachte, bis zu einem gewissen Grad eine Parallele zwischen der Geschichte der Menschheit und der Geschichte der Metallverarbeitung herstellen – das erst seit kurzem angebrochene Zeitalter der Polymere und Plastikerzeugnisse war ihm zufolge noch zu jung, um eine wirkliche geistige Veränderung herbeizuführen.

Kunsthistoriker, die gewandter im Umgang mit der Sprache waren, merkten später an, dass schon dieses erste von Jed realisierte Projekt wie alle seine späteren Projekte – unabhängig von den Medien, die er verwendet hatte – in gewisser Weise eine *Würdigung der menschlichen Arbeit* darstellte.

Und so begann Jed seine Künstlerlaufbahn mit dem ausschließlichen Ziel – dessen illusorischer Charakter ihm nur selten bewusst wurde –, eine objektive Beschreibung der Welt zu liefern. Trotz seiner klassischen Bildung war er – im Gegensatz zu dem, was später oft über ihn geschrieben wurde – keineswegs von religiöser Ehrfurcht vor den alten Meistern beseelt; schon zu jener Zeit zog er Mondrian und Klee bei weitem Rembrandt und Velasquez vor.

In den ersten Monaten nach seinem Umzug ins 13. Arrondissement verbrachte er die meiste Zeit mit Nichtstun, außer wenn er sich den durchaus zahlreich eintreffenden Aufträgen für Objektfotografie widmete. Doch eines Tages, als er eine Festplatte von Western Digital auspackte, die ihm gerade von einem Kurierdienst gebracht worden war und von der er für den folgenden Tag Fotos aus verschiedenen Blickwinkeln abliefern sollte, wurde ihm klar, dass er mit der Objektfotografie Schluss machen würde – zumindest auf dem Gebiet der Kunst. Es war, als habe die Tatsache, dass er diese Objekte inzwischen zu rein beruflichen, kommerziellen Zwecken fotografierte, für ihn jede Möglichkeit zunichte gemacht, sie im Rahmen eines schöpferischen Projekts zu verwenden.

Diese Gewissheit, die sich ihm ebenso plötzlich wie unerwartet aufdrängte, löste bei ihm eine milde Depression aus, in deren Verlauf seine tägliche Abwechslung im Wesentlichen darin bestand, sich *Fragen an den Champion* anzusehen, eine Sendung, die Julien Lepers moderierte. Durch seine Hartnäckigkeit und seine unglaubliche Arbeitswut war dieser anfangs ziemlich unbegabte, ein wenig dümmliche Fernsehmoderator mit den Gesichtszügen und der Gefräßigkeit eines Schafbocks, der zunächst eigentlich als Schlagersänger hatte Karriere machen wollen und vermutlich insgeheim immer noch von einer gewissen Sehnsucht danach erfüllt war, nach und nach zu einer der populärsten Gestalten der französischen Medienlandschaft geworden. Die Leute erkannten sich in ihm wieder, Studenten aus dem ersten Studienjahr der École Polytechnique wie auch pensionierte Grundschullehrerinnen aus dem Departement Pas-de-Calais, Motorradfahrer aus dem Landstrich Limousin wie auch Gastwirte aus dem Departement Var; er war weder beeindruckend noch distanziert, sondern vermittelte ein durchschnittliches, fast sympathisches Bild, das genau in das Frankreich der Jahre um 2010 passte. Jed, der eigentlich ein Fan von Jean-Pierre Foucault war, seine Menschlichkeit und seine pfiffige Ungezwungenheit schätzte, musste dennoch zugeben, dass Julien Lepers ihn immer öfter faszinierte.

Anfang Oktober erhielt Jed einen Anruf von seinem Vater, der ihm mitteilte, dass Jeds Großmutter gestorben war. Er sprach mit langsamer Stimme und wirkte ein wenig niedergedrückt, aber kaum stärker als gewöhnlich. Jeds Großmutter hatte sich, wie er wusste, nie vom Tod ihres Mannes erholt, den sie zutiefst geliebt hatte, ja sogar mit einer Leidenschaft, die in ihrem ärmlichen, ländlichen Milieu, das sich im Allgemeinen nicht durch romantische Ergüsse auszeichnete, überraschend war. Nach seinem Tod hatte nichts und niemand, nicht einmal ihr Enkel, sie aus einer Spirale der Trauer herausreißen können, die sie nach und nach auf jede Tätigkeit verzichten ließ, von der Kaninchenzucht bis hin zum Einkochen von Marmelade; schließlich hatte sie sogar die Gartenarbeit aufgegeben.

Jeds Vater müsse schon am folgenden Tag in die Creuse fahren, um an der Beerdigung teilzunehmen und sich anschließend um das Haus und die Erbschaftsangelegenheiten zu kümmern; er sähe es gern, wenn sein Sohn ihn begleiten könne. Ehrlich gesagt wäre es ihm sogar lieb, wenn dieser etwas länger dort bleiben und sich um alle Formalitäten kümmern könne, denn er habe im Moment sehr viel Arbeit in der Firma. Jed sagte sofort zu.

Am folgenden Morgen holte Jeds Vater ihn mit seinem Mercedes ab. Gegen elf Uhr fuhren sie auf die A20, eine der schönsten Autobahnen Frankreichs, eine von jenen, die durch äußerst harmonische Landschaften führen. Das Wetter war klar und mild, mit einem leicht dunstigen Horizont. Um fünfzehn Uhr machten sie kurz vor La Souterraine an einer Raststätte Halt. Auf die Bitte seines Vaters hin, der unterdessen tankte, kaufte Jed eine Straßenkarte von Creuse und Haute-Vienne aus der Reihe »Departementalkarten« von Michelin. Und als er dort, ein paar Schritte von den in Zellophan gehüllten Sandwiches entfernt, seine Karte auseinanderfaltete, wurde ihm seine zweite große ästhetische Offenbarung zuteil. Diese Karte war geradezu erhaben; bis ins Innerste aufgewühlt begann er vor dem Verkaufsständer zu zittern. Noch nie hatte er etwas so Herrliches gesehen, das so reich an Emotionen und Sinn war wie diese Michelin-Karte der Departements Creuse und Haute-Vienne im Maßstab 1:150 000. Die Quintessenz der Moderne, der wissenschaftlichen und technischen Erfassung der Welt, war hier mit der Quintessenz animalischen Lebens verschmolzen. Die grafische Darstellung war komplex und schön, von absoluter Klarheit, und verwendete nur eine begrenzte Palette von Farben. Aber in jedem Örtchen, jedem Dorf, das seiner Größe entsprechend dargestellt war, spürte man das Herzklopfen, den Ruf Dutzender Menschenleben, Dutzender, Hunderter Seelen – von denen die einen zur Verdammnis und die anderen zum ewigen Leben berufen waren.

Der Leichnam seiner Großmutter ruhte bereits in einem Eichensarg. Sie trug ein dunkles Kleid, ihre Augen waren geschlossen, die Hände gefaltet. Die Angestellten des Bestattungsinstituts hatten nur noch auf die beiden gewartet, um den Sarg schließen zu können. Sie ließen sie gut zehn Minuten allein im Raum. »Es ist besser so für sie«, sagte sein Vater nach einer Weile des Schweigens. Ja, vermutlich, dachte Jed. »Sie glaubte an Gott, weißt du«, fügte sein Vater schüchtern hinzu.

Am folgenden Tag, im Verlauf der Totenmesse, an der das ganze Dorf teilnahm, und anschließend vor der Kirche, in dem Moment, da sie die Beileidsbezeugungen entgegennahmen, sagte sich Jed, dass sein Vater und er sich den Umständen bemerkenswert gut angepasst hatten. Blass und abgespannt, beide in dunklen Anzügen, hatten sie keinerlei Mühe, den Ernst und die resignierte Trauer zu vermitteln, die der Anlass erforderte, ja sie schätzten sogar, ohne der Sache inhaltlich wirklich zustimmen zu können, die Note diskreter Hoffnung, die der Priester zum Ausdruck gebracht hatte; er war selbst schon recht betagt, ein *alter Routinier* auf dem Feld der Beerdigungen – angesichts des Durchschnittsalters der Dorfbevölkerung vermutlich bei weitem seine Hauptbeschäftigung.

Als sie wieder im Haus der Großmutter waren, wo der Ehrentrunk serviert wurde, fiel Jed auf, dass er hier zum ersten Mal an einer richtigen Beerdigung *in altem Stil* teilgenommen hatte, einer Beerdigung, die die Realität des Todes nicht zu kaschieren versuchte. In Paris hatte er mehreren Feuerbestattungen beigewohnt, zuletzt der eines Kommilitonen von der École des Beaux-Arts, der auf einer Urlaubsreise nach Lambok bei einem Flugzeugabsturz umgekommen war; es hatte ihn schockiert, dass einige der Anwesenden vor der Einäscherung ihr Handy nicht ausgeschaltet hatten.

Sein Vater fuhr gleich anschließend wieder zurück, er hatte am folgenden Morgen eine berufliche Verabredung in Paris. Jed betrat den Garten. Die Sonne ging unter, die Rücklichter des Mercedes verschwanden in Richtung der Nationalstraße, und er dachte an Geneviève zurück. Sie war ein paar Jahre lang seine Geliebte gewesen, als er an der École des Beaux-Arts studiert hatte; tatsächlich war sie sogar die erste Frau gewesen, mit der er geschlafen hatte. Geneviève stammte aus Madagaskar, und sie hatte ihm von den seltsamen Exhumierungsriten erzählt, die in ihrem Land praktiziert wurden. Eine Woche nach dem Tod grub man die Leiche wieder aus, wickelte die Tücher ab, in die sie gehüllt war, und nahm in ihrer Gegenwart im Esszimmer der Familie eine Mahlzeit ein. Dann begrub man sie wieder. Nach einem Monat und dann nach drei weiteren nahm man jeweils die gleiche Zeremonie vor; er erinnerte sich nicht mehr so genau, aber ihm schien, dass wenigstens sieben aufeinander folgende Exhumierungen stattfanden, die letzte ein Jahr nach dem Tod. Erst dann wurde der Verstorbene als endgültig tot angesehen und der ewigen Ruhe überlassen. Diese Bereitschaft zur Hinnahme des Todes und der physischen Realität des Leichnams stand in krassem Gegensatz zur modernen westlichen Sensibilität, sagte sich Jed und bedauerte flüchtig, dass er Geneviève hatte gehen lassen. Sie war sanft und friedlich gewesen; damals hatte er oft an furchtbarer Migräne gelitten, und sie hatte, ohne sich zu langweilen, stundenlang an seinem Bett gewacht, ihm das Essen zubereitet und ihm Wasser und Medikamente gebracht. Was ihr Temperament anging, war sie recht *heißblütig* gewesen, und auf sexueller Ebene hatte sie ihm alles beigebracht. Jed mochte ihre Zeichnungen, die ein wenig vom *Graffiti-Writing* inspiriert waren, sich aber durch den kindlichen, fröhlichen Charakter ihrer Figuren und die etwas stärker abgerundete Schrift davon unterschieden, sowie durch die Palette der Farben, die sie verwendete – viel Kadmiumrot, Indischgelb und Siena natur oder gebrannt.

Um ihr Studium zu finanzieren, *bot sie ihre Reize feil*, wie man früher gesagt hätte; Jed fand, dass dieser veraltete Ausdruck besser zu ihr passte als der angelsächsische Begriff »Escort Girl«. Sie nahm zweihundertfünfzig Euro die Stunde und einen Aufpreis von hundert Euro für Analverkehr. Er hatte gegen diese Tätigkeit nichts einzuwenden und schlug ihr sogar vor, erotische Fotos von ihr zu machen, um die Präsentation ihrer Website zu verbessern. Obwohl Männer oft eifersüchtig, teilweise ganz furchtbar eifersüchtig auf die Exmänner ihrer Geliebten sind, obwohl sie nicht umhin können, sich jahrelang und manchmal bis zu ihrem Tod beklommen zu fragen, ob es für ihre Geliebte nicht *besser* war mit dem anderen, ob der andere nicht *besser im Bett* war, akzeptieren sie im Allgemeinen sehr leicht, ohne die geringste Anstrengung, all die Dinge, die ihre Frau früher im Rahmen der Prostitution getan hat. Sobald eine sexuelle Betätigung an eine finanzielle Transaktion gebunden ist, wird sie entschuldigt, als harmlos angesehen und durch den uralten Fluch, der auf der Arbeit lastet, gewissermaßen geheiligt. Geneviève verdiente damals zwischen fünf- und zehntausend Euro im Monat, ohne dieser Tätigkeit mehr als ein paar Stunden pro Woche zu widmen. Sie ließ ihn davon profitieren und schärfte ihm ein, er solle deswegen »bloß keinen Aufstand machen«, und so hatten sie auf ihre Kosten in mehreren Wintern Urlaub auf der Insel Mauritius oder auf den Malediven gemacht, ohne dass er einen Cent dazu beisteuerte. Sie war derart natürlich, derart fröhlich, dass er nie die geringste Hemmung empfand, zu keinem Augenblick hatte er sich auch nur andeutungsweise in der Haut eines *Zuhälters* gefühlt.

Wirklich traurig war er hingegen gewesen, als sie ihm ankündigte, mit einem ihrer regelmäßigen Kunden zusammenziehen zu wollen – einem fünfunddreißigjährigen Wirtschaftsanwalt, dessen Leben nach dem, was sie Jed erzählte, haargenau dem Leben der Wirtschaftsanwälte glich, wie es in den – zumeist amerikanischen – Thrillern über Wirtschaftsanwälte beschrieben wird. Er wusste, dass sie Wort halten und ihrem zukünftigen Mann treu bleiben würde, und als er zum letzten Mal die Tür ihrer Wohnung hinter sich schloss, wusste er im Grunde auch, dass er sie vermutlich nie wiedersehen würde. Fünfzehn Jahre waren seither vergangen; ihr Gatte war wahrscheinlich ein höchst zufriedener Ehemann und sie eine glückliche Mutter, ihre Kinder waren – dessen war er sich sicher, ohne sie zu kennen – höflich und wohlerzogen und bekamen ausgezeichnete Schulzeugnisse. Waren die Einkünfte ihres Mannes, des Wirtschaftsanwalts, inzwischen höher als Jeds Einkünfte als Künstler? Diese Frage war schwer zu beantworten, aber vielleicht die einzige, die es verdiente, gestellt zu werden. »Du hast wirklich eine Berufung zum Künstler, du strebst das mit aller Kraft an«, hatte sie bei ihrer letzten Begegnung zu ihm gesagt. »Du bist eher klein, niedlich und zierlich, aber du hast den Willen, es zu etwas zu bringen, du bist sehr ehrgeizig, das habe ich deinem Blick sofort angesehen. Ich dagegen mache das …« – (sie deutete mit einer vagen kreisförmigen Handbewegung auf ihre Kohlezeichnungen, die an der Wand hingen) – »… ich mache das nur zum Spaß.«

Jed hatte ein paar von Genevièves Zeichnungen behalten, und er war immer noch der Ansicht, dass sie künstlerisch von echtem Wert waren. So müsste Kunst eigentlich sein, sagte er sich manchmal, eine unschuldige, fröhliche, fast animalische Beschäftigung, es hatte solche Meinungen gegeben, »dumm wie ein richtiger Maler«, »er malt so, wie ein Vogel singt« und so weiter, vielleicht würde die Kunst so werden, sobald der Mensch das Problem des Todes überwunden hatte, und vielleicht hatte es sogar schon solche Perioden gegeben, man denke beispielsweise an Fra Angelico, der dem Paradies so nah stand und von dem Gedanken erfüllt war, dass sein irdisches Dasein nur eine zeitlich begrenzte, konfuse Vorbereitung auf das ewige Leben in Gesellschaft seines Herrn Jesu war. *Und siehe, ich bin bei euch alle Tage bis an der Welt Ende.*

Am Tag nach der Beerdigung erhielt Jed Besuch vom Notar. Er hatte mit seinem Vater nicht darüber gesprochen, ihm wurde bewusst, dass sie das Thema nicht einmal angeschnitten hatten – dabei war es der eigentliche Anlass seines Aufenthalts –, aber es erschien ihm als selbstverständlich, dass ein Verkauf des Hauses nicht in Frage kam, und er hatte nicht einmal das Bedürfnis, seinen Vater anzurufen, um mit ihm darüber zu sprechen. Er fühlte sich wohl in diesem Haus, hatte sich sofort darin wohlgefühlt, es war eine Bleibe, in der es sich gut aushalten ließ. Er mochte die schräge Mischung aus Alt und Neu: Die Wände im renovierten Teil waren mit einer weißen Isolierschicht verputzt, der alte Teil besaß noch ungleichmäßig verfugte Steinwände. Er mochte die schief in den Angeln hängende, schlecht schließende Tür, die zur Straße nach Guéret hinausführte, und den riesigen Küchenherd, der sich mit Holz, mit Kohle und vermutlich mit jeder anderen Art von Brennmaterial befeuern ließ. Wenn er sich in diesem Haus aufhielt, war er geneigt, an Dinge wie die Liebe zu glauben, die gegenseitige Liebe eines Ehepaars, die die Wände mit einer gewissen Wärme bestrahlt, einer sanften Wärme, die sich auf die späteren Bewohner überträgt, um ihnen Seelenfrieden zu bringen. Was das anging, hätte er auch an Gespenster oder wer weiß was glauben können.

Wie auch immer, der Notar hatte nicht die Absicht, ihm zum Verkauf des Hauses zu raten. Noch vor zwei oder drei Jahren hätte er, wie er gestand, anders reagiert. Damals breiteten sich die englischen Trader, die *altjungen* englischen Trader im Ruhestand, von der Dordogne kommend, die sie quasi kolonisiert hatten, wie ein Ölteppich in Richtung Bordeaux und Zentralmassiv aus und drangen schnell vor, wobei sie bereits eingenommene Stellungen als Stützpunkte benutzten. Den zentralen Teil des Limousin hatten sie schon fest in der Hand, und man musste damit rechnen, dass sie in Kürze in der Creuse auftauchten und die Preise dementsprechend in die Höhe schossen. Doch der Kurssturz an der Londoner Börse, die Krise der *subprimes* und der Zusammenbruch der spekulativen Werte hatten die Situation völlig verändert: Die *altjungen* englischen Trader, die inzwischen längst nicht mehr daran dachten, sich einen reizenden Landsitz einzurichten, hatten plötzlich große Mühe, die Raten für ihr Haus in Kensington zu zahlen, und dachten daher immer öfter daran *weiterzuverkaufen*; der langen Rede kurzer Sinn: Die Preise waren rapide gefallen. Jetzt müsse man, zumindest war das die Diagnose des Notars, die Ankunft einer neuen Generation von Reichen abwarten, mit soliderem, auf industrieller Produktion basierendem Reichtum. Das könnten Chinesen oder Vietnamesen sein, wie solle er das wissen, aber wie dem auch sei – das Beste, so scheine ihm, sei es, erst einmal zu warten, das Haus instand zu halten und eventuell ein paar Schönheitsreparaturen vorzunehmen, die jedoch auf jeden Fall die lokale Handwerkstradition respektieren sollten. Unnötig sei es dagegen, luxuriöse Renovierungsarbeiten vorzunehmen, wie etwa einen Swimmingpool oder Whirlpool, oder einen Internetanschluss zu legen; die Neureichen zögen es stets vor, diese Arbeiten selbst ausführen zu lassen, sobald sie ein Haus gekauft hatten, da sei er sich ganz sicher, das könne er aus Erfahrung sagen, immerhin übe er den Notarsberuf seit vierzig Jahren aus.

Als ihn sein Vater am darauffolgenden Wochenende abholte, war alles geregelt, die Sachen sortiert und weggeräumt, die kleinen, testamentarisch festgelegten Geschenke an die Nachbarn verteilt. Sie hatten das Gefühl, dass ihre Mutter bzw. Großmutter nun *in Frieden ruhen* konnte, wie man so schön sagt. Jed entspannte sich in dem Sitz aus Nappaleder, während die S-Klasse mit einem zufriedenen mechanischen Schnurren in die Autobahnauffahrt einbog. Zwei Stunden lang fuhren sie in gemäßigtem Tempo durch eine Landschaft in herbstlichen Tönen, sie sprachen wenig, aber Jed hatte den Eindruck, dass ein gewisses Einvernehmen zwischen ihnen entstanden war, eine Übereinstimmung darüber, wie man ganz allgemein das Leben anpacken müsse. In dem Augenblick, da sie sich der Abfahrt Melun-Mitte näherten, begriff er, dass diese Woche für ihn ein friedliches Zwischenspiel gewesen war.

III

MAN HAT VON JED MARTINS Arbeit oft behauptet, sie sei das Ergebnis einer kühlen, distanzierten Reflexion über den Zustand der Welt, und hat ihn in gewisser Weise als Nachfahren der großen Konzeptkünstler des vorigen Jahrhunderts dargestellt. Nichtsdestoweniger befand er sich in einem Zustand höchster nervlicher Erregung, als er gleich nach seiner Rückkehr nach Paris alle Michelin-Karten aufkaufte, die er finden konnte – es waren mehr als einhundertfünfzig. Ihm wurde schnell klar, dass die interessantesten aus der Reihe »Regionalkarten« stammten, die für einen Großteil Europas existierten, und vor allem aus der auf Frankreich begrenzten Reihe »Departementalkarten«. Er wandte sich von der analogen Fotografie ab, die er bisher ausschließlich praktiziert hatte, und kaufte sich ein BetterLight-6000-HS-Scanrückteil, das es erlaubte, 48-Bit-Dateien im RGB-Modus mit einer Auflösung von 6000 x 8000 Pixeln zu erstellen.

Sechs Monate lang verließ er nur selten das Haus, außer für seinen täglichen Spaziergang, der ihn zum Casino-Supermarkt am Boulevard Vincent-Auriol führte. Die Kontakte zu seinen Kommilitonen der École des Beaux-Arts, die schon während seines Studiums nicht sehr zahlreich gewesen waren, wurden immer spärlicher, bis sie ganz endeten, und daher war er überrascht, als er Anfang März eine E-Mail erhielt, in der man ihm vorschlug, an einer Sammelausstellung mit dem Titel *Lasst uns höflich bleiben* teilzunehmen, die im Mai von der Stiftung der Firma Ricard veranstaltet wurde. Dennoch sagte er umgehend zu, ohne sich bewusst zu sein, dass er gerade aufgrund seiner fast ostentativen Distanz von einer Aura des Geheimnisvollen umgeben war, sodass viele seiner ehemaligen Mitstudenten gern wissen wollten, *was aus ihm geworden war*.

Am Tag der Ausstellungseröffnung wurde ihm morgens bewusst, dass ihm seit einem knappen Monat nicht ein Wort über die Lippen gekommen war, abgesehen von dem »Nein«, das er jeden Tag zu der Kassiererin sagte (es war allerdings selten dieselbe), die ihn fragte, ob er eine Casino-Kundenkarte habe; dennoch ging er zur festgesetzten Uhrzeit in die Rue Boissy-d'Anglas. Es mochten etwa hundert Leute dort sein, aber so etwas hatte er nie richtig einschätzen können, auf jeden Fall ließen sich die Gäste in Dutzenden beziffern, und ihn überkam zunächst eine gewisse Unruhe bei der Feststellung, dass er niemanden wiedererkannte. Einen Augenblick befürchtete er, er könne sich im Tag oder in der Ausstellung geirrt haben, aber sein Fotoabzug war tatsächlich dort, er hing einwandfrei beleuchtet an einer Wand im hinteren Teil des Raumes. Nachdem er sich ein Glas Whisky eingeschenkt hatte, ging er mehrmals in Ellipsenbahnen durch den Raum und tat so, als sei er ziemlich in Gedanken versunken, obwohl sein Hirn keinen klaren Gedanken formulieren konnte, einmal abgesehen von der Überraschung darüber, dass er die Gesichter seiner ehemaligen Kameraden völlig aus dem Gedächtnis verloren hatte – sie waren wie ausradiert, total ausradiert, in einer Weise, dass er sich fast fragen musste, ob er sich überhaupt noch zum Menschengeschlecht zählen durfte. Geneviève hätte er bestimmt wiedererkannt, ja, er war sich sicher, dass er seine ehemalige Geliebte wiedererkannt hätte, das war eine Gewissheit, an die er sich klammern konnte.

Als Jed seinen dritten Rundgang beendete, bemerkte er eine junge Frau, die seinen Fotoabzug sehr aufmerksam betrachtete. Schier unmöglich, sie nicht zu bemerken: Sie war nicht nur bei weitem die schönste Frau des Abends, sondern zweifellos die schönste Frau, die er je gesehen hatte. Mit ihrer blassen, fast durchscheinenden Gesichtsfarbe, ihrem platinblonden Haar und den hervorstehenden Wangenknochen entsprach sie ganz dem Bild der slawischen Schönheit, wie es nach dem Zusammenbruch der UDSSR von den Modelagenturen und diversen Zeitschriften verbreitet worden war.

Bei seinem nächsten Rundgang war sie nicht mehr da; bei der sechsten Runde entdeckte er sie wieder, wie sie lächelnd mit einem Glas Champagner in der Hand inmitten einer kleinen Gruppe stand. Die Männer starrten sie mit unverhülltem Begehren an, verschlangen sie geradezu mit ihren Blicken, einer von ihnen sogar mit offenem Mund.

Als Jed das nächste Mal an seinem Werk vorbeikam, stand sie wieder davor, diesmal allein. Er zögerte eine Sekunde, dann verlangsamte er den Schritt und stellte sich auch vor das Foto, das er mit wiegendem Kopf betrachtete.

Sie wandte sich ihm zu, sah ihn ein paar Sekunden lang nachdenklich an und fragte dann: »Sind Sie der Künstler?«

»Ja.«

Sie sah ihn wieder an, diesmal noch aufmerksamer, und zwar mindestens fünf Sekunden lang, ehe sie sagte: »Ich finde es sehr schön.«

Sie hatte das ganz einfach und ruhig gesagt, aber aus echter

Überzeugung. Jed war nicht imstande, eine passende Antwort darauf zu geben, und wandte daher seinen Blick dem Foto zu. Er musste zugeben, dass er mit dem Ergebnis tatsächlich ziemlich zufrieden war. Er hatte für die Ausstellung einen Ausschnitt aus der Michelin-Karte der Creuse ausgesucht, in dem das Dorf seiner Großmutter verzeichnet war. Er hatte eine stark geneigte optische Achse gewählt, einen Winkel von dreißig Grad zur Horizontalen, und die Filmstandarte für größtmögliche Tiefenschärfe maximal gekippt. Anschließend hatte er mit Hilfe von Photoshop-Filtern eine Entfernungsunschärfe und einen bläulichen Effekt am Horizont erzielt. Im Vordergrund sah man den See von Breuil und das Dorf Châtelus-le-Marcheix. Weiter hinten führten zwischen den Dörfern Saint-Goussaud, Laurière und Jabreilles-les-Bordes gewundene Straßen durch die Wälder, die wie eine unantastbare, feenhafte Traumlandschaft wirkten. Hinten links im Bild konnte man das wie aus einer Nebelbank auftauchende rot-weiße Band der Autobahn A20 erkennen.

»Machen Sie oft Fotos von Straßenkarten?«

»Ja ... Ja, ziemlich oft.«

»Immer von Michelin-Karten?«

»Ja.«

Sie überlegte ein paar Sekunden, ehe sie ihn fragte: »Haben Sie schon viele Fotos dieser Art gemacht?«

»Etwas mehr als achthundert.«

Diesmal starrte sie ihn mindestens zwanzig Sekunden lang völlig verblüfft an, ehe sie fortfuhr: »Darüber würde ich gern mit Ihnen sprechen. Wir müssen uns unbedingt verabreden, um darüber zu sprechen. Es wird Sie vielleicht überraschen, aber ... ich arbeite bei Michelin.«

Sie zog aus ihrer winzigen Prada-Handtasche eine Visitenkarte hervor, die er dümmlich anstarrte, ehe er sie einsteckte: Olga Sheremoyova, Public Relations, Michelin France.

Er rief sie am folgenden Morgen an; Olga schlug vor, sich noch am selben Abend zum Essen zu treffen.

»Ich esse nur selten zu Abend«, wandte er ein. »Also, ich meine, nur selten im Restaurant. Ich glaube, ich kenne nicht einmal ein einziges Restaurant in Paris.«

»Aber ich kenne eine ganze Reihe«, erwiderte sie bestimmt. »Ich muss sogar sagen ... das gehört ein bisschen zu meinem Beruf.«

Sie trafen sich in einem winzigen Restaurant namens *Chez Anthony et Georges*, das nur über ein knappes Dutzend Tische verfügte und in der Rue d'Arras lag. Alles in dem Raum, vom Geschirr bis hin zur Einrichtung, war bei Antiquitätenhändlern erworben worden und bildete eine schicke, uneinheitliche Mischung aus stilecht nachgebauten französischen Möbeln des achtzehnten Jahrhunderts, Nippesfiguren im Jugendstil und englischem Tafelgeschirr und Porzellan. Alle Tische waren von Touristen besetzt – vor allem Amerikanern und Chinesen –, aber es gab auch eine russische Tischgesellschaft. Georges begrüßte Olga wie einen Stammgast; er war mager, kahlköpfig, machte einen leicht beunruhigenden Eindruck und sah ein bisschen wie eine ehemalige Lederschwuchtel aus. Anthony, der Küchenchef, ließ sich wohl den gemäßigten »Bären« zurechnen – er hatte vermutlich Probleme mit seiner Figur, aber seine Speisekarte verriet eine deutliche Vorliebe für Foie gras. Jed schätzte die beiden als halbmoderne Schwule ein, die sich darum bemühten, die Exzesse und Geschmacksverirrungen zu vermeiden, die man ihrem Milieu traditionellerweise nachsagte, sich aber trotzdem ab und zu etwas gehen ließen – bei Olgas Ankunft hatte Georges sie zum Beispiel gleich gefragt: »Soll ich dir den Mantel abnehmen, mein Schatz?«, und hatte dabei das *mein Schatz* mit halb gespieltem Schwulengestus deutlich unterstrichen. Sie trug einen Pelzmantel, eine seltsame Wahl für diese Jahreszeit, aber darunter entdeckte Jed einen sehr kurzen Minirock und ein knappes, trägerloses Bandeau-Top aus weißem Satin, das mit Kristallglasperlen von Swarovski bestickt war. Sie war wirklich betörend.

»Wie geht's dir, meine Süße?«, fragte Anthony, der eine Küchenschürze trug und mit wackelnden Hüften an ihren Tisch gekommen war. »Magst du Hähnchen mit Flusskrebsen? Wir haben heute Krebse aus dem Limousin bekommen, die sind köstlich, absolut köstlich. – Guten Tag, Monsieur«, fügte er mit einem Blick auf Jed hinzu.

»Gefällt Ihnen das Restaurant?«, fragte Olga, als Anthony sich wieder entfernt hatte.

»Ich ... Ja. Es hat etwas sehr Typisches. Zumindest macht es den Eindruck, dass es typisch ist, man weiß nur nicht so recht, wofür. Ist es im *Guide* verzeichnet?« Er hatte das Gefühl, dass das die Frage war, die sie erwartete.

»Noch nicht. Wir werden es nächstes Jahr in die neue Ausgabe aufnehmen. Es sind schon Artikel darüber in *Condé Nast Traveller* und in der chinesischen Ausgabe von *Elle* erschienen.«

Olga arbeitete zwar derzeit in der Pariser Filiale von Michelin, war dieser aber eigentlich von der in der Schweiz ansässigen Holdinggesellschaft *Compagnie Financière Michelin* vorübergehend zugeteilt worden. Aufgrund eines durchaus nachvollziehbaren Bemühens um Diversifizierung hatte sich das Unternehmen vor kurzem auf nicht unerhebliche Weise am Kapital der

Hotelkette *Relais et Châteaux* und vor allem der Kette *French Touch* beteiligt, die seit einigen Jahren immer größere Marktanteile eroberte – wobei sie aus deontologischen Gründen eine absolute Unabhängigkeit gegenüber den Redaktionen ihrer verschiedenen Hotel- und Gastronomieführer wahrte. Das Unternehmen war sehr bald zu der Überzeugung gekommen, dass die Franzosen insgesamt betrachtet kaum noch die Mittel hatten, sich einen Urlaub in Frankreich zu leisten, und ganz gewiss nicht mehr in den Hotels dieser Ketten. Ein Fragebogen, der im vergangenen Jahr in den *French Touch*-Hotels verteilt worden war, hatte gezeigt, dass 75 Prozent der Gäste aus drei Ländern stammten: China, Indien und Russland – in der Klasse »exklusive Luxushotels«, dem höchsten Segment des Angebots, stieg ihr Anteil gar auf 90 Prozent an. Olga war eingestellt worden, um die Kommunikation auf diese neue Zielgruppe auszurichten, damit man sich deren Erwartungen anpassen konnte.

Das Mäzenatentum im Bereich zeitgenössischer Kunst gehörte eigentlich nicht zur herkömmlichen Unternehmenskultur von Michelin, fuhr sie fort. Das seit seiner Gründung in Clermont-Ferrand ansässige multinationale Unternehmen, dessen Vorstand fast immer ein Nachkomme der Gründer angehörte, stand im Ruf einer eher konservativen, wenn nicht gar patriarchalischen Firma. Das Vorhaben, in Paris ein der zeitgenössischen Kunst gewidmetes Michelin-Zentrum zu eröffnen, war bei der Führungsspitze auf großen Widerstand gestoßen; dabei hätte das, da war sie sich sicher, zu einer erheblichen Aufwertung des Firmen-Images in Russland und China geführt.

»Langweile ich Sie?«, unterbrach sie sich plötzlich. »Es tut mir leid, ich rede nur über geschäftliche Dinge, dabei sind Sie Künstler …«

»Überhaupt nicht«, erwiderte Jed aufrichtig. »Überhaupt nicht, ich bin fasziniert. Sehen Sie nur, ich habe meine Foie gras noch nicht mal angerührt.«

Er war tatsächlich fasziniert, aber eher von ihren Augen und ihren Lippenbewegungen, wenn sie sprach – sie hatte einen hellrosa Lippenstift mit leichtem Perlmuttglanz aufgetragen, der sehr gut zu ihren Augen passte.

Dann sahen sie sich ein paar Sekunden lang wortlos an, und Jed hatte keinen Zweifel mehr: Der Blick, mit dem sie ihm in die Augen schaute, war eindeutig ein Blick des *Begehrens*. Und als sie seinen Gesichtsausdruck sah, wusste sie, dass er es wusste.

»Kurz und gut«, fuhr Olga ein wenig verlegen fort, »einen Künstler entdeckt zu haben, der Michelin-Karten zum Gegenstand seiner Werke macht, ist eine unverhoffte Gelegenheit für mich.«

»Ach, wissen Sie, ich finde diese Karten wirklich schön.«

»Das sieht man. Das sieht man Ihren Fotos an.«

Es war dann fast zu einfach, sie zu sich nach Hause einzuladen, um ihr weitere Abzüge zu zeigen. In dem Augenblick, da das Taxi in die Avenue des Gobelins einbog, überkam ihn eine leichte Verlegenheit.

»Ich fürchte, in meiner Wohnung herrscht ziemliche Unordnung …«, sagte er.

Natürlich entgegnete sie, das sei nicht schlimm, aber als er die Treppe hinaufging, nahm seine Besorgnis zu, und als er die Tür öffnete, warf er ihr einen kurzen Blick zu: Sie war immerhin ein bisschen zurückgewichen. *Unordnung* war wirklich ein Euphemismus. Rings um die auf Böcken ruhende Tischplatte, auf der er seine Linhof-Fachkamera aufgebaut hatte, war der gesamte Fußboden mit Abzügen übersät, teilweise in mehreren

Schichten, es waren vermutlich einige tausend. Er hatte nur einen schmalen Durchgang zwischen dem Tisch und der direkt auf dem Boden liegenden Matratze freigehalten. Aber die Wohnung war nicht nur in Unordnung, sondern sie war *schmutzig*, die Bettlaken fast braun und mit organischen Flecken besudelt.

»Ja, das ist eine Junggesellenwohnung«, sagte Olga unbeschwert, dann betrat sie den Raum und hockte sich nieder, um einen Abzug zu betrachten. Dabei schob sich ihr Minirock an ihren Schenkeln hoch, ihre Beine waren unglaublich lang und schlank, wie konnte jemand nur so lange, schlanke Beine haben? Jed hatte noch nie so eine Erektion gehabt, es schmerzte richtig, er stand zitternd da und hatte den Eindruck, dass er gleich in Ohnmacht fallen werde.

»Ich …«, krächzte er mit nicht wiederzuerkennender Stimme. Olga wandte sich um und merkte, dass die Sache ernst war, sie erkannte sofort diesen verblendeten Blick, die Panik des von Begehren völlig überwältigten Mannes, in wenigen Schritten war sie bei ihm, hüllte ihn mit ihrem sinnlichen Körper ein und küsste ihn auf den Mund.

IV

Es war dennoch besser, zu ihr zu gehen. Das war natürlich etwas ganz anderes: eine reizende Zweizimmerwohnung in der Rue Guynemer, deren Fenster auf den Jardin de Luxembourg hinausgingen. Olga gehörte zu jenen sympathischen Russen, die in den Jahren ihrer Ausbildung Bewunderung für ein gewisses Frankreichbild entwickeln – Galanterie, Gastronomie, Literatur und so weiter – und die es in der Regel anschließend bedauern, dass das reale Land ihren Erwartungen so wenig entspricht. Man hat oft den Eindruck, dass die Russen die große Revolution, die ihnen erlaubt hat, sich vom Kommunismus zu befreien, einzig und allein mit dem Ziel vollzogen haben, Big Macs und Filme mit Tom Cruise zu konsumieren. Das trifft zwar weitgehend zu, aber eine Minorität unter ihnen hatte auch den Wunsch, einen *Pouilly-Fuissé* zu kosten oder die *Sainte-Chapelle* zu besichtigen. Aufgrund ihrer Ausbildung und ihrer Allgemeinbildung gehörte Olga dieser Elite an. Ihr Vater, ein Biologe an der Universität Moskau, war Spezialist für Insekten – ein sibirischer Falter trug sogar seinen Namen. Weder er noch seine Familie hatten wirklich von der großen Zerstückelung profitiert, die nach dem Niedergang des Reiches stattgefunden hatte; sie waren aber auch nicht im Elend versunken, die Universität, an der er unterrichtete, verfügte noch über akzeptable Mittel, und nach ein paar Jahren der Ungewissheit hatte sich ihre Zugehörigkeit zur *Mittelschicht* einigermaßen gefestigt – aber dass Olga auf relativ großem Fuß in Paris leben, sich eine Zweizimmerwohnung in der Rue Guynemer mieten und sich Markenkleidung leisten konnte, verdankte sie ausschließlich ihrem Gehalt bei Michelin.

Nachdem sie zu einem Liebespaar geworden waren, etablierte sich rasch ein bestimmter Rhythmus. Jed verließ ihre Wohnung morgens zur selben Zeit wie sie. Während sie in ihren MINI Park Lane stieg, um zu ihrer Arbeitsstelle in der Avenue de la Grande-Armée zu fahren, begab er sich mit der Metro zu seinem Atelier am Boulevard de l'Hôpital. Abends kehrte er im Allgemeinen kurz vor ihr in ihre Wohnung zurück.

Sie gingen viel aus. Olga lebte seit zwei Jahren in Paris und hatte es ohne große Mühe verstanden, ein dichtes Netz von Sozialkontakten aufzubauen. Aufgrund ihrer beruflichen Tätigkeit hatte sie viel mit Presse und Medien zu tun – wenn auch auf dem nicht sehr glamourösen Sektor touristischer und gastronomischer Chroniken. Aber eine junge Frau von ihrer Schönheit hatte sowieso zu allen Kreisen Zugang, war überall gern gesehen. Überhaupt war es erstaunlich, dass sie zu dem Zeitpunkt, da sie Jed kennengelernt hatte, keinen festen Liebhaber hatte, und noch erstaunlicher war, dass sie ausgerechnet ihn auserkor. Er war zwar im Grunde ein hübscher Kerl, aber eher klein und schmächtig, was Frauen im Allgemeinen nicht unbedingt schätzten – das Ideal des virilen Rohlings, der *gut im Bett* ist, war seit einigen Jahren wieder stark im Kommen; allerdings war es mehr als eine reine Modeerscheinung, sondern eher eine Rückkehr zu den *Grundprinzipien* der Natur, zur sexuellen Anziehung in ihrer elementarsten und brutalsten Form, daher war auch die Zeit der magersüchtigen Models eindeutig vorbei, und auch allzu üppige Frauen fanden nur noch Interesse bei ein paar Afrikanern und ein paar perversen Typen. Das beginnende dritte Jahrtausend kehrte nach diversen Schwankungen, die im Übrigen nie sehr groß gewesen waren, in allen Bereichen zur Vergötterung eines simplen, bewährten Modells zurück: zur Schönheit, die sich bei der Frau in vollendeter Entfaltung und beim Mann in körperlicher Stärke ausdrückte. Diese Situation gereichte Jed nicht unbedingt zum Vorteil. Seine künstlerische Karriere hatte auch nichts Beeindruckendes – er war im Grunde nicht einmal ein richtiger *Künstler*, denn er hatte nie eine Ausstellung gehabt, kein Artikel war je erschienen, in dem seine Arbeit gewürdigt und seine Bedeutung der Welt offenbart worden wäre, er war zu jener Zeit so gut wie unbekannt. Ja, Olgas Wahl war verwunderlich, und auch Jed hätte sich sicher darüber gewundert, wenn seine Natur ihm erlaubt hätte, sich über solche Dinge zu wundern oder sie auch nur zur Kenntnis zu nehmen.

Wie dem auch sei, innerhalb weniger Wochen wurde er zu mehr Vernissagen, Vorpremieren und literarischen Cocktails eingeladen als in all den Jahren, in denen er an der École des Beaux-Arts studiert hatte. Er lernte sehr rasch, sich in angemessener Weise zu verhalten. Man musste nicht unbedingt brillant sein, meistens war es sogar besser, gar nichts zu sagen, aber es war unerlässlich, seinem Gesprächspartner zuzuhören, ihm voller Ernst und Mitgefühl zuzuhören und manchmal die Unterhaltung durch ein »Wirklich?« wieder in Gang zu bringen, das den Zweck verfolgte, Interesse oder Überraschung zu zeigen, oder durch ein »Absolut«, in dem eine verständnisvolle Zustimmung zum Ausdruck kam. Jeds geringe Körpergröße erleichterte es ihm zudem, eine Unterwerfungshaltung einzunehmen, die im Allgemeinen von Kulturreferenten sehr geschätzt wurde – wie auch von so ziemlich allen anderen. Es war im Grunde ein leicht zugängliches Milieu, wie es vermutlich alle Milieus sind, und Jeds neutrale Höflichkeit sowie die Tatsache, dass er nicht über sein eigenes Schaffen sprach, wirkten sich positiv aus und trugen viel dazu bei, dass er den im Übrigen durchaus berechtigten Eindruck hervorrief, ein seriöser Künstler zu sein, ein Künstler, der *wirklich arbeitete*. In gewisser Weise nahm Jed, ohne es zu wissen, die *groovy* Attitüde ein, die seinerzeit Andy Warhol zum Erfolg verholfen hatte, auch wenn er dieser Haltung eine ernsthafte Note unterlegte – welche augenblicklich als betroffener, ja umweltbewusster Ernst interpretiert wurde –, die fünfzig Jahre nach Warhol unerlässlich war. An einem Novemberabend wurde er anlässlich irgendeines Literaturpreises sogar dem berühmten Frédéric Beigbeder vorgestellt, der zu jener Zeit von allen Medien als Star gefeiert wurde. Der Schriftsteller und Werbefachmann warf Jed, nachdem er Olga lange einen Kuss auf beide Wangen gedrückt hatte (allerdings derart ostentativ und theatralisch, dass die spielerische Absicht überdeutlich zutage trat), einen neugierigen Blick zu, ehe er von einer prominenten Pornoschauspielerin in Beschlag genommen wurde, die gerade ein Buch über ihre Gespräche mit einem tibetischen Mönch veröffentlicht hatte. Beigbeder, der zu den Worten der ehemaligen Hardcore-Darstellerin in regelmäßigen Abständen nickte, warf Jed mehrmals einen Seitenblick zu, als wolle er ihn auffordern, nicht in der immer dichter werdenden Menge unterzutauchen, die einen regelrechten Raubzug auf das Buffet mit den Petits fours startete. Der stark abgemagerte Autor von *Au secours pardon* trug zu jener Zeit einen etwas lichten Bart, und zwar ganz offensichtlich mit der Absicht, einem russischen Romanhelden zu gleichen. Schließlich machte sich ein großgewachsener, etwas schlaffer, halbfetter Typ mit halblangem Haar und halb klugen, halb dummen Augen, der einen Lektorenposten bei Grasset innezuhaben schien, an die Frau heran, sodass Beigbeder sich zurückziehen konnte. Olga stand, umgeben von ihrem üblichen Schwarm männlicher Verehrer, ein paar Meter entfernt.

»Sie sind also der Glückspilz?«, fragte er Jed schließlich und blickte ihm dabei mit beunruhigender Schärfe in die Augen – er sah in diesem Moment tatsächlich einem russischen Romanhelden vom Typ »Razumichin, ehemaliger Student«, zum Verwechseln ähnlich. Der Glanz in seinen Augen war vermutlich eher auf Kokaingenuss als auf religiöse Inbrunst zurückzuführen, aber machte das einen Unterschied?, fragte sich Jed. »Sie haben sie also an Land gezogen?«, fragte Beigbeder mit zunehmender Intensität. Da Jed nicht wusste, was er darauf erwidern sollte, blieb er stumm.

»Wissen Sie, dass Sie mit einer der fünf schönsten Frauen von Paris zusammen sind?« Seine Stimme war wieder ernst und professionell geworden, ganz offensichtlich kannte er die vier anderen persönlich. Auch darauf fand Jed keine Antwort. Was sollte man schon groß auf Fragen der Menschen antworten?

Beigbeder seufzte, wirkte plötzlich sehr müde, und Jed sagte sich, dass die Unterhaltung nun wieder in leichteren Bahnen verlaufen werde, dass er wie gewöhnlich zuhören und den von seinem Gesprächspartner vorgebrachten Anschauungen und Anekdoten stumm zustimmen könne; doch da irrte er sich. Beigbeder interessierte sich tatsächlich für ihn, wollte mehr über ihn wissen, und das war an sich schon ungewöhnlich, schließlich war Beigbeder einer der am stärksten umworbenen Promis von Paris, und mehrere der Anwesenden wunderten sich bereits, zogen vermutlich schon irgendwelche Schlüsse und wandten ihnen den Blick zu. Jed rettete seine Haut zunächst mit den Worten, er mache Fotos, aber Beigbeder wollte mehr darüber wissen: *welche Art* von Fotos? Die Antwort verblüffte ihn total: Er kenne Werbefotografen, Modefotografen und sogar ein paar Kriegsfotografen (auch wenn er diese eher bei ihrer Tätigkeit als *Paparazzi* kennengelernt habe, die sie nebenbei ausübten, ohne das jedoch publik zu machen, weil es *in ihrer Branche* im Allgemeinen als viel edler angesehen wurde, die verstreuten Überreste eines libanesischen Kamikaze zu fotografieren als die Brüste von Pamela Anderson, obwohl die dabei benutzten Objektive im Allgemeinen dieselben und die technischen Voraussetzungen fast identisch seien – es ist schwer zu vermeiden, dass die Hand in dem Moment zittert, da sie auf den Auslöser drückt, und maximale Blendenöffnungen setzen nun einmal große Helligkeit voraus, das seien die Probleme, denen man bei der Benutzung stark vergrößernder Teleobjektive begegne), aber Leute, die Straßenkarten fotografierten, nein, das sei ihm neu. Nachdem Jed zunächst ein wenig herumgedruckst hatte, sagte er schließlich, ja, in gewisser Hinsicht könne man sagen, er sei *Künstler*.

»Hahahaaaa!« Der Schriftsteller brach in so übertrieben lautes Lachen aus, dass sich etwa ein Dutzend Leute umwandte, unter ihnen auch Olga. »Aber ja, natürlich, man muss *Künstler* sein! Mit Literatur sitzt man heutzutage auf dem falschen Dampfer! Um mit den schönsten Frauen zu schlafen, muss man eben *Künstler* sein! Ich wäre auch gern *Künst-ler*!«

Zur Überraschung aller breitete er daraufhin die Arme aus und stimmte laut und mehr oder weniger korrekt den Refrain des »Blues du businessman« an, einer leicht ironischen Hymne auf den Künstler:

J'aurais voulu être un artiiiiste
Pour avoir le monde à refaire
Pour pouvoir être un anarchiiiiste
*Et vivre comme un millionnaire !**

Das Wodkaglas zitterte in seiner Hand. Die Hälfte der Anwesenden hatte sich inzwischen nach ihnen umgewandt. Dann ließ er die Arme sinken, fügte in verstörtem Tonfall hinzu: »Text von Luc Plamondon, Musik von Michel Berger« und begann zu schluchzen.

»Na, das lief ja super mit Frédéric«, sagte Olga zu ihm, während sie zu Fuß über den Boulevard Saint-Germain zurückgingen. »Ja ...«, erwiderte Jed etwas ratlos. Unter den Büchern, die er während seiner Schulzeit im Jesuitenkolleg gelesen hatte, waren auch realistische französische Romane aus dem neunzehnten Jahrhundert gewesen, in denen junge ehrgeizige Männer es manchmal *durch Frauen zu etwas bringen*, aber er war überrascht, sich in einer ähnlichen Situation zu befinden, und ehrlich gesagt hatte er diese französischen Romane aus dem neunzehnten Jahrhundert fast völlig vergessen, denn seit einigen Jahren las er nur noch Romane von Agatha Christie und von Agatha Christies Romanen vor allem jene, in denen Hercule Poirot auftrat; unter den gegenwärtigen Umständen half ihm das kaum weiter.

Jetzt war er endlich *lanciert*, und Olga konnte ihren Chef ohne große Mühe dazu überreden, Jeds erste Ausstellung in den Räumlichkeiten der Firma in der Avenue de Breteuil zu ver-

* Ich wär so gern ein Künstler / Um die Welt neu zu erschaffen / Um Anarchist sein zu können / Und wie ein Millionär zu leben!

anstalten. Er besichtigte den Ausstellungsraum, der zwar sehr groß, aber ziemlich trist war – Wände und Boden bestanden aus grauem Beton, doch dieser karge Rahmen erschien ihm durchaus geeignet. Er machte keinerlei Änderungsvorschläge, bat nur darum, dass im Eingang zusätzlich eine große Tafel aufgestellt werde. Dafür gab er sehr präzise Anweisungen, was die Beleuchtung betraf, und kam in jeder Woche vorbei, um zu überprüfen, ob diese bis ins Einzelne befolgt wurden.

Die Vernissage sollte am 28. Januar stattfinden, ein geschickt gewähltes Datum – die Kritiker waren dann längst aus den Winterferien zurück und hatten genug Zeit für die Planung gehabt. Das für das kalte Buffet bewilligte Budget war durchaus angemessen. Jed erlebte seine erste echte Überraschung, als er die Pressedame kennenlernte: Einem weitverbreiteten Klischee folgend, hatte er sich Pressedamen immer als richtige *Sexbomben* vorgestellt und war überrascht, als er sich einem kränklichen, mageren, fast buckligen Häufchen Elend gegenübersah. Die Frau trug den unpassenden Vornamen Marilyn und schien auch noch ziemlich neurotisch zu sein – während ihres gesamten ersten Gesprächs wickelte sie sich ängstlich Strähnen ihres langen, glatten Haars um die Finger, bis diese schließlich Knoten bildeten, die sie anschließend mit einem kräftigen Ruck abriss. Ihr lief unentwegt die Nase, und in ihrer riesigen Handtasche, die eher einer Einkaufstasche glich, transportierte sie über ein Dutzend Päckchen Papiertaschentücher – das entsprach in etwa ihrem täglichen Verbrauch. Die Begegnung fand in Olgas Büro statt, und es war richtiggehend peinlich, dieses traumhafte Wesen mit der unendlich begehrenswerten Figur neben diesem armen kleinen Weiblein mit seiner unerkundeten Scheide zu sehen; Jed fragte sich sogar eine Sekunde, ob Olga sie nicht gerade wegen ihrer Hässlichkeit gewählt hatte, um jede weibliche Konkurrenz in ihrer Umgebung auszuschließen. Aber nein, ganz gewiss nicht, sie war sich ihrer eigenen Schönheit viel zu sehr bewusst, außerdem war sie viel zu objektiv, um sich in einer Wettbewerbs- oder Konkurrenzsituation zu fühlen, wenn sie in ihrer Überlegenheit objektiv betrachtet nicht bedroht war – das war ihr übrigens nie im Leben passiert, auch wenn es wohl vorgekommen sein mochte, dass sie bei einer von M6 übertragenen Modenschau Kate Moss flüchtig um ihre Wangenknochen oder Naomi Campbell um ihren Hintern beneidet hatte. Olga hatte Marilyn sicher nur deshalb gewählt, weil diese im Ruf stand, ausgezeichnete Pressearbeit zu leisten, im Bereich der zeitgenössischen Kunst wurde sie sogar als die fähigste Pressefrau angesehen – zumindest auf dem französischen Markt.

»Ich bin sehr erfreut darüber, an diesem Projekt mitzuarbeiten«, verkündete Marilyn mit weinerlicher Stimme. »Höchst erfreut.«

Olga saß zusammengesunken neben ihr, um sich möglichst klein zu machen; sie fühlte sich furchtbar gehemmt und führte die beiden schließlich in einen kleinen Tagungsraum neben ihrem Büro. »Hier könnt ihr in Ruhe weiterarbeiten«, sagte sie, ehe sie erleichtert verschwand. Marilyn holte einen großen Terminkalender im Format 21 x 29,7 und zwei Päckchen Papiertaschentücher hervor und fuhr dann fort: »Ich habe ursprünglich Geographie studiert. Dann bin ich auf Humangeographie umgestiegen. Und jetzt kümmere ich mich ganz um menschliche Belange. Jedenfalls, insofern man so etwas noch als menschliche Wesen bezeichnen kann …«, sagte sie einschränkend.

Als Erstes wollte sie wissen, ob es in den Printmedien für ihn irgendein absolutes *must* gäbe. Das war nicht der Fall; tatsächlich konnte sich Jed überhaupt nicht daran erinnern, je im Leben eine Zeitung oder eine Zeitschrift gekauft zu haben. Er sah gern fern, vor allem morgens war das Zappen zwischen Zeichentrickfilmen und Börsennachrichten sehr entspannend, und wenn ihn ein Thema besonders interessierte, ging er ins Internet; aber die Printmedien erschienen ihm als ein seltsames Relikt früherer Zeiten, das vermutlich schon sehr bald dazu verdammt war, von der Bildfläche zu verschwinden, und für das er sich jedenfalls nicht im Geringsten interessierte.

»Okay ...«, erwiderte Marilyn zurückhaltend. »Dann darf ich also davon ausgehen, dass ich freie Hand habe.«

V

Sie hatte tatsächlich freie Hand, und sie machte auf vortreffliche Weise Gebrauch davon. Als sie am Abend der Vernissage den in der Avenue de Breteuil gelegenen Ausstellungsraum betraten, verschlug es Olga zunächst die Sprache. »Es sind erstaunlich viele Leute da«, sagte sie schließlich, sichtlich beeindruckt. »Ja, die Leute sind gekommen«, bestätigte Marilyn mit heimlicher Zufriedenheit, in der erstaunlicherweise leichter Groll mitzuschwingen schien. Es waren über hundert Leute da, aber in Wirklichkeit wollte sie damit sagen: Es sind zwar viele Leute da, aber woher soll man schon wissen, ob es wichtige Leute sind? Die einzige Person, die Jed erkannte, war Patrick Forestier, Olgas direkter Vorgesetzter, der für die Öffentlichkeitsarbeit von Michelin France verantwortlich war; ein Absolvent der École Polytechnique in Reinkultur, der drei Stunden lang versucht hatte, sich einen *Künstlerlook* draufzuschaffen, und dabei seine gesamte Garderobe durchprobiert hatte, um schließlich mit einem seiner üblichen grauen Anzüge vorliebzunehmen – allerdings ohne Krawatte.

Der Eingang zur Ausstellung war halb von einer großen Tafel versperrt, die zu beiden Seiten einen Durchgang von zwei Metern Breite freiließ und auf der nebeneinander ein Satellitenfoto von der Umgebung des Großen Belchen und die Vergrößerung einer Michelin-Departementalkarte vom selben Gebiet zu sehen waren. Der Kontrast war frappierend: Während auf dem Satellitenfoto nur eine Suppe aus mit verschwommenen bläulichen Flecken übersäten, mehr oder weniger einheitlichen Grüntönen zu erkennen war, zeigte die Karte ein faszinierendes Netz von Landstraßen, landschaftlich schönen Strecken, Aussichtspunkten, Wäldern, Seen und Pässen. Über den beiden Fotos stand in schwarzen Lettern der Titel der Ausstellung: »DIE KARTE IST INTERESSANTER ALS DAS GEBIET.«

Im eigentlichen Ausstellungsraum hatte Jed an großen, mobilen Stellwänden etwa dreißig großformatige Fotos aufgehängt – die ausschließlich Departementalkarten von Michelin zum Gegenstand hatten, dabei aber die unterschiedlichsten geographischen Bereiche abdeckten, vom Hochgebirge bis zur bretonischen Küste, von der normannischen Bocage-Landschaft bis zu den Getreideanbaugebieten im Departement Eure-et-Loir. Immer noch von Olga und Jed flankiert, blieb Marilyn auf der Schwelle zum Ausstellungsraum stehen und beobachtete das Gewühl aus Journalisten, bekannten Persönlichkeiten und Kritikern, ähnlich wie ein Raubtier eine Antilopenherde an der Tränke beobachtet.

»Pépita Bourguignon ist da«, sagte sie schließlich mit einem kurzen höhnischen Kichern.

»Bourguignon?«, fragte Jed.

»Die Kunstkritikerin von *Le Monde*.«

Fast hätte er die blöde Frage gestellt: »Von wem?«, aber dann erinnerte er sich daran, dass es sich dabei um eine Abendzeitung handelte, und nahm sich vor, für den Rest des Abends zu schweigen, soweit das ging. Aber sobald er sich von Marilyn losgeeist hatte, konnte er friedlich und ungestört zwischen seinen Fotos umherschlendern, ohne von jemandem als *der Künstler* wiedererkannt zu werden und sogar ohne dass er versucht hätte, den Kommentaren zuzuhören. Er hatte den Eindruck, dass das Stimmengewirr im Vergleich zu anderen Vernissagen nicht ganz so laut war; es herrschte eine konzentrierte, fast andächtige Atmosphäre, viele Leute betrachteten die Werke, das war vermutlich ein gutes Zeichen. Patrick Forestier war einer der wenigen, die ein überschwängliches Verhalten an den Tag legten: Mit einem Glas Champagner in der Hand drehte er sich um die eigene Achse, um seinen Zuhörerkreis zu erweitern, und beglückwünschte sich lautstark zum »Ende des Missverständnisses zwischen Michelin und der Kunstwelt«.

Drei Tage später tauchte Marilyn in dem Tagungsraum neben Olgas Büro auf, wo Jed sich hingesetzt hatte, um sich über die Reaktionen zu informieren. Aus ihrer Einkaufstasche kramte sie ein Päckchen Papiertaschentücher und die jüngste Ausgabe von *Le Monde* hervor.

»Haben Sie das noch nicht gelesen?«, rief sie mit ungewohnt großer Erregung. »Na, dann habe ich ja gut daran getan zu kommen.«

Der von Patrick Kéchichian verfasste Artikel – eine ganze Seite mit einer sehr schönen farbigen Wiedergabe von Jeds Foto der Departementalkarte Dordogne und Lot – war geradezu eine Lobeshymne. Gleich in den ersten Zeilen setzte er den Standpunkt des Betrachters der Karte – oder des Satellitenfotos – mit dem Standpunkt Gottes gleich. »Mit der gelassenen Ruhe großer Revolutionäre«, schrieb er, »wendet sich der Künstler – ein noch junger Mann – schon auf dem uns im Eingangsbereich erwartenden Werk, mit dem er uns einen ersten Einblick in sein Universum verschafft, von dem naturalistischen, neopaganistischen Weltbild ab, mit dem sich unsere Zeitgenossen herumschlagen, um das Bild des ABWESENDEN wiederzufinden. Nicht ohne einen Hauch von Dreistigkeit nimmt er den Standpunkt Gottes ein, der an der Seite des Menschen an der (Re-)Konstruktion der Welt teilhat.« Anschließend stellte er ausführlich die einzelnen Werke vor und bewies dabei erstaunlich gute technische Kenntnisse, was die Fotografie anging, ehe er den Artikel mit folgenden Sätzen beendete: »Jed Martin hat zwischen der mystischen Vereinigung mit der Welt und der rationalen Theologie seine Wahl getroffen. Er hat vielleicht als Erster in der westlichen Kunst seit den großen Malern der Renaissance den nächtlichen Versuchungen der Hildegard von Bingen die schwierigen, aber klaren Lehren des ›stummen Ochsen‹, wie Thomas von Aquin von seinen Mitschülern an der Kölner Klosterschule genannt wurde, vorgezogen. Auch wenn diese Wahl natürlich anfechtbar ist, steht die hohe Gesinnung, die sie impliziert, außer Zweifel. Damit kündigen sich die künstlerischen Events dieses Jahres auf jeden Fall unter verheißungsvollen Auspizien an.«

»Gar nicht so blöd, was er da schreibt«, meinte Jed.

Sie blickte ihn empört an. »Dieser Artikel ist spitze!«, erwiderte sie streng. »Es ist natürlich seltsam, dass Kéchichian ihn verfasst hat, normalerweise schreibt er nur Buchkritiken. Dabei war Pépita Bourguignon auf der Vernissage …« Sie wirkte ein paar Sekunden etwas hilflos, doch dann sagte sie in entschiedenem Ton: »Jedenfalls ist mir eine ganze Seite von Kéchichian lieber als eine Kurzbesprechung von Bourguignon.«

»Und wie geht es jetzt weiter?«

»Jetzt geht es erst richtig los. Es wird immer mehr Artikel geben.«

Sie feierten das Ereignis noch am selben Abend im Restaurant *Chez Anthony et Georges.* »Man spricht im Moment sehr viel über Sie ...«, flüsterte Georges ihm zu, während er Olga aus dem Mantel half. Gastwirte lieben Prominente, sie verfolgen kulturelle und mondäne Ereignisse mit großer Aufmerksamkeit in der Tagespresse, da sie wissen, dass die Anwesenheit von Prominenten in ihrem Restaurant eine starke Anziehungskraft auf die Bevölkerungsschicht der reichen Schwachköpfe ausüben kann, die sie bevorzugt als Gäste zu gewinnen versuchen; und Prominente lieben im Allgemeinen Restaurants, sodass sich eine Art von natürlicher Symbiose zwischen Gastwirten und Prominenten einstellt. Jed nahm als frischgebackener Mini-Promi ohne Schwierigkeit die seinem neuen Status angemessene Haltung bescheidener Gleichgültigkeit ein, was Georges als Experte für Halbprominente mit einem dankbaren Lächeln würdigte. An jenem Abend war das Restaurant leer bis auf ein koreanisches Paar, das ziemlich bald ging. Olga entschied sich für ein Gazpacho mit Rucola und einen halbgar gekochten Hummer mit Yamswurzelpüree, Jed für ganz kurz in der Pfanne angebratene Jakobsmuscheln und ein Steinbuttsoufflé mit Kümmel und Edelcrassaneschaum. Während des Desserts setzte sich Anthony in seiner Küchenschürze zu ihnen und streckte ihnen eine Flasche Bas-Armagnac von Castarède, Jahrgang 1905, entgegen. »Das geht auf meine Rechnung«, sagte er außer Atem, ehe er ihre Gläser füllte. Dem Weinführer von Rothenstein und Bowles zufolge bestach dieser Jahrgang durch seinen edlen, vollmundigen Charakter und seine Eleganz. Im Abgang war er mit seinem Backpflaumenaroma und einem typischen Rancio-Geschmack charakteristisch für einen jahrelang in Eichenfässern gelagerten Weinbrand: langanhaltende Geschmacksempfindung und Nachgeschmack von altem Leder. Anthony war seit ihrem letzten Besuch etwas rundlicher geworden, das war wohl unvermeidlich, die Testosteronproduktion nimmt mit fortschreitendem Alter ab und die Fettmasse zu, er kam allmählich ins kritische Alter.

Olga sog den Duft des Weinbrands lange und genüsslich ein, ehe sie an ihm nippte; sie passte sich den französischen Sitten erstaunlich gut an, es war schwer zu glauben, dass sie ihre Kindheit in einer Sozialwohnung am Stadtrand von Moskau verbracht hatte.

»Wie erklärt es sich eigentlich«, fragte sie, nachdem sie den ersten Schluck getrunken hatte, »dass die neuen Küchenchefs, ich meine, die Küchenchefs, über die man spricht, fast alle homosexuell sind?«

»Haaa!« Anthony reckte sich wollüstig auf seinem Stuhl und ließ entzückt den Blick durch sein Restaurant schweifen. »Weißt du, mein Schatz, *das* ist das große Geheimnis, denn die Homosexuellen waren schon immer richtig ver-*rückt* aufs Kochen, schon seit jeher, aber niemand hat das je gesagt, absolut *niemand*. Was meiner Meinung nach den Ausschlag gegeben hat, sind die drei Sterne, die Frank Pichon bekommen hat. Dass ein transsexueller Küchenchef drei Sterne im Michelin-Führer ergattern konnte, das war wirklich stark!« Er trank einen Schluck und schien über vergangene Zeiten nachzusinnen. »Und dann«, fuhr er außerordentlich lebhaft fort, »und dann gab es natürlich noch eine Sache, die alles ausgelöst hat, die wie eine Bombe eingeschlagen ist, nämlich das Outing von Jean-Pierre Pernaut!«

»Ja, okay, das Outing von Jean-Pierre Pernaut war schon eine irre Geschichte«, gab Georges widerwillig zu. »Aber weißt du, Tony«, fuhr er mit zischender, fast zänkischer Stimme fort, »im Grunde hat sich nicht die Gesellschaft geweigert, homosexuelle Köche zu akzeptieren, sondern die Homosexuellen haben sich geweigert, sich als Köche zu akzeptieren. Erinnere dich doch nur mal daran, wie das bei uns gelaufen ist: Über uns ist nicht eine Zeile in *Têtu* veröffentlicht worden, kein Wort, der erste Artikel über unser Restaurant ist in *Le Parisien* erschienen. In der traditionellen Schwulenszene herrschte die Ansicht, es sei nicht glamourös genug, in die Gastronomie einzusteigen. Für sie war das zu *spießig*, genau, zu *spießig*!« Jed hatte plötzlich die Eingebung, dass sich Georges' sichtlicher Groll unter anderem gegen Anthonys Speckfalten richtete und dass auch er sich irgendwie nach vergangenen vorkulinarischen *Lack-und-Leder*-Zeiten zurücksehnte. Nun ja, es war wohl besser, das Thema zu wechseln, daher kam er noch einmal geschickt auf Jean-Pierre Pernauts Outing zu sprechen, ein starkes Thema, das sich geradezu anbot; er selbst als Fernsehzuschauer sei zutiefst erschüttert gewesen, das live vor den Kameras von France 2 geflüsterte Geständnis »Ja, das stimmt, ich liebe David« werde in seinen Augen eines der Highlights der Fernsehkultur in den Jahren um 2010 bleiben. Darauf konnten sich alle schnell einigen, Anthony spendierte eine weitere Runde Bas-Armagnac. »Ich definiere mich vor allem als Fernsehzuschauer!«, rief Jed in einer Anwandlung von Verbrüderung, die ihm einen überraschten Blick von Olga einbrachte.

VI

Einen Monat darauf betrat Marilyn mit ihrer Einkaufstasche, die noch schwerer beladen war als üblich, das Büro. Nachdem sie sich dreimal die Nase geputzt hatte, legte sie Jed ein dickes, von Gummibändern zusammengehaltenes Dossier auf den Tisch.

»Das ist die Presse«, sagte sie schließlich, da er nicht reagierte.

Er betrachtete den Papphefter mit leerem Blick, ohne ihn aufzuschlagen. »Und wie ist sie?«, fragte er.

»Ausgezeichnet. Sie haben alle was gebracht.« Sie schien sich darüber nicht sonderlich zu freuen. Hinter der verschnupften Fassade dieser kleinen Frau verbarg sich eine Kämpfernatur, eine Spezialistin für *Kommandounternehmen*: Sie war Feuer und Flamme, wenn es darum ging, eine Operation in Gang zu setzen, den ersten großen Artikel zu bekommen; doch anschließend, wenn die Sache ins Rollen gekommen war, verfiel sie wieder in jämmerliche Apathie. Sie redete immer leiser, und Jed hatte Mühe, sie zu verstehen, als sie hinzufügte: »Nur Pépita Bourguignon hat nichts geschrieben.«

»Also gut«, sagte sie zum Abschluss traurig. »Es war schön, mit Ihnen zusammenzuarbeiten.«

»Sehen wir uns nicht mehr wieder?«

»Wenn Sie mich brauchen, gern. Sie haben ja meine Handynummer.«

Sie verabschiedete sich und ging wieder einem ungewissen Schicksal entgegen – man hatte wirklich den Eindruck, sie werde sich einen Kräutertee kochen und sofort wieder ins Bett legen. Als sie durch den Türrahmen ging, wandte sie sich noch ein letztes Mal um und sagte mit tonloser Stimme: »Ich glaube, das war einer der größten Erfolge meines Lebens.«

Die Kritik war tatsächlich, wie Jed beim Durchblättern der Artikel feststellte, voller Lob, und zwar ungewöhnlich einhellig. Es kommt in den zeitgenössischen Gesellschaften zuweilen vor, dass Modeerscheinungen, obwohl zahlreiche Journalisten ihnen hartnäckig nachspüren, um sie schon in ihren Anfangsstadien auszumachen oder sie nach Möglichkeit gar zu kreieren, sich auf wilde, anarchische Weise entwickeln und verbreiten, ehe man ihnen einen Namen gegeben hat – tatsächlich ist das seit der massiven Verbreitung von Internetanschlüssen und dem damit verbundenen Niedergang der Printmedien immer häufiger der Fall. Der in ganz Frankreich zunehmende Erfolg von Kochkursen, die seit kurzem zu beobachtende Entstehung lokaler Wettbewerbe, um die Kreation neuer Fleisch- und Wurstwaren oder neuer Käsesorten auszuzeichnen, die massive, unaufhaltsame Entwicklung der Wanderbewegung und schließlich das Outing von Jean-Pierre Pernaut – all das trug zu einem neuen soziologischen Sachverhalt bei: Zum ersten Mal seit Jean-Jacques Rousseau wurde in Frankreich alles Regionale wieder *trendy*. Dieser Tatbestand schien der französischen Gesellschaft ganz plötzlich, vermittelt durch die wichtigsten Tageszeitungen und Zeitschriften, bewusst zu werden, und zwar innerhalb weniger Wochen nach dem Beginn von Jeds Ausstellung. Und die Michelin-Karte, ein an sich völlig unbemerkter Gebrauchsgegenstand, wurde innerhalb derselben Wochen zum bevorzugten Einführungsmaterial dessen, was die Tageszeitung *Libération* ohne sich zu schämen die »Magie des Regionalen« nennen sollte.

Patrick Forestiers Büro, durch dessen Fenster man den Arc de Triomphe sehen konnte, war auf geschickte Weise modulierbar: Man brauchte nur ein paar Elemente zu verschieben, um dort eine Konferenz, eine Filmvorführung oder einen Brunch veranstalten zu können, und all das auf einem letztlich ziemlich begrenzten Raum von siebzig Quadratmetern. Eine Mikrowelle erlaubte es, Gerichte aufzuwärmen, und man konnte dort sogar schlafen. Um Jed zu empfangen, hatte Forestier die Form des »Arbeitsfrühstücks« gewählt; Obstsäfte, Frühstücksgebäck und Kaffee erwarteten sie auf einem niedrigen Tisch.

Er breitete die Arme weit aus, um Jed zu begrüßen, und strahlte über das ganze Gesicht. »Ich wusste, dass es ein Erfolg wird ... Ich wusste es von Anfang an!«, rief er, was Olga zufolge, die Jed vor dem Treffen ein kurzes Briefing gegeben hatte, zumindest übertrieben war. »Aber ... nach diesem erfolgreichen *Versuch* müssen wir jetzt den Ball *über die Linie* bringen!« (Er bewegte die Arme schnell hin und her, um, wie Jed sofort begriff, eine Ballabgabe beim Rugby zu imitieren.) »Nehmen Sie Platz.« Sie setzten sich auf die beiden Sofas, die den niedrigen Tisch umgaben; Jed schenkte sich einen Kaffee ein. »*We are a team*«, fügte Forestier ziemlich unnötigerweise hinzu.

»Der Verkauf unserer Karten ist im letzten Monat um 17 Prozent gestiegen«, fuhr er fort. »Wir könnten die Preise leicht anheben, andere würden das tun, aber nicht wir.«

Er ließ Jed die Zeit, die edle Gesinnung zu ermessen, die dieser kommerziellen Entscheidung zugrunde lag, ehe er hinzufügte: »Unerwarteter ist die Tatsache, dass es nun sogar Käufer für alte Michelin-Karten gibt; wir haben die Angebote im Internet beobachtet. Wenn ich daran denke, dass wir uns bis vor wenigen Wochen noch damit abgefunden hatten, unsere veralteten Karten einstampfen zu lassen ...«, fügte er düster hinzu. »Wir haben einen Schatz vergeudet, von dessen Wert niemand in unserem Haus etwas ahnte ... bis wir Ihre herrlichen Fotos gesehen haben.« Er schien in eine finstere Meditation über dieses auf so dumme Weise verschleuderte Geld versunken zu sein, vielleicht auch allgemeiner über die Wertvernichtung, aber dann fasste er sich wieder. »Was Ihre ...« – er suchte nach dem passenden Wort – »... was Ihre *Werke* angeht, müssen Sie jetzt den entscheidenden Schlag führen!« Er richtete sich plötzlich auf dem Sofa auf, Jed hatte den flüchtigen Eindruck, er wolle auf den niedrigen Tisch springen und sich mit den Fäusten auf die Brust trommeln, um Tarzan nachzuahmen; er kniff die Augen zusammen, um diese Vision zu vertreiben.

»Ich habe ein langes Gespräch mit Mademoiselle Sheremoyova geführt, mit der Sie, glaube ich ...« (Wieder suchte er nach Worten – das ist der Nachteil von Absolventen der École Polytechnique: Sie kommen den Arbeitgeber bei der Einstellung zwar etwas billiger als Absolventen der École Nationale d'Administration, aber sie brauchen eben mehr Zeit, um die passenden Worte zu finden; schließlich merkte er, dass er vom Thema abschweifte.) »Kurz gesagt, wir waren uns darüber einig, dass eine direkte Vermarktung über unser eigenes Vertriebsnetz unvorstellbar ist. Es darf keinesfalls der Anschein erweckt werden, dass wir Ihre künstlerische Unabhängigkeit beeinträchtigen. Soweit ich weiß«, fuhr er unsicher fort, »wird der Handel mit Kunstwerken im Allgemeinen durch die Vermittlung von *Galerien* betrieben ...«

»Ich habe keinen Galeristen.«

»Das hatte ich zu verstehen geglaubt. Daher habe ich an folgende Konfiguration gedacht: Wir könnten die Konzeption einer Website finanzieren, auf der Sie Ihre Arbeiten vorstellen und direkt verkaufen können. Selbstverständlich liefe die Website auf Ihren Namen, Michelin würde mit keinem Wort erwähnt. Ich glaube, es ist besser, wenn Sie selbst die Durchführung der Abzüge überwachen. Die Logistik und den Versand hingegen könnten wir übernehmen.«

»Ich bin damit einverstanden.«

»Perfekt, perfekt. Diesmal verfolgen wir, glaube ich, eine echte Win-win-Strategie!«, sagte er begeistert. »Ich habe alles in einem Vertragsentwurf zusammengestellt, den Sie sich natürlich in aller Ruhe ansehen können.«

Jed betrat einen langen, sehr hellen Flur. In der Ferne war durch eine große Fensterwand die Grande Arche de la Défense zu sehen, der Himmel war von herrlich winterlichem Blau, das fast künstlich wirkte; ein Phthalocyanin-Blau, dachte Jed flüchtig. Er ging langsam und zögernd, als bewege er sich durch Watte; er wusste, dass soeben eine neue Wendung in seinem Leben begonnen hatte. Die Tür zu Olgas Büro war offen, sie lächelte ihm zu.

»Gut. Es war genau so, wie du gesagt hast«, fasste er die Sache zusammen.

VII

JED HATTE EIN REIN LITERARISCHES und künstlerisches Studium absolviert und nie Gelegenheit gehabt, über das kapitalistische Rätsel schlechthin nachzudenken: nämlich das der *Preisbildung*. Er hatte sich für FineArt Canvas von Hahnemühle entschieden, ein Papier, das eine ausgezeichnete Farbsättigung und gute Altersbeständigkeit bot. Aber das Kalibrieren der Farben stellte sich bei diesem Papier als ziemlich schwierig heraus und war sehr unbeständig, und der Epson-Driver war noch nicht ausgereift, daher beschloss er, sich auf zwanzig Vergrößerungen pro Foto zu beschränken. Ein Abzug kostete ihn ungefähr dreißig Euro; er beschloss, sie für zweihundert Euro auf der Website anzubieten.

Als er das erste Foto online anbot, eine Vergrößerung aus der Gegend um Hazebrouck, war die Serie in weniger als drei Stunden ausverkauft. Der Preis war ganz offensichtlich nicht angemessen. Nach ein paar Versuchen stabilisierte sich der Preis innerhalb weniger Wochen bei etwa zweitausend Euro für einen Abzug im Format 40 x 60. Jetzt war es also so weit: Er kannte seinen *Marktwert*.

Im Pariser Becken hielt der Frühling Einzug, und Jed brachte es nach und nach, ohne es wirklich geplant zu haben, zu komfortablem Wohlstand. Im April stellten sie überrascht fest, dass sein monatliches Einkommen Olgas Einkünfte überstieg. Im Mai jenes Jahres gab es ungewöhnlich viele verlängerte Wochenenden: Der 1. Mai fiel auf einen Donnerstag, der 8. natürlich auch – anschließend kam wie gewöhnlich der Himmelfahrtstag und schließlich das lange Pfingstwochenende. Das neue Hotelverzeichnis von *French Touch* war soeben erschienen. Die Ausarbeitung war unter Olgas Aufsicht erfolgt, sie hatte die von den Hoteliers verfassten Texte redigiert und vor allem die Fotos ausgesucht; manchmal hatte sie sogar neue Fotos anfertigen lassen, wenn ihr die vorgeschlagenen nicht verlockend genug erschienen.

Der Jardin du Luxembourg wurde allmählich in Dunkelheit getaucht, sie hatten sich auf den Balkon gesetzt, das Wetter war mild. Das letzte Kindergeschrei verstummte in der Ferne, bald würden die Torgitter für die Nacht geschlossen werden. Olga kannte von Frankreich eigentlich nur Paris, sagte sich Jed, während er im Hotelführer *French Touch* blätterte, und er selbst ehrlich gesagt auch nicht viel mehr. In diesem Buch wirkte Frankreich wie ein zauberhaftes Land, ein Mosaik aus herrlichen Landschaften voller Schlösser und Herrenhäuser von erstaunlicher Vielfalt, in dem es sich jedoch auch sonst *gut leben* ließ.

»Hast du Lust, übers Wochenende aufs Land zu fahren?«, fragte er und legte das Buch zur Seite. »In eines der Hotels, die in deinem Führer beschrieben sind.«

»Ja, das ist eine gute Idee.« Sie dachte ein paar Sekunden nach. »Aber dann inkognito. Ohne zu sagen, dass ich bei Michelin arbeite.«

Selbst unter diesen Bedingungen, sagte sich Jed, konnten sie davon ausgehen, dass sie von den Hoteliers mit besonderer Aufmerksamkeit empfangen wurden. Ein junges, reiches Paar aus der Stadt, kinderlos, hübsch anzuschauen und noch in der ersten Phase ihrer Liebe – und aufgrund dessen stets bereit, beim geringsten Anlass in Entzücken zu geraten, und zwar in der Hoffnung, sich einen Vorrat an *schönen Erinnerungen* zu schaffen, der ihnen helfen würde, die schwierigen Jahre zu überstehen, und ihnen vielleicht sogar erlauben würde, eine *Partnerschaftskrise* zu überwinden –: Die beiden stellten für jeden Hotelier oder Gastronom den Archetypen der idealen Gäste dar.

»Wohin möchtest du als Erstes fahren?«

Als Jed ein wenig nachdachte, stellte er fest, dass die Antwort auf diese Frage gar nicht so einfach war. Seines Wissens waren viele Regionen äußerst interessant. Vielleicht stimmte es ja, dass Frankreich ein wunderbares Land war – zumindest vom Standpunkt eines Touristen.

»Lass uns mit dem Zentralmassiv anfangen«, entschied er schließlich. »Für dich ist das perfekt. Es gibt vielleicht noch schönere Gegenden, aber das Zentralmassiv hat etwas typisch Französisches, finde ich. Auf jeden Fall ist das Frankreich wie im Bilderbuch.«

Nun blätterte Olga in dem Führer; sie zeigte ihm ein Hotel. Jed runzelte die Stirn. »Die Farbe der Fensterläden ist schlecht gewählt... Zu grauem Stein hätte ich Braun, Rot oder meinetwegen Grün genommen, aber bestimmt kein Blau.« Er vertiefte sich in die Beschreibung, und seine Verwunderung nahm zu. »Was ist das denn für ein Kauderwelsch? ›Im Herzen des Cantal mit provenzalischem Einschlag, wo sich Tradition auf Kontemplation und Freiheit auf Respekt reimt ...‹ Freiheit und Respekt, das reimt sich doch überhaupt nicht!«

Olga nahm ihm das Buch aus der Hand und vertiefte sich in die Lektüre. »Ach so, jetzt verstehe ich! ›Bei Martine und Omar können Sie authentische Gerichte und Weine kosten‹, – sie hat einen Nordafrikaner geheiratet, daher das mit dem ›Respekt‹.«

»Das ist vielleicht gar nicht so schlecht, vor allem, wenn der Typ Marokkaner ist. Die marokkanische Küche ist verdammt gut. Möglicherweise gibt es dort sogar Fusion Food, etwas Frankomarokkanisches, Pastilla mit Foie gras zum Beispiel.«

»Kann sein«, sagte Olga nicht recht überzeugt. »Aber ich als Touristin möchte etwas typisch Französisches. Diese frankomarokkanischen oder frankovietnamesischen Gerichte sind vielleicht etwas für ein Schickimicki-Restaurant am Canal Saint-Martin in Paris, aber bestimmt nicht für ein Romantik-Hotel im Cantal. Vielleicht lasse ich es aus dem Führer streichen.«

Sie tat nichts dergleichen, aber dieses Gespräch brachte sie zum Nachdenken, und ein paar Tage später schlug sie ihren Vorgesetzten vor, eine statistische Erhebung über die tatsächlich konsumierten Gerichte in den Hotels der Kette in Auftrag zu geben. Die Ergebnisse wurden erst sechs Monate später bekannt, bestätigten aber ihre Vermutung in starkem Maße. Kreative sowie asiatische Küche wurden einhellig abgelehnt. Nordafrikanische Küche wurde nur im äußersten Süden Frankreichs und in Korsika geschätzt. Die Restaurants, die das Image »traditioneller« Küche pflegten oder mit Gerichten »nach Großmutters Art« warben, verzeichneten Einnahmen, die um 63 Prozent höher lagen als der Durchschnitt. Käse und Gerichte vom Schwein waren sichere Werte, aber vor allem Speisen auf der Grundlage seltsamer Tiere, die eine nicht nur französische, sondern regionale Konnotation hatten, wie Ringeltauben, Weinbergschnecken oder Lampreten, erreichten außergewöhnlich hohe Quoten. Der Leiter des Segments *Fine Food*, der den Kommentar zu dem Bericht verfasst hatte, zog ohne Umschweife folgende Schlussfolgerung:

Wir haben vermutlich den Fehler begangen, uns auf die gastronomischen Gewohnheiten der angelsächsischen Gäste zu konzentrieren, die auf der Suche nach einem gastronomischen Erlebnis light *sind, wobei die sanitäre Sicherheit für sie eine ebenso wichtige Rolle spielt wie der Geschmack, was sich durch die Vorliebe für pasteurisierte Produkte und die ständige Sorge um die Gewährleistung einer unterbrechungsfreien Kühlkette ausdrückt. Diese Kategorie von Gästen existiert in Wirklichkeit jedoch gar nicht: Amerikanische Gäste waren in Frankreich nie sehr zahlreich, und der Anteil der Engländer verringert sich ständig; die angelsächsischen Besucher machen in ihrer Gesamtheit nur noch 4,3 Prozent unseres Umsatzes aus. Unsere neuen Gäste, unsere realen Gäste, die aus jüngeren Ländern mit raueren Sitten sowie erst vor kurzem eingeführten und ohnehin nur selten eingehaltenen sanitären Normen stammen, sind im Gegensatz dazu bei ihrem Frankreichaufenthalt auf der Suche nach einer* Vintage- *wenn nicht gar* Hardcore-*Erfahrung im Bereich der Gastronomie. Nur die Restaurants, die imstande sind, sich diesen neuen Gegebenheiten anzupassen, sollten es in Zukunft verdienen, in unserem Führer genannt zu werden.*

VIII

SIE VERLEBTEN MEHRERE glückliche Wochen (es war nicht mehr, es konnte nicht mehr das übersteigerte, fiebrige Glück *junger Menschen* sein, es kam für sie nicht mehr in Frage, sich ein Wochenende lang *auszutoben* oder *sich fürchterlich in die Wolle zu kriegen*; es war schon – auch wenn sie noch in einem Alter waren, in dem man sich amüsieren kann – die Vorbereitung auf das epikureische, friedliche, gepflegte Glück ohne Snobismus, das die westliche Gesellschaft den Angehörigen der gehobenen Mittelschicht gegen Mitte ihres Lebens bietet). Sie gewöhnten sich an den theatralischen Ton, den die Ober in den mit einem Stern ausgezeichneten Restaurants annahmen, um die Zusammensetzung der »Amuse Bouche« und sonstiger »Grüße aus der Küche« anzukündigen, und auch an ihre Art, wie sie bei jedem neuen Gang, den sie brachten, in beflissenem, leicht gestelztem Tonfall »Lassen Sie es sich weiterhin munden, Messieurs Dames!« wünschten, was Jed jedes Mal an die Worte »Ich wünsche Ihnen eine andächtige Messe« erinnerte, die ihnen ein junger, dicklicher, vermutlich sozialistischer Priester zugerufen hatte, als Geneviève und er, einem unerklärlichen Impuls folgend, die Kirche Notre-Dame-des-Champs kurz vor Beginn der Sonntagsmesse betreten hatten, nachdem sie gerade in dem Appartement am Boulevard du Montparnasse, in dem sie damals wohnte, miteinander geschlafen hatten. Jed hatte in der

Folgezeit mehrfach an diesen Priester zurückgedacht, der vom Äußeren her François Hollande ein wenig ähnelte, aber im Gegensatz zu dem Politiker hatte er sich *verschnitten um des Himmelreiches willen.* Viele Jahre später, als Jed begonnen hatte, an der *Serie einfacher Berufe* zu arbeiten, hatte er mehrfach mit dem Gedanken gespielt, das Porträt eines dieser keuschen, opferbereiten, immer seltener anzutreffenden Männer anzufertigen, die durch die Großstädte wanderten, um mit ihrem Glauben den Menschen Stärkung zu bringen. Aber dieses Vorhaben war gescheitert, er hatte es nicht einmal geschafft, das Thema richtig in den Griff zu bekommen. Als Erben einer tausendjährigen spirituellen Tradition, die niemand mehr richtig verstand, waren die Priester, die früher einen hohen Rang in der Gesellschaft eingenommen hatten, heutzutage nach einem furchtbar langen, schwierigen Studium, das die Beherrschung der lateinischen Sprache, des kanonischen Rechts, der rationalen Theologie und anderer fast unverständlicher Materien voraussetzte, dazu verurteilt, unter elenden materiellen Bedingungen zu leben; sie nahmen die Metro in Gemeinschaft anderer Menschen, gingen von einer Gruppe, in der das Evangelium diskutiert wurde, zu einem Alphabetisierungskurs, lasen jeden Morgen die Messe vor einer spärlichen, alternden Gemeinde, jegliche Form von Sinnenfreuden war ihnen untersagt, bis hin zu den elementaren Freuden des Familienlebens, und dennoch waren sie aufgrund ihrer Funktion gezwungen, Tag für Tag uneingeschränkten Optimismus zu zeigen. Fast alle Gemälde von Jed Martin stellen, wie Kunsthistoriker später schreiben sollten, Männer oder Frauen dar, die bei der Ausübung ihres Berufs einen gewissen *guten Willen* zeigten, auch wenn es sich dabei nur um einen bedingt guten Willen handelte, denn die Unterwerfung unter berufliche Zwänge brachte ihnen als Gegenleistung dafür eine je nach Berufsbranche unterschiedliche Mischung aus finanzieller Befriedigung und Stärkung des Selbstbewusstseins ein. Die demütigen, mittellosen, von allen verachteten jungen Großstadtpriester, die allen Ärgernissen des Großstadtlebens ausgesetzt waren, ohne zu irgendeinem seiner Vergnügen Zugang zu haben, mussten jemandem, der nicht ihren Glauben teilte, verwirrend und kaum erschließbar erscheinen.

Der Hotelführer *French Touch* schlug im Gegensatz dazu eine begrenzte, aber nachweisbare Palette von Vergnügungsmöglichkeiten vor. Man konnte an der Befriedigung des Inhabers von *La Marmotte Rieuse* teilhaben, wenn er die Beschreibung seines Hotels mit dem gelassenen, selbstsicheren Satz beendete: »Geräumige Zimmer (Badezimmer mit Whirlpool), verführerische Menüs, zehn hausgemachte Konfitüren zum Frühstück: Hier sind Sie wirklich in einem Romantik-Hotel.« Man konnte sich von der poetischen Prosa des Hoteldirektors des *Carpe Diem* mitreißen lassen, der den Aufenthalt in seinem Haus mit folgenden Worten beschrieb: »Ein Lächeln wird Sie vom Garten (mit mediterranen Gewächsen) in Ihre Suite geleiten, Räumlichkeiten, die alle Ihre Sinne durcheinanderbringen werden. Dann brauchen Sie nur noch die Augen zu schließen, um die Düfte des Paradieses und das Plätschern des Springbrunnens im Hamam aus weißem Marmor im Gedächtnis zu behalten und nur noch eine Gewissheit durchsickern zu lassen: ›Hier ist das Leben schön.‹« Im grandiosen Rahmen des *Château de Bourbon-Busset*, in dem die Nachfahren jener illustren Familie mit vollendeter Eleganz die Kunst des stilvollen Empfangs fortführen, konnte man ergreifende Erinnerungsstücke betrachten (ergreifend vermutlich nur für die Familie der Bourbon-Busset), die aus der Zeit der Kreuzzüge stammten; manche Zimmer waren mit Wasserbetten eingerichtet. Dieses

Nebeneinander von *altväterlichen* oder *regionalen* Elementen und zeitgenössischen hedonistischen Einrichtungsgegenständen rief manchmal einen seltsamen Eindruck hervor, fast den einer Geschmacksverirrung, aber vielleicht, sagte sich Jed, suchten die Gäste der Hotelkette oder zumindest deren eigentliche *Zielgruppe* gerade diese unwahrscheinliche Mischung. Die sich auf konkrete Dinge beziehenden Versprechen der Hotelbeschreibungen wurden jedenfalls eingehalten. Im Park des *Château des Gorges du Haut-Cézallier* sollte es angeblich Hirschkühe, Rehe und einen kleinen Esel geben; es gab dort tatsächlich einen kleinen Esel. Wenn man durch die Gärten der *Auberge Verticale* schlenderte, könne man Miguel Santamayor sehen, einen »Chefkoch voller Intuition«, der eine »ungewöhnliche Synthese aus Tradition und Futurismus« erziele; man sah tatsächlich einen Typen, der ein wenig wie ein Guru wirkte und sich in der Küche zu schaffen machte, ehe er nach seiner »Symphonie der Gemüse und der Jahreszeiten« persönlich auftauchte, um eine seiner *Havannas aus Leidenschaft* anzubieten.

Sie verbrachten ihr letztes Wochenende, inzwischen war es Pfingsten, im *Château du Vault-de-Lugny*, einem *exklusiven Luxushotel*, dessen prunkvolle Zimmer auf einen Park von vierzig Hektar hinausgingen, dessen ursprünglicher Plan Le Nôtre zugeschrieben wurde. Dem Hotelführer zufolge »verfeinerte die Küche eine regionale Tradition von unendlichem Reichtum«, man hatte dort »die schönsten Seiten Frankreichs in konzentrierter Form« vor sich. In diesem Hotel erklärte Olga am Pfingstmontag beim Frühstück, dass sie Ende des Monats nach Russland zurückkehren werde. Sie kostete in jenem Moment gerade eine Walderdbeerkonfitüre, und die Vögel, die alle menschlichen Dramen gleichgültig ließen, zwitscherten in dem von Le Nôtre konzipierten Park. Ein paar Meter neben ihnen schlug sich eine chinesische Familie den Bauch mit Waffeln und Bratwürsten voll. Die Bratwürste zum Frühstück waren im Château du Vault-de-Lugny ursprünglich eingeführt worden, um den Wünschen traditionsbewusster angelsächsischer Gäste entgegenzukommen, die Wert auf ein proteinreiches, fettes Frühstück legten. Es hatte darüber im Verlauf einer kurzen, aber entscheidenden Unternehmensbesprechung eine Diskussion gegeben; die noch unklaren, schlecht formulierten gastronomischen Vorlieben der zahlreichen neuen chinesischen Gäste – aber Bratwürste schienen offensichtlich eine davon zu sein – hatten dazu geführt, dass dieses Produkt nicht von der Bestellliste des Hotellieferanten gestrichen wurde. Andere burgundische Romantik-Hotels kamen in jenen Jahren zu derselben Schlussfolgerung, und dadurch blieb der seit 1927 in jener Gegend ansässigen Firma *Saucisses et Salaisons Martenot* der Konkurs – und eine Kurzmeldung im Regionalprogramm von FR3 in der Rubrik »Soziales« – erspart.

Olga jedoch, die sowieso nicht auf proteinreiche Nahrung *stand*, zog die Walderdbeerkonfitüre vor und wurde allmählich richtig nervös, weil ihr klar war, dass sich ihre Zukunft innerhalb weniger Minuten hier entscheiden würde, und die Männer waren heutzutage so schwer zu begreifen; nicht zu Anfang, denn Miniröcke erzielten noch immer die erwünschte Wirkung, aber anschließend wurden die Typen immer seltsamer. Michelin war fest entschlossen, die Präsenz der Unternehmensgruppe in Russland zu verstärken, dieses Land war eine ihrer vorrangigen Entwicklungsachsen, Olgas Gehalt würde glatt verdreifacht, und sie würde fünfzig Leute unter sich haben, das war eine Beförderung, die sie auf keinen Fall ablehnen konnte, in den Augen der Betriebsleitung wäre eine Weigerung nicht nur unverständlich, sondern sogar kriminell gewesen, ein leitender

Angestellter hat nicht nur Verpflichtungen gegenüber seiner Firma, sondern auch sich selbst gegenüber, er muss seine Karriere hegen und pflegen wie Christus die Kirche oder die Ehefrau den Ehemann, er muss auf jeden Fall den Aufstiegsmöglichkeiten ein Minimum an Aufmerksamkeit widmen, wenn er seinen betroffenen Vorgesetzten nicht zeigen will, dass er nie würdig sein wird, subalterne Positionen hinter sich zu lassen.

Jed hüllte sich in bockiges Schweigen, stocherte nur ab und zu mit dem Löffel in seinem weichen Ei herum und warf Olga betretene Blicke zu wie ein bestraftes Kind.

»Du kannst nach Russland kommen«, sagte sie. »Du kannst kommen, wann du willst.«

Sie war jung oder genauer gesagt *noch jung*, sie glaubte, dass das Leben verschiedene Möglichkeiten bot und dass eine menschliche Beziehung im Lauf der Zeit mehrere widersprüchliche Entwicklungen durchmachen konnte.

Ein Windhauch bewegte die Gardinen der Fenstertüren, die auf den Park hinausgingen. Das Zwitschern der Vögel verstärkte sich mit einem Schlag und verstummte dann. Die Chinesen am Nebentisch waren verschwunden, ohne dass sie es bemerkt hatten, sie hatten sich gleichsam in Luft aufgelöst. Jed schwieg noch immer, dann legte er den Löffel zur Seite.

»Du brauchst aber lange, um mir eine Antwort zu geben«, sagte sie. »Kleiner Franzose …«, fügte sie mit sanftem Vorwurf hinzu. »Kleiner unentschlossener Franzose …«

IX

Am Sonntag, den 28. Juni, begleitete Jed Olga nachmittags zum Flughafen Roissy. Es war traurig, irgendetwas in ihm begriff, dass sie gerade einen todtraurigen Moment erlebten. Das schöne, beständige Wetter begünstigte das Aufkommen entsprechender Gefühle nicht. Er hätte den Trennungsprozess unterbrechen, sich ihr vor die Füße werfen und sie anflehen können, das Flugzeug nicht zu nehmen; vermutlich hätte sie auf ihn gehört. Aber anschließend? Sollten sie sich eine neue Bleibe suchen (der Mietvertrag für die Wohnung in der Rue Guynemer lief Ende des Monats aus)? Den für den folgenden Tag angesetzten Umzug absagen? All das war möglich, die technischen Schwierigkeiten waren nicht unüberwindbar.

Jed war zwar nicht sehr jung, im Grunde genommen war er es nie gewesen, aber er war ein relativ unerfahrener Mann. Was Menschen betraf, kannte er nur seinen Vater, und auch den nicht sehr gut. Dieser Umgang konnte ihm nicht zu großem Optimismus verhelfen, was zwischenmenschliche Beziehungen anging. Er hatte bisher nur beobachten können, dass sich das Dasein der Menschen um die *Arbeit* drehte, die den größten Teil ihres Lebens in Anspruch nahm und in Organisationen unterschiedlicher Größe verrichtet wurde. Nach den Jahren der Arbeit begann eine kürzere Zeit, die durch das Auftreten verschiedener Pathologien gekennzeichnet war. Manche Menschen versuchten sich während der aktivsten Zeit ihres Lebens zu Mikrogruppierungen namens *Familien* zusammenzuschließen, die die Reproduktion der Gattung zum Ziel hatten; aber diese Versuche schlugen meist aus Gründen fehl, die mit dem »Wesen der Zeiten« zu tun hatte, sagte er sich vage und trank einen Espresso mit seiner Geliebten (sie waren allein an der Theke der *Segafredo*-Bar, und überhaupt war im Flughafen nur wenig los, das unvermeidliche Stimmengewirr versank in einer Stille, die untrennbar mit diesem Ort verbunden zu sein schien, wie in manchen Privatkliniken). Doch das war eine Illusion, das allgemeine Transportsystem der Menschen, das aktuell eine sehr große Rolle bei der Erfüllung individueller Schicksale spielte, legte nur eine kurze Pause ein, ehe mit den Sommerferien wieder eine neue Sequenz maximaler Auslastung beginnen würde. Dennoch war es verlockend, darin eine Huldigung, eine diskrete Huldigung der sozialen Maschinerie an die so schnell unterbrochene Liebe der beiden zu sehen.

Jed zeigte keinerlei Reaktion, als Olga nach einem letzten Kuss auf die Passkontrolle zuging, und erst als er wieder in seiner Wohnung am Boulevard de l'Hôpital war, begriff er, dass er, fast ohne es zu merken, in einen neuen Lebensabschnitt eingetreten war. Er merkte es daran, dass ihm alles, was noch vor ein paar Tagen seine Welt ausgemacht hatte, mit einem Schlag völlig hohl vorkam. Straßenkarten und Fotoabzüge übersäten zu Hunderten den Boden, aber all das hatte für ihn absolut keinen Sinn mehr. Resigniert verließ er das Haus, kaufte im Casino-Supermarkt am Boulevard Vincent-Auriol zwei Rollen fester Plastiksäcke für »Bauschutt«, kehrte wieder heim und begann sie zu füllen. Papier ist schwer, dachte er, er würde wohl mehrere Male gehen müssen, um die Müllsäcke hinunterzutragen.

Er war dabei, die Arbeit von Monaten oder gar Jahren zu zerstören; dennoch zögerte er keine Sekunde. Viele Jahre später, als er berühmt – genauer gesagt sogar außerordentlich berühmt – geworden war, sollte Jed mehrfach die Frage gestellt werden, was es in seinen Augen bedeute, *Künstler* zu sein. Er fand darauf weder eine interessante noch eine originelle Antwort, bis auf eine Sache, die er infolgedessen bei fast jedem Interview wiederholte: Künstler zu sein bedeute in seinen Augen, *sich zu unterwerfen*. Sich rätselhaften, unvorhersehbaren Botschaften zu unterwerfen, die man in Ermangelung eines besseren Begriffs und ohne jeden religiösen Glauben als *Intuitionen* bezeichnen müsse, Botschaften, die sich dem Künstler trotzdem auf kategorische Weise aufdrängten, ohne ihm die geringste Möglichkeit zu lassen, sich ihnen zu entziehen – außer wenn er auf jegliche Form von Integrität und Selbstachtung verzichtete. Diese Botschaften konnten bewirken, dass der Künstler ein Werk oder gar eine ganze Reihe von Werken zerstörte, um eine völlig neue Richtung einzuschlagen – aber manchmal stand er anschließend auch ohne neue Richtung da, ohne Projekt und ohne die geringste Hoffnung, seine Arbeit fortsetzen zu können. In dieser und nur in dieser Hinsicht konnte man die Situation des Künstlers manchmal als *schwierig* bezeichnen. Darin und nur darin unterschied sie sich von den Tätigkeiten oder *Berufen*, denen er in der zweiten Phase seiner Laufbahn eine Huldigung darbringen sollte, jener Phase, die ihm Weltruhm einbringen würde.

Am nächsten Tag trug er die ersten Müllsäcke nach unten, dann zerlegte er langsam und sorgfältig die Fachkamera, ehe er den Balgen, die Mattscheiben, die Objektive, das Scanrückteil und das Gehäuse in den entsprechenden Köfferchen verstaute. Das Wetter im Pariser Becken blieb schön. Am Nachmittag schaltete er den Fernseher ein, um den Auftakt zur Tour de France zu verfolgen, bei dem ein so gut wie unbekannter ukrainischer Radfahrer siegte. Nachdem er das Gerät wieder ausgeschaltet hatte, sagte er sich, dass er wohl Patrick Forestier anrufen müsse.

Der Verantwortliche für die Öffentlichkeitsarbeit der Gruppe Michelin France nahm die Nachricht ohne große Gemütsbewegung auf. Wenn Jed beschlossen habe, keine Fotos mehr von Michelin-Karten zu machen, könne ihn nichts dazu zwingen, damit weiterzumachen; er könne in jedem Moment damit aufhören, das sei wörtlich im Vertrag festgelegt. Tatsächlich machte er den Eindruck, als sei ihm das scheißegal, und Jed war sogar überrascht, dass er ihm vorschlug, sich am nächsten Morgen zu treffen.

Kurz nachdem er im Büro in der Avenue de la Grande-Armée eingetroffen war, begriff er, dass Forestier vor allem den Wunsch hatte, sein Herz auszuschütten und seine beruflichen Sorgen einem verständnisvollen Gesprächspartner mitzuteilen. Durch Olgas Versetzung habe er eine intelligente, ergebene Mitarbeiterin verloren, die noch dazu mehrere Sprachen beherrschte; das Unglaubliche daran sei aber, dass ihm bisher niemand als Ersatz angeboten worden sei. Er habe sich von der Betriebsleitung »total verarschen lassen«, wie er sich verbittert ausdrückte. Natürlich gehe sie nach Russland zurück, natürlich sei das ihr Heimatland, natürlich würden die beknackten Russen Milliarden von Reifen kaufen, mit ihren beknackten Straßen, die sauschlecht waren, und ihrem beknackten Klima, das total für den Arsch sei, trotzdem bleibe Michelin ein französisches Unternehmen, und noch vor wenigen Jahren wäre die Sache anders gelaufen. Die Anliegen des französischen Stammhauses seien bis vor kurzem noch Befehle gewesen, oder zumindest seien sie mit besonderer Aufmerksamkeit in Betracht gezogen worden, aber seit ausländische institutionelle Anleger die Mehrheit des Kapitals der Gruppe übernommen hatten, sei das alles vorbei. Ja, die Situation habe sich von Grund auf verändert, wiederholte er mit genussvollem Verweilen bei diesem traurigen Gedanken, selbstverständlich hätten die Interessen von Michelin France im Vergleich zu Russland kaum noch Gewicht, von China ganz zu schweigen, aber wenn das so weitergehen sollte, dann frage er sich, ob er nicht zu Bridgestone oder sogar zu Goodyear überwechseln solle. Na ja, aber das bleibt natürlich unter uns, fügte er plötzlich ängstlich hinzu.

Jed sicherte ihm völlige Diskretion zu und versuchte das Gespräch auf seinen eigenen Fall zu lenken. »Ach ja, die Website ...« Forestier schien sich endlich daran zu erinnern. »Nun, dann fügen wir einen Zusatz hinzu, aus dem hervorgeht, dass Sie diese Serie als beendet betrachten. Die bisherigen Abzüge bleiben weiterhin erhältlich, falls Sie keine Einwände haben.« Jed hatte keine. »Es sind übrigens kaum noch welche da, sie haben sich sehr gut verkauft«, fuhr er fort, wobei in seiner Stimme wieder ein Hauch von Optimismus zu spüren war. »Wir werden in unserer Werbung auch weiterhin darauf hinweisen, dass die Michelin-Karten die Grundlage einer von der Kritik einhellig begrüßten künstlerischen Arbeit gewesen sind, wenn Sie nichts dagegen haben.« Auch dagegen hatte Jed nichts einzuwenden.

Forestier bekam neuen Auftrieb, als er Jed zur Tür seines Büros begleitete, und mit einem herzlichen Händedruck sagte er zum Abschluss: »Es hat mich sehr gefreut, Sie kennenzulernen. Es war wirklich eine Win-win-Situation, eindeutig Win-win.«

X

MEHRERE WOCHEN LANG geschah nichts oder so gut wie nichts, doch als Jed eines Morgens vom Einkaufen zurückkam, sah er einen etwa fünfzigjährigen Typen in Jeans und abgetragener Lederjacke, der vor dem Eingang seines Hauses stand und wartete; er schien schon seit geraumer Zeit gewartet zu haben.

»Guten Tag«, sagte der Typ. »Es tut mir leid, dass ich Sie so einfach anspreche, aber ich sah keine andere Möglichkeit. Ich habe Sie schon mehrmals durch das Viertel gehen sehen. Sie sind doch Jed Martin, nicht wahr?«

Jed nickte. Die Stimme seines Gesprächspartners war die eines gebildeten, redegewandten Mannes. Er wirkte wie ein belgischer Situationist oder ein proletarischer Intellektueller, der zwar immerhin Hemden von Arrow trug, dessen starke, verbrauchte Hände jedoch verrieten, dass er tatsächlich einen handwerklichen Beruf ausgeübt hatte.

»Ich kenne Ihre Arbeit mit den Landkarten gut, ich habe sie fast von Anfang an verfolgt. Ich wohne auch hier im Viertel.« Er streckte Jed die Hand entgegen. »Ich heiße Franz Teller. Ich bin Galerist.«

Auf dem Weg zu seiner Galerie in der Rue de Domrémy (er hatte das Gebäude gekauft, kurz bevor das Viertel mehr oder weniger in Mode kam; das war, wie er sagte, eine der wenigen guten

Ideen seines Lebens gewesen) gingen sie auf ein Getränk in das Bistro *Chez Claude* in der Rue du Château-des-Rentiers, das später zu ihrer Stammkneipe werden und Jed den Stoff für sein zweites Bild der *Serie einfacher Berufe* liefern sollte. Der Wirt blieb stur dabei, den letzten Rentnern aus »einfachen Kreisen« im 13. Arrondissement billigen Rotwein und Sandwiches mit Leberpastete und Gewürzgurken zu servieren. In jedem Jahr starb einer von ihnen fast methodisch, ohne dass er durch einen neuen Gast ersetzt wurde.

»Ich habe in einem Artikel gelesen, dass 80 Prozent der Cafés in Frankreich seit Ende des Zweiten Weltkriegs dichtgemacht haben«, bemerkte Franz und ließ den Blick durch den Schankraum gleiten. Nicht weit von ihnen schoben vier Rentner wortlos Karten über die Resopal-Tischplatte, und zwar nach unverständlichen Regeln, die der Vorgeschichte der Kartenspiele zu entstammen schienen (Belote? Pikett?). Ein Stück weiter saß eine dicke Frau mit vom Alkohol geröteten Wangen und leerte ihr Glas Pastis in einem Zug. »Die Leute haben sich angewöhnt, sich nur eine halbe Stunde für das Mittagessen zu gönnen und immer weniger Alkohol zu trinken; der Todesstoß war dann das Rauchverbot.«

»Ich nehme an, das kommt wieder, wenn auch in anderer Form. Es hat eine lange historische Phase der Steigerung der Produktivität gegeben, die allmählich zu Ende geht, zumindest in den westlichen Ländern.«

»Sie haben wirklich eine seltsame Art, die Dinge zu betrachten …«, sagte Franz, nachdem er ihn lange angeblickt hatte. »Ihre Arbeit mit den Michelin-Karten hat mich sehr interessiert, wirklich sehr; und trotzdem hätte ich Sie nicht in meine Galerie aufgenommen. Sie waren, sagen wir mal, zu selbstsicher, das kam mir für jemanden, der so jung ist wie Sie, nicht normal vor. Doch als ich dann im Internet las, dass Sie beschlossen haben, mit der Serie über die Karten aufzuhören, habe ich mich entschlossen, Sie aufzusuchen. Um Ihnen vorzuschlagen, Teil der Künstler zu werden, die ich vertrete.«

»Aber ich weiß noch gar nicht, was ich demnächst tun werde. Ich weiß nicht einmal, ob ich mich überhaupt weiterhin mit Kunst beschäftigen werde.«

»Sie verstehen mich falsch«, sagte Franz geduldig. »Mich interessiert nicht eine bestimmte Form der Kunst oder ein bestimmter *Stil*, sondern Ihre Persönlichkeit, der Blick, mit dem Sie die künstlerische Tätigkeit und deren Stellung innerhalb der Gesellschaft betrachten. Wenn Sie morgen mit einem einfachen, aus einem Spiralheft herausgerissenen Blatt Papier zu mir kommen würden, auf das Sie geschrieben hätten: *»Ich weiß nicht einmal, ob ich mich überhaupt weiterhin mit Kunst beschäftigen werde«*, würde ich dieses Blatt ohne zu zögern ausstellen. Dabei bin ich kein Intellektueller; aber Sie interessieren mich.

Nein, nein, ich bin kein Intellektueller«, beharrte er. »Ich versuche mehr oder weniger, mir den intellektuellen Habitus anzueignen, wie er in den schicken Vierteln üblich ist, weil mir das in meinem Milieu nützt, aber ich bin keiner, ich habe nicht einmal studiert. Ursprünglich habe ich damit angefangen, Ausstellungen auf- und abzubauen, und dann habe ich mir dieses Gebäude gekauft und mit ein paar Künstlern eine gute Nase bewiesen. Aber bei der Wahl der Künstler bin ich immer rein intuitiv vorgegangen.«

Anschließend besichtigten sie die Galerie, die größer war, als Jed sie sich vorgestellt hatte, mit hoher Decke und Betonwänden, die von Stahlträgern gestützt wurden. »Das war mal eine

Fabrik für Maschinenbau«, sagte Franz. »Sie ist Mitte der achtziger Jahre pleitegegangen, und dann hat das Gebäude lange leergestanden, bis ich es gekauft habe. Ich habe umfassende Reinigungsarbeiten machen müssen, aber es hat sich gelohnt. Es ist ein schöner Raum, finde ich.«

Jed stimmte ihm zu. Die mobilen Trennwände waren an die Seite geräumt worden, sodass die Ausstellungsfläche ihre maximale Größe hatte – dreißig mal zwanzig Meter. Im Moment waren dort große Skulpturen aus dunklem Metall ausgestellt, die scheinbar eine gewisse Ähnlichkeit mit der traditionellen afrikanischen Bildhauerkunst hatten, doch die Themen verwiesen eindeutig auf das zeitgenössische Afrika: Alle Gestalten lagen im Todeskampf oder brachten sich gegenseitig mit Macheten oder Kalaschnikows um. Die Mischung aus den gewalttätigen Handlungen und dem starren Gesichtsausdruck der Figuren hatte eine ungemein finstere Wirkung.

»Für die Lagerung«, fuhr Franz fort, »habe ich einen Schuppen im Departement Eure-et-Loir. Die hygrometrischen Bedingungen sind nicht besonders, von der Sicherheit ganz zu schweigen, kurz gesagt, die Lagerungsbedingungen sind sehr schlecht, aber was soll's, bisher habe ich nie Probleme gehabt.«

Sie trennten sich ein paar Minuten später, Jed war noch ganz verwirrt. Er irrte lange durch Paris, ehe er heimkehrte, wobei er sich sogar zweimal verlief. In den folgenden Wochen erging es ihm ähnlich, er verließ das Haus, ging ohne bestimmtes Ziel durch die Stadt, die er letztlich schlecht kannte, ab und zu machte er in einer Brasserie Halt, um seinen Weg wiederzufinden, und meistens musste er einen Stadtplan zu Hilfe nehmen.

Als er an einem Oktobernachmittag die Rue des Martyrs hinaufging, überkam ihn plötzlich ein seltsames Gefühl der Vertrautheit. Ein Stück weiter nördlich befand sich, wie er sich erinnerte, der Boulevard de Clichy mit seinen vielen Sexshops und Boutiquen für Reizwäsche. Sowohl Geneviève als auch Olga hatten gern ab und zu in seinem Beisein erotische Kleidung gekauft, aber meistens waren sie zu *Rebecca Ribs* gegangen, einem Laden, der viel weiter hinten am Boulevard lag; nein, das war es also nicht.

Er blieb an der Ecke der Avenue Trudaine stehen, blickte nach rechts, und da fiel es ihm wieder ein. Ein paar Dutzend Meter weiter befanden sich die Büros, in denen sein Vater seit einigen Jahren arbeitete. Er war nur einmal hergekommen, kurz nach dem Tod seiner Großmutter. Das Architekturbüro war damals gerade in die neuen Räumlichkeiten umgezogen. Nach dem Auftrag für das Kulturzentrum von Port-Ambonne hatten sie es als notwendig erachtet, ein *stärkeres Statussymbol* für sich zu beanspruchen, der Firmensitz sollte in ein *herrschaftliches Haus*, möglichst mit einem *gepflasterten Innenhof*, oder zur Not an eine *Allee* verlegt werden. Und die breite, auf beiden Seiten von Platanen gesäumte Avenue Trudaine, in der fast die Ruhe einer Provinzstadt herrschte, war für ein renommiertes Architektenbüro geradezu ideal.

Jean-Pierre Martin sei den ganzen Nachmittag in einer Besprechung, erklärte ihm die Sekretärin. »Ich bin sein Sohn«, beharrte Jed sanft. Sie zögerte, dann griff sie zum Telefon.

Sein Vater tauchte wenige Minuten später in der Eingangshalle auf, in Hemdsärmeln, mit gelockerter Krawatte und einem schmalen Aktenordner in der Hand. Er war sichtlich erregt und atmete heftig.

»Was ist denn los? Ist irgendjemandem etwas zugestoßen?«

»Nein, nichts. Ich schaue nur mal rein, weil ich gerade hier im Viertel bin.«

»Ich bin ziemlich beschäftigt, aber … warte mal. Lass uns draußen einen Kaffee trinken.«

Das Unternehmen befinde sich gerade in einer schwierigen Situation, erklärte er Jed. Der neue Firmensitz bedeute eine hohe finanzielle Belastung, und ihnen sei soeben ein wichtiger Auftrag entgangen, die Renovierung eines Seebads am Ufer des Schwarzen Meers, er habe sich gerade mit einem seiner Teilhaber heftig gestritten. Inzwischen atmete er wieder regelmäßiger und beruhigte sich allmählich.

»Warum hörst du nicht einfach auf?«, fragte Jed. Sein Vater reagierte nicht, er blickte ihn nur mit einem Ausdruck völligen Unverständnisses an.

»Ich meine, du hast doch ziemlich viel Geld verdient. Du könntest dich doch bestimmt zur Ruhe setzen und das Leben ein wenig genießen.« Sein Vater starrte ihn noch immer so an, als drängen die Worte nicht bis zu seinem Hirn vor oder als ergäben sie keinen Sinn für ihn, doch schließlich, nach mindestens einer Minute, fragte er: »Aber was sollte ich dann anfangen?«, und seine Stimme klang wie die eines verstörten Kindes.

Der Frühling in Paris ist oft eine einfache Verlängerung des Winters – regnerisch, kalt, schlammig und schmutzig. Auch im Sommer ist es dort meistens ziemlich unangenehm: Die Stadt ist lärmend und staubig, richtig heißes Wetter hält nie lange an, es endet nach zwei oder drei Tagen mit einem Gewitter, gefolgt von einem starken Temperaturabfall. Nur im Herbst ist Paris eine wirklich angenehme Stadt mit kurzen, sonnigen Tagen, an denen die trockene, klare Luft ein angenehmes Gefühl der Frische hervorruft. Während des gesamten Monats Oktober setzte Jed seine Spaziergänge fort, wenn man dieses fast mechanische Abwandern der Straßen als Spaziergänge bezeichnen konnte, bei dem kein Eindruck der Außenwelt sein Hirn erreichte, kein Nachsinnen und kein schöpferischer Gedanke seinen Verstand beschäftigte; das einzige Ziel, das er dabei verfolgte, war der Wunsch, abends todmüde ins Bett zu fallen.

Eines Nachmittags Anfang November stand er gegen siebzehn Uhr plötzlich vor dem Haus in der Rue Guynemer, in dem Olga gewohnt hatte. Dazu hatte es ja irgendwann mal kommen müssen, sagte er sich: Das mechanische Herumirren durch die Stadt hatte ihn in die Falle gelockt, und so hatte er den Weg eingeschlagen, den er monatelang täglich etwa um dieselbe Uhrzeit gegangen war. Atemlos machte er kehrt, lief zum Jardin du Luxembourg zurück und ließ sich auf die erstbeste Bank sinken. Er saß direkt neben dem seltsamen, mit Mosaik verzierten roten Backsteingebäude, das sich in einem der Winkel des Parks befand, an der Ecke der Rue Guynemer und der Rue d'Assas. Die in der Ferne untergehende Sonne tauchte die Kastanien in ein außerordentlich warmes, oranges Licht – fast indischgelb, sagte sich Jed, und dabei fielen ihm ungewollt die Worte des Chansons »Le Jardin du Luxembourg« wieder ein:

Encore un jour
Sans amour
Encore un jour
De ma vie

Le Luxembourg
A vieilli
Est-ce que c'est lui ?

Est-ce que c'est moi?
*Je ne sais pas.**

Wie viele Russen liebte Olga Joe Dassin, vor allem die Chansons seiner letzten Platte mit ihrer resignierten, hellsichtigen Melancholie. Jed erschauerte und spürte, wie ein nicht zu unterdrückendes Gefühl der Trauer in ihm aufkam, und als ihm die Worte von »Salut les amoureux« wieder in den Sinn kamen, begann er zu weinen.

On s'est aimés comme on se quitte
Tout simplement, sans penser à demain
A demain qui vient toujours un peu trop vite,
*Aux adieux qui quelquefois se passent un peu trop bien.***

Jed bestellte sich im Café an der Ecke der Rue Vavin einen Bourbon, wusste aber gleich, dass das ein Fehler gewesen war. Nach dem ersten aufmunternden Brennen wurde er sehr bald wieder von Trauer übermannt, Tränen rannen ihm über das Gesicht. Er warf einen besorgten Blick nach links und rechts, aber zum Glück achtete niemand auf ihn, alle Tische waren von Jurastudenten besetzt, die von Feten oder »Juniorpartnern« sprachen, also Dingen, die Jurastudenten interessieren, er konnte in aller Ruhe weinen.

* Noch ein Tag / Ohne Liebe / Noch ein Tag / In meinem Leben. Der Luxembourg / Ist alt geworden / Ist er es / Bin ich es? / Ich weiß es nicht.

** Wir haben uns geliebt, so wie wir nun auseinandergehn / Ganz einfach, ohne an den morgigen Tag zu denken / An den morgigen Tag, der immer ein wenig zu schnell da ist / An den Abschied, der manchmal ein wenig zu leicht fällt.

Als er das Café wieder verlassen hatte, schlug er die falsche Richtung ein, irrte ein paar Minuten in stumpfer Benommenheit durch das Viertel und stand plötzlich vor dem Geschäft *Sennelier Frères* in der Rue de la Grande-Chaumière. Im Schaufenster waren Pinsel, bespannte Keilrahmen in gängigen Formaten, Pastellstifte und Tuben mit Ölfarbe ausgestellt. Er betrat den Laden und kaufte ohne nachzudenken das Basismodell eines »Ölfarben Color-Sets«. Der rechteckige Kasten aus Buchenholz, der innen in mehrere Fächer unterteilt war, enthielt zwölf Tuben extrafeiner Ölfarbe von Sennelier, ein Sortiment an Pinseln und ein Fläschchen Malmittel.

Unter diesen Umständen erfolgte in seinem Leben die »Rückkehr zur Malerei«, die zum Gegenstand unzähliger Kommentare werden sollte.

XI

IM WEITEREN VERLAUF sollte Jed der Marke Sennelier jedoch nicht treu bleiben, und die Gemälde seiner Reifezeit entstanden fast ausschließlich mit Hilfe von Mussini-Farben der Firma Schmincke. Es gibt Ausnahmen, manche Grüntöne, insbesondere das Zinnobergrün, das den bis ans Meer hinabreichenden kalifornischen Kiefernwäldern auf dem Bild *Bill Gates und Steve Jobs unterhalten sich über die Zukunft der Informatik* ein so magisches Leuchten verleiht, stammen aus der Reihe Rembrandt-Ölfarben von Royal Talens. Und für die Weißtöne benutzte er fast immer die Ölfarben der Marke Old Holland, deren Deckfähigkeit er schätzte.

Jed Martins erste Gemälde können den Betrachter, wie die Kunsthistoriker später hervorgehoben haben, leicht auf eine falsche Fährte führen. Da er seine ersten beiden Gemälde, *Ferdinand Desroches, Pferdemetzger* und *Claude Vorilhon, Schankwirt*, immer seltener anzutreffenden Berufen gewidmet hatte, konnte er den Eindruck von Nostalgie hervorrufen, als trauere er einem realen oder imaginären früheren Zustand Frankreichs nach. Nichts stand seinen wahren Interessen ferner, das ist die Schlussfolgerung, die letztlich aus seinen Arbeiten abgeleitet wurde; und wenn Martin sich als Erstes zwei vom Aussterben bedrohten Berufen zugewandt hat, dann nicht etwa, um ihr vermutlich baldiges Verschwinden zu beklagen, sondern schlicht weil sie tatsächlich bald verschwinden würden und es daher wichtig war, ihr Bild noch rechtzeitig auf der Leinwand festzuhalten. Schon in seinem dritten Gemälde aus der Serie der *Berufe* mit dem Titel *Maya Dubois, Fernwartungsassistentin* sollte er sich einer Branche zuwenden, die weder vom Aussterben bedroht noch *altmodisch*, sondern im Gegenteil emblematisch für das *Just-in-Time-Management* war, das den gesamten wirtschaftlichen Strukturwandel in Westeuropa zur Zeit der Wende ins dritte Jahrtausend bestimmt hatte.

In der ersten Jed Martin gewidmeten Monographie entwickelt Wong Fu Xin eine seltsame, auf der Kolorimetrie beruhende Analogie. Die Farben aller Dinge können mittels einer gewissen Anzahl von Primärfarben wiedergegeben werden; die Mindestanzahl, um eine relativ realistische Wiedergabe zu erhalten, ist dabei drei. Aber man kann selbstverständlich eine kolorimetrische Skala auf der Grundlage von vier, fünf, sechs oder noch mehr Primärfarben aufbauen, das Spektrum der Wiedergabe wird dadurch noch breiter und subtiler.

Auf die gleiche Weise, behauptet der chinesische Essayist, können die Produktionsbedingungen einer gegebenen Gesellschaft mit Hilfe einer gewissen Anzahl typischer Berufe rekonstruiert werden, die ihm zufolge zwischen zehn und zwanzig liegt. (Er liefert jedoch keinerlei Begründung für diese Anzahl.) In dem zahlenmäßig bedeutendsten Teil der Serie der *Berufe*, jenem Teil, den die Kunsthistoriker gemeinhin die *Serie einfacher Berufe* nennen, stellt Jed Martin nicht weniger als zweiundvierzig typische Berufe vor und bietet damit für die Untersuchung der Produktionsbedingungen der Gesellschaft seiner Zeit ein äußerst reiches, breites Analysespektrum an. Die folgenden zweiundzwanzig Gemälde, die Konfrontationen oder

Begegnungen zum Gegenstand haben und traditionellerweise als *Serie der Unternehmenskompositionen* bezeichnet werden, zielen darauf ab, ein rationales, dialektisches Bild von den Mechanismen der Wirtschaft in ihrer Gesamtheit zu liefern.

Für die Realisierung der Gemälde der *Serie einfacher Berufe* brauchte Jed Martin etwas über sieben Jahre. In dieser Zeit sah er kaum jemanden und knüpfte keine neuen Beziehungen – weder Liebesbeziehungen noch solche rein freundschaftlicher Art. Er erlebte Momente sinnlichen Glücks: eine wahre Nudelorgie, nachdem er im Casino-Supermarkt am Boulevard Vincent-Auriol bei den italienischen Produkten kräftig zugeschlagen hatte; den einen oder anderen Abend mit einem libanesischen Escort Girl, dessen sexuelle Leistungen durchaus die Lobeshymnen rechtfertigten, die ihm auf der Website *Niamodel.com* gewidmet waren: »Layla, ich liebe dich, du bist die Sonne meiner Bürotage, mein kleiner orientalischer Stern«, schrieben die unglücklichen Männer um die fünfzig, während Layla ihrerseits von muskulösen, virilen Männern träumte, die arm und stark waren, aber so ist nun mal das Leben, so geht es darin zu. Jed, der sehr leicht als ein »etwas seltsamer, aber netter, völlig ungefährlicher Typ« zu erkennen war, kam bei Layla in den Genuss jenes *Ausnahmestatus*, den die *Mädels* den Künstlern seit jeher einräumen. In einem seiner rührendsten Gemälde mit dem Titel *Aimée, Escort Girl* wird Layla vielleicht ein wenig evoziert, mit größerer Sicherheit aber Geneviève, seine ehemalige madagassische Freundin, und zwar unter Verwendung einer außerordentlich warmen Farbpalette auf der Grundlage von Umbrabraun, Indischorange und Neapelgelb. In diametralem Gegensatz zu Toulouse-Lautrecs Darstellung einer stark geschminkten, bleichsüchtigen Prostituierten von ungesundem Aussehen malt Jed Martin eine so sinnliche wie kluge, voll erblühte junge Frau in einer modernen, lichtdurchfluteten Wohnung. Mit dem Rücken vor dem offenen Fenster stehend, durch das man einen Park sieht, der als der Square des Batignolles identifiziert wurde, und nur mit einem hautengen weißen Minirock bekleidet, streift Aimée ein winziges orangegelbes Top über, das nur einen kleinen Teil ihres prächtigen Busens bedeckt.

Es ist Martins einziges erotisches Gemälde und zugleich das erste, das eindeutig autobiographische Anspielungen erkennen lässt. Das zweite, *Der Architekt Jean-Pierre Martin gibt die Leitung seines Unternehmens ab*, entstand zwei Jahre später und kennzeichnet den Beginn einer geradezu frenetischen schöpferischen Periode, die eineinhalb Jahre dauern sollte und mit dem Bild *Bill Gates und Steve Jobs unterhalten sich über die Zukunft der Informatik* endet, das den Untertitel *Das Gespräch in Palo Alto* trägt und von vielen als sein Meisterwerk betrachtet wird. Die Vorstellung, dass die zweiundzwanzig häufig komplexen und großformatigen Gemälde der *Serie der Unternehmenskompositionen* in weniger als achtzehn Monaten geschaffen wurden, ist verblüffend. Es erstaunt ebenfalls, dass Jed Martin schließlich über das Gemälde *Damien Hirst und Jeff Koons teilen den Kunstmarkt unter sich auf* gestrauchelt ist, das in vieler Hinsicht das Gegenstück zu seinem Gates-Jobs-Gemälde hätte bilden können. Wong Fu Xin analysiert diesen Misserfolg und sieht darin den Grund dafür, dass sich Martin ein Jahr später mit seinem fünfundsechzigsten und letzten Bild wieder der *Serie einfacher Berufe* zuwendet. Die These des chinesischen Essayisten ist so klar wie überzeugend: Da Jed Martin das Ziel verfolgt habe, ein erschöpfendes Bild des produktiven Sektors der Gesellschaft seiner Zeit zu liefern, habe er zwangsläufig zu irgendeinem Zeitpunkt seiner Laufbahn einen Künstler darstellen müssen.

Zweiter Teil

I

AM 25. DEZEMBER SCHRECKTE Jed gegen acht Uhr morgens aus dem Schlaf hoch; der Himmel über der Place des Alpes wurde allmählich hell. Jed fand in der Küche einen Wischlappen, wischte das Erbrochene auf und betrachtete dann die klebrigen Reste seines Bildes *Damien Hirst und Jeff Koons teilen den Kunstmarkt unter sich auf.* Franz hatte recht, es wurde höchste Zeit, eine Ausstellung zu veranstalten, seit mehreren Monaten kam er nicht voran, das schlug ihm allmählich aufs Gemüt. Man kann jahrelang in völliger Isolation arbeiten, das ist sogar die einzige Möglichkeit, wirklich zu arbeiten, aber irgendwann kommt dann ein Moment, in dem man das Bedürfnis hat, seine Arbeit der Welt zu zeigen; nicht so sehr, um deren Urteil einzuholen, sondern um sich selbst der Existenz dieser Arbeit und sogar der eigenen Existenz zu vergewissern, denn innerhalb staatenbildender Arten ist die Individualität nur eine kurz anhaltende Fiktion.

Er dachte an die Ermahnungen zurück, die Franz ihm erteilt hatte, und schrieb eine E-Mail an Houellebecq, um ihn an seine Anfrage zu erinnern, dann kochte er sich einen Kaffee. Ein paar Minuten später las er den Text voller Abscheu noch einmal. »An diesen Festtagen, die Sie vermutlich im Kreis Ihrer Familie verbringen …« Wie kam er bloß dazu, so einen Mist zu schreiben? Es war allgemein bekannt, dass Houellebecq ein Einzelgänger voller Menschenverachtung war, der sogar Mühe hatte, ein Wort an seinen Hund zu richten. »Ich weiß, dass Sie mit Anliegen bestürmt werden, und daher bitte ich Sie um Vergebung dafür, dass ich mir erlaube, noch einmal darauf hinzuweisen, wie wichtig Ihr Beitrag zum Katalog meiner zukünftigen Ausstellung sowohl in meinen als auch in den Augen meines Galeristen wäre.« Ja, das war schon besser, ein bisschen Speichelleckerei konnte nie schaden. »In der Anlage finden Sie einige Fotos meiner jüngsten Bilder, außerdem stehe ich Ihnen jederzeit zur Verfügung, um Ihnen meine Arbeit ausführlicher vorzustellen, wo und wann es Ihnen passt. Ich glaube zu wissen, dass Sie in Irland leben; ich könnte durchaus dorthin kommen, falls das für Sie praktischer sein sollte.« So, das müsste eigentlich reichen, sagte er sich, und klickte auf *Senden*.

Die Esplanade vor dem Einkaufszentrum Olympiades war an diesem Dezembermorgen menschenleer, und die hohen, viereckigen Wohnblöcke wirkten wie tote Gletscher. Als Jed den kalten Schatten des Omega-Turms betrat, musste er wieder an Frédéric Beigbeder denken. Beigbeder kannte Houellebecq sehr gut, zumindest wurde ihm das nachgesagt; vielleicht könnte er ein gutes Wort einlegen. Aber Jed hatte nur eine alte Handynummer von ihm, und Beigbeder würde an einem Weihnachtstag bestimmt nicht rangehen.

Doch er meldete sich. »Meine Tochter ist gerade bei mir«, sagte er in zornigem Tonfall. »Aber ich bringe sie gleich zu ihrer Mutter zurück«, fügte er hinzu, um den Vorwurf ein wenig zu mildern.

»Ich möchte Sie um einen Gefallen bitten.«

»Hahaha!« Beigbeder brach in gezwungenes Lachen aus. »Wissen Sie, dass Sie ein irrer Typ sind? Zehn Jahre lang lassen Sie gar nichts von sich hören, und dann rufen Sie mich am Weihnachtstag an, um mich um einen Gefallen zu bitten. Wahrscheinlich sind Sie ein Genie. Nur ein Genie kann so egozentrisch, geradezu autistisch sein … Okay, treffen wir uns um sieben im *Flore*«, beendete der Autor von *Ein französischer Roman* das Gespräch auf unerwartete Weise.

Jed traf mit fünf Minuten Verspätung ein und entdeckte den Schriftsteller sofort an einem Tisch im hinteren Teil des Raumes. Die Tische um ihn herum waren unbesetzt und bildeten so etwas wie einen Sicherheitskordon von zwei Metern. Provinzler, die das Café betraten, und sogar ein paar Touristen stießen einander mit dem Ellbogen an und zeigten entzückt mit dem Finger auf ihn. Manchmal überwand ein Vertrauter die Hürde und drückte dem Schriftsteller einen freundschaftlichen Kuss auf die Wange, ehe er sich wieder entfernte. Für den Gastronomiebetrieb bedeutete das zwar einen leichten Einnahmeverlust (auch der berühmte Philippe Sollers hatte anscheinend auf Lebzeiten in der *Closerie des Lilas* einen stets für ihn reservierten Tisch, der an niemand anderen vergeben wurde, egal ob der Schriftsteller zum Essen kam oder nicht), aber diese geringfügige Geldeinbuße wurde in hohem Maße durch die Touristenattraktion aufgewogen, die die regelmäßige, nachweisbare Anwesenheit des Autors von *Neunundneunzig* für das Café darstellte – eine Anwesenheit, die im Übrigen der historischen Bestimmung dieses Betriebs durchaus entsprach. Durch seinen mutigen Einsatz für die Legalisierung von Drogen und die Etablierung eines offiziellen Status für Prostituierte beiderlei Geschlechts sowie seine weniger umstrittenen Stellungnahmen zur Situation illegaler Einwanderer und zu den Lebensbedingungen von Strafgefangenen war Frédéric Beigbeder zu einer

Art Sartre der Jahre um 2010 geworden, und zwar zur allgemeinen und ein wenig auch zu seiner eigenen Überraschung, da man aufgrund seiner Vergangenheit eher hätte erwarten dürfen, dass er ein zweiter Jean-Edern Hallier oder Gonzague Saint-Bris werden würde. Dem anspruchsvollen Weggenossen der von Olivier Besancenot geführten Nouveau Parti Anticapitaliste, einer Partei, die sich, wie er kürzlich in einem *Spiegel*-Interview hervorgehoben hatte, vor der Gefahr antisemitischer Entgleisungen zu hüten habe, war es gelungen, den halbbürgerlichen, halbaristokratischen Ursprung seiner Familie und sogar die Mitgliedschaft seines Bruders im Vorstand des französischen Arbeitgeberverbands vergessen zu machen. Allerdings hatte auch Sartre ja nicht gerade aus einer Familie von Hungerleidern gestammt.

Der Autor saß vor seinem Pastis mit Mandelsirup und betrachtete melancholisch eine fast leere Pillendose aus Metall, in der sich nur noch ein kleiner Rest Kokain befand. Als er Jed sah, gab er ihm ein Zeichen, sich zu ihm zu setzen. Ein Ober kam rasch herbei, um die Bestellung entgegenzunehmen.

»Äh, ich weiß nicht. Vielleicht eine Maggibrühe ... Gibt's das noch?«

»Eine Maggibrühe ...«, wiederholte Beigbeder nachdenklich. »Sie sind wirklich ein komischer Typ.«

»Ich habe mich gewundert, dass Sie sich noch an mich erinnern.«

»O ja ...«, erwiderte der Schriftsteller in seltsam traurigem Tonfall. »O ja, ich erinnere mich an Sie.«

Jed brachte sein Anliegen vor. Bei der Erwähnung des Namens Houellebecq zuckte Beigbeder, wie Jed merkte, leicht zusammen. »Ich bitte Sie nicht um seine Telefonnummer«, fügte er sehr schnell hinzu, »ich möchte Sie nur darum bitten, ihn anzurufen und ihm von meinem Wunsch zu erzählen.«

Der Ober brachte die Maggibrühe. Beigbeder schwieg und dachte nach.

»Okay«, sagte er schließlich. »Okay, ich ruf ihn an. Bei ihm weiß man zwar vorher nie, wie er reagiert, aber in diesem Fall könnte es ihm selbst nutzen.«

»Glauben Sie, dass er zustimmt?«

»Da habe ich wirklich keine Ahnung.«

»Was könnte ihn denn Ihrer Meinung nach dazu bewegen?«

»Also ... Das wird Sie vielleicht überraschen, denn in diesem Ruf steht er wirklich nicht: das Geld. An sich ist ihm Geld scheißegal, er ist sehr genügsam; aber seine Scheidung hat ihn völlig blank gemacht. Außerdem hat er in Spanien mehrere Wohnungen am Meer gekauft, die aufgrund eines Gesetzes zum Schutz der Küstenregionen – ein Gesetz mit rückwirkender Kraft – ohne Entschädigung enteignet werden, das ist total irre. Ich glaube, dass er momentan tatsächlich in Geldschwierigkeiten steckt – das ist völlig unglaublich, bei dem vielen Geld, das er verdient hat, nicht? Also, wie gesagt, wenn Sie ihm eine stattliche Summe anbieten, dann stehen die Chancen für Sie nicht schlecht.«

Er verstummte, kippte seinen Cocktail in einem Zug hinunter, bestellte sich einen weiteren und betrachtete Jed mit einer Mischung aus Missbilligung und Melancholie. »Wissen Sie«, sagte er schließlich, »Olga hat Sie geliebt.«

Jed sank auf seinem Stuhl leicht zusammen. »Ich meine«, fuhr Beigbeder fort, »sie hat Sie *wirklich* geliebt.« Er verstummte und betrachtete Jed mit ungläubigem Kopfschütteln. »Und Sie haben sie nach Russland zurückgehen lassen ... Und Sie haben sich nie wieder gemeldet ... Liebe ... Liebe ist etwas *Seltenes*. Wussten Sie das nicht? Hat man Ihnen das nie gesagt?

Ich erzähle Ihnen das, obwohl es mich natürlich gar nichts angeht«, fuhr er fort, »weil sie bald nach Frankreich zurückkommt. Ich habe noch Freunde beim Fernsehen, und ich weiß, dass Michelin einen neuen Kanal für das digitale Kabelfernsehen schaffen will, *Michelin TV*, der sich auf Gastronomie, regionale Gebräuche, Kulturdenkmäler, französische Landschaften und so weiter spezialisiert. Olga soll diesen Sender leiten. Also gut, offiziell ist Jean-Pierre Pernaut ihr Chef, aber in der Praxis kann sie den Inhalt der Programme bestimmen. Das ist der Stand der Dinge«, erklärte er in einem Tonfall, der eindeutig besagte, dass das Gespräch beendet war. »Sie sind gekommen, um mich um einen kleinen Gefallen zu bitten, und letztlich habe ich Ihnen einen großen Dienst erwiesen.«

Er warf Jed einen scharfen Blick zu, während dieser aufstand, um zu gehen. »Es sei denn, Sie sind der Ansicht, dass Ihre Ausstellung das Wichtigste ist ...« Er schüttelte wieder den Kopf und fügte murmelnd mit kaum hörbarer Stimme angewidert hinzu: »Diese Scheißkünstler ...«

II

DAS SUSHI WAREHOUSE im Terminal Roissy 2 E verfügte über ein ungewöhnlich reichhaltiges Angebot an norwegischen Mineralwassern. Jed entschied sich für Husqvarna, ein Wasser aus Mittelnorwegen, das sich durch sehr zartes Prickeln auszeichnete. Es war außerordentlich rein – wenngleich in Wirklichkeit auch nicht reiner als die anderen. All diese Mineralwasser unterschieden sich nur durch eine geringe Abweichung im Prickeln und in der Geschmacksempfindung auf der Zunge, keines von ihnen war irgendwie salzig oder eisenhaltig, die gemeinsame Eigenschaft der norwegischen Mineralwasser schien ihr maßvoller Charakter zu sein. Stille Genießer, diese Norweger, sagte sich Jed, während er seine Flasche Husqvarna bezahlte; es war doch angenehm, sagte er sich weiter, dass es noch so viele unterschiedliche Formen der Reinheit gab.

Die Wolkendecke war bald erreicht und damit auch die Leere, die eine Flugreise über den Wolken charakterisiert. Auf halber Strecke sah er kurz die unendlich weite, gekräuselte Meeresoberfläche, die wie die gefurchte Haut eines Greises in der letzten Lebensphase wirkte.

Der Flughafen Shannon dagegen bezauberte Jed wegen der klaren, rechteckigen Formen, der großen Deckenhöhe und den erstaunlichen Dimensionen der Gänge – er war wenig ausgelastet und diente fast nur noch den Billigfluggesellschaften und der amerikanischen Armee für ihre Truppentransporte, obwohl er ganz offensichtlich auf einen fünfmal so starken Flugverkehr angelegt war. Die Struktur aus Stahlträgern und die kurzfaserigen Teppichböden deuteten darauf hin, dass er wohl Anfang der sechziger oder Ende der fünfziger Jahre erbaut worden war. Noch stärker als der Flughafen Orly erinnerte er an eine Zeit, in der die Technik eine begeisterte Resonanz gefunden und der Flugverkehr einen der prestigeträchtigsten Wegbereiter der technischen Neuerungen dargestellt hatte. Seit Beginn der siebziger Jahre wurde die Flugreise nach den ersten palästinensischen Attentaten – die Al-Qaida später auf spektakuläre und professionellere Weise fortsetzte – zu einer infantilisierenden Erfahrung, die an Polizeistaatmethoden erinnerte und die man so schnell wie möglich hinter sich zu bringen suchte. Aber in jenen Jahren, sagte sich Jed, während er in der riesigen Ankunftshalle auf seinen Koffer wartete – die schweren Kofferkulis aus massivem Metall stammten vermutlich auch noch aus jener Zeit –, in den erstaunlichen Jahren des *Wirtschaftswunders* war die Flugreise, das Symbol des modernen technologischen Abenteuers, noch etwas ganz anderes gewesen. Das Flugzeug, das damals noch Ingenieuren und *Führungskräften* vorbehalten gewesen war, also den Schöpfern der Welt von morgen, hatte seine Bestimmung darin gehabt – und angesichts des Siegeszugs der Sozialdemokratie hatte niemand daran gezweifelt, dass es so kommen würde –, als Transportmittel mehr und mehr den unteren Bevölkerungsschichten zugänglich zu werden, sobald ihre *Kaufkraft* und ihre *Freizeit* zunehmen würden (was letztlich auch tatsächlich eintrat, aber erst auf dem Umweg über den Ultraliberalismus, der in adäquater Weise von den Billigfluggesellschaften symbolisiert wird, und nur um den Preis eines totalen Verlusts des früher mit Flugreisen verbundenen Prestiges).

Ein paar Minuten später erhielt Jed die Bestätigung für seine Hypothese über das Alter des Flughafens. Der lange Flur, der zum Ausgang führte, war mit Fotos bedeutender Persönlichkeiten geschmückt, die den Flughafen mit ihrem Besuch beehrt hatten – hauptsächlich von Präsidenten der Vereinigten Staaten von Amerika und Päpsten. Johannes Paul II., Jimmy Carter, Johannes XXIII., George Bush I. und II., Paul VI., Ronald Reagan ... keiner fehlte. Als Jed am Ende des Flurs ankam, stellte er überrascht fest, dass der erste dieser berühmten Besucher nicht durch ein Foto verewigt worden war, sondern sage und schreibe durch ein Gemälde.

John Fitzgerald Kennedy stand auf dem Rollfeld in einem gewissen Abstand vor einer Gruppe von Persönlichkeiten – unter denen man die Anwesenheit zweier Geistlicher bemerken konnte. Die Männer im Trenchcoat, die sich im Hintergrund hielten, waren vermutlich amerikanische Sicherheitsbeamte. Mit nach oben ausgestrecktem Arm – in Richtung der hinter der Absperrung versammelten Menge, wie sich denken ließ – lächelte Kennedy mit jener Mischung aus dümmlicher Begeisterung und idiotischem Optimismus, die Nicht-Amerikaner kaum nachzuahmen imstande sind. Sein Gesicht wirkte allerdings, als sei es mit Botox behandelt worden. Jed machte kehrt und betrachtete noch einmal aufmerksam die ganze Bildergalerie bedeutender Persönlichkeiten. Bill Clinton war ebenso beleibt und hatte ebenso glatte Züge wie sein berühmtester Vorgänger; die aus den Reihen der demokratischen Partei hervorgegangenen amerikanischen Präsidenten, das musste man einfach zugeben, wirkten im Allgemeinen wie mit Botox behandelte Lüstlinge.

Als Jed zum Porträt von Kennedy zurückkehrte, gelangte er jedoch zu einer anderen Schlussfolgerung. Da es Botox damals noch nicht gegeben hatte, war in jenen Jahren das Glätten von aufgeschwemmten Gesichtszügen und Falten, das man heute mit transkutanen Injektionen erzielt, durch den Pinsel eines nachsichtigen Künstlers bewirkt worden. Gegen Ende der fünfziger und ganz zu Beginn der sechziger Jahre muss es also noch vorstellbar gewesen sein, die Aufgabe, die wichtigsten Momente einer Regierungszeit zu veranschaulichen und zu verherrlichen, einem Künstler anzuvertrauen – zumindest den mittelmäßigsten unter ihnen. Es handelte sich hier ohne jeden Zweifel um einen *Schinken*, man brauchte nur die Gestaltung des Himmels mit dem zu vergleichen, was Turner oder Constable gemacht hätten, selbst zweitrangige englische Aquarellmaler verstanden das besser. Dennoch kam in diesem Gemälde eine Art menschliche, symbolische Wahrheit, John Fitzgerald Kennedy betreffend, zum Ausdruck, die kein einziges Foto der Galerie erfasst hatte – nicht einmal das Foto von Johannes Paul II., das ihn auf der Gangway zum Flugzeug zeigte, als er, offensichtlich in bester Verfassung, die Arme weit öffnete, um eine der letzten katholischen Bevölkerungen Europas zu grüßen.

Auch das Hotel Oakwood Arms entlehnte seine Dekoration jenen Pionierzeiten der Verkehrsluftfahrt: alte Werbeplakate für Air France oder die Lufthansa, Schwarzweißfotos einer Douglas DC-8 oder einer Caravelle, die am klaren Himmel aufstiegen, Fotos von Flugkapitänen in voller Uniform, die stolz im Cockpit posierten. Die Stadt Shannon verdankte ihre Entstehung, wie Jed im Internet erfahren hatte, dem Flughafen. Sie war in den sechziger Jahren an einer Stelle errichtet worden, an der sich nie zuvor eine Siedlung oder ein Dorf befunden hatte.

Die irische Architektur hatte, nach dem zu urteilen, was er gesehen hatte, keinerlei spezifischen Charakter: Es war eine Mischung aus kleinen roten Backsteinhäusern, wie man sie in den englischen Vorstädten finden konnte, und großen weißen Bungalows, die nach amerikanischer Art einen geteerten Vorplatz hatten und von Rasenflächen gesäumt waren.

Er rechnete mehr oder weniger damit, Houellebecq eine Nachricht auf dem Anrufbeantworter hinterlassen zu müssen, sie hatten bisher nur per E-Mail korrespondiert und gegen Ende per SMS; doch dieser meldete sich, nachdem es ein paar Mal geklingelt hatte.

»Sie können mein Haus sehr leicht erkennen, es hat den ungepflegtesten Rasen der ganzen Umgebung«, hatte Houellebecq zu ihm gesagt. »Und vielleicht sogar ganz Irlands«, hatte er hinzugefügt. Im ersten Augenblick hatte Jed das für eine Übertreibung gehalten, aber der Pflanzenwuchs erreichte tatsächlich erstaunliche Ausmaße. Er schlug einen mit Steinplatten gepflasterten schmalen Weg ein, der sich auf gut zehn Metern zwischen Distelsträuchern und Brombeergestrüpp bis zu einem geteerten Vorplatz schlängelte, auf dem ein SUV parkte, ein Lexus RX350. Wie zu erwarten, hatte sich Houellebecq für einen Bungalow entschieden: Es war ein großer, weißer Neubau mit einem Schieferdach – ein im Grunde völlig gewöhnliches Haus, bis auf den abstoßenden Zustand des Rasens.

Jed klingelte und wartete etwa dreißig Sekunden, bis ihm der Autor der *Elementarteilchen* in Pantoffeln, einer Cordhose und einer bequemen Strickjacke aus ungebleichter Wolle die Tür öffnete. Er betrachtete Jed lange und nachdenklich, ehe er den Blick mit einem finsteren Grübeln, das er sich anscheinend zur Gewohnheit gemacht hatte, auf den Rasen richtete.

»Ich kann mit Rasenmähern nicht umgehen«, erklärte er. »Ich habe Angst, dass mir die Messer die Finger abschneiden, das soll angeblich sehr oft vorkommen. Ich könnte mir ein Schaf halten, aber ich mag keine Schafe. Es gibt nichts Blöderes als Schafe.«

Jed folgte ihm in die mit Steinplatten ausgelegten Räume, in denen sich keine Möbel befanden, nur hier und da ein paar Umzugskartons. Die tapezierten Wände waren von einfarbigem, nicht ganz reinem Weiß, den Boden bedeckte eine dünne Staubschicht. Das Haus war sehr groß, es hatte sicher mindestens fünf Zimmer. Drinnen war es nicht sehr warm, höchstens sechzehn Grad; Jed vermutete, dass alle Zimmer, mit Ausnahme von Houellebecqs Schlafzimmer, leerstanden.

»Sind Sie gerade hier eingezogen?«

»Ja. Na gut, drei Jahre sind es inzwischen.«

Schließlich gelangten sie in einen quadratischen Raum, der ein bisschen gemütlicher war, eine Art Wintergarten mit dreiseitiger Verglasung, den die Engländer ein *conservatory* nennen. Er war mit einem Sofa, einem niedrigen Tisch und einem Sessel eingerichtet, auf dem Boden lag ein billiger orientalischer Teppich. Jed hatte zwei Mappen im Format DIN A3 mitgebracht; die erste enthielt etwa vierzig Fotos, die seine früheren Werke dokumentierten – im Wesentlichen Auszüge aus seiner Serie *Eisenwaren* und aus seiner Periode *Straßenkarten*. Die zweite Mappe enthielt vierundsechzig Fotos aller seiner Gemälde, von *Ferdinand Desroches, Pferdemetzger* bis zu *Bill Gates und Steve Jobs unterhalten sich über die Zukunft der Informatik*.

»Mögen Sie Wurst?«, fragte der Schriftsteller.

»Ja ... Ich habe jedenfalls nichts dagegen.«

»Ich koche uns einen Kaffee.«

Er sprang auf und kam etwa zehn Minuten später mit einer Espressokanne und zwei Tassen wieder.

»Ich habe weder Milch noch Zucker«, verkündete er.

»Das macht nichts. Ich trinke ihn gern schwarz.«

Der Kaffee war gut. Es entstand ein tiefes Schweigen, das sich zwei oder drei Minuten hinzog.

»Ich habe früher gern Wurst gegessen«, sagte Houellebecq schließlich, »aber ich habe beschlossen, darauf zu verzichten. Wissen Sie, ich finde, der Mensch hat nicht das Recht, Schweine zu töten. Ich habe Ihnen schon gesagt, was ich von Schafen halte, und ich bleibe bei meinem Urteil. Selbst Rinder, und in diesem Punkt bin ich nicht mit meinem Freund Benoît Duteurtre einverstanden, scheinen mir etwas überzüchtet zu sein. Aber das Schwein ist ein bewundernswertes Tier, es ist intelligent und empfindsam und entwickelt eine aufrichtige, ausschließliche Liebe zu seinem Herrn. Und seine Intelligenz kann einen wirklich überraschen, man kennt nicht einmal ihre genauen Grenzen. Wissen Sie, dass man Schweinen beigebracht hat, einfache Rechenvorgänge zu beherrschen? Jedenfalls zumindest die Addition, und ich glaube, einigen besonders begabten Versuchstieren sogar die Substraktion. Hat der Mensch das Recht, ein Tier zu opfern, das imstande ist, sich die grundlegenden Rechenoperationen anzueignen? Das glaube ich ehrlich gesagt nicht.«

Ohne eine Antwort abzuwarten, vertiefte er sich in die Betrachtung von Jeds erster Mappe. Nachdem er sich rasch die Fotos von Schrauben und Muttern angesehen hatte, verharrte er eine Weile, die Jed unendlich lang vorkam, bei der fotografischen Wiedergabe der Straßenkarten; ab und zu blätterte er eine Seite um, ohne einem erkennbaren Rhythmus zu folgen. Jed warf einen diskreten Blick auf seine Armbanduhr: Seit seiner Ankunft war bereits mehr als eine Stunde vergangen. Es herrschte absolute Stille; dann ließ sich in der Ferne das tiefe Brummen eines Kühlschrankkompressors vernehmen.

»Das sind alte Arbeiten«, wagte Jed schließlich zu bemerken. »Ich habe sie nur mitgebracht, um Ihnen zu zeigen, in welchem Rahmen sich meine Arbeit bewegt. Die Ausstellung ... hat nur den Inhalt der zweiten Mappe zum Gegenstand.«

Houellebecq sah mit leerem Blick zu ihm auf, er schien vergessen zu haben, was Jed bei ihm machte, was der Grund für seine Anwesenheit war; dennoch schlug er gehorsam die zweite Mappe auf. Es verging noch eine weitere halbe Stunde, ehe er sie abrupt zuschlug und sich eine Zigarette anzündete. Jed fiel plötzlich auf, dass Houellebecq während der ganzen Zeit, in der er seine Fotos betrachtet hatte, nicht geraucht hatte.

»Ich bin einverstanden«, sagte er. »Wissen Sie, ich habe so etwas noch nie gemacht, aber ich wusste, dass das irgendwann in meinem Leben auf mich zukommen würde. Viele Schriftsteller haben, wenn man es genauer betrachtet, Texte über Maler geschrieben, und zwar schon seit Jahrhunderten. Das ist erstaunlich. Aber eine Frage hat mich trotzdem die ganze Zeit beschäftigt, während ich Ihre Arbeiten angesehen habe: Warum haben Sie die Fotografie aufgegeben? Warum haben Sie sich der Malerei zugewandt?«

Jed dachte lange nach, ehe er antwortete. »Ich bin mir nicht sicher, ob ich das selbst weiß«, gestand er schließlich. »Aber das Problem in der bildenden Kunst, so scheint mir«, fuhr er zögernd fort, »liegt in der Fülle der Themen. Ich könnte zum Beispiel diesen Heizkörper durchaus als Sujet für ein brauchbares Gemälde erwägen.« Houellebecq wandte sich rasch um und warf einen argwöhnischen Blick auf den Heizkörper, als könne dieser bei der Vorstellung, gemalt zu werden, in Jubel ausbrechen; doch nichts dergleichen geschah.

»Ich weiß nicht, ob Sie mit diesem Heizkörper auf literarischem Gebiet etwas anfangen könnten«, sagte Jed nachdrücklich. »Oder doch, wenn ich an Robbe-Grillet denke, der hätte den Heizkörper einfach beschrieben ... Aber ich weiß nicht, das finde ich nicht sonderlich interessant ...« Er verstrickte sich in Widersprüche, war sich bewusst, dass seine Worte konfus und möglicherweise etwas unbeholfen waren, woher sollte er schon wissen, ob Houellebecq Robbe-Grillet mochte oder nicht, aber vor allem fragte er sich ein wenig ängstlich, warum er bloß auf die Malerei zu sprechen gekommen war, die ihn noch immer, nach mehrjähriger Praxis, vor unüberwindbare technische Probleme stellte, wohingegen er die Prinzipien der Fotografie und den Umgang mit Kameras perfekt beherrschte.

»Lassen Sie uns Robbe-Grillet vergessen«, erklärte sein Gesprächspartner zu seiner großen Erleichterung. »Aber mit diesem Heizkörper könnte man vielleicht trotzdem etwas anfangen ... Zum Beispiel: Ich glaube im Internet gelesen zu haben, dass Ihr Vater Architekt ist ...«

»Ja, das stimmt. Ich habe ihn auf einem meiner Bilder dargestellt, und zwar am Tag, an dem er die Leitung seines Unternehmens abgegeben hat.«

»Die Leute kaufen diese Art von Heizkörpern selten für den individuellen Gebrauch. Die Kunden sind im Allgemeinen Baufirmen wie jene, die Ihr Vater geleitet hat, und sie kaufen dann Dutzende oder Hunderte solcher Heizkörper. Man könnte sich sehr gut einen Thriller vorstellen, der einen großen Auftrag für Tausende von Heizkörpern zum Thema hat – um zum Beispiel alle Klassenräume eines Landes auszurüsten –, mit Schmiergeldern, dem Eingreifen von Politikern und einer äußerst attraktiven Handelsvertreterin einer rumänischen Heizungsfirma. In diesem Rahmen wäre eine lange, mehrseitige Beschreibung dieses Heizkörpers sowie jene von Modellen der Konkurrenz durchaus gerechtfertigt.«

Er sprach jetzt sehr schnell, zündete sich eine Zigarette nach der anderen an, er erweckte den Eindruck, als rauche er, um sich zu beruhigen und sein Gehirn etwas langsamer arbeiten zu lassen. Jed dachte flüchtig daran, dass sein Vater, angesichts des Betätigungsfelds seines Architekturbüros, eher dazu geneigt hätte, Klimaanlagen in großer Stückzahl zu kaufen; vermutlich hatte er das auch getan.

»Diese Heizkörper sind aus Gusseisen«, fuhr Houellebecq lebhaft fort, »vermutlich aus grauem Gusseisen mit hohem Kohlenstoffgehalt, dessen Gefahren in zahlreichen Sachverständigenberichten hervorgehoben worden sind. Man könnte es als skandalös betrachten, dass dieses vor kurzem erbaute Haus mit derart überholten Heizkörpern ausgestattet worden ist, mit Billigware sozusagen, und falls etwas passieren sollte, also wenn die Heizkörper zum Beispiel explodieren würden, könnte ich vermutlich den Bauherrn gerichtlich verfolgen. Ich nehme an, dass Ihr Vater in so einem Fall zur Verantwortung gezogen würde, oder?«

»Ja, ohne Zweifel.«

»Sehen Sie, das ist doch ein wunderbares, sogar ein verdammt interessantes Thema, ein *echtes menschliches Drama*!«, rief der Autor von *Plattform* begeistert. »Auf den ersten Blick hat Gusseisen ein bisschen was vom 19. Jahrhundert, Arbeiteraristokratie der Hochöfen und so weiter, kurz gesagt, etwas völlig Veraltetes, dabei wird Gusseisen noch immer hergestellt, natürlich nicht mehr in Frankreich, sondern eher in Ländern wie Polen oder Malaysia. Man könnte heute in einem Roman sehr gut den Weg des Eisenerzes nachzeichnen, die Reduzierung beim Schmelzen von Eisenerz und Koks in der Hüttenindustrie, die Verarbeitung des gewonnenen Materials und schließlich deren Vermarktung – damit könnte man das Buch beginnen, sozusagen als Genealogie des Heizkörpers.«

»In jedem Fall brauchen Sie aber Romanfiguren, wie mir scheint.«

»Ja, das stimmt. Selbst wenn mein eigentliches Thema die industriellen Vorgänge wären, könnte ich ohne Romanfiguren nichts machen.«

»Ich glaube, dass das der grundlegende Unterschied ist. Solange ich mich damit begnügt habe, Gegenstände darzustellen, hat mir die Fotografie vollauf genügt. Aber als ich beschlossen habe, Menschen zum Thema zu machen, habe ich gespürt, dass ich mich wieder der Malerei zuwenden muss; ich kann Ihnen gar nicht genau sagen, warum. Aber im Gegensatz dazu sehe ich nicht mehr so recht, was für ein Interesse Stillleben haben sollen. Seit der Erfindung der Fotografie ist so etwas nicht mehr sinnvoll, finde ich. Aber das ist natürlich ein rein persönlicher Standpunkt ...«, sagte er abschließend in entschuldigendem Ton.

Die Dunkelheit brach an. Durch das Südfenster sah man Wiesen, die sich bis zur Mündung des Shannon hinabzogen; in der Ferne schwebte eine Nebelbank über dem Wasser, die die Strahlen der untergehenden Sonne leicht widerspiegelte.

»Diese Landschaft zum Beispiel ...«, fuhr Jed fort. »Na gut, ich weiß natürlich, dass es im 19. Jahrhundert sehr schöne impressionistische Aquarelle gegeben hat. Trotzdem, wenn ich heute diese Landschaft darstellen sollte, würde ich einfach ein Foto davon machen. Wenn dagegen ein Mensch in dieser Umgebung zu sehen ist, und sei es nur ein Bauer, der in der Ferne seine Zäune repariert, wäre ich geneigt, auf die Malerei zurückzugreifen. Ich weiß, dass das absurd erscheinen mag, und so mancher wird dem entgegenhalten, dass das Thema völlig unwichtig ist, dass es sogar lächerlich wäre, die Wahl des Mediums von dem behandelten Thema abhängig machen zu wollen, dass schließlich nur eine Sache zählt, und zwar, wie sich das Gemälde oder das Foto in Figuren, Linien, Farben unterteilt.«

»Ja, der formalistische Ansatz ... Den gibt es bei den Schriftstellern auch, er scheint mir in der Literatur sogar noch weiter verbreitet zu sein als in der bildenden Kunst.«

Houellebecq verstummte, senkte den Kopf und blickte dann zu Jed auf; er schien plötzlich von außerordentlich traurigen Gedanken erfüllt zu sein. Er stand auf und ging in die Küche. Ein paar Minuten später kam er mit einer Flasche argentinischem Rotwein und zwei Gläsern zurück.

»Wenn Sie Lust haben, können wir gemeinsam zu Abend essen. Das Restaurant im Hotel Oakwood Arms ist nicht schlecht. Es gibt dort traditionelle irische Gerichte – Räucherlachs, Irish Stew, eher fade und ziemlich primitive Sachen, ehrlich gesagt, aber sie haben auch Kebab und Tandoori-Gerichte, der Koch ist Pakistaner.«

»Es ist noch nicht mal sechs Uhr«, sagte Jed erstaunt.

»Ja, ich glaube, die machen um halb sieben auf. Hierzulande isst man sehr früh, wissen Sie, aber mir ist selbst das noch nicht früh genug. Ich mag inzwischen das Ende des Dezembers am liebsten, da wird es um vier Uhr dunkel. Dann kann ich einen Schlafanzug anziehen, meine Schlaftabletten nehmen und mit einer Flasche Wein und einem Buch ins Bett gehen. So lebe ich seit Jahren. Die Sonne geht um neun Uhr auf; gut, aber bis ich mich dann gewaschen und Kaffee getrunken habe, ist es schon fast Mittag, und dann brauche ich nur noch vier Stunden durchzuhalten, bis es dunkel wird, das überstehe ich meistens ohne allzu große Schäden. Aber der Frühling ist unerträglich, die Sonnenuntergänge sind endlos und prachtvoll, das ist wie in einer beschissenen Oper, ständig gibt es neue Farben, neues Licht, ich habe einmal versucht, den ganzen Frühling und den ganzen Sommer hier zu bleiben, ich habe geglaubt, ich würde sterben, jeden Abend war ich kurz davor, mich umzubringen, weil es einfach nicht dunkel wurde. Seither fliege ich Anfang April nach Thailand und bleibe dort bis Ende August, Tagesanbruch um sechs, Tagesende um sechs, das ist viel einfacher, äquatoriale Verhältnisse, äquatoriale Verwaltung, es herrscht eine Affenhitze, aber die Klimaanlagen funktionieren gut, für den Tourismus ist das die Saure-Gurken-Zeit, die Bordells sind kaum besetzt, aber immerhin geöffnet, das ist für mich genau das Richtige, das passt mir bestens, und was sie einem bieten, bleibt ausgezeichnet oder zumindest sehr gut.«

»Ich habe den Eindruck, dass Sie sich selbst persiflieren.«

»Ja, das stimmt«, räumte Houellebecq erstaunlich spontan ein, »das sind Dinge, die mich gar nicht mehr sonderlich interessieren. Bald höre ich sowieso damit auf, dann kehre ich ins Loiret zurück; ich habe im Loiret meine Kindheit verbracht, damals habe ich Hütten im Wald gebaut, ich denke, dass ich wieder eine ähnliche Tätigkeit aufnehmen werde. Vielleicht die Jagd auf Biberratten?«

Er fuhr seinen Lexus schnell, locker und mit sichtlichem Vergnügen. »Aber immerhin, sie blasen dir einen ohne Gummi, das war wirklich gut …«, murmelte der Autor der *Elementarteilchen* undeutlich, als hinge er einem verlorenen Traum nach, ehe er den Wagen auf dem Parkplatz des Hotels abstellte; dann betraten sie den großen, hell erleuchteten Speisesaal. Als Vorspeise nahm er einen Krabbencocktail, Jed bestellte sich Räucherlachs. Der polnische Ober stellte eine lauwarme Flasche Chablis vor sie auf den Tisch.

»Sie kriegen es einfach nicht hin«, stöhnte der Schriftsteller. »Sie kriegen es nicht hin, den Weißwein mit der richtigen Temperatur zu servieren.«

»Interessieren Sie sich für Weine?«

»Das erleichtert es mir, Haltung zu bewahren, und es wirkt französisch. Außerdem muss man sich ja im Leben für irgendetwas interessieren, ich finde, das hilft.«

»Es überrascht mich ein bisschen«, gestand Jed. »Als ich herkam, hatte ich damit gerechnet, dass sich unsere Begegnung – nun, wie soll ich sagen – etwas schwieriger gestalten würde. Sie stehen im Ruf, sehr depressiv zu sein. Ich habe zum Beispiel geglaubt, Sie würden viel mehr trinken.«

»Ja …« Der Schriftsteller studierte wieder aufmerksam die Weinkarte. »Wenn Sie anschließend die Lammkeule nehmen, müssen wir einen anderen Wein bestellen: vielleicht wieder einen argentinischen? Wissen Sie, die Journalisten haben mich in den Ruf gebracht, Alkoholiker zu sein, aber seltsamerweise ist keiner von ihnen je auf die Idee gekommen, dass ich in ihrer Gegenwart nur deshalb so viel trinke, damit ich sie überhaupt ertragen kann. Wie soll man ein Gespräch mit einem Saftsack wie Jean-Paul Marsouin ertragen, wenn man nicht total besoffen ist? Wie soll man sich mit jemandem treffen, der für *Marianne* oder *Le Parisien libéré* arbeitet, ohne augenblicklich das Bedürfnis zu kotzen zu verspüren? Die Dummheit und der Konformismus der Presse sind wirklich unerträglich, finden Sie nicht?«, sagte er nachdrücklich.

»Ich weiß nicht, ehrlich gesagt lese ich sie nicht.«

»Haben Sie nie eine Zeitung aufgeschlagen?«

»Doch, vermutlich«, erwiderte Jed aufrichtig, aber er hatte tatsächlich keinerlei Erinnerung daran; er entsann sich zwar, mehrere Stapel *Figaro magazine* auf einem kleinen Tisch im Warteraum seines Zahnarztes gesehen zu haben; aber seine Zahnprobleme waren schon seit langem gelöst. Er hatte auf jeden Fall nie das Bedürfnis empfunden, sich eine Zeitung zu kaufen. In Paris ist die Luft gleichsam mit Informationen gesättigt; ob man will oder nicht, man sieht die Schlagzeilen an den Zeitungsständen und hört die Gespräche in der Schlange vor den Kassen der Supermärkte. Als er zur Beerdigung seiner Großmutter in die Creuse gefahren war, hatte er bemerkt, dass die Informationsdichte der Atmosphäre eindeutig abnahm, je weiter man sich von der Hauptstadt entfernte, ja dass die menschlichen Belange ganz allgemein an Bedeutung verloren. Nach und nach verschwand alles, bis auf die Pflanzen.

»Ich bin gern bereit, das Vorwort zum Katalog Ihrer Ausstellung zu schreiben«, fuhr Houellebecq fort. »Aber sind Sie sicher, dass es auch für Sie eine sinnvolle Idee ist? Wissen Sie, die französischen Medien hassen mich auf unvorstellbare Weise, es vergeht nicht eine Woche, ohne dass mir irgendein Blatt einen reinwürgt.«

»Ich weiß, ich habe im Internet nachgesehen, ehe ich hergekommen bin.«

»Befürchten Sie nicht, in die Schusslinie zu geraten, wenn Ihre Arbeit mit meinem Namen in Verbindung gebracht wird?«

»Ich habe mit meinem Galeristen darüber gesprochen, er meint, das sei unwichtig. Wir streben mit dieser Ausstellung gar nicht so sehr den französischen Markt an. Es gibt derzeit sowieso kaum noch französische Käufer für zeitgenössische Kunst.«

»Und wer sind dann die Käufer?«

»Die Amerikaner. Das ist seit zwei oder drei Jahren die neue Tendenz, die Amerikaner kaufen wieder Bilder, und die Engländer auch ein bisschen. Aber vor allem die Chinesen und die Russen.«

Houellebecq blickte ihn an, als wiege er das Für und Wider ab. »Na gut, wenn man nach den Chinesen und Russen geht, dann haben Sie vielleicht recht ...«, erwiderte er. »Entschuldigen Sie«, fügte er hinzu, während er unvermittelt aufstand, »ich muss jetzt erst mal eine Zigarette rauchen, ohne Tabak kann ich nicht nachdenken.«

Er ging auf den Parkplatz und kehrte fünf Minuten später zurück, als der Ober gerade das Essen brachte. Er machte sich voller Begeisterung über sein Lamm-Biryani her, warf aber einen argwöhnischen Blick auf Jeds Gericht. »Ich bin sicher, dass die Ihre Lammkeule mit Minzsoße übergossen haben«, erklärte er. »Dagegen lässt sich nichts machen, das ist der englische Einfluss. Dabei haben die Engländer auch Pakistan kolonisiert. Aber hier ist das noch schlimmer, hier haben sie sich mit den Einheimischen vermischt.« Die Zigarette hatte ihm offensichtlich gut getan. »Diese Ausstellung ist für Sie sehr wichtig, oder?«, fuhr er fort.

»Ja, sehr. Seit ich die Serie der *Berufe* begonnen habe, habe ich den Eindruck, dass niemand mehr versteht, worauf ich hinauswill. Unter dem Vorwand, dass ich auf Leinwand male und darüber hinaus Ölfarben verwende, was vor längerer Zeit aus der Mode gekommen ist, werde ich immer einer Art Bewegung zugeordnet, die die Rückkehr zur Malerei propagiert, dabei kenne ich diese Typen gar nicht und fühle mich ihnen in keiner Weise verbunden.«

»Gibt es gerade eine Rückkehr zur Malerei?«

»Mehr oder weniger, zumindest ist das eine der aktuellen Tendenzen. Rückkehr zur Malerei oder zur Bildhauerei, jedenfalls eine Rückkehr zum Gegenstand. Aber meiner Meinung nach hat das vor allem kommerzielle Gründe. Ein Gegenstand ist leichter zu lagern und zu verkaufen als eine Installation oder eine Performance. Ehrlich gesagt habe ich nie eine Performance geschaffen, aber ich habe den Eindruck, dass mein Ansatz damit etwas gemein hat. Ich versuche, von Bild zu Bild einen künstlichen, symbolischen Raum zu schaffen, in dem ich Situationen darstellen kann, die einen Sinn für die Gemeinschaft haben.«

»Das versucht in gewisser Weise auch das Theater. Allerdings mit dem Unterschied, dass bei Ihnen keine Fixierung auf den Körper zu spüren ist … Ich muss im Übrigen zugeben, dass ich das recht erholsam finde.«

»Richtig, aber diese Fixierung auf den Körper kommt auch allmählich aus der Mode. Zwar noch nicht im Theater, aber bereits in der visuellen Kunst. Was ich mache, ist auf jeden Fall ausschließlich im sozialen Bereich angesiedelt.«

»Gut, ich verstehe … Ich sehe in etwa, was ich daraus machen kann. Wann brauchen Sie den Text?«

»Die Ausstellungseröffnung soll im Mai stattfinden, wir brauchen das Vorwort für den Katalog daher Ende März. Sie haben also zwei Monate Zeit.«

»Das ist nicht sehr viel.«

»Der Text braucht nicht sehr lang zu sein. Fünf oder zehn Seiten reichen völlig. Wenn Sie mehr schreiben wollen, können Sie das natürlich tun.«

»Ich werd's versuchen … Ich bin schließlich selbst schuld, ich hätte früher auf Ihre E-Mails antworten sollen.«

»Als Honorar haben wir, wie ich Ihnen schon gesagt hatte,

zehntausend Euro vorgesehen. Franz, mein Galerist, hat mir gesagt, ich könne Ihnen stattdessen auch ein Gemälde anbieten, aber ich finde das etwas peinlich, weil es für Sie ziemlich delikat wäre, das abzulehnen. Sagen wir also besser zehntausend Euro; wenn Sie aber lieber ein Gemälde haben möchten, bin ich natürlich damit einverstanden.«

»Ein Gemälde …«, sagte Houellebecq nachdenklich. »Auf jeden Fall habe ich genug Wände, um es aufzuhängen. Das ist das Einzige, was ich in meinem Leben wirklich habe: Wände.«

III

Um 12 Uhr musste Jed sein Hotelzimmer räumen, doch seine Maschine nach Paris flog erst um 19.10 Uhr ab. Obwohl es Sonntag war, war das benachbarte Einkaufszentrum geöffnet. Er kaufte eine Flasche Whisky aus lokaler Herstellung; die Kassiererin hieß Magda und fragte ihn, ob er die Kundenkarte des Dunnes Store habe. Er schlenderte ein paar Minuten über die blitzsauberen Gänge und begegnete ein paar Gruppen von Jugendlichen, die von einem Schnellimbiss zu einer Spielhalle gingen. Nachdem er im *Ronnies Rocket* einen Fruchtcocktail Apfelsine-Erdbeer-Kiwi getrunken hatte, war er der Ansicht, dass er nun genug über das Skycourt Shopping Center wisse, und bestellte sich ein Taxi zum Flughafen. Es war kurz nach dreizehn Uhr.

Das *Estuary Café* war ebenso nüchtern und geräumig wie alle anderen Einrichtungen des Gebäudes: Die Abstände zwischen den rechteckigen Tischen aus dunklem Holz waren groß, viel größer als in einem modernen Luxusrestaurant; die Tische waren so konzipiert, dass sechs Personen bequem daran Platz fanden. Jed erinnerte sich auf einmal daran, dass die fünfziger Jahre auch die Jahre des *Babybooms* gewesen waren.

Er bestellte sich einen leichten Krautsalat und Chicken Korma, setzte sich an einen der Tische, trank zum Essen ab und zu einen kleinen Schluck Whisky und studierte den Abflugplan des Flughafens Shannon. Mit Ausnahme von Paris, das von Air France, und London, das von British Airways angeflogen wurde, gab es keine Verbindungen zu westeuropäischen Hauptstädten. Dagegen gingen nicht weniger als sechs Linienflüge nach Spanien und zu den Kanarischen Inseln: Alicante, Girona, Fuerteventura, Malaga, Reus und Teneriffa. All diese Flüge wurden von Ryanair durchgeführt. Die Billigfluggesellschaft steuerte auch sechs Reiseziele in Polen an: Krakau, Danzig, Kattowitz, Lodz, Warschau und Breslau. Houellebecq hatte ihm am Abend zuvor beim Essen gesagt, dass es in Irland sehr viele polnische Einwanderer gebe, es sei ein Land, das sie allen anderen Ländern vorzögen, vermutlich weil es den übrigens mittlerweile nicht mehr berechtigten Ruf genieße, eine Hochburg des Katholizismus zu sein. Der Liberalismus schuf also eine neue Geographie der Welt aufgrund der Erwartungen der Kundschaft, egal ob diese reiste, um ihre touristische Neugier zu befriedigen oder um sich ihren Lebensunterhalt zu verdienen. Die ebene, isometrische Oberfläche der Weltkarte wurde durch eine anomale Topographie ersetzt, bei der Shannon in größere Nähe zu Kattowitz oder Fuerteventura rückte als zu Brüssel oder Madrid. Die beiden Flughäfen, die Ryanair in Frankreich anflog, waren Beauvais und Carcassone. Handelte es sich dabei um Bestimmungsorte von besonderem touristischem Interesse? Oder wurden sie nur aus dem Grund touristisch interessant, weil Ryanair die beiden Städte als Zielflughäfen gewählt hatte? Während Jed noch über die Macht und die Topologie der Welt nachdachte, nickte er leicht ein.

Er befand sich inmitten eines weißen, anscheinend unbegrenzten Raumes. Man konnte die Horizontlinie nicht erkennen, der Boden von mattem Weiß verschmolz in der Ferne mit dem gleichfarbigen Himmel. Auf der Bodenoberfläche waren hier und dort in unregelmäßigen Abständen Textblöcke aus schwarzen Lettern zu erkennen, die ein loses Relief bildeten; jeder dieser Blöcke mochte etwa fünfzig Worte enthalten. Da begriff Jed, dass er sich in einem Buch befand, und fragte sich, ob dieses Buch seine Lebensgeschichte erzählte. Als er sich über die Blöcke beugte, an denen sein Weg ihn vorbeiführte, hatte er zunächst den Eindruck, dass dies der Fall sei: Er erkannte Namen wie Olga und Geneviève wieder, aber er konnte keinerlei Informationen daraus gewinnen, denn die meisten Namen waren verblasst oder wild durchgestrichen, unleserlich, und neue Namen tauchten auf, die ihm absolut nichts sagten. Er konnte auch keinerlei zeitliche Richtung bestimmen: Während er in gerader Linie weiterging, stieß er mehrmals auf den Namen Geneviève, der nach Olgas Namen wieder auftauchte – dabei war er sich sicher, absolut sicher, dass er nie die Gelegenheit haben würde, Geneviève wiederzusehen, wohingegen Olga vielleicht noch ein Teil seiner Zukunft war.

Er wurde durch die Lautsprecheransage geweckt, die die Passagiere für den Flug nach Paris zum Einsteigen aufforderte. Sobald er in seiner Wohnung am Boulevard de l'Hôpital angekommen war, rief er Houellebecq an – der wieder sehr schnell abnahm.

»Also«, sagte er, »ich habe nachgedacht. Anstatt Ihnen ein Bild zu schenken, möchte ich lieber Ihr Porträt malen und es Ihnen dann schenken.«

Er wartete. Am anderen Ende der Leitung blieb Houellebecq stumm. Jed blinzelte; die Beleuchtung in seinem Atelier war grell. Mitten im Raum war der Boden noch immer mit den zerfetzten Resten des Bildes *Damien Hirst und Jeff Koons teilen den Kunstmarkt unter sich auf* übersät. Da das Schweigen andauerte, fügte Jed hinzu: »Ihr Honorar würde dadurch nicht in Frage gestellt, es käme zu den zehntausend Euro hinzu. Ich habe wirklich Lust, Ihr Porträt zu malen. Ich habe noch nie einen Schriftsteller dargestellt, ich spüre, dass ich das tun muss.«

Houellebecq schwieg noch immer, und Jed wurde allmählich besorgt. Doch schließlich, nach mindestens dreiminütiger Stille, antwortete der Schriftsteller mit vom Alkoholgenuss fast lallender Stimme: »Ich weiß nicht. Ich fühle mich nicht imstande, stundenlang Modell zu sitzen.«

»Ach, das ist völlig unwichtig! Das Modellsitzen ist heutzutage völlig aus der Mode gekommen, niemand akzeptiert das mehr, die Leute sind alle total mit Terminen eingedeckt oder bilden sich das ein oder behaupten es zumindest, was weiß ich, jedenfalls kenne ich absolut niemanden, der bereit wäre, eine Stunde lang reglos dazusitzen. Nein, um Ihr Porträt zu malen, würde ich Sie noch einmal besuchen, um Fotos von Ihnen zu machen. Viele Fotos: ein paar sehr allgemeine Aufnahmen, aber auch Fotos von Ihrem Arbeitsraum und Ihren Arbeitsgeräten. Außerdem detaillierte Fotos von Ihren Händen und der Struktur Ihrer Haut. Anschließend komme ich schon allein damit zurecht.«

»Also gut …«, erwiderte der Schriftsteller nicht gerade begeistert. »Einverstanden.«

»Gibt es irgendeinen Tag oder eine Woche, in der es Ihnen besonders gut passen würde?«

»Eigentlich nicht. Die meiste Zeit tue ich nichts. Rufen Sie mich wieder an, wenn Sie die Absicht haben zu kommen. Guten Abend.«

Am nächsten Morgen rief Jed Franz schon sehr früh an; dieser reagierte begeistert und schlug ihm vor, sofort in der Galerie vorbeizukommen. Er strahlte vor Freude und rieb sich buchstäblich die Hände, Jed hatte ihn selten so aufgeregt gesehen.

»Jetzt können wir die Sache wirklich ins Rollen bringen … Und ich garantiere dir, dass das viel Staub aufwirbeln wird. Wir können uns schon um die Wahl der Pressefrau kümmern. Ich habe an Marilyn Prigent gedacht.«

»Marilyn?«

»Kennst du sie?«

»Ja, sie hat meine erste Ausstellung betreut, ich erinnere mich sehr gut an sie.«

Marilyn hatte sich mit fortschreitendem Alter erstaunlich gut gehalten. Sie hatte etwas abgenommen und sich das Haar ganz kurz schneiden lassen – bei mattem, glattem Haar, wie sie es habe, sei das die einzige Lösung, sagte sie, sie habe sich letztlich dazu entschlossen, die Ratschläge der Frauenzeitschriften zu befolgen – sie trug eine eng anliegende Hose aus Leder und eine gut geschnittene knappe Lederjacke, alles in allem hatte sie nun den Look einer intellektuellen Pseudo-Lesbe, der Männern mit ziemlich passivem Temperament möglicherweise gefallen konnte. Im Grunde glich sie ein wenig Christine Angot – mit der Einschränkung jedoch, dass Marilyn viel sympathischer war. Und vor allem hatte sie es geschafft, das fast ununterbrochene Schniefen loszuwerden, das sie charakterisiert hatte.

»Es hat mich Jahre gekostet«, sagte sie. »Ich habe meine gesamten Ferien damit verbracht, Kuren in allen erdenklichen Thermalbädern zu machen, aber schließlich hat jemand die richtige Behandlungsmethode gefunden. Einmal in der Woche mache ich Schwefelinhalationen, und das wirkt tatsächlich; zumindest habe ich bisher nie wieder damit zu tun gehabt.«

Selbst ihre Stimme war lauter und klarer geworden, und sie sprach jetzt völlig ungeniert über ihr Sexualleben, was Jed völlig überraschte. Als Franz ihr ein Kompliment über ihre Bräune machte, erwiderte sie, sie sei gerade von ihren Winterferien auf Jamaika zurück. »Ich habe toll gevögelt«, fügte sie hinzu, »die Typen dort sind absolut geil.« Er runzelte überrascht die Stirn, aber sie wechselte bereits das Thema und zog aus ihrer Handtasche – diesmal einer schicken, rotbraunen Ledertasche der Marke Hermès – ein großes blaues Spiralheft.

»Nein, das hat sich nicht geändert«, sagte sie lächelnd zu Jed. »Immer noch kein elektronischer Assistent ... Aber ich habe mich trotzdem ein bisschen der Moderne angepasst.« Sie zog einen USB-Stick aus einer Innentasche ihrer Lederjacke. »Darauf befinden sich alle gescannten Artikel über deine Michelin-Ausstellung. Das kann uns sehr helfen.« Franz nickte und warf ihr einen ungläubigen, beeindruckten Blick zu.

Sie lehnte sich auf ihrem Sitz zurück und reckte sich. »Ich habe versucht, ein bisschen zu verfolgen, was du in der Zwischenzeit gemacht hast«, sagte sie zu Jed – sie duzte ihn jetzt, auch das war neu. »Ich finde, du hast gut daran getan, nicht schon früher eine Ausstellung zu machen, die meisten Kritiker hätten große Mühe gehabt, die Wende in deiner Arbeit nachzuvollziehen – ich spreche nicht mal von Pépita Bourguignon, die hat sowieso nie etwas von deiner Arbeit begriffen.«

Sie zündete sich ein Zigarillo an – schon wieder etwas Neues –, ehe sie fortfuhr. »Da du keine Ausstellung hattest, brauchten sie auch keine Artikel zu schreiben. Und wenn sie heute eine positive Kritik äußern, haben sie nicht den Eindruck, sich selbst zu verleugnen. Aber eines ist richtig, da bin ich mit euch einverstanden: Wir müssen versuchen, sofort die angelsächsischen Zeitschriften als Zielgruppe anzuvisieren, und da kann uns der Name Houellebecq helfen. Was für eine Auflage habt ihr für den Katalog vorgesehen?«

»Fünfhundert Exemplare«, sagte Franz.

»Das reicht nicht, lass tausend drucken. Ich brauche schon allein dreihundert Presseexemplare. Und wir genehmigen die Wiedergabe von Auszügen, selbst wenn es sich um lange Auszüge handelt, und zwar fast überall; ihr müsst das mit Houellebecq oder Samuelson, seinem Agenten, absprechen, damit sie uns in dieser Hinsicht keine Schwierigkeiten machen. Franz hat mir die Geschichte mit dem Porträt von Houellebecq erzählt. Das ist wirklich eine sehr gute Idee. Außerdem ist das zum Zeitpunkt der Ausstellung dann dein jüngstes Werk, das ist ausgezeichnet. Das gibt der Sache noch einen zusätzlichen Schub, davon bin ich überzeugt.«

»Die Frau hat echt was drauf«, bemerkte Franz, nachdem sie fort war. »Ich kannte sie vom Hörensagen, aber ich habe nie mit ihr zusammengearbeitet.«

»Sie hat sich ganz schön verändert«, sagte Jed. »In privater Hinsicht, meine ich. Beruflich dagegen überhaupt nicht. Aber trotzdem ist es beeindruckend, in welchem Maße die Leute ihr Leben in zwei Teile teilen können, zwischen denen keinerlei Verbindung besteht und die sich gegenseitig in keiner Weise beeinflussen. Ich finde es unglaublich, dass ihnen das so gut gelingt.«

»Ja, du hast dich viel mit der Arbeit … mit den Berufen der Leute beschäftigt«, nahm Franz das Gespräch wieder auf, sobald sie im Bistro *Chez Claude* saßen. »Viel mehr als alle anderen Künstler, die ich kenne.«

»Was definiert einen Menschen? Welches ist die erste Frage, die man einem Menschen stellt, wenn man sich nach seinem Zustand erkundigen will? In manchen Gesellschaften fragt man ihn zunächst, ob er verheiratet ist und ob er Kinder hat; in unseren Gesellschaften fragt man ihn als Erstes nach seinem Beruf.

Den westlichen Menschen definiert vor allem seine Stelle im Produktionsprozess und nicht die im Fortpflanzungsprozess.«

Franz leerte nachdenklich sein Weinglas in kleinen Schlucken. »Ich hoffe, dass Houellebecq ein gutes Vorwort schreibt«, sagte er schließlich. »Für uns steht sehr viel auf dem Spiel, weißt du? Es ist sehr schwierig, eine so radikale künstlerische Entwicklung wie deine bei den Kritikern durchzupauken. Dabei haben wir in der bildenden Kunst noch ziemliches Glück. In der Literatur und in der Musik ist es schlichtweg unmöglich, die Richtung zu ändern, da kann man sicher sein, dass man von der Kritik gelyncht wird. Andererseits – wenn du immer dasselbe machst, wirft man dir vor, dass du dich auf dem absteigenden Ast befindest, aber wenn du was Neues machst, dann wirft man dir vor, dass du dich verzettelst und inkonsequent bist. Ich weiß, dass es in deinem Fall einen Sinn hat, dass du in dem Moment zur Malerei zurückgekehrt bist, in dem du dich der Darstellung von Menschen zugewandt hast. Ich bin nicht imstande zu sagen, welchen, und du wahrscheinlich auch nicht; aber ich weiß, dass es nicht unbegründet ist. Aber das ist nur eine Intuition, und um Artikel zu bekommen, reicht das nicht, da muss man eine theoretische Argumentation liefern. Und dazu bin ich nicht imstande, und du bist es auch nicht.«

An den folgenden Tagen versuchten sie eine Reihenfolge für die Präsentation der Werke festzulegen und entschieden sich schließlich dafür, rein chronologisch vorzugehen. Das letzte Bild war also *Bill Gates und Steve Jobs unterhalten sich über die Zukunft der Informatik*, und anschließend blieb noch ein Platz frei für das Porträt von Houellebecq, das Jed noch malen musste. Gegen Ende der Woche versuchte Jed den Schriftsteller zu erreichen, doch diesmal meldete er sich nicht, und er hatte auch keinen Anrufbeantworter. Nach mehreren Versuchen zu verschiedenen Uhrzeiten schickte er ihm eine E-Mail, dann eine zweite und ein paar Tage später eine dritte, aber sie blieben alle unbeantwortet.

Nach zwei Wochen begann Jed richtig unruhig zu werden und sandte ihm in kurzen Abständen mehrere SMS und mehrere E-Mails. Schließlich rief Houellebecq ihn zurück. Seine Stimme war tonlos, fast erstorben. »Es tut mir leid«, sagte er, »ich habe im Moment ein paar persönliche Probleme. Aber Sie können kommen, um Ihre Fotos zu machen.«

IV

Der Flug von Beauvais nach Shannon um 13.25 Uhr des folgenden Tages wurde auf der Website *ryanair.com* für 4,99 Euro angeboten, und Jed glaubte zunächst an einen Irrtum. Als er am Bildschirm die verschiedenen Etappen der Reservierung hinter sich brachte, stellte er fest, dass noch diverse Unkosten und Gebühren hinzukamen; der Endpreis belief sich auf 28,01 Euro, was noch immer recht preiswert war.

Es gab einen Shuttle-Service von der Porte Maillot zum Flughafen Beauvais. Als er in den Bus stieg, bemerkte er, dass vor allem junge Leute in dem Fahrzeug saßen, vermutlich Studenten, die auf Reisen gingen oder von einer Reise zurückkamen – es war gerade die Zeit der Februarferien. Auch mehrere Rentner und ein paar nordafrikanische Frauen mit kleinen Kindern befanden sich darin. Also im Grunde alle bis auf die aktiven, produktiven Mitglieder der Gesellschaft. Jed stellte auch fest, dass er sich in diesem Bus eher am rechten Ort fühlte, weil er den Eindruck hatte, *in Ferien zu fahren* – während er beim letzten Mal auf dem Flug mit Air France das Gefühl gehabt hatte, auf einer *Geschäftsreise* zu sein.

Nachdem der Bus die schwierigen Vorstadtviertel und die eher ruhigen Wohngegenden im Norden von Paris hinter sich gelassen hatte, fuhr er recht bald zwischen Weizen- und Zuckerrübenfeldern hindurch über die fast leere Autobahn. Einzelne große Raben flogen durch die graue Luft. Niemand in Jeds Nähe sagte etwas, selbst die Kinder verhielten sich ruhig, sodass er nach und nach von einem Gefühl des Friedens erfüllt wurde.

Schon zehn Jahre, sagte er sich, schon seit zehn Jahren hatte er im Verborgenen gewirkt, und letztlich völlig einsam. Er hatte allein gearbeitet, ohne jemandem seine Bilder zu zeigen – mit Ausnahme von Franz, der seinerseits, wie er wusste, diskret ein paar private Präsentationen vorgenommen hatte, ohne ihm je von den Ergebnissen zu berichten –, er hatte keine Vernissage, keine Debatte und so gut wie keine Ausstellung besucht und im Verlauf der letzten Jahre nach und nach den Status eines professionellen Künstlers verloren. In den Augen der Welt – und in gewisser Weise sogar in seinen eigenen – hatte er sich allmählich in einen *Sonntagsmaler* verwandelt. Diese Ausstellung würde ihm mit einem Schlag wieder einen Platz in der Kunstszene und in den professionellen Kreisen verschaffen, und er fragte sich, ob er wirklich Lust dazu habe. Vermutlich nicht mehr als jemand, der an der bretonischen Küste steht und zunächst zögert, in das bewegte kalte Meer zu tauchen – obwohl er genau weiß, dass er nach ein paar Zügen die kühlen Wellen herrlich erfrischend finden wird.

Während Jed auf einer Bank des kleinen Flughafens auf den Abflug wartete, warf er einen Blick auf die Gebrauchsanweisung des Fotoapparats, den er am Tag zuvor bei FNAC gekauft hatte. Die Nikon D3x, die er gewöhnlich für die vorbereitenden Aufnahmen seiner Porträts benutzte, war ihm zu imposant, zu professionell vorgekommen. Houellebecq stand im Ruf, einen abgrundtiefen Hass auf Fotografen zu haben; Jed hatte gespürt, dass ein Apparat mit eher spielerischem, familiärem Äußeren besser geeignet wäre.

Gleich im ersten Satz beglückwünschte ihn die Firma Samsung nicht ohne eine gewisse Emphase zum Kauf des Modells ZRT-AV2. Weder Sony noch Nikon hätten daran gedacht, ihn zu beglückwünschen, diese Firmen waren zu arrogant, zu sehr in ihrem Professionalismus verwurzelt. Vielleicht handelte es sich dabei aber auch nur um die typisch japanische Arroganz; diese gut etablierten japanischen Firmen waren sowieso unerträglich. Die Deutschen bemühten sich in ihren Gebrauchsanweisungen, die Fiktion einer auf Vernunft und Treue beruhenden Wahl aufrechtzuerhalten, und es blieb ein echtes Vergnügen, die Bedienungsvorschrift für einen Mercedes zu lesen, aber im Hinblick auf das Preis-Leistungs-Verhältnis brach diese bezaubernde Fiktion, diese Sozialdemokratie der Gremlins, kläglich zusammen. Blieben noch die Schweizer mit ihrer Politik der extremen Preise, die den einen oder anderen reizen konnte. Jed hatte zu manchen Anlässen mit dem Gedanken gespielt, ein Schweizer Produkt zu kaufen, im Allgemeinen einen Fotoapparat von Alpa oder eine Armbanduhr, aber der Preisunterschied im Verhältnis von 5:1 zu einem normalen Produkt hatte ihn sehr schnell davon abgehalten. Für einen Verbraucher, der in den Jahren um 2010 *seinen Spaß haben* wollte, war es am besten, sich einem koreanischen Produkt zuzuwenden: bei Autos Kia und Hyundai und in der Elektronik LG und Samsung.

Das Modell ZRT-AV2 von Samsung verband, der Einführung des Handbuchs zufolge, originelle technische Erfindungen – wie zum Beispiel die automatische Erkennung eines Lächelns – mit der geradezu legendären Benutzerfreundlichkeit, die den Ruf der Marke begründete.

Nach dieser lyrischen Passage wurde der Rest eher technisch, und Jed blätterte schnell weiter, um die wichtigsten Informationen zu finden. Es war offensichtlich, dass ein gewisser wohldurchdachter Optimismus, der eine möglichst breite Käuferschicht zu überzeugen suchte, bei der Konzeption der Kamera den Ausschlag gegeben hatte. Diese bei Produkten der modernen Technik weitverbreitete Tendenz war jedoch keinesfalls eine Notwendigkeit. Anstelle der Programme FEUERWERK, STRAND, BABY1 und BABY2 zum Beispiel, die der *Photo Style Selector* des Apparats anbot, hätte man durchaus auch BEERDIGUNG, REGENTAG, GREIS1 und GREIS2 finden können.

Warum eigentlich BABY1 und BABY2?, fragte sich Jed. Als er auf Seite 37 der Anleitung nachschlug, begriff er, dass diese Funktion es erlaubte, die Geburtsdaten von zwei verschiedenen Babys einzugeben, um ihr Alter in die elektronische Datei zu integrieren, die für jedes Foto erstellt wurde. Auf Seite 38 gab es weitere Hinweise: Diese Programme waren, wie das Handbuch versicherte, konzipiert, um den »gesunden, frischen« Teint der Babys wiederherzustellen. Ihre Eltern wären vermutlich tatsächlich enttäuscht, wenn BABY1 und BABY2 auf ihren Geburtstagsfotos ein verknittertes, gelbliches Gesicht hätten, aber Jed persönlich kannte keine Babys; er würde auch nicht die Gelegenheit haben, das Programm HAUSTIER zu benutzen, und das Programm PARTY wohl auch kaum – letztlich war dieser Apparat vielleicht doch nicht für ihn bestimmt.

Ein gleichmäßiger Regen ging über Shannon nieder, und der Taxifahrer war ein bösartiger Dummkopf. *»Here on vacation?«*, fragte er, als freue er sich schon im Voraus über Jeds Enttäuschung. *»No, working«*, erwiderte Jed, der ihm diese Freude nicht machen wollte, aber der Mann glaubte ihm das offensichtlich nicht. *»What kind of job do you have?«*, fragte er in einem Ton, der seinen Zweifel daran, dass man Jed irgendeine Arbeit anvertrauen könne, deutlich zum Ausdruck brachte. *»Photography«*, erwiderte Jed. Mit einem Seufzer gab der Mann seine Niederlage zu erkennen.

Jed hämmerte mindestens zwei Minuten lang in strömendem Regen an die Tür, ehe Houellebecq ihm öffnete. Der Autor der *Elementarteilchen* trug einen gestreiften grauen Schlafanzug, in dem er beinahe einem Sträfling aus einer Fernsehserie glich; sein Haar war zerzaust und schmutzig, das Gesicht vom Alkohol gerötet, und er stank ein bisschen. Die Unfähigkeit, sich zu waschen, ist eines der sichersten Anzeichen für eine Depression, erinnerte sich Jed.

»Es tut mir leid, dass ich im unpassendsten Moment zu Ihnen komme, ich weiß, dass es Ihnen nicht sehr gut geht. Aber ich bin derart ungeduldig, mit Ihrem Porträt anzufangen …«, sagte er und setzte ein Lächeln auf, von dem er hoffte, dass es *entwaffnend* war. *»Entwaffnendes Lächeln«* ist ein Ausdruck, den man noch in einigen Romanen antrifft und der daher einer gewissen Realität entsprechen muss. Aber Jed hatte leider nicht das Gefühl, dass er selbst naiv genug war, um sich durch ein Lächeln *entwaffnen* zu lassen, und Houellebecq war es, wie er vermutete, auch nicht. Der Autor von *Der Sinn des Kampfes* wich allerdings einen Meter zurück, also gerade weit genug, um Jed zu erlauben, sich vor dem Regen unterzustellen, ohne ihn jedoch wirklich hereinzubitten.

»Ich habe eine Flasche Wein mitgebracht. Einen guten Tropfen!«, rief Jed mit leicht gezwungener Begeisterung, in etwa so, wie man Kindern Karamellbonbons anbietet, und zog sie dabei aus seiner Reisetasche. Es war ein Château Ausone 1986, eine Flasche, die ihn immerhin 400 Euro gekostet hatte – so viel wie ein Dutzend Flüge von Paris nach Shannon mit Ryanair.

»Nur eine Flasche?«, fragte der Autor von *Die Suche nach Glück* und reckte den Hals, um das Etikett besser erkennen zu können. Er stank ein bisschen, aber nicht so stark wie ein Kadaver – letztlich hätte alles noch schlimmer sein können. Dann drehte er sich wortlos um, nachdem er die Flasche gepackt hatte, und Jed fasste dieses Verhalten als Einladung auf.

Der größte Raum, das Wohnzimmer, war beim letzten Mal, wenn er sich recht entsann, leer gewesen; jetzt standen ein Bett und ein Fernseher darin.

»Ja«, sagte Houellebecq, »nach Ihrem Besuch ist mir klar geworden, dass Sie der erste Gast waren, der dieses Haus betreten hat, und dass Sie vermutlich auch der letzte sein werden. Und daher habe ich mir gesagt, warum soll ich die Fiktion eines Empfangszimmers aufrechterhalten? Warum soll ich den größten Raum nicht einfach als Schlafzimmer benutzen? Schließlich verbringe ich die meisten Tage im Bett. Meistens esse ich im Bett und sehe mir dabei auf Fox Zeichentrickfilme an; es ist ja nicht so, dass ich irgendwelche *Dinnerpartys* veranstalte.«

Die mit Weinflecken besudelten und stellenweise angesengten Bettlaken waren mit Zwiebackresten und Mortadellastreifen übersät.

»Lassen Sie uns am besten in die Küche gehen«, schlug der Autor von *Wiedergeburt* vor.

»Eigentlich bin ich ja gekommen, um Fotos zu machen.«

»Funktioniert Ihr Apparat in Küchen nicht?«

»Ich bin rückfällig geworden ... Ich bin total rückfällig geworden, was Wurst angeht«, fuhr Houellebecq düster fort. Tatsächlich häuften sich auf dem Tisch Verpackungen von Chorizo, Mortadella und Leberpastete. Er hielt Jed einen Korkenzieher hin und leerte, sobald die Flasche geöffnet war, das erste Glas in einem Zug, ohne daran zu riechen oder auch nur die elementarste Geste des Probierens vorzutäuschen. Jed machte ein Dutzend Großaufnahmen und bemühte sich dabei, die Perspektiven zu variieren.

»Ich würde gern ein paar Fotos von Ihnen in Ihrem Arbeitszimmer machen … oder wo immer Sie arbeiten.«

Der Schriftsteller gab ein Knurren von sich, das nicht gerade begeistert klang, stand aber auf und ging vor ihm her auf den Flur. Die Umzugskartons, die sich vor den Wänden stapelten, waren noch immer nicht geöffnet worden. Houellebecq hatte seit Jeds letztem Besuch einen Bauch angesetzt, aber sein Hals und seine Arme waren noch immer so mager wie zuvor; er glich einer alten, kranken Schildkröte.

Das Arbeitszimmer, ein großer rechteckiger Raum mit kahlen Wänden, war, abgesehen von drei flaschengrünen Gartentischen aus Plastik, die nebeneinander an einer Wand standen, so gut wie leer. Auf dem mittleren Tisch befanden sich ein iMac 24 Zoll und ein Laserdrucker von Samsung, die anderen Tische waren mit bedruckten oder handschriftlich beschriebenen Seiten übersät. Der einzige Luxus war ein schwarzer lederner Bürosessel auf Rollen mit hoher Rückenlehne.

Jed machte ein paar Aufnahmen von dem ganzen Raum. Als Houellebecq sah, wie er sich den Tischen näherte, zuckte er nervös zusammen.

»Machen Sie sich keine Sorgen, ich sehe mir Ihre Manuskripte nicht an, ich weiß, dass Sie das hassen. Trotzdem …«, sagte er und dachte einen Augenblick nach, »… trotzdem würde ich mir gern einen Eindruck von dem Erscheinungsbild verschaffen, mit Ihren Anmerkungen und Korrekturen.«

»Nein, lieber nicht.«

»Es geht mir nicht um den Inhalt, absolut nicht. Ich möchte nur eine Vorstellung von der Geometrie des Ganzen haben; ich verspreche Ihnen, dass auf dem Gemälde kein Wort zu erkennen sein wird.«

Widerwillig holte Houellebecq ein paar Seiten hervor. Es gab nur sehr wenige durchgestrichene Stellen, aber zahlreiche Sternchen mitten im Text, die mit Pfeilen auf andere Textblöcke, teilweise am Rand, teilweise auf getrennten Seiten, verwiesen. Im Inneren dieser mehr oder weniger rechteckigen Blöcke verwiesen weitere mit Pfeilen versehene Sternchen auf neue Blöcke, sodass das Ganze fast wie ein Rankengeflecht wirkte. Die Schrift war schief, fast unleserlich. Houellebecq ließ Jed in der ganzen Zeit, in der er diese Aufnahmen machte, nicht aus den Augen und seufzte mit sichtbarer Erleichterung auf, als er sich vom Tisch entfernte. Beim Verlassen des Raumes schloss er die Tür sorgfältig hinter sich.

»Das ist nicht der Text über Sie, damit habe ich noch nicht angefangen«, sagte er, während sie in die Küche zurückgingen. »Das ist ein Vorwort für die Neuauflage von Jean-Louis Curtis bei Omnibus, ich muss es dringend abliefern. Möchten Sie ein Glas Wein?« Er sprach jetzt mit übertriebener Fröhlichkeit, vermutlich um den kühlen Empfang vergessen zu lassen, den er Jed bereitet hatte. Die Flasche Château Ausone war fast leer. Mit einer ausladenden Geste öffnete er einen Schrank, in dem etwa vierzig Flaschen zu sehen waren.

»Argentinien oder Chile?«

»Chile, zur Abwechslung.«

»Jean-Louis Curtis ist heutzutage völlig in Vergessenheit geraten. Er hat etwa fünfzehn Romane, Kurzgeschichten und eine hervorragende Sammlung von Pastiches verfasst ... *La France m'épuise* enthält meiner Ansicht nach die gelungensten Pastiches der französischen Literatur: Die Texte im Stil von Saint-Simon und von Chateaubriand sind perfekt, auch Stendhal und Balzac hat er sehr gut imitiert. Und trotzdem bleibt heute nichts mehr davon, niemand liest ihn mehr. Das ist ungerecht, er war ein ziemlich guter Autor, zwar in einem etwas konservativen, etwas klassischen Genre, aber immerhin hat er versucht, auf redliche Weise seine Arbeit zu tun, oder zumindest das, was er als seine Arbeit betrachtete. *La Quarantaine* ist ein sehr gelungenes Buch, finde ich. Es kommt eine echte Nostalgie darin zum Ausdruck, ein Gefühl des Verlusts beim Übergang der traditionellen französischen Gesellschaft in die moderne Welt, das kann man bei der Lektüre des Buches sehr gut nachvollziehen; er verfällt nur selten in die Karikatur, außer in manchen Beschreibungen linker Priester. Und auch *Un jeune couple* ist ein ganz erstaunliches Buch. Er behandelt darin dasselbe Thema wie Georges Perec in *Die Dinge*, aber im Vergleich zu diesem gelingt es ihm, sich dabei nicht lächerlich zu machen, und das ist schon enorm. Natürlich ist er nicht so virtuos wie Perec, aber wer war das schon in seinem Jahrhundert? Man mag sich auch darüber wundern, dass er sich für die Belange der Jugend eingesetzt hat, für die Hippie-Horden, die zu jener Zeit offenbar mit einem Rucksack durch Europa zogen und die ›Konsumgesellschaft‹, wie man damals sagte, ablehnten. Natürlich lehnte er die Konsumgesellschaft ebenso sehr ab wie diese, nur dass seine Ablehnung auf einer viel solideren Grundlage basierte als die der Hippies, wie sich in der Folge nur allzu deutlich gezeigt hat. Im Gegensatz zu ihm akzeptiert Perec die Konsumgesellschaft und betrachtet sie zu Recht als den einzig möglichen Horizont, seine Betrachtungen über die Freude beim Besuch des Flughafens Orly sind in meinem Augen völlig überzeugend. Im Grunde hat man Jean-Louis Curtis völlig zu Unrecht als *Reak-*

tionär eingestuft, er ist ein guter, wenn auch etwas trauriger Autor, der davon überzeugt ist, dass die Menschheit sich kaum verändern kann, weder in die eine noch in die andere Richtung. Mit Italien verband ihn eine große Liebe, und er war sich deutlich bewusst, mit was für einem unerbittlichen Blick die romanischen Völker die Welt betrachten. Na ja, ich weiß nicht, warum ich Ihnen das erzähle, Sie haben mit Jean-Louis Curtis nichts am Hut, zu Unrecht im Übrigen, das sollte Sie interessieren, ich spüre bei Ihnen auch eine Art Nostalgie, aber Sie scheinen eher der modernen Welt nachzutrauern, der Zeit, in der Frankreich noch ein Industriestaat war, oder irre ich mich da?« Er holte Chorizo, Dauerwurst und Weißbrot aus dem Kühlschrank.

»Das stimmt«, erwiderte Jed nach langem Überlegen. »Ich habe industrielle Erzeugnisse schon immer gemocht. Ich wäre nie auf den Gedanken gekommen, beispielsweise … eine Wurst zu fotografieren.« Er streckte die Hand nach dem Tisch aus und entschuldigte sich sofort. »Also, Wurst ist sehr gut, das meine ich damit nicht, ich esse gern Wurst … Aber sie zu fotografieren, nein, das nicht. Da sind diese Unregelmäßigkeiten organischen Ursprungs, diese Fettäderchen, die von Scheibe zu Scheibe unterschiedlich sind. Das ist ein bisschen … entmutigend.«

Houellebecq nickte und breitete die Arme aus, als verfiele er in eine tantrische Trance – aber es lag vermutlich eher daran, dass er betrunken war und sich bemühte, auf dem Küchenschemel, auf dem er hockte, nicht das Gleichgewicht zu verlieren. Als er wieder das Wort ergriff, war seine Stimme sanft und tief, voller naiver Emotion. »In meinem Leben als Verbraucher«, sagte er, »habe ich drei vollkommene Erzeugnisse kennengelernt: die Schuhe Paraboot Marche, den Laptop mit integriertem Drucker Canon Libris und den Parka Camel Legend. Diese Erzeugnisse habe ich leidenschaftlich geliebt, ich hätte mir gewünscht, dass sie mich mein ganzes Leben hindurch begleiten könnten, ich hätte mir, je nach natürlichem Verschleiß, regelmäßig die gleichen Produkte gekauft. Es war eine perfekte, treue Beziehung entstanden, die mich zu einem glücklichen Verbraucher gemacht hatte. Ich war zwar nicht in jeder Hinsicht glücklich im Leben, aber wenigstens hatte ich das: Ich konnte mir in regelmäßigen Abständen ein Paar meiner Lieblingsschuhe kaufen. Das ist einerseits nicht viel, aber andererseits ist es doch eine ganze Menge, vor allem wenn man ein ziemlich dürftiges Intimleben hat. Tja, aber diese Freude, diese einfache Freude hat man mir nicht gelassen. Meine Lieblingserzeugnisse sind nach ein paar Jahren aus den Regalen verschwunden, die Produktion ist ganz einfach eingestellt worden – und im Fall meines armen Camel-Legend-Parkas, des zweifellos schönsten Parkas, der je hergestellt worden ist, hat sie nur eine einzige Saison angedauert ...« Er begann zu weinen, dicke Tränen rannen ihm langsam über die Wangen; er schenkte sich ein weiteres Glas Wein ein. »Das ist brutal, wissen Sie, richtig brutal. Während die unbedeutendsten Tiergattungen Tausende, manchmal Millionen von Jahren existieren, ehe sie verschwinden, werden gewerbliche Erzeugnisse innerhalb weniger Tage vom Erdboden gefegt, man räumt ihnen nie eine zweite Chance ein, sie müssen ohnmächtig das unverantwortliche, faschistische Diktat von Produktmanagern ertragen, die natürlich besser als alle anderen wissen, was der Verbraucher will, und die behaupten, beim Verbraucher eine *Lust auf Neues* entdeckt zu haben, die in Wirklichkeit sein Leben in eine erschöpfende, verzweifelte Suche verwandelt, in ein endloses Umherirren zwischen ständig anders bestückten Regalen.«

»Ich verstehe, was Sie meinen«, hakte Jed ein. »Ich weiß, dass es vielen Menschen das Herz gebrochen hat, als die Herstellung der zweiäugigen Rolleiflex eingestellt wurde. Aber vielleicht ... vielleicht sollte man sein Vertrauen und seine Liebe nur außerordentlich teuren Produkten vorbehalten, die einen mythischen Status haben. Ich kann mir zum Beispiel nicht vorstellen, dass Rolex die Herstellung der Oyster Perpetual Day-Date einstellt.«

»Sie sind noch jung ... Sie sind noch furchtbar jung ... Rolex wird es genauso machen wie alle anderen.« Er nahm sich drei Scheiben Chorizo, legte sie auf ein Stück Brot, verschlang das Ganze und schenkte sich wieder ein Glas Wein ein. »Sie haben sich einen neuen Fotoapparat gekauft, haben Sie gesagt ... Zeigen Sie mir doch mal die Anleitung.«

Er überflog zwei Minuten lang die Gebrauchsanweisung für die Samsung ZRT-AV2, wobei er nickte, als bestätige jede Zeile seine düstere Prophezeiung. »Na ja ...«, sagte er schließlich und gab ihm die Anleitung zurück. »Das ist ein schönes Erzeugnis, ein modernes Erzeugnis, daran können Sie sich erfreuen. Aber trotzdem müssen Sie wissen, dass es in ein oder spätestens zwei Jahren durch ein neues Produkt mit angeblich verbesserten Eigenschaften ersetzt werden wird.

Auch wir sind Produkte«, fuhr er fort, »kulturelle Produkte. Auch wir sind eines Tages überholt. Dieser Prozess spielt sich auf die gleiche Weise ab – nur mit dem Unterschied, dass es bei uns im Allgemeinen keine eindeutige technische oder funktionale Verbesserung gibt; nur die Forderung nach Neuheit bleibt, und zwar im Reinzustand.

Aber das macht nichts, das macht gar nichts«, setzte er beschwingt hinzu. Er begann die zweite Wurst in Scheiben zu schneiden, dann unterbrach er sich und intonierte, das Messer noch in der Hand, mit kräftiger Stimme: »Lieben, lachen und singen!« Mit einer ausladenden Geste fegte er die Weinflasche vom Tisch, die auf den Fliesen zerschellte.

»Ich sammle das auf«, sagte Jed und sprang auf.

»Nein, lassen Sie nur, das ist nicht schlimm.«

»Doch, wir könnten uns an den Splittern verletzen. Haben Sie einen Wischlappen?« Er sah sich um, doch Houellebecq wackelte nur mit dem Kopf, ohne zu antworten. In einer Ecke entdeckte Jed einen Handfeger und eine kleine Kehrschaufel aus Plastik.

»Ich mache eine neue Flasche auf«, sagte der Schriftsteller. Er stand auf und durchquerte die Küche im Zickzack zwischen den Glasscherben hindurch, die Jed aufsammelte, so gut er konnte.

»Wir haben schon einiges getrunken ... Was mich betrifft, ich habe genug Fotos gemacht.«

»Aber nein, Sie werden doch wohl jetzt nicht gehen! Wir fangen doch gerade an, uns zu amüsieren ... Lieben, lachen und singen!«, rief er wieder, ehe er in einem Zug ein Glas chilenischen Wein leerte. »Fukra buldu! Bistroye! Bistroye!«, fügte er voller Überzeugung hinzu. Schon seit einiger Zeit hatte der berühmte Schriftsteller die Manie, seltsame Worte zu benutzen, die manchmal veraltet oder völlig unpassend waren, wenn es sich nicht gar um kindliche Neologismen im Stil von Kapitän Haddock handelte. Die wenigen ihm verbliebenen Freunde wie auch seine Verleger verziehen ihm diese Schwäche, so wie man einem müden, dekadenten Greis praktisch alles verzeiht.

»Das ist schon ein starkes Stück, die Idee, mein Porträt zu malen, wirklich ein starkes Stück ...«

»Finden Sie?«, fragte Jed erstaunt. Er hatte inzwischen die Glasscherben aufgesammelt, tat alles in einen Plastiksack für

Bauschutt (anscheinend besaß Houellebecq keine anderen), setzte sich wieder an den Tisch und nahm sich eine Scheibe Wurst.

»Wissen Sie«, fuhr er fort, ohne sich aus der Fassung bringen zu lassen, »ich möchte wirklich, dass mir dieses Gemälde gelingt. In den letzten zehn Jahren habe ich versucht, Menschen aus allen Gesellschaftsschichten darzustellen, vom Pferdemetzger bis zum Vorstandsvorsitzenden eines multinationalen Unternehmens. Mein einziger Misserfolg war der Versuch, einen Künstler darzustellen – genauer gesagt Jeff Koons, ich weiß auch nicht, warum. Gut, bei einem Priester ist mir die Sache auch nicht gelungen, ich wusste nicht recht, wie ich das Thema angehen sollte, aber im Fall von Jeff Koons war es schlimmer, ich hatte das Bild schon begonnen und war gezwungen, es zu vernichten. Ich möchte es nicht bei diesem Misserfolg belassen – und ich glaube, mit Ihnen wird es mir gelingen. Es gibt da irgendetwas in Ihrem Blick, ich kann nicht genau sagen, was es ist, aber ich glaube, das kann ich vermitteln …«

Plötzlich ging Jed das Wort *Leidenschaft* durch den Kopf, und mit einem Schlag versetzte es ihn zehn Jahre zurück, zu dem letzten Wochenende, das er mit Olga verbracht hatte. Es war Pfingstsonntag, sie saßen auf der Terrasse im Château Vault-de-Lugny. Von der Terrasse hatten sie einen weiten Blick auf den riesigen Park, dessen Bäume sich in der leichten Brise bewegten. Es wurde allmählich dunkel, die Temperatur war herrlich mild. Olga schien in die Betrachtung ihrer Hummerconsommé vertieft zu sein, sie hatte seit mindestens einer Minute nichts gesagt, bis sie schließlich den Kopf hob, ihm fest in die Augen blickte und ihn fragte: »Weißt du eigentlich, warum du den Frauen gefällst?«

Er murmelte eine unverständliche Antwort.

»Denn dass du den Frauen gefällst«, sagte Olga nachdrücklich, »das weißt du doch, wie ich mal annehme. Du bist ein recht hübscher Kerl, aber daran liegt es nicht, Schönheit ist fast nebensächlich. Nein, der Grund ist ein anderer.«

»Sag es mir.«

»Es ist ganz einfach: Weil du einen sehr intensiven Blick hast. Einen leidenschaftlichen Blick. Und das suchen Frauen mehr als alles andere. Wenn sie im Blick eines Mannes Energie und Leidenschaft entdecken, dann finden sie ihn verführerisch.«

Sie ließ ihn über diese Schlussfolgerung nachdenken, trank einen Schluck Meursault und kostete ihre Vorspeise. »Allerdings«, fuhr sie kurz darauf etwas traurig fort, »merken sie es meistens nicht, wenn sich diese Leidenschaft nicht auf sie bezieht, sondern auf ein künstlerisches Werk ... Jedenfalls nicht gleich.«

Als Jed zehn Jahre später Houellebecq gegenübersaß, wurde ihm klar, dass auch dessen Blick etwas Leidenschaftliches, ja geradezu Entrücktes hatte. Bestimmt hatte er in einigen Frauen eine glühende, vielleicht sogar eine äußerst stürmische Liebe geweckt. Ja, nach all dem, was er über Frauen wusste, schien es wahrscheinlich, dass sich manche von ihnen in dieses gequälte Wrack verliebt hatten, das jetzt mit wackelndem Kopf vor ihm saß und eine Scheibe Leberpastete nach der anderen verschlang, sichtlich gleichgültig allem gegenüber, was einer Liebesbeziehung und vermutlich sogar irgendeiner menschlichen Beziehung ähnelte.

»Ja, es stimmt, ich empfinde nur wenig Solidarität mit der menschlichen Gattung«, sagte Houellebecq, als habe er seine Gedanken erraten. »Ich muss sogar sagen, dass mein Zugehörigkeitsgefühl zu den Menschen mit jedem Tag ein wenig abnimmt. Dabei mag ich Ihre letzten Bilder gern, obwohl sie menschliche Wesen darstellen. Sie drücken etwas ... Allgemeines aus, so möchte ich das mal nennen, das über das Anekdotische hinausgeht. Na ja, ich will lieber nichts aus meinem Vorwort vorwegnehmen, sonst schreibe ich nichts mehr. Übrigens stört es Sie doch nicht allzu sehr, wenn ich Ende März noch nicht damit fertig bin? Ich bin im Augenblick wirklich nicht in Form.«

»Kein Problem. Dann verschieben wir die Ausstellung. Wir warten so lange, wie es nötig ist. Wissen Sie, Sie sind für mich sehr wichtig geworden, und noch dazu in sehr kurzer Zeit, kein Mensch hat mich je so stark beeindruckt!«, rief Jed äußerst lebhaft aus.

»Wissen Sie, eine Sache ist erstaunlich«, fuhr er ruhiger fort. »Von einem Porträtmaler erwartet man eigentlich, dass er die Einzigartigkeit seines Modells hervorhebt, also das, was es zu einem unverwechselbaren Menschen macht. In gewissem Sinne tue ich das auch, aber andererseits habe ich den Eindruck, die Menschen gleichen sich viel mehr, als man das gemeinhin glaubt; vor allem wenn ich die Wangen und den Unterkiefer male, habe ich den Eindruck, die Motive eines Puzzles zu wiederholen. Ich weiß genau, dass der Mensch das Thema des Romans, der *great occidental novel* ist und auch eines der großen Themen der Malerei, aber ich kann den Gedanken nicht zurückweisen, dass sich die Leute gar nicht so sehr voneinander unterscheiden, wie sie es im Allgemeinen annehmen. Dass es in der Gesellschaft zu viele Komplikationen, zu viele Unterschiede, zu viele Kategorien gibt ...«

»Ja, es sind geradezu *byzantinische Verhältnisse*«, pflichtete ihm der Autor von *Plattform* gutwillig bei. »Aber ich habe nicht den Eindruck, dass Sie wirklich ein Porträtmaler sind. Picassos Porträt von Dora Maar zum Beispiel, was hat man damit schon am Hut? Picassos Bilder sind sowieso hässlich, er hat eine abscheulich verzerrte Welt gemalt, weil seine Seele abscheulich war, das ist alles, was man über Picasso sagen kann, es gibt keinen Grund, die Ausstellung seiner Gemälde weiterhin zu fördern, er hat nichts beizutragen, in der Anordnung von Farben und Formen gibt es bei ihm keinerlei Licht, keinerlei Innovation, also bei Picasso gibt es absolut nichts Erwähnenswertes, nur extreme Dummheit und onanistische Kleckserei, die höchstens gewisse Leute um die sechzig mit hohem Bankkonto reizen kann. Van Dycks Porträt von Blödian, das sich im Besitz der Kaufmannsgilde befindet, ist da schon etwas anderes, weil sich Van Dyck nicht für Blödian interessiert, sondern für die Kaufmannsgilde. So verstehe ich zumindest Ihre Bilder, aber vielleicht irre ich mich da ja völlig; überhaupt können Sie meinen Text einfach in den Papierkorb werfen, wenn er Ihnen nicht gefällt. Entschuldigen Sie, ich werde aggressiv, das kommt von den Pilzerkrankungen ...« Jed sah fassungslos zu, wie er anfing, sich wütend die Füße zu kratzen, bis Blutstropfen hervorperlten. »Ich habe Pilzerkrankungen, bakterielle Hautinfektionen und ein stark ausgeprägtes atopisches Ekzem, ich bin ein wandelnder Infektionsherd, ich verfaule bei lebendigem Leib, und allen ist das scheißegal, niemand kann etwas für mich tun, die Medizin hat mich schmachvoll im Stich gelassen, was bleibt mir da noch anderes übrig, als mich zu kratzen? Ich kratze und kratze mich unablässig, mein Leben besteht inzwischen nur noch daraus, es ist eine endlose Kratzorgie.«

Dann richtete er sich etwas erleichtert wieder auf und fügte hinzu: »Ich bin jetzt etwas müde, ich glaube, ich muss mich ein wenig ausruhen.«

»Selbstverständlich!«, sagte Jed und sprang auf. »Ich bin Ihnen ohnehin schon sehr dankbar dafür, dass Sie mir so viel Zeit gewidmet haben«, sagte er mit dem Gefühl, sich ganz wacker geschlagen zu haben.

Houellebecq begleitete ihn zur Tür. Im letzten Augenblick, kurz bevor Jed in der Dunkelheit verschwand, sagte er zu ihm: »Wissen Sie, mir wird allmählich klar, was Sie im Begriff sind zu tun, und ich kann mir die Folgen gut vorstellen. Sie sind ein guter Künstler, so viel lässt sich sagen, ohne auf Einzelheiten einzugehen. Ich sage Ihnen, wie die Sache ausgeht: Ich bin Tausende von Malen fotografiert worden, aber wenn ein Bild von mir, nur ein einziges, in den kommenden Jahrhunderten erhalten bleiben wird, dann wird es Ihr Gemälde sein.« Plötzlich ging ein jugendliches Lächeln, das diesmal tatsächlich *entwaffnend* war, über sein Gesicht. »Sehen Sie, ich nehme die Malerei sehr ernst …«, sagte er. Dann schloss er die Tür.

V

JED STOLPERTE ÜBER EINEN Kinderwagen, hielt sich im letzten Augenblick am Metalldetektorportal fest und ging ein paar Schritte zurück, um sich wieder in die Schlange einzureihen. Außer ihm befanden sich dort nur Familien, jeweils mit zwei oder drei Kindern. Vor ihm jammerte ein etwa vierjähriger Blondschopf, verlangte nach wer weiß was und warf sich plötzlich vor Wut zitternd mit lautem Geschrei auf den Boden; seine Mutter wechselte einen müden Blick mit ihrem Mann, der sich bemühte, das ungezogene kleine Aas wieder auf die Beine zu stellen. Einen Roman zu schreiben, hatte Houellebecq ihm am Tag zuvor gesagt, ist aus demselben Grund unmöglich, weshalb es unmöglich ist zu leben: wegen der ständig zunehmenden Schwerfälligkeit. Und alle Theorien der Freiheit von Gide bis Sartre sind nur immoralistische Konstrukte, die verantwortungslose Junggesellen ersonnen haben. Wie ich, hatte er hinzugefügt, ehe er seine dritte Flasche chilenischen Wein in Angriff nahm.

Es gab keine zugeteilten Sitzplätze im Flugzeug, und beim Einsteigen versuchte sich Jed einer Gruppe von Jugendlichen anzuschließen, aber er wurde am Fuß der Gangway zurückgehalten – sein Handgepäck war zu groß, er musste es dem Flugpersonal übergeben –, und so war er gezwungen, sich mit einem Platz in der Nähe des Mittelgangs zu begnügen, eingezwängt zwischen einem fünfjährigen Mädchen, das auf seinem Sitz hin und her rutschte und ständig nach Bonbons verlangte, und einer dicken Frau mit stumpfem Haar, die ein Baby auf dem Schoß hatte, das kurz nach dem Start zu brüllen begann; eine halbe Stunde später mussten die Windeln des Babys gewechselt werden.

Am Ausgang des Flughafens Beauvais-Tillé blieb er stehen, setzte seine Reisetasche ab und holte tief Luft, um sich wieder ein wenig zu sammeln. Die Familien mit Kinderwagen und Kindern drängten sich vor dem Bus, der zur Porte Maillot fuhr. Direkt daneben stand ein weißer Kleinbus mit großen Fenstern, der das Logo des Verkehrsverbunds der Stadt Beauvais trug. Jed näherte sich, um sich zu erkundigen: Es sei der Shuttle-Service nach Beauvais, erklärte ihm der Fahrer, die Fahrt koste zwei Euro. Jed kaufte sich einen Fahrschein; er war der einzige Fahrgast.

»Soll ich Sie am Bahnhof absetzen?«, fragte ihn der Mann ein wenig später.

»Nein, im Stadtzentrum.«

Der Fahrer warf ihm einen erstaunten Blick zu. Die Nähe des Flughafens schien offensichtlich kaum positive Auswirkungen auf den Tourismus in Beauvais zu haben. Dabei hatte die Stadtverwaltung wie in fast allen Städten Frankreichs durchaus Anstrengungen unternommen, um im Zentrum eine Fußgängerzone mit Hinweistafeln auf historische und kulturelle Ereignisse einzurichten. Die ersten Spuren der Besiedlung konnten auf 65 000 Jahre vor unserem Zeitalter datiert werden. Das von den Römern befestigte Lager nahm zunächst den Namen Caesaromagus an, der später in Bellovacum umgewandelt wurde, ehe die Stadt im Jahr 275 durch den Einfall der Barbaren zerstört wurde.

Am Schnittpunkt mehrerer Handelsstraßen gelegen und von reichen Weizenfeldern umgeben, brachte es Beauvais bereits im 11. Jahrhundert zu beachtlichem Wohlstand, nicht zuletzt durch die Entwicklung des Textilhandwerks – Tuch aus Beauvais wurde bis nach Byzanz exportiert. 1225 legte Bischof Graf Milon de Nanteuil den Grundstein für den Bau der Kathedrale Saint-Pierre (drei Sterne im Michelin-Reiseführer, *unbedingt besichtigen*), die zwar unvollendet geblieben ist, aber immerhin den höchsten gotischen Chor Europas besitzt. Der Niedergang von Beauvais, eng verbunden mit dem der Textilindustrie, hatte bereits gegen Ende des 18. Jahrhunderts begonnen; er hatte sich seitdem unaufhaltsam fortgesetzt, und so fand Jed ohne Schwierigkeiten ein Zimmer im Hotel Kyriad. Bis zu Beginn des Abendessens glaubte er sogar, der einzige Gast zu sein. Gerade als er sich über seine Kalbsblanquette – das Tagesgericht – hermachen wollte, sah er einen einsamen Japaner um die dreißig hereinkommen, der sich verstört umblickte und sich dann an den Nachbartisch setzte.

Die Empfehlung einer Kalbsblanquette bereitete dem Japaner Seelenqualen; er nahm schließlich mit einem Entrecôte vorlieb, das ihm wenige Minuten darauf serviert wurde und in dem er traurig und unentschlossen mit der Gabelspitze herumstocherte. Jed ahnte, dass der Mann versuchen würde, mit ihm ins Gespräch zu kommen, was er, nachdem er an ein paar Pommes frites geknabbert hatte, auch tat, auf Englisch. Der arme Kerl war Angestellter von Komatsu, einer Werkzeugmaschinenfirma, der es gelungen war, einen ihrer Webautomaten jüngster Generation an die letzte noch in Betrieb befindliche Tuchfabrik des Departements zu verkaufen. Die Maschine war fehlerhaft programmiert gewesen, und er war gekommen, um zu versuchen, sie zu reparieren. Auf eine Dienstreise zu diesem

Zweck, beklagte er sich, hätte seine Firma früher drei oder vier Techniker entsandt, auf jeden Fall mindestens zwei, aber die Budgetbeschränkungen seien derart drastisch, dass er jetzt hier in Beauvais ganz allein mit einem zornigen Kunden und einer fehlerhaften Programmierung fertigwerden müsse.

Er befinde sich tatsächlich in einer schwierigen Situation, stimmte Jed ihm zu. Aber ob er nicht wenigstens telefonisch Hilfe anfordern könne? »*Time difference* …«, erwiderte der Japaner traurig. Vielleicht würde es ihm gelingen, zu Bürobeginn, gegen ein Uhr morgens, jemanden in Japan zu erreichen, aber bis dahin sei er allein und könne nicht einmal japanische Kabelkanäle in seinem Zimmer empfangen. Er betrachtete einen Augenblick sein Fleischmesser, als habe er vor, eine improvisierte Form von Seppuku zu verüben, doch dann entschloss er sich, sein Entrecôte zu essen.

Als Jed in seinem Zimmer war, sah er sich eine Meeresdokumentation ohne Ton an und schaltete sein Handy ein. Franz hatte ihm drei Nachrichten hinterlassen. Er nahm nach dem ersten Klingelton ab.

»Na, wie ist es gelaufen?«

»Gut. Relativ gut. Allerdings nehme ich an, dass er das Vorwort nicht rechtzeitig abliefert.«

»Nein, das darf nicht wahr sein. Ich brauche es Ende März, sonst kann ich den Katalog nicht drucken lassen.«

»Ich habe ihm gesagt …«, Jed zögerte, dann fasste er sich ein Herz. »Ich habe ihm gesagt, das sei nicht schlimm, er könne sich so viel Zeit lassen, wie er wolle.«

Franz gab eine Art ungläubiges Knurren von sich, dann verstummte er, ehe er wieder mit gereizter Stimme das Wort ergriff. Er stand kurz vor einem Wutausbruch.

»Hör zu, wir müssen uns unbedingt sehen, um darüber zu sprechen. Kannst du sofort in die Galerie kommen?«

»Nein, ich bin in Beauvais.«

»In *Beauvais*? Was machst du denn in *Beauvais*?«

»Ich versuche etwas Abstand zu gewinnen. Beauvais ist genau der richtige Ort, um Abstand zu gewinnen.«

Um 8.47 Uhr fuhr ein Zug, und die Fahrt zur Gare du Nord dauerte eine gute Stunde. Um elf Uhr war Jed in der Galerie und stand Franz gegenüber, der völlig entmutigt war. »Du bist nicht mein einziger Künstler, weißt du«, sagte er vorwurfsvoll. »Wenn die Ausstellung nicht im Mai stattfinden kann, bin ich gezwungen, sie auf Dezember zu verschieben.«

Die Ankunft von Marilyn zehn Minuten später lockerte die Atmosphäre ein wenig auf. »Ach, mir passt der Dezember sehr gut«, verkündete sie sofort, ehe sie mit zäher Angriffslust fortfuhr: »Das lässt mir mehr Zeit, um die Sache den englischen Zeitschriften schmackhaft zu machen, bei denen muss man immer sehr früh anfangen.«

»Okay, also im Dezember«, räumte Franz mürrisch ein und gab sich geschlagen.

»Ich bin ...«, begann Jed und hob leicht die Hände, ehe er verstummte. Er wollte sagen: »Ich bin schließlich der Künstler«, oder eine ähnliche Phrase, mit ziemlich lächerlichem Nachdruck in der Stimme, aber er fing sich schnell wieder und fügte nur hinzu: »Ich muss selbst auch genug Zeit haben, um das Porträt von Houellebecq zu malen. Ich lege Wert darauf, dass es ein gutes Bild wird. Ich möchte, dass es mein bestes Bild wird.«

VI

Bei dem Bild *Michel Houellebecq, Schriftsteller* bricht Jed Martin, wie die meisten Kunsthistoriker hervorgehoben haben, mit der Gepflogenheit des realistischen Hintergrunds, die sein gesamtes Werk innerhalb der Periode der *Berufe* gekennzeichnet hat. Er bricht nur mit Mühe damit, und man spürt, dass ihn dieser Bruch große Anstrengungen kostet und dass er versucht, mit Hilfe verschiedener Kunstgriffe die Illusion eines realistischen Hintergrunds so weit wie möglich aufrechtzuerhalten. Auf dem Bild steht Houellebecq vor einem Schreibtisch, der mit beschriebenen oder halbbeschriebenen Seiten übersät ist. Hinter ihm, in einem Abstand von schätzungsweise fünf Metern, ist eine weiße Wand zu sehen, die ganz mit eng aneinandergereihten Manuskriptseiten tapeziert ist, ohne den geringsten Zwischenraum. Es entbehrt nicht einer gewissen Ironie, dass Jed Martin bei seiner Arbeit, wie die Kunsthistoriker hervorgehoben haben, Texten eine enorme Bedeutung beizumessen scheint, ja geradezu auf Texte fixiert ist, die von jedem realen Bezug befreit sind. Nun können zwar alle Literaturhistoriker bestätigen, dass Houellebecq während seiner Arbeitsphasen verschiedene Dokumente mit Reißzwecken an die Wände seines Zimmers heftete; dabei handelte es sich jedoch meistens um Bilder von Orten, an denen sich die Szenen seiner Romane abspielten, und nur selten um geschriebene oder teilweise entworfene Szenen. Wenn Jed Martin ihn inmitten einer Welt von Papier darstellt, beabsichtigt er vermutlich dennoch nicht, Stellung zur Frage des Realismus in der Literatur zu beziehen; ebenso wenig versucht er, Houellebecq dem formalistischen Lager anzunähern, was dieser im Übrigen auch ausdrücklich abgelehnt hätte. Wahrscheinlich ist er beim Anblick dieser verästelten, miteinander verbundenen Textblöcke, die sich gegenseitig erzeugen und wie ein gigantischer Polyp wirken, einfach von einer rein plastischen Faszination gepackt worden.

Während das Gemälde ausgestellt war, haben ohnehin nur wenige Menschen den Hintergrund beachtet, da er durch die unglaubliche Ausdruckskraft der Hauptperson völlig in den Schatten gestellt wird. Der Autor, der in dem Augenblick festgehalten worden ist, da er eine vorzunehmende Korrektur auf einer der vor ihm auf dem Arbeitstisch ausgebreiteten Seiten entdeckt hat, scheint sich geradezu in Trance zu befinden, er wirkt wie von unbändiger Wut besessen, die so mancher ohne zu zögern als dämonisch bezeichnet hat. Seine Hand mit dem Korrekturstift, die aufgrund der Bewegung mit einer leichten Unschärfe dargestellt ist, stürzt sich »mit der Geschwindigkeit einer Kobra, die hervorschnellt, um ihre Beute zu erhaschen« auf das Blatt, wie Wong Fu Xin das auf bildhafte Weise ausdrückt, wobei er hier vermutlich das Klischee der Überschwänglichkeit der Metaphern ironisch überhöht, die Autoren aus dem Fernen Osten traditionellerweise zugeschrieben wird (Wong Fu Xin verstand sich vor allem als Dichter, aber seine Gedichte werden heute kaum noch gelesen und sind nicht einmal mehr ohne Weiteres erhältlich, während seine Essays über das Werk von Jed Martin von den Kunsthistorikern als grundlegend angesehen werden. Die Lichtverteilung, sehr viel kontrastreicher als in Martins früheren Gemälden, lässt den Körper des Schriftstellers weitgehend im Schatten und konzentriert sich nur auf den oberen Teil des Gesichts und auf die Hände mit den langen, mageren gekrümmten Fingern, die an die Fänge eines Raubvogels erinnern. Der Gesichtsausdruck wirkte zur damaligen Zeit so seltsam, dass er, wie die Kritiker in jenen Tagen schrieben, keiner existierenden Maltradition zugeordnet werden könne; man müsse ihn schon eher mit einschlägigen Fotos aus ethnographischen Archiven in Verbindung bringen, die bei einer Voodoozeremonie aufgenommen worden sind.

Am 25. Oktober rief Jed Franz an, um ihm anzukündigen, dass das Bild fertig sei. In den letzten Monaten hatten sie sich nicht oft gesehen, im Gegensatz zu früher hatte er ihn nicht angerufen, um ihm vorbereitende Arbeiten oder Skizzen zu zeigen. Franz hatte sich seinerseits auf andere Ausstellungen konzentriert, die recht gut gelaufen waren; seine Galerie stand seit einigen Jahren in sehr gutem Ruf, sie stieg allmählich im Kurs – ohne dass das bisher jedoch durch bedeutende Verkäufe zum Ausdruck gekommen wäre.

Franz traf gegen achtzehn Uhr ein. Das Gemälde stand mitten im Atelier, auf einen Standardkeilrahmen von 116 x 89 cm gespannt und von einer Halogenleiste gut beleuchtet. Franz setzte sich auf einen klappbaren Regiestuhl direkt gegenüber und betrachtete es etwa zehn Minuten lang wortlos.

»Okay«, sagte er schließlich. »Du kannst einem manchmal ganz schön auf den Sack gehen, aber du bist ein guter Künstler. Ich muss zugeben, dass sich das Warten gelohnt hat. Das ist ein gutes Bild, ein sehr gutes Bild sogar. Bist du sicher, dass du es ihm schenken willst?«

»Das habe ich ihm versprochen.«

»Und das Vorwort, wann kommt das?«

»Vor Ende des Monats.«

»Steht ihr denn eigentlich in Kontakt?«

»Nicht wirklich. Er hat mir nur im August eine Mail geschickt, um mir zu sagen, dass er wieder nach Frankreich zieht und dass es ihm gelungen ist, das Haus im Loiret, in dem er seine Kindheit verbracht hat, zu kaufen. Aber er hat hinzugefügt, dass das nichts ändert und ich das Vorwort Ende Oktober erhalte. Und ich vertraue ihm.«

VII

TATSÄCHLICH ERHIELT JED am Morgen des 31. Oktober eine E-Mail mit einem unbetitelten Text von gut fünfzig Seiten im Anhang, den er gleich an Marilyn und Franz weitersandte, begleitet von der bangen Frage: Ist das nicht zu lang? Marilyn beruhigte ihn sofort: Im Gegenteil, sagte sie zu ihm, es sei immer von Vorteil, ein »voluminöses« Vorwort zu haben.

Auch wenn dieser Text von Houellebecq heutzutage als eine historische Kuriosität angesehen wird – der erste Text von solcher Länge, der Martins Werk gewidmet war –, enthält er dennoch gewisse interessante Intuitionen. Über die Variationen von Themen und Techniken hinaus stellt er zum ersten Mal die Einheit der Arbeit des Künstlers in den Vordergrund und entdeckt eine bestechende Logik in der Tatsache, dass Martin sich, nachdem er die Jahre seiner Ausbildung damit verbracht hat, der Essenz der Industrieprodukte dieser Welt auf die Spur zu kommen, im zweiten Teil seines Lebens für ihre Hersteller interessiert.

Der Blick, mit dem Jed Martin die Gesellschaft seiner Zeit betrachtet, ist, wie Houellebecq unterstreicht, viel stärker der eines Ethnologen als der eines politischen Kommentators. Martin, sagt er mit Nachdruck, hat nichts von einem engagierten Künstler, und auch wenn sein Bild *Die Beate Uhse AG geht an die Börse* – eine der seltenen Massenszenen, die er gemalt hat –

an die Zeit des Expressionismus erinnern mag, sind wir hier weit entfernt von der bissigen, scharfen Gestaltung, wie man sie etwa bei George Grosz oder Otto Dix findet. Seine Trader in Jogginghose und Kapuzensweatshirt, die der Großindustriellen der deutschen Pornobranche mit blasierter Mattigkeit Beifall spenden, sind direkte Nachfahren der Spießbürger im Jackett, die sich in Fritz Langs *Dr. Mabuse*-Filmen auf endlosen Empfängen begegnen, sie werden mit der gleichen Interesselosigkeit, der gleichen objektiven Kühle dargestellt. Sowohl in seinen Titeln als auch in der Malerei selbst ist Martin immer einfach und direkt: Er beschreibt die Welt und erlaubt sich nur selten eine poetische Anmerkung, indem er einen Untertitel zum Kommentar macht. Doch er tut es in einem seiner gelungensten Werke, *Bill Gates und Steve Jobs unterhalten sich über die Zukunft der Informatik*, für das er den Untertitel *Das Gespräch in Palo Alto* gewählt hat.

In einem Korbsessel sitzend, breitet Bill Gates die Arme weit aus und lächelt seinem Gesprächspartner zu. Er trägt eine Leinenhose, ein kurzärmliges khakifarbenes Hemd und an den nackten Füßen Flipflops. Es ist nicht mehr der Bill Gates in marineblauem Anzug aus der Zeit, da Microsoft seine Weltherrschaft festigte und er persönlich den Sultan von Brunei entthronte und in der Rangliste der reichsten Menschen der Welt den ersten Platz einnahm. Und es ist noch nicht der betroffene, leiderfüllte Bill Gates, der Waisenhäuser in Sri Lanka besucht oder die Weltöffentlichkeit angesichts der zunehmenden Verbreitung von Pocken in den westafrikanischen Ländern zur Wachsamkeit aufruft. Es ist ein Bill Gates in einer mittleren Phase, der entspannt und sichtbar glücklich darüber ist, dass er seinen Posten als *chairman* der größten Softwarefirma der

Welt abgegeben hat, kurz gesagt ein Bill Gates im Urlaub. Nur seine Brille mit der Metallfassung und den stark vergrößernden Gläsern erinnert noch an seine Vergangenheit als Nerd.

Obwohl Steve Jobs im Schneidersitz auf einem weißen Ledersofa hockt, wirkt er im Vergleich zu ihm paradoxerweise wie eine Verkörperung der Strenge und der traditionellerweise mit dem protestantischen Kapitalismus verbundenen *Sorge*. Es liegt nichts Kalifornisches in der Art, wie seine rechte Hand die Kinnlade umschließt, als wolle er ihr damit beim Nachdenken helfen, oder in dem Blick voller Ungewissheit, den er auf seinen Gesprächspartner richtet, und selbst das Hawaiihemd, mit dem Martin ihn ausstaffiert hat, vermag den Eindruck allgemeiner Trauer nicht zu beseitigen, der durch seine leicht gebeugte Haltung und den Ausdruck der Bestürzung, den man seinen Zügen ansieht, hervorgerufen wird.

Die Begegnung findet ganz offensichtlich bei Jobs statt. Die Mischung aus weißen Möbeln in stilechtem Design und Wandbehängen in grellen Ethno-Mustern: Alles in dem Raum beschwört das ästhetische Universum des Gründers von Apple herauf, das in diametralem Gegensatz zu jener schon fast an eine Science-Fiction-Welt grenzenden verschwenderischen Fülle von Hightech-Gadgets steht, die der Legende zufolge das Haus charakterisiert, das sich der Gründer von Microsoft in einem Vorort von Seattle hat errichten lassen. Zwischen den beiden Männern steht ein Schachspiel mit handwerklich gefertigten Holzfiguren auf einem niedrigen Tisch; sie haben die Partie gerade in einer für Schwarz – also für Jobs – sehr ungünstigen Position unterbrochen.

Auf manchen Seiten seiner Autobiographie, *Der Weg nach vorn*, lässt Bill Gates etwas durchschimmern, das man als blanken Zynismus bezeichnen könnte – insbesondere in dem Abschnitt, in dem er unumwunden zugibt, dass es für ein Unternehmen nicht unbedingt vorteilhaft ist, innovative Produkte auf den Markt zu bringen. Oft sei es vorzuziehen, zu beobachten, was die Konkurrenz mache (hier spielt er eindeutig, ohne ihn zu nennen, auf den Konkurrenten Apple an), zu warten, bis sie ihre Produkte herausgebracht und sich mit den Schwierigkeiten auseinandergesetzt haben, die mit jeder Neuerung verbunden sind, sie sich also gleichsam mit den Kinderkrankheiten herumschlagen zu lassen und anschließend den Markt mit preiswerten Kopien dieser Produkte zu überschwemmen. Dieser scheinbare Zynismus ist jedoch, wie Houellebecq in seinem Vorwort hervorhebt, nicht die eigentliche Wahrheit hinter Bill Gates; diese drückt sich eher in erstaunlichen, fast rührenden Passagen aus, in denen er seinen Glauben an den Kapitalismus, an die mysteriöse »unsichtbare Hand« erneut bekräftigt, seine unerschütterliche Überzeugung, dass der Markt letztlich, was auch immer es an Wechselfällen und scheinbaren Gegenbeispielen geben mag, immer recht hat, dass das Wohl des Marktes immer mit dem allgemeinen Wohl identisch ist. Da erscheint Bill Gates in seiner eigentlichen Wahrheit als gläubiger Mensch, und diesen Glauben, diese Arglosigkeit des aufrichtigen Kapitalisten hat Jed Martin sehr überzeugend wiedergegeben, indem er ihn warmherzig und freundlich darstellt, mit Armen, die weit geöffnet sind, während seine Brille die letzten Strahlen der über dem pazifischen Ozean untergehenden Sonne reflektiert. Jobs dagegen, der von der Krankheit abgemagert ist und dessen sorgenvolles, von einem spärlichen Bart bedecktes Gesicht auf seiner rechten Hand ruht, erinnert an einen Wanderprediger, der sich anschickt, vielleicht zum zehnten Mal seine Predigt vor einer dünngesäten gleichgültigen Zuhörerschaft herunterzuleiern, plötzlich aber von Zweifeln geplagt wird.

Und dennoch erweckt Jobs, reglos, geschwächt und in Verliererposition, den Eindruck, das Spiel zu beherrschen – das ist, wie Houellebecq in seinem Vorwort schrieb, das große Paradox dieses Gemäldes. In seinen Augen glitzert noch immer jene Flamme, die nicht nur die Prediger und Propheten auszeichnet, sondern auch die Erfinder, wie sie Jules Verne so oft beschrieben hat. Wenn man die von Martin dargestellte Position der Schachfiguren genauer betrachtet, wird einem klar, dass Schwarz nicht unbedingt verlieren muss, dass Jobs, wenn er seine Dame opfert, den Gegner mit Läufer und Springer in drei kühnen Zügen sogar mattsetzen kann. Man hat auch den Eindruck, als könne er aufgrund der genialen Erfindung eines neuen Produkts dem Markt plötzlich neue Normen aufzwingen. Hinter den beiden Männern sieht man durch eine Fensterwand Felder von fast übernatürlichem Smaragdgrün, die sich mit sanftem Gefälle bis zu einer Reihe von Felsen und einem Nadelwald hinziehen. Weiter hinten erstreckt sich der pazifische Ozean mit seinen endlosen goldbraunen Wellen. In der Ferne spielen kleine Mädchen auf der Grasfläche Frisbee. Im herrlichen Flammenspiel der untergehenden Sonne, deren orangefarbener Pracht Martin eine fast unwirkliche Note verliehen hat, zieht die Nacht über Nordkalifornien herauf, und die Nacht zieht auch über den am weitesten entwickelten Teil der Welt herauf; diese undefinierte Trauer des Abschieds lässt sich ebenfalls in Jobs' Blick erkennen.

Zwei überzeugte Verfechter der Marktwirtschaft und auch zwei entschlossene Anhänger der demokratischen Partei, und dennoch zwei gegensätzliche Facetten des Kapitalismus, die sich ebenso sehr voneinander unterscheiden wie die Figur eines Bankiers bei Balzac von der eines Ingenieurs bei Jules Verne. *Das*

Gespräch in Palo Alto, wie Houellebecq zum Abschluss schrieb, sei ein zu bescheidener Untertitel, Jed Martin hätte sein Gemälde ebenso gut *Eine kurze Geschichte des Kapitalismus* nennen können; denn das war es tatsächlich.

VIII

Nach einigem Hin und Her wurde die Vernissage schließlich auf den 11. Dezember, einen Mittwoch, angesetzt – das war Marilyn zufolge der ideale Tag. Die in großer Eile in einer italienischen Druckerei hergestellten Kataloge trafen gerade noch rechtzeitig ein. Sie waren sehr elegant, ja geradezu luxuriös – daran dürfe man nicht sparen, hatte Marilyn entschieden. Franz fügte sich ihr immer mehr, es war geradezu amüsant; wenn sie telefonierte, folgte er ihr auf Schritt und Tritt von einem Raum in den anderen wie ein Malteser.

Nachdem sie einen Stapel Kataloge in der Nähe des Eingangs deponiert und sich vergewissert hatten, dass sämtliche Gemälde fachgerecht aufgehängt waren, hatten sie bis zur Eröffnung, die für neunzehn Uhr vorgesehen war, nichts mehr zu tun, und der Galerist begann sichtbare Zeichen von Nervosität erkennen zu lassen. Über seiner schwarzen Diesel-Jeans trug er eine seltsame bestickte Bluse, wie man sie von slowakischen Bäuerinnen kennt. Marilyn überprüfte ganz gelassen ein paar Einzelheiten auf ihrem Handy und ging, dicht gefolgt von Franz, von einem Bild zum anderen. *It's a game, it's a million dollar game.*

Gegen 18.30 Uhr wurde Jed das Hin- und Hergerenne seiner beiden Komparsen allmählich leid, und er kündigte an, dass er einen kleinen Spaziergang machen wolle. »Nur einen kleinen Spaziergang durch das Viertel, ich gehe ein bisschen um den Block, macht euch keine Sorgen, es tut gut, ein bisschen zu laufen.«

Seine Worte zeugten von übertriebenem Optimismus, das wurde ihm klar, sobald er den Boulevard Vincent-Auriol betreten hatte. Er wurde von Autos bespritzt, die in hohem Tempo an ihm vorbeifuhren, es war kalt, und es goss in Strömen, das war alles, was man dem Boulevard Vincent-Auriol an jenem Abend zugestehen konnte. Ein Casino-Supermarkt und eine Shell-Tankstelle waren die einzigen wahrnehmbaren Energiezentren, die einzigen sozialen Angebote, die imstande waren, Wünsche, Glück und Freude hervorzurufen. Diese Orte des Lebens kannte Jed bereits: Er war jahrelang ein regelmäßiger Kunde des Casino-Supermarkts gewesen, ehe er zum Franprix am Boulevard de l'Hôpital übergewechselt war. Und auch die Shell-Tankstelle kannte er gut: Er hatte es so manchen Sonntag sehr geschätzt, sich dort mit Pringles und Hépar-Flaschen versorgen zu können, aber heute Abend war das überflüssig, denn es war natürlich ein Cocktail vorgesehen, ein Caterer war damit beauftragt worden.

Dennoch betrat er inmitten von Dutzenden anderer Kunden den Verbrauchermarkt und konnte sofort verschiedene Verbesserungen feststellen. Neben der Bücherabteilung befand sich nun ein Presseshop mit einem breiten Sortiment an Tageszeitungen und Zeitschriften. Das Angebot an frischen italienischen Teigwaren war noch umfangreicher geworden, nichts schien den Siegeszug frischer italienischer Teigwaren aufhalten zu können, und vor allem die Food-Court-Zone des Geschäfts war um eine herrliche, nagelneue Selbstbedienungs-Salatbar bereichert worden, in der mindestens fünfzehn verschiedene Sorten angeboten wurden, von denen manche köstlich zu sein schienen. Das machte ihm Lust wiederzukommen; das machte ihm *höllische* Lust wiederzukommen, wie Houellebecq gesagt hätte, dessen Abwesenheit Jed auf einmal schmerzlich bedauerte, während er ein paar Frauen mittleren Alters beobachtete, die vor der Salatbar mit zweifelnder Miene den Kaloriengehalt der angebotenen Salatspeisen einzuschätzen versuchten. Er wusste, dass der Schriftsteller seine Vorliebe für große Verbrauchermärkte teilte, die *echten* Verbrauchermärkte, wie er gern sagte, die er sich ebenso wie Jed in einer mehr oder weniger utopischen, fernen Zukunft in Form eines Zusammenschlusses der verschiedenen Kaufhausketten zu einem totalen Hypermarkt herbeiwünschte, der sämtliche menschlichen Bedürfnisse abdeckte. Wie schön wäre es doch gewesen, gemeinsam diesen frisch renovierten Casino-Supermarkt zu besuchen, sich gegenseitig mit dem Ellbogen anzustoßen, um den anderen auf das Auftauchen neuer Produktsegmente oder eine besonders ausführliche, klare Nährwertkennzeichnung auf einem Etikett hinzuweisen!

War er etwa dabei, *freundschaftliche Gefühle* für Houellebecq zu entwickeln? Dieser Ausdruck wäre wohl übertrieben gewesen, denn Jed hielt sich ohnehin nicht für fähig, Gefühle dieser Art zu empfinden: Er hatte weder in seiner Kindheit noch in seiner frühsten Jugend lebhafte Freundschaften geschlossen, dabei werden gerade diese Lebensphasen für das Entstehen freundschaftlicher Beziehungen als besonders geeignet angesehen; es war daher recht unwahrscheinlich, dass es nun, *in fortgeschrittenem Alter*, zu einer Freundschaft mit jemandem kommen sollte. Dennoch hatte er ihre Begegnung letztlich durchaus geschätzt, und vor allem gefiel ihm der Text sehr gut, er war sogar erstaunt, wie groß das intuitive Einfühlungsvermögen des Autors war, wenn er bedachte, dass dieser im Bereich der Malerei keinerlei Vorkenntnisse besaß. Selbstverständlich hatte er ihn zur Vernissage eingeladen. Houellebecq hatte erwidert, er werde »versuchen vorbeizukommen«, was bedeutete, dass die Chancen, ihn zu sehen, so gut wie null waren. Als Jed am Telefon mit ihm gesprochen hatte, war er voller freudiger Erregung über das Einrichten seines neuen Hauses gewesen: Als er zwei Monate zuvor so etwas wie eine sentimentale Pilgerreise in das Dorf gemacht habe, in dem er seine Kindheit verbracht hatte, habe das Haus, in dem er aufgewachsen war, zufällig zum Verkauf gestanden. Er habe das als ein »richtiges Wunder«, als Zeichen des Schicksals betrachtet und es sofort gekauft, ohne auch nur über den Preis zu verhandeln, und habe den Umzug seiner Sachen veranlasst – die sich zum großen Teil sowieso noch in Kartons befanden –, und jetzt kümmere er sich darum, das Haus einzurichten. Jedenfalls hatte er über nichts anderes gesprochen, und Jeds Bild schien seine geringste Sorge zu sein; Jed hatte ihm dennoch versprochen, das Bild zu bringen, sobald die Vernissage und die ersten Tage der Ausstellung, in denen manchmal noch ein paar verspätete Journalisten auftauchten, vorüber wären.

Als Jed gegen 19.20 Uhr zur Galerie zurückkehrte, sah er hinter den großen Fenstern etwa fünfzig Leute, die auf den Gängen zwischen den Bildern hin und her wanderten. Die Leute waren pünktlich erschienen, das war vermutlich ein gutes Zeichen. Marilyn entdeckte ihn schon aus der Ferne und hob einen Daumen als Zeichen des Sieges.

»Fette Beute«, sagte sie, als er auf sie zukam. »Richtig fette Beute.«

Tatsächlich sah er ein paar Meter weiter Franz im Gespräch mit François Pinault und einer reizenden jungen Frau, die vermutlich aus dem Iran stammte und dem Industriellen bei der

Leitung seiner Kunststiftung assistierte. Sein Galerist schien sich abzumühen, machte unkontrollierte Bewegungen mit den Armen, und eine Sekunde lang wollte Jed ihm schon zu Hilfe eilen, doch dann fiel ihm etwas ein, was er schon immer gewusst hatte und was ihm Marilyn ein paar Tage zuvor noch einmal direkt ins Gesicht gesagt hatte: Er sei vor allem gut, wenn er kein Wort sage.

»Und das ist noch nicht alles«, fuhr die Pressefrau fort. »Siehst du den Typen in Grau da hinten?« Sie zeigte auf einen jungen Mann Anfang dreißig mit klugen Gesichtszügen, der äußerst elegant gekleidet war und dessen Anzug, Krawatte und Oberhemd eine subtile Mischung aus unterschiedlichen hellgrauen Farbtönen bildeten. Er war vor dem Bild *Der Journalist Jean-Pierre Pernaut leitet eine Redaktionskonferenz* stehen geblieben, einem relativ frühen Bild Jeds, dem ersten, auf dem er die zentrale Person in Gesellschaft von Arbeitskollegen dargestellt hatte. Das war, wie er sich noch erinnerte, ein Gemälde, das ihn große Mühe gekostet hatte, denn der Gesichtsausdruck von Jean-Pierre Pernauts Mitarbeitern, die den Anweisungen ihres charismatischen Chefs mit einer seltsamen Mischung aus Verehrung und Abneigung zuhörten, war nur sehr schwer wiederzugeben, er hatte fast sechs Monate dafür gebraucht. Aber dieses Bild hatte ihn befreit, und gleich darauf hatte er mit dem Bild *Der Architekt Jean-Pierre Martin gibt die Leitung seines Unternehmens ab* begonnen und in Wirklichkeit mit all seinen großen Kompositionen, denen die Welt der Arbeit den Rahmen gab.

»Dieser Typ ist Roman Abramowitschs Einkäufer für Europa«, erklärte Marilyn. »Ich habe ihn schon in London und Berlin gesehen, aber noch nie in Paris, jedenfalls noch nie in einer Galerie für zeitgenössische Kunst.«

»Es ist ein gutes Zeichen, wenn schon am Abend der Vernissage eine potentielle Konkurrenzsituation entsteht«, fuhr sie fort. »Es ist eine kleine Welt, sie kennen sich alle, sie fangen bestimmt schon an, Berechnungen zu machen und sich Preise vorzustellen. Dafür braucht man natürlich mindestens zwei Personen. Und hier ...« Über ihr Gesicht ging ein charmantes, verschmitztes Lächeln, sodass sie plötzlich wie ein sehr junges Mädchen wirkte, was Jed überraschte. »Hier sind drei ... Siehst du den Typen da hinten, vor dem Bugatti-Bild?« Sie zeigte auf einen alten Mann mit einem erschöpften, leicht angeschwollenen Gesicht und einem kleinen grauen Schnurrbart; der Mann trug einen schlecht geschnittenen schwarzen Anzug. »Das ist Carlos Slim Helú. Ein Mexikaner libanesischer Herkunft. Er macht nicht viel her, das weiß ich wohl, aber er hat unheimlich viel Geld in der Telekommunikationsbranche verdient: Den Schätzungen zufolge ist er der dritt- oder viertreichste Mann der Welt. Und er ist Kunstsammler ...«

Was Marilyn mit dem Namen »Bugatti-Bild« bezeichnete, war in Wirklichkeit das Gemälde *Der Ingenieur Ferdinand Piëch besucht das Werksgelände in Molsheim*, wo tatsächlich der Bugatti Veyron 16.4 hergestellt wurde, das schnellste – und teuerste – Auto der Welt. Mit seinem Sechzehn-Zylinder-Motor in Doppel-V-Form mit 1001 PS und vier Turboladern war er in der Lage, in 2,5 Sekunden von 0 auf 100 km/h zu beschleunigen, und erreichte eine Höchstgeschwindigkeit von 407 km/h. Kein auf dem Markt befindlicher Reifen war imstande, solchen Beschleunigungen standzuhalten, daher musste Michelin für diesen Wagen Hochgeschwindigkeitsreifen entwickeln.

Slim Helú verharrte mindestens fünf Minuten vor diesem Bild, rührte sich kaum von der Stelle, bewegte sich höchstens dann und wann ein paar Zentimeter nach vorn oder nach hinten. Er hatte, wie Jed bemerkte, den idealen Abstand gewählt, um ein Bild von diesem Format zu betrachten. Er war ganz offensichtlich ein echter Kunstsammler.

Dann wandte sich der mexikanische Milliardär um und ging zum Ausgang. Er hatte weder jemanden gegrüßt noch mit jemandem gesprochen. Als der Mann an ihm vorbeikam, warf ihm François Pinault einen eisigen Blick zu; gegen einen solchen Konkurrenten hatte der bretonische Geschäftsmann allerdings kaum eine Chance. Ohne den Blick zu erwidern, ging Slim Helú auf einen schwarzen Mercedes zu, der vor der Galerie parkte, und setzte sich auf die Rückbank.

Der Abgesandte von Roman Abramowitsch näherte sich ebenfalls dem »Bugatti-Bild«. Es war tatsächlich ein seltsames Werk. Wenige Wochen bevor Jed damit begonnen hatte, hatte er auf dem Flohmarkt von Montreuil für einen lächerlichen Preis – den Preis von Altpapier, nicht mehr – mehrere Kartons mit alten Nummern der Zeitschriften *Peking-Informationen* und *China im Aufbau* erstanden, deren typographische Gestaltung etwas Weiträumiges und Luftiges hatte, das dem sozialistischen Realismus chinesischer Prägung nahekam. Die V-Formation der kleinen Gruppe von Ingenieuren und Mechanikern, die Ferdinand Piëch bei seinem Besuch des Werksgeländes folgen, erinnerte, wie ein besonders hartnäckiger und gut informierter Kunsthistoriker später schreiben sollte, sehr stark an die Gruppe von Agraringenieuren und mittelständischen Bauern, die den Präsidenten Mao Tse-tung auf einem Aquarell begleiten, das in der Nummer 122 von *China im Aufbau* abgedruckt ist und den Titel *Vorwärts mit den bewässerten Reisanpflanzungen in der Provinz Hunan!* trägt. Es war übrigens, wie andere Kunsthistoriker schon seit langem angemerkt hatten, das einzige Mal, dass Jed sich in der Aquarelltechnik versucht hatte. Der Ingenieur Ferdinand Piëch, der sich zwei Meter vor der Gruppe befand, schien mehr zu schweben als zu gehen, als würde er ein paar Zentimeter über dem Boden aus hellem Epoxidharz levitieren. Drei Arbeitsplätze aus Aluminium empfingen Fahrgestelle des Bugatti Veyron in verschiedenen Herstellungsstadien, im Hintergrund sah man durch die vollständig verglasten Wände das Panorama der Vogesen. Aufgrund eines erstaunlichen Zufalls, so Houellebecq in seinem Vorwort zum Katalog, hatten sich das Dorf Molsheim und die es umgebende vogesische Landschaft schon im Mittelpunkt der Fotos befunden – sowohl der Fotos von der Michelinkarte als auch des Satellitenfotos –, die Jed zehn Jahre zuvor als Aufhänger für seine erste persönliche Ausstellung gewählt hatte.

Diese einfache Feststellung, in der Houellebecq, ein rationaler, wenn nicht gar engstirniger Geist, gewiss nicht mehr als die Erwähnung einer interessanten, aber rein anekdotischen Tatsache sah, sollte Patrick Kéchichian dazu veranlassen, einen feurigen Artikel aufzusetzen, der mystischer war denn je: Nachdem er uns einen Gott gezeigt hat, der an der Seite des Menschen an der Schöpfung der Welt teilhat, so schreibt er, vollzieht der Künstler nun endgültig den Übergang zur Fleischwerdung und zeigt uns einen Gott, der sich unter die Menschen begeben hat. Weit entfernt von der Harmonie der Himmelssphären, ist Gott jetzt gekommen, um »sich die Ärmel hochzukrempeln und Hand ans Werk zu legen«, damit durch seine allmächtige Gegenwart der heiligen Würde der menschlichen Arbeit Ehre erwiesen wird. Er selbst, wahrer Mensch und wahrer Gott, ist gekommen, um der arbeitenden Menschheit das Opfer seiner heißen Liebe darzubringen. Wer erkennt in dem Verhalten des linken Mechanikers, der seinen Arbeitsplatz verlässt, um dem Ingenieur Ferdinand Piëch zu folgen, so Kéchichian, nicht Petrus' Verhalten wieder, der seine Netze zurücklässt, als Christus zu ihm sagt: »Fürchte dich nicht, denn von nun an wirst du Menschen fangen«? Und noch im Fehlen des Bugatti Veyron 16.4 im fertigen Zustand sieht Kéchichian einen Bezug zum Neuen Jerusalem.

Sein Artikel war von *Le Monde* abgelehnt worden – Pépita Bourguignon, die das Feuilleton leitete, hatte mit ihrem Rücktritt gedroht, falls die Zeitung diese »bigotte Kulturscheiße« veröffentlichen würde –, aber er sollte im darauffolgenden Monat in *Art Press* erscheinen.

»Die Presse kann uns in diesem Stadium scheißegal sein. Auf dieser Ebene spielt sich die Sache sowieso nicht mehr ab«, fasste Marilyn am Ende des Abends die Situation zusammen, nachdem sich Jed über Pépita Bourguignons erneute Abwesenheit Sorgen gemacht hatte.

Gegen zweiundzwanzig Uhr, nachdem die letzten Besucher gegangen waren und die Angestellten des Caterers die Tischdecken zusammenfalteten, ließ sich Franz auf einen Sitz aus weichem Plastik neben dem Eingang der Galerie fallen. »Mensch, ich bin total erledigt«, sagte er. »Total erledigt.« Er hatte sich völlig verausgabt und unermüdlich all denen, die sich dafür interessierten, Jeds künstlerischen Werdegang oder die Geschichte seiner Galerie erzählt, er hatte den ganzen Abend ununterbrochen geredet; Jed dagegen hatte sich damit begnügt, hin und wieder zu nicken.

»Kannst du mir bitte ein Bier holen? Aus dem Kühlschrank im Abstellraum.«

Jed kam mit einem Sechserpack Stella Artois zurück. Franz leerte eine ganze Flasche in einem Zug, ehe er wieder das Wort ergriff.

»Okay, jetzt brauchen wir nur noch auf die Angebote zu warten«, sagte er zusammenfassend. »In einer Woche treffen wir uns wieder, um zu sehen, wie der Stand der Dinge ist.«

IX

Als Jed auf dem Vorplatz von Notre-Dame de la Gare ankam, ging plötzlich, wie zur Warnung, ein eisiger Nieselschauer nieder, der nach wenigen Sekunden ebenso plötzlich wieder aufhörte. Er lief die wenigen Stufen hinauf, die zum Eingang der Kirche führten. Die beiden Flügel der Tür waren wie immer weit geöffnet, das Innere wirkte menschenleer. Er zögerte, dann machte er kehrt. Die Rue Jeanne-d'Arc mündete in den Boulevard Vincent-Auriol, über den die oberirdische Metro führte; in der Ferne war die Kuppel des Pantheon zu sehen. Der Himmel hatte eine stumpfe dunkelgraue Farbe. Im Grunde hatte Jed Gott nicht viel zu sagen, zumindest nicht in diesem Moment.

Die Place Nationale war menschenleer, und hinter den blätterlosen Bäumen konnte man die rechteckigen, ineinander verschachtelten Strukturelemente der Universität Tolbiac erkennen. Jed bog in die Rue du Château-des-Rentiers ein. Er traf etwas zu früh ein, aber Franz saß schon im Bistro vor einem Glas mit billigem Rotwein, und es war offensichtlich nicht das erste. Mit seinem zerzausten Haar und den vom Alkohol geröteten Wangen sah er aus, als habe er seit Wochen nicht geschlafen.

»Also«, sagte er, sobald sich Jed gesetzt hatte, »ich habe inzwischen Angebote für fast alle Bilder bekommen. Ich habe die

Preise in die Höhe getrieben, ich kann sie vielleicht noch etwas höher treiben, auf jeden Fall liegt der durchschnittliche Preis im Moment bei etwa fünfhunderttausend Euro.«

»Wie bitte?«

»Du hast richtig gehört: fünfhunderttausend Euro.«

Franz spielte nervös mit den Strähnen seines ungekämmten weißen Haars; es war das erste Mal, dass Jed diesen Tick bei ihm bemerkte. Er leerte sein Glas und bestellte sich sofort ein weiteres.

»Wenn ich jetzt verkaufe«, fuhr er fort, »bekommen wir dreißig Millionen Euro dafür, über den Daumen gepeilt.«

Es wurde wieder still im Café. Nicht weit von ihnen döste ein sehr magerer alter Mann in einem grauen Überzieher vor seinem Picon-Bier ein. Zu seinen Füßen lag ein rötlich weißer dicker Hund, ein kleiner Rattenjäger, der wie sein Herr halb schlummerte. Es begann wieder sanft zu regnen.

»Also«, sagte Franz nach einer Minute, »was soll ich machen? Soll ich jetzt verkaufen?«

»Wie du willst.«

»Was soll das heißen, wie du willst, verdammte Scheiße! Ist dir eigentlich klar, wie viel Geld das ist?« Er hatte fast geschrieen, und der alte Mann in ihrer Nähe schreckte hoch; der Hund stand mühsam auf und knurrte sie an.

»Fünfzehn Millionen Euro … Fünfzehn Millionen Euro für jeden«, fuhr Franz mit leiser, halb erstickter Stimme fort. »Und ich habe den Eindruck, dass dich das völlig kalt lässt.«

»Nein, nein, entschuldige«, erwiderte Jed schnell. »Sagen wir besser, ich stehe noch unter Schock«, fügte er ein wenig später hinzu.

Franz betrachtete ihn mit einer Mischung aus Argwohn und Abscheu. »Na gut, okay«, sagte er schließlich. »Ich bin nicht

Larry Gagosian, meine Nerven sind für so etwas nicht stark genug. Ich verkaufe jetzt.«

»Du hast sicher recht«, sagte Jed eine gute Minute später. Es herrschte wieder Stille, die nur vom Schnarchen des Rattenjägers gestört wurde, der sich wieder beruhigt vor den Füßen seines Herrn hingelegt hatte.

»Was meinst du ...«, sagte Franz. »Was meinst du, für welches Bild ich das höchste Angebot bekommen habe?«

Jed dachte einen Augenblick nach. »Vielleicht für Bill Gates und Steve Jobs«, meinte er schließlich.

»Haargenau. Dafür sind mir eineinhalb Millionen geboten worden. Von einem amerikanischen Makler, der, wie es scheint, im Auftrag von Jobs persönlich agiert.

Schon seit langem ...«, fuhr Franz mit gereizter, fast erbitterter Stimme fort, »schon seit langem wird der Kunstmarkt von den reichsten Geschäftsleuten der Welt beherrscht. Und heute haben sie zum ersten Mal die Gelegenheit, nicht nur etwas zu kaufen, was vom ästhetischen Gesichtspunkt an der Spitze der Avantgarde steht, sondern noch dazu ein Bild, das sie selbst darstellt. Du kannst dir gar nicht vorstellen, wie viele Angebote ich von Geschäftsleuten oder Industriellen bekommen habe, die sich von dir porträtieren lassen wollen. Wir sind in die Epoche der Hofmalerei des Ancien Régime zurückgefallen ... Also, ich will damit nur sagen, dass im Moment verdammt großer Druck auf dich ausgeübt wird. Hast du noch immer die Absicht, Houellebecq sein Porträt zu schenken?«

»Selbstverständlich. Das habe ich ihm versprochen.«

»Wie du willst. Das ist ein schönes Geschenk. Ein Geschenk, das siebenhundertfünfzigtausend Euro wert ist ... Aber na ja, er verdient es. Sein Vorwort hat eine wichtige Rolle gespielt.

Dadurch, dass er den systematischen, theoretischen Charakter deiner Vorgehensweise hervorgehoben hat, hat er verhindert, dass man dich mit den Anhängern der neuen figurativen Malerei in einen Topf wirft, diesen miesen Typen ... Selbstverständlich habe ich die Bilder nicht in meiner Scheune im Eure-et-Loir gelagert, sondern ich habe Schließfächer in einer Bank gemietet. Ich gebe dir ein Papier, dann kannst du das Porträt von Houellebecq abholen, wann du willst.«

»Ich habe auch Besuch erhalten«, fuhr Franz nach einer erneuten Pause fort. »Von einer jungen Russin, ich nehme an, du weißt, wer sie ist.« Er holte eine Visitenkarte hervor und reichte sie Jed. »Eine sehr hübsche junge Frau ...«

Es wurde allmählich dunkel. Jed steckte die Visitenkarte in die Innentasche seiner Lederjacke und schickte sich an, diese überzustreifen.

»Warte noch einen Augenblick«, unterbrach ihn Franz. »Ehe du gehst, möchte ich mich nur kurz vergewissern, dass du die Situation genau begreifst. Ich habe etwa fünfzig Anrufe von Männern erhalten, die zu den reichsten Männern der Welt gehören. Manchmal haben sie einen Mitarbeiter anrufen lassen, aber meistens waren sie selbst am Apparat. Sie wollen alle, dass du sie porträtierst. Und sie bieten dir alle eine Million Euro dafür an – mindestens.«

Jed zog die Jacke an und holte seine Brieftasche hervor, um zu bezahlen.

»Ich lade dich ein«, sagte Franz und verzog dabei spöttisch das Gesicht. »Du brauchst mir keine Antwort darauf zu geben, das ist nicht nötig, ich weiß genau, was du sagen würdest. Du würdest mich bitten, dir etwas Bedenkzeit zu lassen, und in ein paar Tagen rufst du mich dann an, um mir zu sagen, dass du dagegen bist. Und anschließend lässt du alles sausen. Ich kenne dich allmählich ganz gut, du warst schon immer so, schon zur Zeit der Michelin-Karten: Du arbeitest jahrelang verbissen in deinem Atelier, in völliger Einsamkeit, und sobald deine Arbeit ausgestellt ist, sobald die Anerkennung da ist, lässt du die Sache fallen.«

»Da gibt es gewisse Unterschiede. Damals, als ich die Arbeit an *Damien Hirst und Jeff Koons teilen den Kunstmarkt unter sich auf* abgebrochen habe, war ich in eine Sackgasse geraten.«

»Ja, ich weiß; das war sogar der Grund, weshalb ich die Ausstellung veranstaltet habe. Ich bin im Übrigen froh, dass du das Bild nicht fertiggestellt hast. Dabei fand ich die Idee sehr gut, das Vorhaben war historisch äußerst relevant, es war ein durchaus zutreffendes Zeugnis über die Situation auf dem Kunstmarkt zu einem gegebenen Zeitpunkt. Es hat tatsächlich so etwas wie eine Zweiteilung gegeben: auf der einen Seite Fun, Sex, Kitsch und Naivität, auf der anderen Trash, Tod und Zynismus. Aber in deiner Situation wäre das zwangsläufig als Werk eines zweitrangigen Künstlers interpretiert worden, der neidisch auf den Erfolg reicherer Kollegen ist. Wir sind sowieso an einem Punkt angelangt, wo der Markterfolg jeden Mist rechtfertigt, ihn anerkennt und sämtliche Theorien ersetzt, niemand ist mehr imstande, ein bisschen weiter zu blicken, absolut niemand. Heute könntest du dir so ein Bild leisten, du bist inzwischen der am besten bezahlte französische Künstler der Gegenwart, aber ich weiß, dass du es nicht malen wirst, du wirst zu etwas anderem übergehen. Oder vielleicht hörst du mit den Porträts ganz einfach auf, oder du hörst mit der figurativen Malerei ganz allgemein auf oder mit der Malerei überhaupt, vielleicht wendest du dich ja wieder der Fotografie zu, was weiß ich.«

Jed blieb stumm. Am Nebentisch erwachte der alte Mann aus seinem Schlummer, stand auf und ging zur Tür; sein Hund folgte ihm mit Mühe, wobei sein dicker Körper auf den kurzen Beinen hin und her wackelte.

»Auf jeden Fall«, sagte Franz, »kannst du sicher sein, dass ich dein Galerist bleibe. Egal, was kommt.«

Jed signalisierte sein Einverständnis. Der Wirt kam aus dem Lagerraum zurück, schaltete die Neonbeleuchtung über der Theke ein und nickte Jed zu. Jed erwiderte das Nicken. Sie waren regelmäßige Gäste, sogar richtige Stammgäste, aber zwischen dem Wirt und ihnen war es nie zu wirklicher Vertrautheit gekommen. Der Wirt hatte sogar vergessen, dass er Jed zehn Jahre zuvor erlaubt hatte, Fotos von ihm und seinem Bistro zu machen, die Jed zur Verwirklichung seines Gemäldes *Claude Vorilhon, Schankwirt* angeregt hatten, das zweite Bild der *Serie einfacher Berufe* – für das ein amerikanischer Börsenmakler soeben dreihundertfünfzigtausend Euro geboten hatte. Der Wirt hatte sie immer als untypische Gäste angesehen, die weder im gleichen Alter wie seine übrigen Gäste waren, noch aus dem gleichen Milieu stammten wie diese; kurz gesagt, sie gehörten nicht zu seiner *Zielgruppe.*

Jed stand auf und fragte sich, wann er Franz wiedersehen werde, und gleichzeitig wurde ihm mit einem Schlag bewusst, dass er nun ein *reicher Mann* war. Kurz bevor er auf die Tür zuging, fragte ihn Franz: »Was machst du über Weihnachten?«

»Nichts. Ich besuche meinen Vater, wie immer.«

X

NICHT GANZ WIE IMMER, dachte Jed, während er auf die Place Jeanne-d'Arc zuging. Sein Vater hatte am Telefon einen völlig deprimierten Eindruck gemacht und zunächst vorgeschlagen, ihr alljährliches Abendessen abzusagen. »Ich möchte niemandem zur Last fallen ...« Sein Darmkrebs hatte sich ganz plötzlich verschlimmert, er habe jetzt *Stuhlverlust*, wie er mit genussvoller Selbstgeißelung verkündet hatte, man müsse ihm einen künstlichen Darmausgang legen. Als Jed nicht lockerließ, erklärte er sich schließlich bereit, sich mit ihm zu treffen, aber nur unter der Bedingung, dass sein Sohn ihn bei sich zu Hause empfing. »Ich kann die blöden Visagen der Leute nicht mehr ausstehen.«

Als Jed auf dem Vorplatz von Notre-Dame de la Gare ankam, zögerte er eine Sekunde, ehe er die Kirche betrat. Sie erschien ihm zunächst leer, aber als er sich dem Altar näherte, entdeckte er eine junge Schwarze von höchstens achtzehn Jahren, die auf einem Betstuhl vor einer Marienstatue kniete und mit gefalteten Händen leise Worte flüsterte. Sie war so sehr ins Gebet vertieft, dass sie Jed gar nicht bemerkte. Ihr Arsch, der durch das Niederknien stark gewölbt war, zeichnete sich deutlich unter ihrer hautengen, dünnen, weißen Stoffhose ab, wie Jed unwillkürlich bemerkte. Suchte sie Vergebung für irgendwelche Sünden? Waren ihre Eltern krank? Vermutlich beides. Sie schien sehr gläubig zu sein. Es musste ganz schön praktisch sein, an Gott zu glauben: Wenn man nichts mehr für die anderen tun konnte – und das war oft im Leben der Fall, das war im Grunde fast immer der Fall, und ganz besonders bei seinem krebskranken Vater –, blieb noch immer die Möglichkeit, *für sie zu beten.*

Er ging beschämt wieder nach draußen. Die Dunkelheit legte sich über die Rue Jeanne-d'Arc, die roten Rücklichter der Autos entfernten sich langsam in Richtung Boulevard Vincent-Auriol. In der Ferne war die Kuppel des Pantheons in unerklärliches grünliches Licht getaucht, fast so, als planten außerirdische Wesen in einem kugelförmigen Raumschiff einen massiven Angriff auf die Pariser Gegend. Irgendwo in dieser Stadt starben vermutlich in dieser Minute Menschen.

Das hinderte ihn nicht daran, am nächsten Abend um die gleiche Zeit bunte Kerzen anzuzünden und Jakobsmuscheln mit überbackenem Lachs auf seine auf Böcken ruhende Tischplatte zu stellen, während sich die Dunkelheit über die Place des Alpes ausbreitete. Sein Vater hatte versprochen, um achtzehn Uhr da zu sein.

Um 18.01 Uhr klingelte er an der Haustür. Jed öffnete ihm mit Hilfe des Türsummers und atmete mehrmals tief ein und aus, während der Fahrstuhl herauffuhr.

Er drückte seinem Vater, der reglos mitten im Atelier stehen blieb, einen flüchtigen Kuss auf die rauen Wangen. »Setz dich, setz dich«, sagte er. Sein Vater gehorchte sofort, setzte sich auf eine Stuhlkante und blickte sich schüchtern um. Er war noch nie hier, schoss es Jed plötzlich durch den Kopf, er war noch nie in meiner Wohnung. Er musste ihm auch sagen, dass er seinen Mantel ablegen solle. Sein Vater bemühte sich zu lächeln, fast wie ein Mann, der zeigen will, dass er einer Amputation tapfer entgegensieht. Jeds Hände zitterten ein wenig, als er eine Flasche Champagner öffnen wollte, und fast hätte er die Flasche Weißwein umgestoßen, die er gerade aus dem Kühlfach genommen hatte; er war schweißgebadet. Sein Vater lächelte noch immer, aber sein Lächeln war ein wenig maskenhaft. Da saß also ein Mann, der mit großer Dynamik und manchmal auch Härte ein Unternehmen mit etwa fünfzig Angestellten geleitet, der Leute entlassen und andere eingestellt hatte, der Verhandlungen über Verträge geführt hatte, die sich auf Dutzende, manchmal Hunderte von Millionen Euro beliefen. Aber das Nahen des Todes ruft eine gewisse Demut hervor, und sein Vater schien vor allem den Wunsch zu haben, niemanden zu stören, das war anscheinend inzwischen sein einziger Ehrgeiz in dieser Welt. Jed gelang es, die Flasche Champagner zu öffnen, und er entspannte sich ein wenig.

»Ich habe von deinem Erfolg gehört«, erklärte sein Vater und hob das Glas. »Lass uns darauf anstoßen.«

Das war ein guter Anfang, sagte sich Jed sogleich, ein Ansatzpunkt für ein mögliches Gespräch, und er begann über seine Gemälde zu sprechen, über die Arbeit, die er vor gut zehn Jahren begonnen hatte, über seinen Wunsch, mit den Mitteln der Malerei die Mechanismen zu beschreiben, die zum Funktionieren einer Gesellschaft beitragen. Er sprach fast eine ganze Stunde lang ungezwungen, schenkte sich in regelmäßigen Abständen Champagner und dann Wein nach, während sie die Gerichte aßen, die er am Tag zuvor in einem Feinkostladen gekauft hatte, und was er da erzählte, hatte er, wie ihm am nächsten Tag verwundert klar wurde, noch nie jemandem erzählt. Sein Vater hörte ihm aufmerksam zu und stellte hier und da eine Frage, er hatte den erstaunten, neugierigen Gesichtsausdruck eines kleinen Kindes, kurz gesagt, alles verlief glänzend, bis Jed die Käseplatte servierte, seine Inspiration allmählich versiegte und sein Vater in schmerzliche Bedrückung verfiel, als mache sich die Schwerkraft bei ihm besonders stark bemerkbar. Dennoch hatte ihn das Abendessen ein wenig aufgemuntert, und ohne wirkliche Trauer murmelte er mit ungläubigem Kopfschütteln halblaut: »Verdammte Scheiße ... Einen künstlichen Darmausgang ...

Weißt du«, sagte er mit einer Stimme, die einen leichten Alkoholrausch verriet, »in gewisser Weise freue ich mich, dass deine Mutter nicht mehr lebt. Sie war derart feinsinnig und elegant ... Sie hätte den körperlichen Verfall nie ertragen.«

Jed erstarrte. So, da haben wir es also, sagte er sich. Jetzt ist es so weit, nach Jahren des Schweigens kommt er endlich darauf zu sprechen. Aber sein Vater hatte bemerkt, dass sich Jeds Gesichtsausdruck verändert hatte.

»Ich habe nicht vor, dir heute Abend zu sagen, warum sich deine Mutter das Leben genommen hat!«, rief er fast wütend. »Ich kann es dir nicht sagen, weil ich es selbst nicht weiß!« Er beruhigte sich sogleich wieder und sank in sich zusammen. Jed schwitzte. Es war vielleicht zu warm, die Heizung ließ sich einfach nicht vernünftig regulieren, er hatte ständig Angst, dass sie wieder ausfiel. Nachdem er nun viel Geld hatte, würde er bestimmt umziehen, das tun doch die Leute, wenn sie Geld haben, sie versuchen ihre Lebensbedingungen zu verbessern, aber wohin sollte er umziehen? Er hatte keine besonderen Wünsche, was Immobilien betraf. Er würde hierbleiben, vielleicht die Wohnung renovieren, auf jeden Fall einen neuen Heizkessel installieren lassen. Er stand auf und drehte unbeholfen an den Bedienungsknöpfen des Apparats. Sein Vater wiegte den Kopf hin und her, sagte mit leiser Stimme unverständliche Worte. Jed ging wieder zu ihm. Er hätte ihn in den Arm nehmen, ihm die Hand auf die Schulter legen müssen oder irgend so etwas, aber wie sollte er das machen? Das hatte er noch nie getan. »Einen künstlichen Darmausgang …«, flüsterte sein Vater wieder gedankenverloren.

»Ich weiß, dass sie mit unserem Leben nicht zufrieden war«, begann er von neuem, »aber ist das etwa ein Grund zu sterben? Ich war auch nicht mit meinem Leben zufrieden, ich muss dir gestehen, dass ich mir als Architekt etwas anderes gewünscht hätte, als idiotische Strandhotels für blöde Touristen zu bauen, und noch dazu im Auftrag von Bauherren, die zutiefst unredlich und unglaublich vulgär sind. Aber so ist das eben im Beruf, und hinzu kommt die Gewohnheit … Vermutlich hat sie das Leben nicht geliebt, das ist alles. Am meisten hat mich schockiert, was mir eine Nachbarin erzählt hat, die ihr direkt zuvor begegnet war. Deine Mutter kam vom Einkaufen zurück, hatte sich vermutlich gerade das Gift besorgt – wie sie darangekommen ist, habe ich übrigens nie erfahren. Diese Frau hat mir also erzählt, dass deine Mutter sehr glücklich ausgesehen habe, unglaublich glücklich und begeistert. Sie habe, wie mir die Frau sagte, wirklich den Ausdruck von jemandem gehabt, der im Begriff ist, in Ferien zu fahren. Sie hat Zyankali genommen und war bestimmt sofort tot; ich bin mir absolut sicher, dass sie nicht gelitten hat.«

Dann verstummte er, und die Stille zog sich lange hin; Jed schlummerte halb ein. Er sah endlose Wiesen vor sich, deren Gras sich im leichten Wind bewegte, und das Licht eines ewigen Frühlings. Plötzlich kam er wieder zu sich, sein Vater wiegte noch immer den Kopf hin und her, murmelte etwas vor sich hin und setzte die unangenehme innere Auseinandersetzung fort. Jed zögerte, er hatte einen Nachtisch vorgesehen, im Kühlschrank lag eine Schachtel Profiteroles. Sollte er sie herausholen? Oder sollte er damit besser warten, um mehr über den Selbstmord seiner Mutter zu erfahren? Er erinnerte sich im Grunde kaum noch an sie. Vermutlich war das vor allem für seinen Vater wichtig. Er beschloss daher, mit den Profiteroles noch ein wenig zu warten.

»Ich bin nie mit einer anderen Frau zusammen gewesen«, sagte sein Vater mit tonloser Stimme. »Wirklich nie. Ich habe nicht einmal den Wunsch danach gehabt.« Dann begann er wieder etwas vor sich hin zu murmeln und den Kopf hin und her zu wiegen. Jed beschloss daraufhin, die Profiteroles zu holen. Sein Vater blickte sie völlig verblüfft an, als habe er etwas ganz Neues vor sich, auf das ihn nichts in seinem bisherigen Leben vorbereitet hatte. Er nahm sich eine, drehte sie zwischen den Fingern und betrachtete sie äußerst skeptisch, als handele es sich um Hundekot; aber schließlich steckte er sie dennoch in den Mund.

Es folgten zwei oder drei Minuten stummer Hektik, in denen er die Profiteroles eine nach der anderen wütend aus der verzierten, vom Konditor mitgelieferten Schachtel nahm und sie schnell in den Mund steckte. Dann beruhigte er sich allmählich wieder, und Jed bot ihm eine Tasse Kaffee an. Sein Vater willigte sofort ein.

»Ich habe Lust, eine Zigarette zu rauchen«, sagte er. »Hast du welche?«

»Ich rauche nicht.« Jed sprang auf. »Aber ich kann welche holen. Ich kenne ein Bistro an der Place d'Italie, das Tabak verkauft und abends lange geöffnet ist. Außerdem ...« – er warf einen ungläubigen Blick auf seine Armbanduhr – »... außerdem ist es erst acht Uhr.«

»Glaubst du, dass es selbst Heiligabend geöffnet ist?«

»Ich kann's ja mal versuchen.«

Er zog seinen Mantel an. Als er das Haus verließ, peitschte ihm heftiger Wind ins Gesicht; Schneeflocken wirbelten in der eisigen Luft, es mochte wohl zehn Grad unter null sein. Das Bistro an der Place d'Italie machte gerade zu. Der Wirt ging unwirsch wieder hinter die Theke.

»Was darf's sein?«

»Zigaretten.«

»Welche Marke?«

»Ich weiß nicht. Gute Zigaretten.«

Der Mann warf ihm einen gereizten Blick zu.

»Dunhill! Geben Sie mir ein Päckchen Dunhill und ein Päckchen Gitanes! Und ein Feuerzeug!«

Sein Vater hatte sich nicht gerührt, er saß noch immer zusammengesunken auf seinem Stuhl und reagierte nicht einmal, als er hörte, wie sich die Tür öffnete. Doch er nahm sich eine Gitane aus dem Päckchen und betrachtete sie neugierig, ehe er sie anzündete. »Ich habe seit zwanzig Jahren nicht mehr geraucht«, bemerkte er. »Aber was spielt das jetzt schon für eine Rolle?« Er nahm einen Zug, dann einen zweiten. »Die sind stark«, sagte er. »Das tut gut. In meiner Jugend hat praktisch jeder geraucht. Bei Arbeitsbesprechungen oder bei Diskussionen im Café haben wir die ganze Zeit geraucht. Es ist seltsam, wie sich die Zeiten ändern ...«

Er trank einen Schluck Cognac, nachdem sein Sohn die Flasche vor ihn auf den Tisch gestellt hatte, und verstummte wieder. Durch die Stille hörte Jed das Pfeifen des Windes, das immer heftiger wurde. Er warf einen Blick aus dem Fenster: Schneeflocken wirbelten in dichtem Reigen, es war ein richtiges Schneegestöber.

»Ich habe schon immer Architekt werden wollen, glaube ich«, sagte sein Vater nach einer Weile. »Als ich klein war, habe ich mich für Tiere interessiert, wie vermutlich alle Kinder. Wenn man mir die Frage nach der Berufswahl stellte, habe ich darauf geantwortet, ich wolle später Tierarzt werden, aber ich glaube, dass mich im Grunde die Architektur schon damals angezogen hat. Mit zehn Jahren, daran erinnere ich mich noch genau, habe ich versucht, ein Nest für die Schwalben zu bauen, die den Sommer in unserer Scheune verbrachten. Ich hatte in einer Enzyklopädie Hinweise darüber gefunden, wie Schwalben ihre Nester bauen, mit Lehmerde und Speichel, und habe ganze Wochen damit zugebracht …« Seine Stimme zitterte leicht, er hielt wieder inne, und Jed blickte ihn beunruhigt an; sein Vater trank einen großen Schluck Cognac, ehe er fortfuhr.

»Aber die Schwalben haben mein Nest nie benutzt. Nicht ein einziges Mal. Von da an haben sie sogar aufgehört, in der Scheune zu nisten …« Der alte Mann begann plötzlich zu weinen, Tränen rannen ihm über die Wangen, es war schrecklich. »Papa …«, sagte Jed völlig hilflos, »Papa …« Sein Vater schien mit dem Schluchzen gar nicht mehr aufhören zu wollen.

»Schwalben benutzen nie Nester, die von Menschenhand gefertigt sind«, setzte Jed schnell hinzu, »das ist undenkbar. Sie verlassen sogar ihr Nest, wenn ein Mensch es berührt hat, und bauen sich ein neues.«

»Woher weißt du das?«

»Das habe ich vor einigen Jahren in einem Buch über Tierverhalten gelesen, als ich für ein Gemälde recherchiert habe.«

Das stimmte nicht, er hatte nichts dergleichen gelesen, aber sein Vater wirkte augenblicklich erleichtert und beruhigte sich sofort. Wenn ich daran denke, sagte sich Jed, dass er diese Last schon seit mehr als sechzig Jahren auf dem Herzen trägt! Dass sie ihn vermutlich während seiner gesamten Laufbahn als Architekt begleitet hat!

»Nach dem Abitur habe ich mich an der École des Beaux-Arts in Paris eingeschrieben. Das hat meine Mutter ein bisschen beunruhigt, sie hätte es lieber gesehen, wenn ich eine Ingenieurhochschule besucht hätte, aber dein Großvater hat mich sehr unterstützt. Ich glaube, er besaß als Fotograf künstlerische Ambitionen, hatte aber nie die Möglichkeit, etwas anderes zu fotografieren als Hochzeiten und Erstkommunionen.«

Jed hatte noch nie gesehen, dass sich sein Vater mit etwas anderem beschäftigte als mit Problemen technischer und in den letzten Jahren immer öfter auch finanzieller Art; die Vorstellung, dass auch sein Vater die École des Beaux-Arts besucht hatte und dass Architektur zu den künstlerischen Fächern gerechnet wurde, war erstaunlich und ihm ein wenig unangenehm.

»Ja, auch ich wollte *Künstler* werden«, sagte sein Vater bitter, fast boshaft. »Aber ich habe es nicht geschafft. Als ich jung war, war der Funktionalismus die Hauptströmung, eigentlich war er sogar schon seit mehreren Jahrzehnten tonangebend, in der Architektur hatte sich seit Le Corbusier und Mies van der Rohe nichts geändert. Alle neuen Städte und alle in den fünfziger und sechziger Jahren errichteten Großsiedlungen in den Vorstädten sind von ihnen beeinflusst. Ein paar andere Studenten der Beaux-Arts und ich hatten den Ehrgeiz, etwas anderes zu entwickeln. Wir haben das Primat der Funktion und auch den Begriff der ›Wohnmaschine‹ nicht direkt abgelehnt, wir haben nur die Frage gestellt, was die Tatsache, an einem bestimmten Ort zu wohnen, im Einzelnen bedeutet. Genau wie die Marxisten und die Anhänger des Liberalismus war Le Corbusier sehr stark produktionsorientiert. Er wollte für die Menschen rein zweckmäßige, viereckige Bürohäuser ohne jegliche Verschönerungen und ziemlich identische Wohnblocks, denen nur ein paar weitere funktionale Elemente hinzugefügt wurden – Kinderkrippe, Turnhalle, Schwimmbad –, und zwischen den beiden eine Schnellstraße. In seiner Wohnzelle müsse der Mensch über reine Luft und möglichst viel Licht verfügen, das war in seinen Augen sehr wichtig; und zwischen der Arbeitseinheit und der Wohneinheit müsse ein Freiraum der wilden Natur vorbehalten werden: Wälder und Flüsse – ich nehme an, dass in seiner Vorstellung die Familien das Recht hatten, sonntags darin spazieren zu gehen; wie dem auch sei, er wollte diesen Freiraum schützen, er war in gewisser Weise ein Grüner *avant la lettre*, für ihn sollte sich die Menschheit mit Wohnmodulen begnügen, die sich in fest umrissenen Grenzen innerhalb der Natur befanden, diese aber auf keinen Fall verändern durften. Das ist unglaublich primitiv, wenn man mal darüber nachdenkt, ist das ein erschreckender Rückschritt im Vergleich zu jeder beliebigen ruralen Landschaft – die aus einer subtilen, komplexen, sich stets weiterentwickelnden Mischung aus Wiesen, Feldern, Wäldern und Dörfern besteht. Es ist die Sichtweise eines brutalen, totalitären Geistes. Le Corbusier war in unseren Augen genau das: ein totalitärer, brutaler Geist, der eine Vorliebe für das Hässliche hatte; aber seine Sichtweise hat im gesamten 20. Jahrhundert den Sieg davongetragen. Wir waren eher von Charles Fourier beeinflusst.« Er lächelte, als er den überraschten Gesichtsausdruck seines Sohnes sah. »Man hat vor allem Fouriers Theorien über die Sexualität im Gedächtnis behalten, und die sind in der Tat ziemlich grotesk. Es ist schwer, Fourier ohne einen gewissen Abstand zu lesen – angesichts dieser Geschichten von Wirbeln, weiblichen Fakiren und Nixen der Rheinarmee muss man sich sogar wundern, dass er Schüler gehabt hat, Leute, die ihn ernst genommen haben und tatsächlich den Plan hatten, auf der Grundlage seiner Bücher ein neues Gesellschaftsmodell zu entwickeln. Es ist unverständlich, wenn man versucht, in ihm einen *Denker* zu sehen, weil seine Denkweise völlig unbegreiflich bleibt, aber Fourier ist im Grunde kein Denker, sondern ein *Guru*, und zwar der erste seiner Art, und wie bei allen Gurus beruht sein Erfolg nicht auf der geistigen Befürwortung seiner Theorie, sondern im Gegenteil auf einem allgemeinen Unverständnis, verbunden mit einem unwandelbaren Optimismus, insbesondere auf sexueller Ebene – die Menschen haben ein unglaublich hohes Bedürfnis nach sexuellem Optimismus. Dabei ist Fouriers eigentliches Thema, also das, das ihn in erster Linie interessiert, nicht die Sexualität, sondern die Organisation der Produktion. Die große Frage, die er sich stellt, ist folgende: Warum arbeitet der Mensch? Woher kommt es, dass er in der gesellschaftlichen Ordnung einen bestimmten Platz einnimmt und bereit ist, an diesem Platz zu bleiben und seine Aufgabe zu erfüllen? Die Anhänger des Liberalismus antworteten darauf, der Grund sei einzig und allein in der Verlockung des Geldes zu sehen; wir dagegen hielten diese Antwort für unzureichend. Was die Marxisten angeht, so haben diese überhaupt keine Antwort darauf gegeben, sie haben sich nicht einmal dafür interessiert. Das ist im Übrigen einer der Gründe, weshalb der Marxismus gescheitert ist: Sobald der finanzielle Anreiz abgeschafft war, haben die Leute aufgehört zu arbeiten, sie haben ihre Beschäftigung sabotiert, und das Fernbleiben von der Arbeitsstätte hat unglaubliche Proportionen angenommen; der Kommunismus ist nie imstande gewesen, die Produktion und den Vertrieb der elementarsten Verbrauchsgüter zu gewährleisten. Fourier hat das *Ancien Régime* noch gekannt, und er war sich bewusst, dass es schon lange vor dem Aufkommen des Kapitalismus wissenschaftliche Forschung und technischen

Fortschritt gegeben hatte und dass die Menschen hart, zuweilen sehr hart gearbeitet hatten, ohne von der Verlockung des Geldes dazu angetrieben zu werden, sondern vielmehr von etwas, das in den Augen des modernen Menschen viel verschwommener ist: von der Liebe zu Gott, wenn es Mönche waren, oder ganz einfach von der Ehre des Amtes.«

Jeds Vater verstummte und merkte, dass sein Sohn ihm jetzt sehr aufmerksam zuhörte. »Ja«, erklärte er, »vermutlich gibt es einen Bezug zu dem, was du in deinen Bildern auszudrücken versucht hast. Vieles bei Fourier ist wildes Zeug, insgesamt gesehen kann man ihn kaum noch lesen, aber trotzdem lässt sich vielleicht noch etwas daraus gewinnen. Zumindest haben wir das damals geglaubt ...«

Er verstummte und schien sich seinen Erinnerungen hinzugeben. Der Wind hatte sich gelegt, und die Nacht war inzwischen sternklar und still; eine dicke Schneeschicht bedeckte die Dächer.

»Ich war jung«, sagte er schließlich leise und ein wenig ungläubig. »Vielleicht kannst du das nicht ganz nachvollziehen, denn du wurdest in eine Familie hineingeboren, die bereits reich war. Aber ich war jung, war im Begriff Architekt zu werden, und ich lebte in Paris; plötzlich schien alles möglich zu sein. Und ich war nicht der Einzige, Paris war damals eine lebenslustige Stadt, man hatte den Eindruck, als könne man die Welt neu erschaffen. Zu diesem Zeitpunkt habe ich deine Mutter kennengelernt, sie studierte am Konservatorium, sie spielte Geige. Wir betrachteten uns damals als eine richtige Künstlergruppe. Na ja, aber das hat sich letztlich darauf beschränkt, vier oder fünf Artikel in einer Fachzeitschrift für Architektur zu veröffentlichen, die wir zu mehreren unterzeichnet haben. Es waren im Wesentlichen politische Texte. Wir haben darin den Gedanken verteidigt, dass eine komplexe, weitverzweigte Gesellschaft mit unterschiedlichen Organisationsformen wie jene, die Fourier vorgeschlagen hat, mit einer komplexen Architektur einhergehen müsse, die ebenfalls weitverzweigte, unterschiedliche Formen annehmen und in der es Raum für individuelle Kreativität geben müsse. Wir haben in diesen Artikeln Mies van der Rohe heftig angegriffen – der leere, modifizierbare Strukturen lieferte, die später als Modell für die Großraumbüros der Unternehmen dienen sollten – und vor allem Le Corbusier, der unermüdlich KZ-ähnliche, in identische Zellen unterteilte Gebäude errichtete, die sich, wie wir schrieben, höchstens als Modellgefängnisse eigneten. Diese Artikel haben eine gewisse Resonanz hervorgerufen, ich glaube, selbst Deleuze hat sie zitiert; aber ich musste natürlich meinen Lebensunterhalt verdienen, ebenso wie die anderen, also haben wir uns von großen Architekturbüros anstellen lassen, und da war das Leben mit einem Schlag längst nicht mehr so reizvoll. Meine finanzielle Lage verbesserte sich ziemlich schnell, damals gab es sehr viel Arbeit, Frankreich wurde in hohem Tempo wiederaufgebaut. Ich habe das Haus in Le Raincy gekauft, ich glaubte, das sei eine gute Idee, damals war das noch ein angenehmer Vorort. Außerdem bekam ich es für einen günstigen Preis, ein Kunde hatte mich auf die Sache aufmerksam gemacht, ein Bauherr. Der Eigentümer war ein alter Mann, ganz offensichtlich ein Intellektueller, der immer einen dreiteiligen grauen Anzug mit einer Blume im Knopfloch trug, und jedes Mal, wenn ich ihn sah, war es eine andere Blume. Er wirkte, als lebe er noch in der *Belle Époque* oder allenfalls in den dreißiger Jahren, ich konnte ihn einfach nicht mit seiner Umgebung in Einklang bringen. Man konnte sich eher vorstellen, ihm, was weiß ich, am Quai Voltaire in Paris zu begegnen, jedenfalls bestimmt nicht in Le Raincy. Er war ein emeritierter Professor für Esoterik und Religionsgeschichte, ich erinnere mich noch, dass er sich sehr gut in der Kabbala und der Gnostik auskannte, aber er interessierte sich auf ganz eigentümliche Weise dafür, zum Beispiel hatte er für René Guénon nur Verachtung übrig. »Guénon, dieser Dummkopf«, so sprach er von ihm, ich glaube, er hatte mehrere scharfe Kritiken über dessen Bücher geschrieben. Er hat nie geheiratet, hat *nur für seine Forschung gelebt*, wie man so schön sagt. Ich habe einen langen Artikel gelesen, den er in einer Zeitschrift für Geisteswissenschaften veröffentlicht hatte, er stellte darin seltsame Betrachtungen über das Schicksal an und über die Möglichkeit, eine neue Religion zu entwickeln, die auf dem Prinzip des Synchronismus basierte. Ich glaube, allein seine Bibliothek war den Preis wert, den ich für das Haus gezahlt habe – über fünftausend Bände auf Französisch, Englisch und Deutsch. Darin habe ich die Werke von William Morris kennengelernt.«

Er hielt inne, als er bemerkte, wie sich Jeds Gesichtsausdruck veränderte.

»Kennst du William Morris?«

»Nein, Papa. Aber ich habe in diesem Haus gelebt, auch ich erinnere mich an die Bibliothek.« Er seufzte, zögerte. »Ich verstehe nicht, weshalb du so lange gewartet hast, ehe du mir davon erzählst«, sagte er.

»Ich nehme an, weil ich bald sterbe«, sagte sein Vater ganz einfach. »Also nicht sofort, nicht übermorgen, aber lange wird es wohl nicht mehr dauern, das steht fest.« Er ließ den Blick durch den Raum schweifen und lächelte beinahe fröhlich. »Kann ich noch einen Cognac haben?« Jed schenkte ihm sofort nach. Sein Vater zündete sich eine Gitane an und sog den Rauch genüsslich ein.

»Und dann wurde deine Mutter schwanger. Deine Geburt ist ziemlich schwierig verlaufen, mit Kaiserschnitt. Der Arzt hat ihr angekündigt, dass sie keine weiteren Kinder mehr bekommen könne, außerdem hat sie ein paar hässliche Narben davon zurückbehalten. Das war hart für sie; sie war eine hübsche Frau, weißt du ... Es war durchaus keine unglückliche Ehe, es ist nie zu einem ernsten Streit zwischen uns gekommen, aber ich habe wohl nicht genug mit ihr geredet, das stimmt. Und dann die Geige, ich glaube, sie hätte nie damit aufhören sollen. Ich erinnere mich noch an einen Abend, als ich in meinem Mercedes von der Arbeit zurückkam und die Porte de Bagnolet erreicht hatte, es war schon neun Uhr, aber ich steckte noch immer im Stau, und ich weiß gar nicht, was die Sache ausgelöst hat, vielleicht die Doppeltürme von Les Mercuriales, weil ich gerade an einem sehr ähnlichen Projekt arbeitete, das ich uninteressant und hässlich fand, auf jeden Fall sah ich mich auf einmal in meinem Auto inmitten von Zufahrtsrampen für Schnellstraßen sitzen, direkt vor diesen grässlichen Türmen, und plötzlich habe ich mir gesagt, so kann es nicht weitergehen. Ich war fast vierzig und hatte in meinem Beruf Erfolg, aber so konnte es nicht weitergehen. Innerhalb weniger Minuten beschloss ich, ein eigenes Unternehmen zu gründen, um zu versuchen, meine eigene Vorstellung von Architektur zu verwirklichen. Ich wusste, dass das schwierig sein würde, aber ich wollte nicht die Feder aus der Hand legen, ohne es wenigstens versucht zu haben. Ich habe meine ehemaligen Studienkollegen von der École des Beaux-Arts angerufen, aber sie waren alle fest etabliert – auch sie waren beruflich erfolgreich und hatten keine große Lust mehr, ein Risiko einzugehen. Und so habe ich mich allein in das Abenteuer gestürzt. Ich habe Kontakt zu Bernard Lamarche-Vadel aufgenommen, wir hatten uns ein paar Jahre zuvor kennengelernt und uns auf Anhieb ziemlich gut verstanden, er hat mir die Leute aus der Bewegung Figuration Libre vorgestellt: Combas, Di Rosa ... Ich weiß gar nicht, habe ich dir schon von William Morris erzählt?«

»Ja, Papa, du hast vor fünf Minuten von ihm gesprochen.«

»So?« Er hielt inne, ein verstörter Ausdruck ging über sein Gesicht. »Ich probiere mal eine Dunhill ...« Er nahm ein paar Züge. »Die sind auch nicht schlecht, anders als die Gitanes, aber gut. Ich begreife nicht, weshalb alle Leute mit einem Mal das Rauchen aufgegeben haben.«

Er verstummte und genoss seine Zigarette bis zum letzten Zug. Jed wartete. In der Ferne versuchte eine einsame Hupe die Melodie von »Stille Nacht, heilige Nacht« anzustimmen, verfehlte ein paar Töne und versuchte es noch einmal, dann wurde es wieder still, es gab kein Hupkonzert. Die Schneedecke auf den Pariser Dächern war inzwischen ziemlich dick und fest; es lag etwas Endgültiges in dieser Stille, sagte sich Jed.

»William Morris stand den Präraffaeliten nahe«, sagte sein Vater nach einer Weile, »zunächst Dante Gabriel Rossetti, später und bis zum Ende Burne-Jones. Der grundlegende Gedanke der Präraffaeliten drückt sich in der Überzeugung aus, dass die Kunst ab dem Ende des Mittelalters im Niedergang begriffen war, dass sie schon zu Beginn der Renaissance jegliche Spiritualität und allen authentischen Charakter verloren hatte und zu einer rein industriellen und kommerziellen Tätigkeit verkommen war und dass sich die sogenannten *Großen Meister* der Renaissance – egal ob Botticelli, Rembrandt oder Leonardo da Vinci – in Wirklichkeit ganz einfach wie Leiter von Handelsunternehmen verhalten hätten. Genau wie heutzutage Jeff Koons oder Damien Hirst leiteten die sogenannten *Großen Meister* der Renaissance mit eiserner Hand Werkstätten mit fünfzig oder gar hundert Assistenten, die den Präraffaeliten zufolge wie am Fließband Gemälde, Skulpturen oder Fresken produzierten. Sie selbst begnügten sich damit, eine allgemeine Richtung vorzugeben und das vollendete Werk zu signieren, und vor allem pflegten sie den Kontakt zu den Mäzenen der damaligen Zeit – zu Prinzen oder Päpsten. Die Präraffaeliten wie auch William Morris waren der Ansicht, die Unterscheidung zwischen Kunst und Kunsthandwerk, zwischen Konzeption und Ausführung müsse abgeschafft werden: Jeder Mensch könne auf seine Weise Schönheit erzeugen – sei es in der Realisierung eines Gemäldes, eines Kleidungsstücks oder eines Möbelstücks –, und jeder Mensch habe in seinem täglichen Leben ebenfalls ein Anrecht darauf, von schönen Dingen umgeben zu sein. Er verknüpfte diese Überzeugung mit einem sozialistischen Aktivismus, der ihn dazu führte, sich immer stärker in den Bewegungen zur Emanzipation des Proletariats zu engagieren; er wollte ganz einfach dem System der industriellen Produktion ein Ende setzen.

Das Erstaunliche daran ist, dass Gropius, als er das Bauhaus gründete, genau die gleiche Linie vertrat – vielleicht trat die politische Komponente bei ihm hinter dem spirituellen Anspruch etwas zurück –, obwohl auch er im Grunde Sozialist war. Im »Bauhaus-Manifest« von 1919 erklärt er, der Antagonismus zwischen Kunst und Kunsthandwerk müsse überwunden werden, und verkündet den Anspruch auf Schönheit für alle: also genau das Programm von William Morris. Aber je mehr sich das Bauhaus der Industrie annäherte, desto stärker wurde die funktionalistische und produktionsorientierte Ausrichtung; Kandinsky und Klee wurden innerhalb des Lehrkörpers immer mehr an den Rand gedrängt, und als Göring das Institut schließen ließ, war es sowieso schon völlig in den Dienst der kapitalistischen Produktion getreten.

Wir selbst waren eigentlich nicht politisch engagiert, aber das Gedankengut von William Morris half uns, uns von dem Verbot zu befreien, mit dem Le Corbusier jede Form von Ausschmückung belegt hatte. Ich erinnere mich noch, dass Combas der Sache zunächst ziemlich skeptisch gegenüberstand – die präraffaelitischen Maler, das war ganz und gar nicht seine Welt, aber er musste zugeben, dass die von William Morris entworfenen Tapetenmotive sehr schön waren, und als er begriff, worum es wirklich ging, war er vollauf begeistert. Nichts hätte ihm mehr gefallen, als Motive für Wandteppiche, Tapeten oder Friese zu entwerfen, mit denen eine ganze Reihe von Wohnhäusern geschmückt würden. Die Anhänger der Figuration Libre waren damals immerhin ziemlich isoliert, die minimalistische Strömung blieb tonangebend, und das Graffiti-Writing gab es damals noch nicht – zumindest sprach man noch nicht davon. Und so haben wir Bewerbungsunterlagen für alle halbwegs interessanten Projekte zusammengestellt, für die es ein Ausschreibungsverfahren gab, und haben gewartet …«

Sein Vater verstummte wieder, hing eine Weile seinen Erinnerungen nach, sank dann in sich zusammen, schien immer kleiner, immer schmaler zu werden, und da wurde Jed auf einmal bewusst, mit welchem Feuer, mit welcher Begeisterung sein Vater in den letzten Minuten erzählt hatte. Seit er ein Kind war, hatte er ihn noch nie so reden hören – und nie wieder, dachte er sogleich, würde er ihn so reden hören, denn sein Vater hatte zum letzten Mal die Hoffnung und das Scheitern, die seine Lebensgeschichte ausmachten, vor seinen Augen vorüberziehen lassen. Ein Menschenleben ist im Allgemeinen nur eine Kleinigkeit, es lässt sich in wenigen Ereignissen zusammenfassen, und diesmal hatte Jed die Verbitterung und die verlorenen Jahre, den Krebs und den Stress und auch den Selbstmord seiner Mutter wirklich begriffen.

»Die Funktionalisten hatten in allen Jurys eine dominierende Position«, fasste sein Vater die Sache behutsam zusammen. »Ich bin gegen eine Wand gerannt, wir alle sind gegen eine Wand gerannt. Combas und Di Rosa haben nicht sogleich aufgegeben, sie haben mich noch jahrelang angerufen, um zu hören, ob sich irgendwo eine Perspektive ergeben würde ... Und als sie merkten, dass nichts kam, haben sie sich auf ihre Arbeit als Maler konzentriert. Und ich habe schließlich einen normalen Auftrag annehmen müssen; der erste war in Port-Ambarès – und dann haben sich die Aufträge gehäuft, meistens ging es um den Bau von Strandhotels in Seebädern. Ich habe meine Pläne in Zeichenmappen auf Eis gelegt, sie befinden sich noch immer in einem Schrank meines Arbeitszimmers in Le Raincy, du kannst sie dir ansehen ...« Er beherrschte sich, um nicht hinzuzufügen, »wenn ich tot bin«, aber Jed hatte das durchaus verstanden.

»Es ist spät«, sagte Jeds Vater und richtete sich auf seinem Stuhl auf. Jed warf einen Blick auf seine Armbanduhr: Es war vier Uhr morgens. Sein Vater stand auf, ging zur Toilette und zog dann seinen Mantel an. In den zwei oder drei Minuten, die er dafür brauchte, hatte Jed abwechselnd den flüchtigen Eindruck, dass sie eine neue Phase ihrer Beziehung begonnen hatten oder aber dass sie sich nie wiedersehen würden. Als sein Vater schließlich wartend vor ihm stand, sagte er: »Ich bestelle dir ein Taxi.«

XI

Als Jed am Morgen des 25. Dezember aufwachte, war Paris schneebedeckt. Auf dem Boulevard Vincent-Auriol ging er an einem Bettler mit dichtem, struppigem Bart und vor Schmutz fast brauner Haut vorbei. Er legte zwei Euro in seine Almosenschale, doch nach ein paar Schritten machte er kehrt und fügte noch einen Zehn-Euro-Schein hinzu; der Mann brummte erstaunt. Jed war jetzt ein reicher Mann, und die Metallbögen der oberirdischen Metro überragten eine Landschaft von fast tödlicher Sanftheit. Im Verlauf des Tages würde der Schnee schmelzen, all das würde sich in Matsch und schmutziges Wasser verwandeln, und dann würde das Leben in ziemlich langsamem Rhythmus erneut beginnen. Zwischen den beiden wesentlichen Momenten von beziehungsintensiver und hoher kommerzieller Aktivität, Heiligabend und Sylvester, zieht sich eine endlose Woche hin, die im Grunde nur eine lange tote Zeit ist – das Leben beginnt erst wieder am Abend des 31. Dezember, aber dann auf ausgelassene, explosive Weise.

Als Jed wieder zu Hause war, studierte er Olgas Visitenkarte: Michelin TV, Avenue Pierre Ier de Serbie, Programmdirektorin. Auch sie hatte beruflich viel Erfolg, ohne ihn mit sonderlicher Verbissenheit gesucht zu haben, aber sie hatte offenbar nicht geheiratet, und bei diesem Gedanken war ihm unbehaglich zumute. Ohne in all diesen Jahren wirklich daran zu denken, hatte er sich immer vorgestellt, dass sie sich erneut verliebt oder zumindest irgendwo in Russland eine *Familie gegründet* hatte.

Er rief am späten Vormittag des folgenden Tages an und rechnete damit, dass alle in Ferien seien, doch das war nicht der Fall: Nach fünf Minuten Wartezeit erwiderte ihm eine gestresste Sekretärin, dass Olga in einer Besprechung sei und dass sie ihr von seinem Anruf berichten werde.

Er wartete mehrere Minuten reglos neben dem Telefon und wurde dabei immer nervöser. Das Gemälde von Houellebecq lag auf der Staffelei ihm direkt gegenüber, er hatte es an diesem Vormittag von der Bank abgeholt. Der durchdringende Blick des Schriftstellers erhöhte noch sein Unwohlsein. Er stand auf und drehte das Bild um, sodass nur noch der Keilrahmen zu sehen war. Siebenhundertfünfzigtausend Euro, sagte er sich, das war völlig absurd. Aber auch die Preise für einen Picasso waren absurd, vermutlich sogar noch absurder, wenn sich überhaupt eine Abstufung innerhalb des Absurden festlegen ließ.

In dem Augenblick, als er in die Küche ging, klingelte das Telefon. Er eilte zurück, um abzunehmen. Olgas Stimme hatte sich nicht verändert. Die Stimmen der Leute verändern sich nie, ebenso wenig wie der Ausdruck ihres Blickes. Inmitten des allgemeinen körperlichen Verfalls, mit dem sich das Altern zusammenfassen lässt, legen Stimme und Blick ein schmerzhaftes, unwiderlegbares Zeugnis vom Fortbestehen des Charakters, der Bestrebungen, der Wünsche und all dessen ab, was die Persönlichkeit eines Menschen ausmacht.

»Bist du in der Galerie gewesen?«, fragte er, um das Gespräch auf *neutralem Gebiet* zu beginnen und wunderte sich dann, dass sein malerisches Werk in seinen eigenen Augen zu einem *neutralen Gebiet* geworden war.

»Ja, und es hat mir sehr gut gefallen. Es ist … sehr originell. Es ist anders als alles, was ich je zuvor gesehen habe. Aber ich habe schon immer gewusst, dass du Talent hast.«

Es folgte ein Moment des Schweigens.

»Kleiner Franzose …«, sagte Olga, die mit ihrem ironischen Ton nur schlecht eine echte Rührung verbarg, und Jed fühlte sich wieder unwohl, den Tränen nah. »Erfolgreicher kleiner Franzose …«

»Wir könnten uns treffen«, erwiderte Jed schnell. Irgendjemand musste das ja als Erster sagen, und nun war er es gewesen.

»Ich habe in dieser Woche wahnsinnig viel zu tun.«

»So? Warum denn das?«

»Am 2. Januar beginnen wir mit der Ausstrahlung unserer ersten Sendungen. Bis dahin müssen noch viele Dinge geregelt werden.« Sie dachte eine Weile nach. »Am Silvesterabend veranstaltet der Sender einen Empfang. Ich kann dich dazu einladen.« Sie verstummte wieder ein paar Sekunden. »Ich würde mich sehr freuen, wenn du kämst.«

Im Verlauf des Abends erhielt er eine E-Mail, in der sie ihm alle Einzelheiten mitteilte. Das Fest fand bei Jean-Pierre Pernaut zu Hause statt – er wohnte in Neuilly, am Boulevard des Sablons. Der Abend stand unter dem nicht sehr überraschenden Motto: »Die französische Provinz«.

Jed glaubte, alles über Jean-Pierre Pernaut zu wissen, doch der Wikipedia-Artikel hielt mehrere Überraschungen für ihn bereit. So erfuhr er etwa, dass sich der populäre Nachrichtensprecher durch bedeutende Buchveröffentlichungen hervorgetan hatte. Neben *Regionale Spezialitäten Frankreichs*, *Frankreichs Volksfeste* und *Die Schätze unserer Regionen* hatte er das zweibändige Werk *Wunderbares Handwerk* veröffentlicht. Alle erschienen bei Michel Lafon.

Jed überraschte auch der schmeichelhafte, fast begeisterte Ton des Artikels. Soweit er sich erinnern konnte, war Jean-Pierre Pernaut gelegentlich heftig kritisiert worden; all das schien heute wie weggefegt. Jean-Pierre Pernauts Geniestreich bestand, wie der Verfasser gleich zu Beginn schrieb, darin, begriffen zu haben, dass die Fernsehzuschauer nach den im Zeichen von »Mammon und Machern« stehenden achtziger Jahren begierig auf Umweltbewusstsein, Authentizität und echte Werte seien. Selbst wenn es das Verdienst von Martin Bouygues sei, dass man ihm Vertrauen geschenkt habe, trugen die 13-Uhr-Nachrichten von TF1 ausschließlich den Stempel seiner visionären Persönlichkeit. Ausgehend von den – brutalen, hektischen, aberwitzigen – Tagesereignissen erfülle Jean-Pierre Pernaut jeden Tag die messianische Aufgabe, den terrorisierten, gestressten Fernsehzuschauer in idyllische Gegenden mit gut erhaltenen Landschaften zu führen, in denen der Mensch noch in Harmonie mit der Natur lebe und sich dem Rhythmus der Jahreszeiten anzupassen verstehe. Mehr als ein simpler Tagesspiegel nähmen die 13-Uhr-Nachrichten von TF1 das Gepräge einer Sternwanderung an, die in einer Ode ende. Der Verfasser des Artikels verheimlichte nicht – obwohl er sich, rein persönlich, als Katholik zu erkennen gab –, dass sich Jean-Pierre Pernauts Weltanschauung, auch wenn sie vollauf mit dem ländlichen Frankreich und Frankreichs Image als »älteste Tochter der Kirche« harmoniere, ebenso gut mit Pantheismus oder gar mit epikureischer Weisheit vertragen könne.

Am folgenden Tag kaufte sich Jed in der Buchhandlung France Loisirs des Einkaufszentrums Italie 2 den ersten Band von *Wunderbares Handwerk*. Die Unterteilung des Bandes war einfach und basierte auf den zu bearbeitenden Materialien: Tonerde, Stein, Metall, Holz … Die Lektüre – die wenig Zeit in Anspruch nahm, da das Buch fast ausschließlich aus Fotos bestand – rief nicht unbedingt den Eindruck von Nostalgie hervor. Da Jean-Pierre Pernaut das Aufkommen der verschiedenen beschriebenen Handwerksberufe sowie die Momente wesentlicher Fortschritte innerhalb ihrer Praxis systematisch datierte, schien er weniger ein Verfechter der Fortschrittsfeindlichkeit als der eines *langsamen Fortschritts* zu sein. Es gab vielleicht, wie sich Jed sagte, ein paar Berührungspunkte in Jean-Pierre Pernauts und William Morris' Gedankengut – abgesehen natürlich von Morris' sozialistischer Verankerung. Auch wenn die meisten Fernsehzuschauer Jean-Pierre Pernaut politisch *eher rechts* ansiedelten, hatte er in der Durchführung seiner Nachrichtensendung immer äußerst große deontologische Vorsicht bewiesen. Er hatte es sogar vermieden, mit dem Abenteuer von *Chasse, pêche, nature et traditions* in Verbindung gebracht zu werden, einer Partei, die 1989 gegründet worden war – also genau ein Jahr nachdem er die Verantwortung für die 13-Uhr-Nachrichten von TF1 übernommen hatte. Gegen Ende der achtziger Jahre hatte wirklich eine Wende stattgefunden, sagte sich Jed, eine große historische Wende, die seinerzeit unbemerkt geblieben war, wie das meistens der Fall ist. Er erinnerte sich auch an die von Jacques Séguéla erdachte Wahlparole »Die ruhige Kraft«, die 1988 allen Erwartungen zum Trotz François Mitterrands Wiederwahl ermöglicht hatte. Er sah wieder die Plakate vor sich, welche die alte Mumie, den ehemaligen Anhänger Pétains vor dem Hintergrund von Kirchtürmen oder Dörfern abbildeten. Damals war er dreizehn gewesen – es war das erste Mal, dass er einer Wahlparole und einer Präsidentschaftswahl Aufmerksamkeit geschenkt hatte.

Auch wenn Jean-Pierre Pernaut die bedeutsamste und dauerhafteste Figur dieser großen ideologischen Wende gewesen war, hatte er sich immer geweigert, seine außergewöhnliche Bekanntheit zu nutzen, um sich einer politischen Karriere oder einem politischen Engagement zu widmen; er wollte bis zum Schluss im Lager der Entertainer bleiben. Im Gegensatz zu Noël Mamère hatte er sich nicht einmal einen Schnurrbart wachsen lassen. Und obwohl er mit Jean Saint-Josse, dem ersten Präsidenten von *Chasse, pêche, nature et traditions*, vermutlich sämtliche Werte teilte, hatte er sich immer geweigert, ihn öffentlich zu unterstützen. Auch für dessen Nachfolger Frédéric Nihous hatte er sich nicht eingesetzt.

Frédéric Nihous, 1967 in Valenciennes geboren, hatte mit vierzehn von seinem Vater sein erstes Gewehr als Geschenk für die bestandene mittlere Reife erhalten. Er war Inhaber eines Diploms für europäisches und internationales Wirtschaftsrecht sowie eines weiteren für nationale Verteidigung und europäische Sicherheit und hatte an der Universität Cambrai Verwaltungsrecht gelehrt; außerdem war er Vorsitzender des Vereins für Tauben- und Zugvogeljäger, Gruppe Nord. 1988 hatte er bei einem im Hérault veranstalteten Angelwettbewerb den ersten Preis für den Fang eines 7,256 Kilo schweren Karpfens bekommen. Zwanzig Jahre später sollte er den Fall der Partei hervorrufen, deren Führung er übernommen hatte, weil er den Fehler beging, ein Bündnis mit Philippe de Villiers einzugehen – was ihm die Jäger aus dem Südwesten, die traditionellerweise antiklerikal eingestellt waren und eher der Sozialistischen oder der Radikalen Partei nahestanden, nie verzeihen sollten.

Am Nachmittag des 30. Dezember rief Jed Houellebecq an. Der Schriftsteller war in bester Form; er habe gerade eine Stunde lang Holz gehackt, teilte er ihm mit. Holz gehackt? Ja, in seinem Haus im Loiret habe er jetzt einen Kamin. Er habe auch einen Hund – eine Promenadenmischung von zwei Jahren –, den er am Weihnachtstag im Tierschutzzentrum von Montargis abgeholt habe.

»Unternehmen Sie am Silvesterabend etwas?«, fragte Jed.

»Nein, nichts Besonderes. Ich lese gerade Tocqueville noch einmal. Wissen Sie, auf dem Land geht man früh schlafen, vor allem im Winter.«

Jed überlegte einen Augenblick lang, ihn einzuladen, doch zum Glück wurde ihm noch rechtzeitig klar, dass er niemanden zu einem Empfang einladen konnte, den er nicht selbst veranstaltete; aber der Schriftsteller hätte bestimmt sowieso abgelehnt.

»Ich bringe Ihnen, wie versprochen, Ihr Porträt. In den ersten Januartagen.«

»Mein Porträt, ja … Gern, gern.« Er machte den Eindruck, als sei ihm das schnurzegal. Sie führten noch ein paar Minuten lang ein angenehmes Gespräch. In der Stimme des Autors der *Elementarteilchen* lag etwas, was Jed noch nie bei ihm bemerkt und mit dem er vor allem nicht gerechnet hatte. Er brauchte eine Weile, ehe er wusste, was es war, denn im Grunde war ihm das seit vielen Jahren nicht mehr bei jemandem aufgefallen: Er wirkte glücklich.

XII

Mit Heugabeln bewaffnete Bauern aus der Vendée hielten zu beiden Seiten des Eingangs zu dem herrschaftlichen Haus Wache, das Jean-Pierre Pernaut bewohnte. Jed zeigte einem von ihnen die ausgedruckte E-Mail mit der Einladung, ehe er in einen großen, gepflasterten viereckigen Innenhof gelangte, der von Fackeln beleuchtet war. Ein knappes Dutzend Gäste ging auf die beiden weit geöffneten großen Türen zu, die zu den Empfangsräumen führten. In seiner Cordhose und dem Sympatex-Anorak von C & A fühlte sich Jed furchtbar *underdressed*: Die Frauen trugen lange Kleider, die meisten Männer einen Smoking. Er erkannte Julien Lepers, der sich zwei Meter vor ihm befand und von einer hinreißenden Schwarzen begleitet wurde, die einen Kopf größer war als er. Sie trug ein langes, schillernd weißes Kleid mit goldenem Ärmelaufschlag, das im Rücken bis zum Poansatz ausgeschnitten war, das Licht der Fackeln spiegelte sich flackernd auf ihrem nackten Rücken wider. Der Fernsehmoderator hatte seinen üblichen Smoking angelegt, den er auch bei seinen Sendungen der Reihe *Zu Gast in einer Universität* trug, also gewissermaßen seinen Arbeitssmoking; er war in ein offenbar schwieriges Gespräch mit einem kleinen, bösartig wirkenden Mann verwickelt, der dem Anschein nach leicht aufbrauste und vermutlich irgendeinen institutionellen Posten innehatte. Jed ging an ihnen vorbei, und kaum hatte er den ersten

Empfangsraum betreten, schlugen ihm die aufdringlichen Klagelaute von etwa zehn bretonischen Dudelsackpfeifern entgegen, die eine endlose, gequälte keltische Melodie angestimmt hatten; sie tat ihm fast in den Ohren weh. Er ging in großem Bogen um die Musiker herum, betrat den zweiten Salon und nahm eine mit Emmentaler aromatisierte Knackwurst und ein Glas Gewürztraminer Spätlese an, die ihm zwei mit Tabletts von Gast zu Gast gehende elsässische Serviererinnen in rot-weißen, um die Hüften geknoteten Schürzen und Trachtenhauben anboten – sie glichen sich derart, dass man sie für Schwestern halten konnte.

Der Empfangsbereich bestand aus einer Flucht von vier großen Salons mit einer mindestens acht Meter hohen Decke. Jed hatte noch nie eine so große Wohnung gesehen, er hatte nicht einmal gewusst, dass es so große Wohnungen gab. Aber vermutlich war das im Vergleich zu den Villen der Leute, die heutzutage seine Bilder kauften, noch gar nichts, schoss es ihm blitzschnell durch den Kopf. Es befanden sich wohl zwei- bis dreihundert Gäste dort, der Gesprächslärm übertönte nach und nach das Pfeifen der Dudelsäcke, er hatte den Eindruck, dass ihm gleich schwindlig werden würde, und hielt sich am Stand der Erzeugnisse aus der Auvergne fest, an dem man ihm einen kleinen Spieß mit Dauerwurst und Laguiole-Käse sowie ein Glas Saint-Pourçain anbot. Der kräftige, erdige Geschmack des Käses brachte ihn wieder einigermaßen ins Lot, er leerte sein Glas Saint-Pourçain in einem Zug, bat um ein zweites und bewegte sich weiter durch die Menge voran. Ihm wurde allmählich zu warm, er hätte seinen Anorak in der Garderobe abgeben sollen, denn dieser entsprach wirklich nicht dem *dress code*, wie er sich erneut vorwarf, alle Männer trugen Abendkleidung, absolut alle, sagte er sich noch einmal verzweifelt, doch genau in diesem Augenblick stieß er auf Pierre Belmare, der eine petrolblaue Tergalhose mit breiten Hosenträgern in den Farben der amerikanischen Flagge trug und dazu ein weißes, mit Fettflecken besudeltes Oberhemd mit Spitzenkrause. Jed streckte dem französischen King des Teleshopping herzlich die Hand entgegen, die dieser überrascht drückte, und setzte ein wenig beruhigt seinen Rundgang fort.

Er brauchte über zwanzig Minuten, ehe er Olga fand. Sie stand in einer halb von einem Vorhang verdeckten Türöffnung und war in ein Gespräch mit Jean-Pierre Pernaut vertieft, das offensichtlich beruflicher Art war. Er redete die meiste Zeit und begleitete seine Sätze mit energischen Bewegungen der rechten Hand; sie nickte ab und zu konzentriert und aufmerksam und formulierte nur wenige Einwände oder Bemerkungen. Jed blieb ein paar Meter vor ihr stehen. Zwei im Nacken verknotete cremefarbene Stoffbänder mit kleinen inkrustierten Kristallen bedeckten ihre Brüste und vereinigten sich in Höhe ihres Bauchnabels, zusammengehalten von einer Brosche, die eine Sonne aus silbernem Metall darstellte. Die Bänder waren an einem ebenfalls mit Kristallen besetzten kurzen, hautengen Rock befestigt, der den Ansatz eines weißen Strapshalters erkennen ließ. Ihre ebenfalls weißen Strümpfe waren hauchdünn.

Das Altern, insbesondere das sichtbare Altern, ist keinesfalls ein kontinuierlicher Prozess, das Leben lässt sich eher als eine Folge durch steile Abgründe voneinander getrennter Stufen charakterisieren. Wenn man jemanden trifft, den man vor Jahren aus den Augen verloren hatte, hat man manchmal den Eindruck, er sei *mit einem Schlag alt geworden*, oder aber man hat den Eindruck, er habe sich nicht verändert. Ein trügerischer Eindruck – der Verfall bahnt sich erst insgeheim einen Weg durch das Innere des Organismus, ehe er offen zutage tritt. Seit zehn Jahren war Olga auf einer Stufe strahlender Schönheit geblieben – auch wenn das nicht ausreichte, um sie glücklich zu machen. Auch er hatte sich, wie er glaubte, innerhalb dieser zehn Jahre kaum verändert, er hatte beharrlich Stein für Stein für sein *Lebenswerk* zusammengefügt, wie man sagt, ohne jedoch ein glückliches Dasein zu führen oder das überhaupt zu versuchen.

Jean-Pierre Pernaut verstummte und trank einen Schluck Beaumes de Venise, Olgas Blick schweifte ein wenig zur Seite, und plötzlich sah sie ihn, wie er reglos inmitten der Menge der Gäste stand. Wenige Sekunden reichen manchmal aus, um den Verlauf eines Lebens zu bestimmen oder um zumindest dessen wesentliche Ausrichtung ans Licht zu bringen. Sie legte leicht die Hand auf den Unterarm des Nachrichtensprechers, sagte ein paar entschuldigende Worte, war mit ein paar Sätzen bei Jed und küsste ihn auf den Mund. Dann trat sie einen Schritt zurück und ergriff seine Hände; ein paar Sekunden lang sagten beide kein Wort.

Mit wohlwollendem Blick sah Jean-Pierre Pernaut in seinem Schwalbenschwanz von Arthur van Aschendonk den beiden entgegen, als sie auf ihn zukamen. Mit einer Miene voller Aufgeschlossenheit vermittelte er in dieser Minute den Eindruck, das Leben zu kennen und sogar eine Schwäche für das Leben zu haben. Olga stellte die beiden Männer einander vor.

»Ich kenne Sie!«, rief der Fernsehsprecher, wobei sein Lächeln noch breiter wurde. »Kommen Sie beide mit!«

Mit raschen Schritten durchquerte er vor ihnen den letzten Salon, streifte im Vorübergehen den Arm von Patrick Le Lay – der vergeblich versucht hatte, sich am Kapital des Senders zu beteiligen –, und dann betraten sie einen breiten Gang mit hohen

Wänden und gewölbter Decke aus massivem Kalkstein. Stärker noch als an ein herrschaftliches Haus erinnerte diese Stadtvilla an eine romanische Abtei mit Gängen und Krypten. Sie machten vor einer dicken, mit fahlrotem Leder gepolsterten Tür Halt. »Mein Arbeitszimmer«, sagte der Fernsehsprecher.

Er blieb ein paar Schritte hinter der Türschwelle stehen, um ihnen Zeit zu geben, den Raum zu betrachten. Mehrere Bücherschränke aus Mahagoni enthielten im Wesentlichen Reiseführer jeglicher Art – der *Guide du Routard* stand neben dem *Guide Bleu*, *Petit Futé* neben *Lonely Planet*. Auf einem Präsentationstisch waren Jean-Pierre Pernauts Bücher ausgestellt, von *Wunderbares Handwerk* bis zu *Regionale Spezialitäten Frankreichs*. In einer Vitrine befanden sich fünf Sept-d'Or-Trophäen, die er im Verlauf seiner Karriere erhalten hatte, sowie Sportpokale unbestimmten Ursprungs. Tiefe Ledersessel standen im Halbkreis um einen Ministerschreibtisch aus Mahagoni herum. Hinter dem Schreibtisch erkannte Jed sofort eines der Fotos aus seiner Michelin-Periode wieder, das diskret von einer Halogenleiste beleuchtet war. Erstaunlicherweise hatte der Fernsehmoderator keine der spektakulären Aufnahmen mit ins Auge springender malerischer Wirkung gewählt wie jene, die Jed von der Steilküste im Var oder von der Verdonschlucht gemacht hatte. Das Foto, das die Umgebung rings um Gournay-en-Bray wiedergab, war eher monoton gestaltet, ohne dass durch die Beleuchtung oder die Perspektive ein besonderer Effekt erzielt wurde; Jed erinnerte sich noch, dass er es exakt aus der Vertikalen aufgenommen hatte. Die weißen, grünen und braunen Flecken waren gleichmäßig verteilt und vom symmetrischen Netz der Landstraßen durchzogen. Keine Ortschaft hob sich deutlich hervor, alle schienen in etwa die gleiche Größe zu haben; das Ganze vermittelte den Eindruck von Ruhe und Ausgeglichenheit, es hatte fast etwas Abstraktes. Plötzlich wurde ihm klar, dass er diese Landschaft vermutlich direkt nach dem Abflug vom Flughafen Beauvais in geringer Höhe überflogen hatte, als er Houellebecq in Irland besucht hatte. Angesichts der konkreten Wirklichkeit, dieses unaufdringlichen Nebeneinanders von Wiesen, Feldern und Dörfern hatte er das Gleiche empfunden: Ausgeglichenheit und friedliche Harmonie.

»Ich weiß, dass Sie sich inzwischen der Malerei zugewandt haben«, sagte Jean-Pierre Pernaut nach einer Weile, »und dass Sie ein Bild von mir gemalt haben. Ehrlich gesagt habe ich sogar versucht, es zu kaufen; aber François Pinault hat mehr geboten, da konnte ich nicht mitziehen.«

»François Pinault?«, sagte Jed überrascht. *Der Journalist Jean-Pierre Pernaut leitet eine Redaktionskonferenz* war ein diskretes, klassisch gestaltetes Bild, das überhaupt nicht der üblichen Wahl des bretonischen Geschäftemachers entsprach, der im Allgemeinen das Wildere bevorzugte. Vermutlich hatte er beschlossen zu diversifizieren.

»Ich hätte vielleicht ...«, fuhr Jed fort. »Es tut mir leid ... Ich hätte vielleicht eine Art Vorkaufsrechtsklausel für die dargestellten Personen einbauen müssen.«

»So ist nun mal der Markt«, sagte Pernaut mit breitem Lächeln, heiter und nicht nachtragend, er ging sogar so weit, Jed auf die Schulter zu klopfen.

Der Fernsehmoderator lief wieder vor ihnen her durch den Gewölbegang, wobei die Schöße des Schwalbenschwanzes hinter seinem Rücken in der Luft flatterten. Jed warf einen Blick auf seine Armbanduhr: Es war fast Mitternacht. Sie gingen wieder durch die Flügeltüren, die zu den Empfangsräumen führten. Der Lärm in den Salons hatte inzwischen seinen Höhepunkt erreicht, weitere Gäste waren eingetroffen, es waren jetzt wohl vier- oder fünfhundert Personen anwesend. Patrick Le Lay war völlig betrunken und schwadronierte lauthals inmitten einer kleinen Gruppe; er hatte sich ganz einfach eine Flasche Châteauneuf-du-Pape gegriffen und trank mit tiefen Schlucken direkt aus der Flasche. Claire Chazal, sichtlich angespannt, legte ihm die Hand auf den Arm und versuchte ihn zu unterbrechen, aber der Direktor des größten Privatsenders hatte offensichtlich gewisse Grenzen überschritten. »TF1 ist und bleibt der Leader!«, brüllte er. »Ich gebe dem Kanal von Jean-Pierre keine sechs Monate! Mit M6 war es das Gleiche, die haben geglaubt, sie könnten uns mit *Loft* einen reinjubeln, aber wir haben mit *Koh Lanta* den Einsatz verdoppelt und haben sie in den Arsch gefickt bis zum Hals! Bis zum Hals!«, wiederholte er und warf die Flasche über die Schulter nach hinten. Das Geschoss streifte den Schädel von Julien Lepers und zerschellte dann vor den Füßen dreier Männer in reifem Alter, die alle mittelgraue Dreiteiler trugen und ihn mit strengem Blick anstarrten.

Ohne zu zögern ging Jean-Pierre Pernaut auf seinen ehemaligen Chef zu und baute sich vor ihm auf. »Du hast zu viel getrunken, Patrick«, sagte er mit ruhiger Stimme. Seine Muskeln waren unter dem Stoff des Schwalbenschwanzes angespannt, und sein Gesichtsausdruck verhärtete sich, als bereite er sich auf einen Kampf vor. »Okay, okay …«, sagte Le Lay mit einer schlaffen, beschwichtigenden Bewegung, »Okay, okay …« In diesem Augenblick drang aus dem zweiten Salon eine vibrierende Tenorstimme von unglaublicher Stärke an ihr Ohr. Dann fielen Bariton- und gleich darauf Bassstimmen in dieselbe wortlose Melodie ein, sangen sie im Kanon. Viele Gäste wandten sich in diese Richtung um und erkannten eine berühmte Gruppe wieder, die sich der korsischen Polyphonie verschrieben hatte. Zwölf Männer aller Altersgruppen in schwarzen Hosen, schwarzen Bauernkitteln und mit Tellermützen auf den Köpfen widmeten sich etwas mehr als zwei Minuten ihrer Gesangsdarbietung, die man fast nicht mehr als Musik bezeichnen konnte, es war eher ein Schlachtruf von erstaunlicher Rohheit. Dann verstummten sie mit einem Schlag. Jean-Pierre Pernaut breitete die Hände leicht aus, stellte sich vor die Menge, wartete, bis es still geworden war, und rief dann mit lauter Stimme: »Ich wünsche Ihnen allen ein fröhliches neues Jahr!« Die ersten Champagnerkorken knallten. Dann ging der Fernsehmoderator auf die drei Männer in mittelgrauen Anzügen zu und schüttelte ihnen nacheinander die Hand. »Sie sitzen im Vorstand von Michelin«, flüsterte Olga Jed zu, ehe sie sich der Gruppe näherte. »Finanziell gesehen hat TF1 im Vergleich zu Michelin keinerlei Gewicht. Und anscheinend hat Bouygues es satt, ihre Verluste zu finanzieren«, konnte sie gerade noch hinzufügen, ehe Jean-Pierre Pernaut sie den drei Männern vorstellte. »Es wundert mich nicht sonderlich, dass Patrick eine Szene macht«, sagte er zu den Vorstandsmitgliedern. »Er nimmt mir übel, dass ich weggegangen bin.«

»Das beweist wenigstens, dass unser Projekt ihn nicht gleichgültig lässt«, erwiderte der Älteste von ihnen. In diesem Augenblick sah Jed, wie ein mit Jogginghose, Kapuzensweatshirt und einer umgekehrt aufgestülpten Rappermütze bekleideter Typ um die vierzig, in dem er ungläubig Patrick Forestier, den Public-Relations-Chef von Michelin France, wiedererkannte, auf die kleine Gruppe zuging. »Yo!«, rief dieser den drei Führungskräften zu, ehe er ihnen mit einem klatschenden Geräusch auf die Handfläche schlug. »Yo«, erwiderten die drei nacheinander, und in diesem Augenblick gerieten die Dinge ins Rutschen, der Gesprächslärm nahm ganz plötzlich zu, während ein baskisches und ein savoyisches Orchester gleichzeitig zu spielen begannen; Jed war schweißüberströmt, er bemühte sich ein paar Minuten lang, Olga zu folgen, die von einem Gast zum anderen ging, um jedem mit warmherzigem Lächeln ein glückliches neues Jahr zu wünschen. Aus dem freundlichen, aber ernsten Gesichtsausdruck, mit dem sich die Leute Olga zuwandten, schloss Jed, dass es sich dabei um ihre Mitarbeiter handelte.

Jed spürte, wie ihm übel wurde, er rannte nach draußen in den Innenhof und übergab sich über einer Zwergpalme. Die Nacht war erstaunlich mild. Ein paar Gäste verließen bereits den Empfang, unter ihnen die drei Vorstandsmitglieder von Michelin. Woher kamen sie? Waren sie im selben Hotel untergebracht? Sie gingen mit lockeren Schritten in einer Dreiecksformation, liefen wortlos an den Bauern aus der Vendée vorbei, im klaren Bewusstsein, dass sie die Macht und die Wirklichkeit der Welt verkörperten. Sie hätten ein gutes Thema für ein Gemälde abgegeben, sagte sich Jed, als die drei diskret den Empfang verließen, während hinter ihnen die Stars des französischen Fernsehens lachten, Schreie ausstießen und unter der Leitung von Julien Lepers einen Wettbewerb anstößiger Lieder veranstalteten. Geheimnisumwittert in seinem nachtblauen Frack, ließ Jean-Pierre Pernaut einen unerschütterlichen Blick auf alldem ruhen, während Patrick Le Lay, betrunken und besiegt, über die Pflastersteine stolperte und den Vorstandsmitgliedern von Michelin etwas nachrief, doch diese wandten sich nicht um, würdigten ihn keines Blickes. »Eine tiefgreifende Veränderung in der Geschichte des westeuropäischen Fernsehens«, so hätte der Titel des Bildes lauten können, das Jed nicht malen würde, er übergab sich erneut, er hatte noch einen Rest Gallenflüssigkeit im Magen, vermutlich war es ein Fehler gewesen, kreolischen Rumcocktail und Absinth durcheinander zu trinken.

Patrick Le Lay, der mit blutiger Stirn vor ihm über die Pflastersteine kroch, hatte inzwischen alle Hoffnung aufgegeben, die Vorstandsmitglieder einzuholen, die in die Avenue Charles-de-Gaulle einbogen. Die Musik war ruhiger geworden, aus den Empfangsräumen drang das langsame Pulsieren eines savoyischen Grooves an sein Ohr. Jed blickte zum Himmel auf, zu den teilnahmslosen Sternbildern. Neuartige geistige Konfigurationen waren im Entstehen, irgendetwas tat sich auf jeden Fall innerhalb der französischen Fernsehlandschaft, das hatte Jed den Gesprächen der Gäste entnommen, die, nachdem sie ihre Mäntel abgeholt hatten, mit langsamen Schritten auf die Toreinfahrt zugingen. Er hörte im Vorübergehen die Worte »frisches Blut« und »mal sehen, wie sie sich bewährt«, und begriff, dass sich viele Gespräche um Olga drehten, die ein Newcomer in der französischen Fernsehszene war; sie »komme aus dem institutionellen Bereich« war einer der häufigsten Kommentare neben jenen, die auf ihre Schönheit anspielten. Die Außentemperatur war schwer einzuschätzen, Jeds Körper durchliefen abwechselnd kalte und heiße Schauer. Er wurde erneut von Krämpfen geschüttelt und übergab sich mit Mühe über der Palme. Als er sich wieder aufrichtete, sah er Olga, die einen Schneeleoparden-Pelzmantel trug und ihn mit leichter Besorgnis betrachtete.

»Lass uns nach Hause fahren.«

»Nach Hause ... zu dir?«

Ohne etwas darauf zu erwidern, nahm sie ihn am Arm und führte ihn zu ihrem Auto. »Kleiner empfindlicher Franzose ...«, sagte sie lächelnd, ehe sie anfuhr.

XIII

Der erste Schimmer des Tageslichts drang durch den Spalt der schweren, mit Molton gefütterten Vorhänge, die scharlachrote und gelbe Motive trugen. Olga lag neben ihm und atmete regelmäßig, ihr kurzes Nachthemd war ihr bis zur Hüfte hinaufgerutscht. Jed streichelte sanft ihren weißen, runden Po, ohne sie zu wecken. Ihr Körper hatte sich in zehn Jahren kaum verändert, nur ihre Brüste waren etwas schwerer geworden. Diese herrliche Blume aus Fleisch hatte begonnen zu welken, und der Verfall würde sich von jetzt an beschleunigen. Sie war zwei Jahre älter als er, und plötzlich wurde ihm bewusst, dass er im nächsten Monat vierzig wurde. Sie waren an der Hälfte ihres Lebens angelangt – die Zeit war sehr schnell vergangen. Er richtete sich auf und sammelte seine Kleider zusammen, die auf dem Boden verstreut lagen. Er erinnerte sich nicht daran, sich am Abend zuvor ausgezogen zu haben, vermutlich hatte sie ihn entkleidet; er hatte den Eindruck, als sei er eingeschlafen, sobald sein Kopf das Kissen berührt hatte. Hatten sie miteinander geschlafen? Vermutlich nicht, und diese einfache Tatsache war an sich schon schwerwiegend genug, denn nach so vielen Jahren der Trennung hätten sie es wenigstens versuchen müssen, das vorhersehbare Ausbleiben einer augenblicklichen Erektion hätte er sehr leicht auf übermäßigen Alkoholgenuss zurückführen können, aber sie hätte doch versuchen können, ihm einen zu blasen, er erinnerte sich nicht, ob sie es getan hatte, vielleicht hätte er sie darum bitten sollen? Auch dass er im Zweifel über seine sexuellen Rechte war und darüber, was im Rahmen ihrer Beziehung als natürlich und normal gelten mochte, war beunruhigend und vermutlich ein Zeichen dafür, dass ihre Beziehung zu Ende war. Die Sexualität ist etwas sehr Empfindliches, es ist schwer, einen Zugang zu ihr zu finden, aber sehr leicht, darauf zu verzichten.

Er schloss die mit straffem, weißem Leder bespannte Tür des Schlafzimmers hinter sich und betrat einen langen Flur, der rechts zu weiteren Schlafzimmern und einem Arbeitszimmer und links zu den Empfangszimmern führte – kleine Wohnzimmer mit Louis-XVI-Stuckverzierungen und Parkett in Fischgrätmuster. Im stellenweise von großen Stehlampen erhellten Halbdunkel kam ihm die Wohnung riesig vor. Er ging durch eines der Wohnzimmer und schob den Vorhang zur Seite: Die ungewöhnlich breite Avenue Foch wirkte endlos lang und war mit einer dünnen Raureifschicht bedeckt. Das einzige Lebenszeichen waren die Auspuffschwaden eines schwarzen Jaguar XJ auf der Seitenallee, dessen Motor im Leerlauf schnurrte. Dann kam eine Frau in schwarzem Abendkleid leicht wankend aus einem großen Wohnhaus und ließ sich neben dem Fahrer nieder; der Wagen setzte sich in Bewegung und fuhr in Richtung Arc de Triomphe. Anschließend legte sich wieder völlige Stille über das Viertel. Das Stadtbild zeichnete sich ungewöhnlich klar vor ihm ab, je höher die schwache Wintersonne zwischen den Bürotürmen von La Défense aufstieg und die strahlend weiße Fahrbahn der Avenue glitzern ließ. Am Ende des Flurs gelangte er in eine große Küche mit einer zentralen Arbeitsfläche aus Basalt, die von Schränken aus gebürstetem Edelstahl umgeben war. Der Kühlschrank war leer bis auf eine Schachtel Pralinen von Debauve & Gallais und einen angebrochenen Karton Orangensaft von Leader Price. Als Jed den Blick durch die Küche schweifen ließ, entdeckte er eine Kaffeemaschine und bereitete sich einen Nespresso zu. Olga war sanft und zärtlich, Olga liebte ihn, sagte er sich mehrmals mit zunehmender Trauer, und zugleich wurde ihm klar, dass ihre Beziehung ein für alle Mal zu Ende war; das Leben bietet einem manchmal eine Chance, sagte er sich, aber wenn man zu feige oder zu unentschlossen ist, um sie zu ergreifen, nimmt es einem den Trumpf wieder aus der Hand. Es gibt einen geeigneten Moment, um Dinge zu tun und sich dem möglichen Glück zu stellen, dabei kann es sich um einen Zeitraum von ein paar Tagen, ein paar Wochen oder sogar ein paar Monaten handeln, aber diese Chance bietet sich nur ein einziges Mal, und wenn man sie später erneut zu ergreifen versucht, ist das schlichtweg unmöglich, es ist kein Raum mehr da für Begeisterung, für Überzeugung, für Glauben, es bleibt nur sanfte Resignation, gegenseitige Betroffenheit und das nutzlose, wenn auch berechtigte Gefühl zurück, dass irgendetwas hätte geschehen können, man sich aber des Geschenks, das einem gemacht worden ist, unwürdig gezeigt hat. Er bereitete sich einen zweiten Kaffee zu, der die letzten Nebelschwaden des Schlafes endgültig verscheuchte, und schickte sich an, Olga eine Nachricht zu hinterlassen. »Wir müssen nachdenken«, schrieb er, ehe er die Worte durchstrich und notierte: »Du verdienst einen Besseren als mich.« Dann strich er auch diesen Satz durch und schrieb stattdessen: »Mein Vater liegt im Sterben«, doch dann wurde ihm klar, dass er Olga nie von seinem Vater erzählt hatte, und er zerknüllte das Blatt, ehe er es in den Papierkorb warf. Er würde bald so alt sein wie sein Vater bei Jeds Geburt; ein Kind zu haben, hatte für seinen Vater bedeutet, all seine künstlerischen Ambitionen aufzugeben, und, allgemeiner gesprochen, sich mit dem Tod abzufinden. Das geht vermutlich vielen Menschen so, aber seinen Vater hatte das damals besonders hart getroffen. Jed ging durch den Flur zum Schlafzimmer zurück. Olga schlief noch immer friedlich, fest in sich zusammengerollt. Er verharrte fast eine Minute lang an ihrem Bett, beobachtete ihre regelmäßigen Atemzüge und versuchte vergeblich, zu einer Synthese zu kommen, und plötzlich musste er an Houellebecq denken. Ein Schriftsteller muss doch das Leben kennen oder zumindest diesen Eindruck erwecken. Auf die eine oder andere Weise musste Houellebecq in diese Synthese einbezogen werden.

Es war inzwischen helllichter Tag, aber die Avenue Foch war noch immer genauso menschenleer. Er hatte nie mit Olga über seinen Vater gesprochen und auch nicht mit seinem Vater über Olga, ebenso wenig wie er mit Houellebecq oder Franz über die beiden gesprochen hatte, er hatte zwar einen Rest gesellschaftlichen Lebens aufrechterhalten, aber das ließ sich keinesfalls mit einem Netz, einem organischen Gewebe oder sonst irgendetwas Lebendigem vergleichen, es wirkte eher wie eine elementare, minimale, nicht verästelte Grafik mit unabhängigen, verdorrten Zweigen. Als er wieder zu Hause war, verstaute er das Porträt des Schriftstellers in einem Titankasten, den er auf dem Dachgepäckträger seines Audi Shooting Brake befestigte. An der Porte d'Italie fuhr er in Richtung Autobahn A10.

Sobald er die letzten Vorstädte und die letzten Lagerhallen hinter sich gelassen hatte, stellte er fest, dass der Schnee nicht geschmolzen war. Die Außentemperatur betrug -3° C, aber die Klimaanlage funktionierte ausgezeichnet, eine gleichmäßige Wärme erfüllte die Fahrgastzelle. Audis zeichnen sich durch eine besonders hohe Verarbeitungsqualität aus, mit der dem *Auto Journal* zufolge nur manche Modelle von Lexus rivalisieren können. Dieser Wagen war sein erster Kauf gewesen, nachdem ihm sein Reichtum einen neuen Status verliehen hatte: Schon bei seinem ersten Besuch beim Vertragshändler hatten ihm die gewissenhafte, millimetergenaue Montage aller Metallelemente und das sanfte Geräusch beim Zuschlagen der Türen gefallen, all das war gefertigt wie bei einem Safe. Er drehte am Tempomatknopf und entschied sich für eine Reisegeschwindigkeit von 105 km/h. Bei einer Änderung von jeweils 5 km/h rastete die Vorrichtung leicht ein und erleichterte somit die Bedienung; dieses Auto war wirklich perfekt. Eine feine, makellose Schneedecke überzog die fast waagerechte Ebene, die Sonne schien unverzagt, fast fröhlich auf die verschlafene Beauce-Landschaft. Kurz vor Orléans nahm er die E60 in Richtung Courtenay. Ein paar Zentimeter unter der Erdoberfläche warteten Körner darauf zu keimen, zu erwachen. Die Fahrt würde zu kurz sein, sagte er sich, er hätte Stunden, ja ganze Tage auf der Autobahn bei konstanter Geschwindigkeit gebraucht, um auch nur den geringsten klaren Gedanken fassen zu können. Er zwang sich dennoch, an einer Raststätte Halt zu machen, und als er wieder losfuhr, sagte er sich, dass er Houellebecq anrufen müsse, um ihn über seine Ankunft zu informieren.

Er fuhr in Montargis-West von der Autobahn ab, hielt fünfzig Meter vor der Mautstelle an, wählte die Nummer des Schriftstellers und ließ es etwa zehnmal klingeln, ehe er auflegte. Die Sonne war verschwunden, der Himmel über der Schneelandschaft war von einem milchigen Weiß. Die schmutzig weißen Kabinen der Mautstelle vervollständigten diese diskrete Symphonie heller Töne. Die Kälte, die Jed entgegenschlug, als er aus dem Auto stieg, war viel heftiger als im Stadtgebiet, und er ging ein paar Minuten auf dem geteerten Rastplatz auf und ab. Als er den auf dem Dach seines Autos befestigten Titankasten sah, fiel ihm plötzlich der Grund seiner Reise wieder ein, und er sagte sich, dass er nun, da alles vorbei war, Houellebecq würde lesen können. Nun, da *was* vorbei war? Noch während er sich die Frage stellte, war ihm die Antwort schon klar, und er begriff, dass Franz die Sache richtig eingeschätzt hatte: *Michel Houellebecq, Schriftsteller* würde sein letztes Bild sein. Vermutlich würde er noch Ideen für Bilder, Träumereien von Bildern haben, aber nie wieder würde er die nötige Energie und Motivation aufbringen, um ihnen Form zu verleihen. Man kann sich immer – so hatte es Houellebecq gesagt, als er ihm von seiner Schriftstellerlaufbahn erzählt hatte – Notizen machen und versuchen, Sätze aneinanderzureihen; doch um wirklich mit der Niederschrift eines Romans zu beginnen, muss man warten, bis all das kompakt und unwiderlegbar wird, warten, bis ein harter Kern der Notwendigkeit auftaucht. Man trifft die Entscheidung, ein Buch zu schreiben, nie selbst, hatte er hinzugefügt, ein Buch sei wie ein Block aus Beton, der den Zeitpunkt des Abbindens selbst bestimme, und die Einwirkungsmöglichkeiten des Autors beschränkten sich ihm zufolge darauf, anwesend zu sein und bedrückt über die Untätigkeit darauf zu warten, dass der Prozess von selbst in Gang käme. In diesem Augenblick begriff Jed, dass die Untätigkeit ihn nie wieder bedrücken würde, und Olgas Bild schwebte ihm durch den Sinn wie das Phantom eines nicht zustande gekommenen Glücks – wenn er gekonnt hätte, hätte er für sie gebetet. Er stieg wieder ins Auto, fuhr langsam auf die Mauthäuschen zu und zog seine Kreditkarte hervor, um zu bezahlen.

Es war gegen Mittag, als er das Dorf erreichte, in dem Houellebecq lebte, aber die Straßen waren menschenleer. Begegnete man auf den Straßen dieses Dorfes überhaupt jemals einer Menschenseele? In regelmäßiger Folge wechselten sich mit alten Dachziegeln gedeckte Kalksteinhäuser, die wohl für diese Region typisch waren, mit weiß gekalkten Fachwerkhäusern ab, die man eher in einer ländlichen Gegend der Normandie anzutreffen erwartet hätte. Die Kirche mit den efeubewachsenen Strebebögen wies Spuren einer eifrig betriebenen Renovierung auf; ganz offensichtlich nahm man das Kulturerbe hier ernst. Überall stieß man auf Ziersträucher und Rasenflächen, Schilder aus dunklem Holz luden den Besucher zu einer Entdeckungsfahrt bis an die Grenzen der Puisaye ein. In der Mehrzweckhalle fand eine ständige Ausstellung über die lokale Handwerkstradition statt. Das ganze Dorf wurde vermutlich schon seit langem nur noch zeitweilig von Ferienhauseigentümern bewohnt.

Das Haus des Schriftstellers lag etwas außerhalb des Dorfes, seine Wegbeschreibung war außerordentlich klar gewesen, nachdem es Jed gelungen war, ihn am Telefon zu erreichen. Er habe einen langen Spaziergang mit seinem Hund gemacht, hatte er Jed gesagt, einen langen Spaziergang durch die vereisten Felder und Wiesen; er freue sich darauf, ihn zum Mittagessen einladen zu können.

Jed stellte seinen Wagen vor dem Gartentor eines großen Langhauses mit weiß gekalkten Wänden und einem angebauten Seitenflügel ab. Er löste den Kasten mit dem Gemälde vom Dachgepäckträger und zog an der Klingelschnur. Sofort ertönte im Haus lautes Bellen. Ein paar Sekunden später öffnete sich die Tür, und ein großer, schwarzer struppiger Hund rannte bellend auf das Gartentor zu. Dann tauchte der Autor der *Elemen-*

tarteilchen in einer Lammfelljacke und einer Cordhose auf. Er hatte sich verändert, stellte Jed sofort fest. Er war robuster, vermutlich auch muskulöser geworden und kam mit energischen Schritten auf ihn zu, auf seinen Lippen lag ein Lächeln des Willkommens. Aber gleichzeitig hatte er abgenommen, sein Gesicht war mit feinen Ausdrucksfalten übersät, und sein sehr kurz geschnittenes Haar war weiß geworden. Er glich, wie sich Jed sagte, einem Tier, das seinen Winterpelz angelegt hat.

Im Kamin des Wohnzimmers brannte ein großes Feuer. Sie nahmen auf flaschengrünen Samtsofas Platz. »Es waren noch ein paar Möbel aus meiner Kindheit da«, sagte Houellebecq. »Die anderen habe ich auf einem Trödelmarkt gekauft.« Er hatte einen Teller mit Wurstscheiben und Oliven auf einen niedrigen Tisch gestellt und öffnete eine Flasche Chablis. Jed holte das Porträt aus dem Kasten hervor und lehnte es an das Rückenpolster des Sofas. Houellebecq warf einen leicht zerstreuten Blick darauf, dann sah er sich im Raum um. »Vielleicht über dem Kamin, da würde es gut hinpassen, finden Sie nicht?«, meinte er schließlich. Das war das Einzige, was ihn zu interessieren schien. Vielleicht war das gar nicht so verkehrt, sagte sich Jed, was war ein Bild denn schon anderes als ein besonders teures Einrichtungsstück? Er trank in kleinen Schlucken aus seinem Glas.

»Soll ich Ihnen das Haus zeigen?«, fragte Houellebecq. Jed nahm das Angebot natürlich an. Das Haus gefiel ihm gut, es erinnerte ihn ein wenig an das seiner Großeltern; allerdings ähneln diese alten Landhäuser sich alle mehr oder weniger. Außer dem Wohnzimmer gab es eine große Küche und dahinter eine Anrichte, die zugleich als Holzreserve und Keller diente. Auf der rechten Seite befanden sich zwei Schlafzimmer. Das erste war mit einem hohen, schmalen Ehebett eingerichtet, das mitten in dem unbenutzten, eiskalten Raum stand. In dem zweiten befanden sich eine Schlafnische mit einem Kinderbett und ein Sekretär mit einer ausklappbaren Schreibplatte. Jed entzifferte die Titel der Bücher, die auf einem Regal über dem Kopfende des Bettes standen: Werke von Chateaubriand, Vigny, Balzac.

»Ja, da schlafe ich«, bestätigte Houellebecq, als sie ins Wohnzimmer zurückgingen und sich wieder vors Feuer setzten, »in meinem früheren Kinderbett … Man endet so, wie man angefangen hat«, fügte er mit einem nur schwer zu deutenden Gesichtsausdruck – Befriedigung? Resignation? Bitterkeit? – hinzu. Jed fiel kein angemessener Kommentar ein.

Nach dem dritten Glas Chablis spürte er, wie ihn eine leichte Benommenheit überkam. »Wir können jetzt essen«, sagte der Schriftsteller. »Ich habe gestern Pot-au-feu gekocht, heute schmeckt es noch besser; Pot-au-feu lässt sich sehr gut aufwärmen.«

Der Hund folgte ihnen in die Küche, rollte sich in einem großen Stoffkorb zusammen und seufzte zufrieden. Das Pot-au-feu war gut. Eine Pendelstanduhr ließ ein leises Ticktack hören. Durch das Fenster sah man schneebedeckte Wiesen, ein Wäldchen aus schwarzen Bäumen versperrte den Horizont.

»Sie haben sich für ein geruhsames Leben entschieden …«, sagte Jed.

»Es geht allmählich aufs Ende zu; man altert in Ruhe.«

»Schreiben Sie nicht mehr?«

»Anfang Dezember habe ich versucht, ein Gedicht über Vögel zu schreiben, etwa zu dem Zeitpunkt, als Sie mich zu Ihrer Ausstellung eingeladen haben. Ich hatte mir ein Vogelhäuschen gekauft und Speckstücke hineingetan. Es war schon kalt, der Winter ist in diesem Jahr sehr früh angebrochen. Die Vögel kamen bald sehr zahlreich: Buchfinken, Dompfaffen, Rotkehlchen … Sie haben die Speckstücke sehr geschätzt, aber ein Gedicht über sie zu schreiben ist etwas ganz anderes … Schließlich habe ich ein Gedicht über meinen Hund geschrieben. Das Jahr stand im Zeichen des P, ich habe meinen Hund Platon genannt, und meine Poesie ist mir gut von der Hand gegangen; es ist eines der besten Gedichte, die je über Platons Philosophie geschrieben wurden – und vermutlich auch über Hunde. Das wird eines meiner letzten Werke sein, vielleicht das letzte überhaupt.«

Im gleichen Augenblick rührte sich Platon in seinem Korb, bewegte die Pfoten hektisch in der Luft, stieß im Traum ein langes Knurren aus und verfiel dann wieder in ruhigen Schlaf.

»Vögel sind gar nichts«, fuhr Houellebecq fort. »Kleine lebendige Farbtupfer, die ihre Eier ausbrüten, Tausende von Insekten verschlingen und pathetisch von einer Stelle zur anderen flattern, ein emsiges, blödes Leben, das ganz dem Verschlingen von Insekten und der Reproduktion des Immergleichen gewidmet ist – und dann und wann einem bescheidenen Festschmaus von Larven. Hunde dagegen haben immerhin ein individuelles Schicksal und eine Vorstellung von der Welt, selbst wenn ihre Dramen undifferenziert bleiben, weder von historischer noch von narrativer Bedeutung sind; ich glaube, ich habe inzwischen ziemlich mit der *Welt als Narration* abgeschlossen – der Welt der Romane und Filme und auch der Welt der Musik. Ich interessiere mich jetzt nur noch für die *Welt als Aneinanderreihung* – in Poesie und Malerei. Wollen Sie noch etwas Pot-au-feu?«

Jed lehnte ab. Houellebecq holte einen Saint-Nectaire und einen Époisse aus dem Kühlschrank, schnitt ein paar Scheiben Brot ab und öffnete eine weitere Flasche Chablis.

»Es ist nett von Ihnen, dass Sie mir das Bild bringen«, fügte er nach ein paar Sekunden hinzu. »Ich werde es mir ab und zu ansehen, es wird mich daran erinnern, dass ich zeitweilig ein intensives Leben geführt habe.«

Sie kehrten ins Wohnzimmer zurück, um einen Kaffee zu trinken. Houellebecq legte zwei weitere Holzscheite ins Feuer und machte sich dann in der Küche zu schaffen. Jed sah sich die Bibliothek näher an und war überrascht über die geringe Anzahl von Romanen – im Wesentlichen Klassiker. Dagegen enthielt sie eine erstaunliche Anzahl von Werken der Sozialreformer des 19. Jahrhunderts: die bekanntesten wie Marx, Proudhon und Comte, aber auch Fourier, Cabet, Saint-Simon, Pierre Leroux, Owen, Carlyle sowie ein paar andere, die Jed so gut wie nichts sagten. Der Autor kam mit einem Tablett zurück, auf dem eine Kaffeekanne, Makronen und eine Flasche Pflaumenbranntwein standen. »Wissen Sie«, sagte er, »dass Comte behauptet, die Menschheit bestehe aus mehr Toten als Lebendigen? An diesem Punkt bin ich inzwischen auch angelangt, ich stehe vor allem mit Toten in Kontakt.« Schon wieder wusste Jed nicht, was er darauf erwidern sollte. Eine alte Ausgabe der *Erinnerungen* von Tocqueville lag auf dem niedrigen Tisch.

»Tocqueville ist ein erstaunlicher Fall«, fuhr der Schriftsteller fort. *Über die Demokratie in Amerika* ist ein Meisterwerk, ein Buch von unerhörter visionärer Kraft, das auf allen Gebieten völlig neue Gedanken entwickelt, vermutlich das klügste politische Buch, das je geschrieben wurde. Und anstatt sich nach diesem umwerfenden Werk weiter dem Schreiben zu widmen, verwendet er seine ganze Energie darauf, sich in einem bescheidenen Kanton im Departement La Manche zur Parlamentswahl aufstellen zu lassen. Und anschließend bekleidet er verschiedene Posten in den Regierungen seiner Zeit wie ein ganz normaler Politiker, obwohl er nichts von seinem Scharfsinn und seiner Beobachtungskraft verloren hat.« Er blätterte in dem Band der *Erinnerungen* und streichelte dabei den Rücken von Platon, der sich zu seinen Füßen ausgestreckt hatte. »Hören Sie sich an, was er über Lamartine sagt! Mannomann, wie er den guten Lamartine in die Pfanne haut!« Er las mit angenehmer Stimme und deutlicher Aussprache:

»Ich weiß nicht, ob ich in der von selbstsüchtigen Ambitionen erfüllten Welt, in der ich lebte, jemals einem Menschen begegnet bin, der weniger an das Gemeinwohl dachte als er. Ich habe viele Männer erlebt, die um ihrer eigenen Macht willen das Land in Unruhe versetzten: Das ist ein Laster, das oft vorkommt. Aber Lamartine war der Einzige, der, wie mir scheint, stets dazu bereit war, die Welt umzustürzen, um seiner Lust nach Zerstreuung zu frönen.

Tocqueville kann es kaum fassen, so ein Individuum vor sich zu haben. Er selbst ist ein zutiefst aufrichtiger Typ, der das tut, was ihm für sein Land am besten erscheint. Für Ehrgeiz und Begehren hat er durchaus Verständnis, aber angesichts so eines Schauspielertemperaments und einer solchen Mischung aus Verantwortungslosigkeit und Dilettantismus ist er total verdutzt. Hören Sie sich an, wie es weitergeht:

Ich habe auch keinen gekannt, der weniger aufrichtig war und die Wahrheit mehr missachtete. Wenn ich sage, dass er die Wahrheit missachtete, ist dies nicht einmal richtig, er achtete so wenig auf sie, dass er sich überhaupt nicht mit ihr beschäftigte. Als Redner und als Schriftsteller ging er von der Wahrheit ab und hielt sich wieder an sie, wie es ihm gerade in den Sinn kam, denn er dachte nie an etwas anderes als an die Wirkung, die er im Augenblick gerade erzielen wollte.«

Houellebecq vergaß darüber seinen Gast, er las stumm weiter und blätterte die Seiten mit zunehmender Begeisterung um.

Jed wartete, zögerte, leerte sein Glas Pflaumenbranntwein in einem Zug und räusperte sich dann. Houellebecq blickte zu ihm auf. »Ich bin natürlich gekommen«, sagte Jed, »um Ihnen das Bild zu bringen, aber auch weil ich eine Botschaft von Ihnen erwarte.«

»Eine Botschaft?« Das Lächeln des Schriftstellers verblasste nach und nach, eine erdige, mineralische Trauer zeichnete sich auf seinem Gesicht ab. »Sie haben den Eindruck«, sagte er schließlich langsam, »dass mein Leben zu Ende geht und dass ich enttäuscht bin, so ist es doch, oder?«

»Äh ... ja, in etwa.«

»Tja, da haben Sie recht: Mein Leben geht zu Ende, und ich bin enttäuscht. Nichts von dem, was ich mir in meiner Jugend gewünscht habe, ist eingetreten. Es hat interessante Momente gegeben, aber sie waren immer schwierig und haben fast immer meine Kräfte überstiegen, nie ist mir etwas als Geschenk vorgekommen, und jetzt habe ich es einfach satt, ich möchte nur noch, dass alles ohne übermäßiges Leiden, ohne schwere Krankheit, ohne Gebrechen zu Ende geht.«

»Sie reden wie mein Vater ...«, sagte Jed leise. Houellebecq zuckte bei dem Wort *Vater* zusammen, als habe Jed etwas Obszönes gesagt, dann ging ein zwar höfliches, aber kühles, blasiertes Lächeln über sein Gesicht. Jed verschlang Schlag auf Schlag drei Makronen und goss dann ein großes Glas Pflaumenbranntwein hinunter, ehe er fortfuhr.

»Mein Vater«, wiederholte er schließlich, »hat mir von William Morris erzählt. Ich wollte wissen, ob Sie ihn kennen und was Sie von ihm halten.«

»William Morris ...« Sein Ton war wieder locker und objektiv. »Es ist erstaunlich, dass Ihr Vater über ihn gesprochen hat, William Morris kennt heute kaum noch jemand.«

»In den Kreisen von Architekten und Künstlern, in denen er in seiner Jugend verkehrte, offenbar doch.«

Houellebecq stand auf und suchte mindestens fünf Minuten lang in seiner Bibliothek, ehe er ein dünnes Buch mit abgegriffenem, vergilbtem Einband fand, der mit verschnörkelten Jugendstilmotiven verziert war. Er setzte sich und blätterte vorsichtig die fleckigen, steif gewordenen Seiten um – das Buch war offensichtlich seit Jahren nicht mehr aufgeschlagen worden.

»So«, sagte er schließlich, »hier ist eine Stelle, die in etwa seinen Standpunkt kennzeichnet. Sie stammt aus einem Vortrag, den er 1889 in Edinburgh gehalten hat:

> Unsere Lage als Künstler lässt sich folgendermaßen zusammenfassen: Wir sind die letzten Vertreter des Handwerks, dem die kommerzielle Produktion den Todesstoß versetzt hat.

Gegen Ende hat er sich dem Marxismus angeschlossen, aber anfangs war das anders, da war er wirklich originell. Er geht vom Standpunkt des Künstlers aus, wenn dieser ein Werk schafft, und versucht diese Sichtweise auf den gesamten Bereich der industriellen und landwirtschaftlichen Produktion auszudehnen. Man kann sich heutzutage kaum noch vorstellen, wie reich die politischen Überlegungen zu jener Zeit waren. Chesterton hat William Morris in *Die Rückkehr des Don Quijote* Anerkennung gezollt. Es ist ein seltsamer Roman, in dem er eine Revolution entwirft, die die Rückkehr zum Handwerk und zum mittelalterlichen Christentum anstrebt und sich nach und nach auf den britischen Inseln ausbreitet. Sie verdrängt die anderen Arbeiterbewegungen sozialistischer oder marxistischer Prägung und führt schließlich dazu, dass das System der industriellen Produktion zugunsten von Zünften und Agrarkommunen aufgegeben wird. Die Geschichte ist völlig unwahrscheinlich und spielt sich in einer Art Märchenatmosphäre ab, die durchaus an die der *Father Brown*-Romane erinnert. Chesterton hat, glaube ich, viele seiner eigenen Überzeugungen in diesem Buch verarbeitet. Aber man muss auch sagen, dass William Morris nach allem, was man über ihn weiß, ein außerordentlicher Mensch war.«

Im Kamin fiel ein Holzscheit um und versprühte Funken. »Ich hätte mir einen Funkenschutz kaufen sollen«, knurrte Houellebecq, ehe er das Weinbrandglas an die Lippen setzte. Jed fixierte ihn noch immer reglos und aufmerksam, von einer außerordentlich starken, unverständlichen Nervenanspannung erfasst. Houellebecq blickte ihn überrascht an, und Jed stellte beschämt fest, dass seine linke Hand krampfhaft zitterte. »Entschuldigen Sie«, sagte er schließlich und entspannte sich mit einem Schlag. »Ich mache gerade eine etwas … sonderbare Zeit durch.«

»William Morris hat kein besonders glückliches Leben geführt, wenn man die üblichen Maßstäbe anlegt«, begann Houellebecq wieder. »Dabei sind sich alle Zeitzeugen darin einig, dass er fröhlich, optimistisch und aktiv war. Mit dreiundzwanzig Jahren lernte er Jane Burden kennen, die zu jenem Zeitpunkt achtzehn war und als Modell für Maler arbeitete. Er heiratete sie zwei Jahre später und spielte selbst mit dem Gedanken, sich der Malerei zu widmen, ehe er darauf verzichtete, da er sich nicht für begabt genug hielt – er schätzte die Malerei über alles. Er ließ sich in Upton am Ufer der Themse nach eigenen Plänen ein Haus bauen, das er selbst dekorierte, um mit seiner Frau und seinen beiden kleinen Töchtern darin zu leben. Seine Frau war allen zufolge, die ihr begegnet sind, von außergewöhnlicher Schönheit, aber sie war ihm untreu. Insbesondere hatte sie ein Verhältnis mit Dante Gabriel Rossetti, dem Hauptvertreter der Präraffaeliten. William Morris bewunderte ihn als Maler sehr. Schließlich zog Rossetti sogar zu ihnen und verdrängte ihn richtiggehend aus dem Ehebett. Daraufhin unternahm Morris Reisen nach Island, er erlernte die Sprache und übersetzte isländische Sagas. Nach ein paar Jahren kehrte er zurück und suchte die Aussprache; Rossetti willigte ein auszuziehen, aber irgendetwas war zerbrochen, und es kam nie wieder zu einer wirklich intimen Beziehung zwischen den Eheleuten. Er hatte sich bereits in mehreren sozialen Bewegungen engagiert, aber schließlich verließ er die *Social Democratic Federation*, die ihm zu gemäßigt erschien, um die *Socialist League* zu gründen, die eindeutig kommunistische Ansichten verteidigte, und bis zu seinem Tod hat er sich mit Haut und Haaren der kommunistischen Sache verschrieben, zahlreiche Zeitungsartikel geschrieben, Vorträge gehalten und Meetings veranstaltet...«

Houellebecq verstummte, schüttelte resigniert den Kopf und streichelte sanft den Rücken Platons, der befriedigt knurrte.

»Und bis zum Schluss«, sagte er langsam, »hat er die viktorianische Prüderie angeprangert und für die freie Liebe gekämpft. Wissen Sie«, fügte er noch hinzu, »ich habe immer die widerwärtige, wenn auch sehr überzeugende These verabscheut, dass ein vordergründig uneigennütziges, großzügiges politisches oder soziales Engagement in den meisten Fällen nur eine Kompensation für Probleme privater Art sei.«

Jed blieb stumm, wartete mindestens eine Minute. »Glauben Sie, dass er ein Utopist war?«, fragte er schließlich. »Ein völlig unrealistischer Mensch?«

»In gewisser Weise ganz bestimmt. Er wollte die Schule abschaffen, weil er meinte, die Kinder würden in einer Atmosphäre völliger Freiheit viel besser lernen; er wollte die Gefängnisse abschaffen, weil er meinte, Reue sei eine ausreichende Strafe für einen Verbrecher. Es ist schwer, dieses abstruse Zeug heute ohne eine Mischung aus Rührung und Überdruss zu lesen. Aber trotzdem, trotzdem ...« Houellebecq zögerte, suchte nach Worten. »Trotzdem hat er paradoxerweise in praktischer Hinsicht gewisse Erfolge erzielt. Um seine Vorstellungen von der Rückkehr zur handwerklichen Fertigung in die Praxis umzusetzen, hat er schon sehr früh eine Firma für Dekoration und Wohnungseinrichtung gegründet; seine Arbeiter brauchten sehr viel weniger Arbeitsstunden abzuleisten als ihre Kollegen in den Fabriken der damaligen Zeit, die allerdings die reinsten Sträflingslager waren, aber vor allem arbeiteten sie ohne Zwang, jeder war für seine Aufgabe von A bis Z verantwortlich, William Morris' wesentliches Prinzip bestand darin, die Konzeption nie von der Ausführung zu trennen, in dieser Hinsicht nahm er sich das Mittelalter zum Vorbild. Allen Zeugnissen zufolge waren die Arbeitsbedingungen idyllisch: helle, luftige Werkstätten am Ufer eines Flusses. Alle Gewinne wurden unter den Arbeitern aufgeteilt, bis auf einen kleinen Anteil, mit dem die sozialistische Propaganda finanziert wurde. Tja, und allen Erwartungen zum Trotz hatte er sofort damit Erfolg, auch auf kommerzieller Ebene. Nach der Tischlerei interessierte er sich für das Juwelierhandwerk, die Lederverarbeitung und dann für Glasmalerei, Stoffverarbeitung und Wanddekoration, und all das mit dem gleichen Erfolg: Die Firma Morris & Co erwirtschaftete vom

Anfang bis zum Ende ihrer Existenz Gewinne. Und das ist keiner der vielen Arbeitergenossenschaften gelungen, die im Verlauf des 19. Jahrhunderts entstanden, weder Fouriers Phalansterien noch Cabets Siedlung Ikarien, keine hat es geschafft, eine effiziente Produktion von Gütern und Lebensmitteln zu gewährleisten; mit Ausnahme der von William Morris gegründeten Firma lässt sich nur eine Folge von Misserfolgen aufzählen. Ganz zu schweigen von den späteren kommunistischen Gesellschaften ...«

Er verstummte wieder. In dem Raum wurde es allmählich dunkel. Er stand auf, knipste eine Stehlampe an und legte ein weiteres Holzscheit ins Feuer, ehe er sich wieder setzte. Jed hatte die Hände auf den Knien liegen und starrte ihn noch immer aufmerksam und völlig still an.

»Ich weiß nicht«, sagte Houellebecq. »Ich bin zu alt, ich bin es nicht mehr gewohnt und habe auch keine Lust mehr dazu, eine Schlussfolgerung zu ziehen, es sei denn mit ein paar einfachen Worten. Es gibt Porträts von ihm, die Burne-Jones gezeichnet hat: Auf diesen Bildern sieht man ihn, wie er gerade eine neue Mischung pflanzlicher Färbemittel ausprobiert oder seinen Töchtern etwas vorliest. Ein untersetzter, zotteliger Typ mit rötlichem Gesicht, lebhaften Augen hinter einer kleinen Brille und einem buschigen Bart; auf allen Zeichnungen erweckt er den Eindruck von ständiger Betriebsamkeit, unerschöpflichem gutem Willen und großer Naivität. Vielleicht sollte man noch hinzufügen, dass das Gesellschaftsmodell, das William Morris vorschlägt, in einer Welt, in der alle Menschen William Morris gleichen würden, nichts Utopisches hätte.«

Jed wartete noch eine ganze Weile, während sich die Dunkelheit über die Felder ringsumher legte. »Ich danke Ihnen«, sagte er schließlich und stand auf. »Es tut mir leid, dass ich Sie in Ihrer Abgeschiedenheit gestört habe, aber Ihre Meinung war mir sehr wichtig. Sie haben mir sehr geholfen.«

Auf der Türschwelle schlug ihnen bittere Kälte entgegen. Der Schnee glitzerte leicht. Die schwarzen Äste der kahlen Bäume zeichneten sich gegen den dunkelgrauen Himmel ab. »Es gibt bestimmt Glatteis«, sagte Houellebecq. »Fahren Sie vorsichtig.« In dem Augenblick, da er sich umdrehte, um zum Auto zu gehen, sah Jed, wie Houellebecq zum Zeichen des Abschieds langsam die Hand in Höhe der Schulter hin und her bewegte. Sein Hund, der neben ihm saß, schien zu nicken, als sei er mit Jeds Abreise einverstanden. Jed wollte den Schriftsteller gern wiedersehen, spürte aber insgeheim, dass es aufgrund irgendwelcher widriger Umstände oder unvorhergesehener Ereignisse nicht dazu kommen würde. Sein gesellschaftliches Leben war im Moment eindeutig im Begriff, sich zu vereinfachen.

Über leere, kurvenreiche Landstraßen erreichte er langsam, ohne jemals schneller als 30 km/h zu fahren, die Autobahn A10. In dem Moment, da er in die Auffahrt einbog, bemerkte er weiter unten ein endloses Lichterband von Scheinwerfern und begriff, dass er in unaufhörliche Staus geraten würde. Die Außentemperatur war auf -12 °C gefallen, aber im Inneren blieb die Temperatur bei 19 ° C, die Klimaanlage funktionierte ausgezeichnet; er empfand keinerlei Ungeduld.

Als er France-Inter einschaltete, stieß er auf eine Sendung, in der die kulturellen Ereignisse der Woche zerpflückt wurden. Die kommentierenden Kritiker prusteten los, ihr dummes Geschwätz und ihr lautes Gelächter waren unglaublich ordinär.

France-Musique sendete eine italienische Oper, deren hochtrabende, gekünstelte Brillanz ihm sehr bald auf die Nerven ging; er stellte das Autoradio ab. Er hatte Musik nie geliebt und liebte sie anscheinend weniger denn je. Er fragte sich flüchtig, was ihn dazu veranlasst hatte, sich auf eine künstlerische Darstellung der Welt einzulassen oder zu glauben, dass eine künstlerische Darstellung der Welt überhaupt möglich sei; die Welt war alles andere als ein Gegenstand künstlerischer Emotionen, die Welt stellte sich eindeutig als ein rationaler Bezugsrahmen ohne jede Magie und ohne besonderes Interesse dar. Er schaltete das Radio wieder ein und suchte Autoroute FM, einen Sender, auf dem nur Verkehrsnachrichten gebracht wurden: In der Höhe von Fontainebleau und Nemours hatte es Unfälle gegeben, die Staus würden sich vermutlich bis Paris hinziehen.

Es war Sonntag, der 1. Januar, sagte sich Jed, nicht nur das Wochenende, sondern auch die Ferien gingen zu Ende, es war der Beginn eines neuen Jahres für all diese Leute, die langsam nach Hause fuhren, vermutlich über den schleppenden Verkehr schimpfend, und in einigen Stunden die Außengrenze der Pariser Vorstädte erreichen würden. Und nach einer kurzen Nacht würden sie wieder ihre – untergeordnete oder hohe – Stellung im westlichen Produktionssystem einnehmen. Auf der Höhe von Melun-Süd war die Luft plötzlich von einem weißlichen Dunst erfüllt, sodass der Verkehr noch schleppender wurde, mehr als fünf Kilometer fuhren sie im Schritttempo, ehe die Autobahn auf der Höhe von Melun-Mitte wieder etwas freier wurde. Die Außentemperatur betrug -17 °C. Das *Gesetz von Angebot und Nachfrage* hatte ihm selbst vor einem knappen Monat plötzlichen Reichtum beschert, der ihn wie ein Funkenregen eingehüllt und vom finanziellen Joch befreit hatte, und auf einmal wurde ihm klar, dass er diese Welt nun verlassen würde, in der er sich nie wirklich zu Hause gefühlt hatte. Seine an sich schon nicht sehr zahlreichen menschlichen Beziehungen würden eine nach der anderen einschlafen, abbrechen, und dann würde sich das Leben für ihn so ähnlich gestalten wie hier in dieser perfekt verarbeiteten Fahrgastzelle seines Audi Allroad A6: friedlich, freudlos und endgültig neutral.

Dritter Teil

I

SOBALD JASSELIN DIE TÜR seines Renault Safrane öffnete, begriff er, dass er einen der schlimmsten Momente seiner Laufbahn erleben würde. Kommissar Ferber saß völlig niedergeschmettert ein paar Schritte neben der Absperrung, reglos, den Kopf in die Hände gestützt. Es war das erste Mal, dass Jasselin einen Kollegen in diesem Zustand sah – die Beamten der Kriminalpolizei legten sich alle mit der Zeit eine harte Schale zu, was ihnen erlaubte, ihre emotionalen Reaktionen unter Kontrolle zu halten, oder aber sie wechselten den Beruf, und Ferber war schon seit über zehn Jahren bei der Kripo. Die drei Beamten der Gendarmerie aus Montargis, die sich einige Meter hinter ihm befanden, waren ebenfalls wie erstarrt: Zwei von ihnen knieten mit leerem Blick im Gras, und der dritte – vermutlich ihr Vorgesetzter, Jasselin glaubte das Abzeichen eines Brigadiers erkannt zu haben – trat wankend von einem Fuß auf den anderen, kurz davor, in Ohnmacht zu fallen. Ab und zu trug eine Brise, die die Butterblumen auf der leuchtend grünen Wiese sanft hin und her bewegte, Schwaden eines unerträglichen Gestanks aus dem Langhaus zu ihnen herüber. Keiner der vier Beamten hatte auf die Ankunft des Wagens reagiert.

Jasselin ging auf Ferber zu, der wie gebrochen im Gras sitzen blieb. Mit seiner blassen Gesichtsfarbe, den hellblauen Augen und dem halblangen schwarzen Haar hatte Christian Ferber mit zweiunddreißig Jahren das romantische Äußere eines schönen, düsteren, sensiblen Mannes, was für einen Polizeibeamten eher ungewöhnlich war; dabei war er ein kompetenter, hartnäckiger Beamter, einer von jenen, mit denen Jasselin am liebsten zusammenarbeitete. »Christian«, sagte Jasselin erst leise und dann immer lauter. Ferber sah langsam zu ihm auf wie ein bestrafter kleiner Junge und warf ihm einen jämmerlichen, klagenden Blick zu.

»Ist es so schlimm?«, fragte Jasselin leise.

»Noch viel schlimmer. Viel schlimmer, als du dir vorstellen kannst. Jemanden, der das getan hat … den dürfte es gar nicht geben. Der müsste vom Erdboden verschluckt werden.«

»Wir kriegen ihn bestimmt, Christian. Wir kriegen sie doch alle.«

Ferber schüttelte den Kopf und begann zu weinen. All das wurde allmählich sehr ungewöhnlich.

Nach einer Weile, die Jasselin wie eine halbe Ewigkeit vorkam, stand Ferber auf und führte seinen Kollegen mit wackligen Knien zu der Gruppe von Gendarmen. »Mein Vorgesetzter, Hauptkommissar Jasselin«, sagte er mit leiser Stimme. Bei diesen Worten begann einer der beiden jungen Gendarmen sich zu übergeben, rang nach Atem und übergab sich dann noch einmal, ohne sich um irgendjemanden zu kümmern, und auch das war für einen Gendarmen sehr ungewöhnlich. »Brigadier Bégaudeau«, stellte sich sein Vorgesetzter mechanisch vor und trat dabei noch immer wankend von einem Fuß auf den anderen, ohne dass dieses Verhalten irgendeinen Sinn ergab – kurz gesagt, in dieser Angelegenheit durfte man von der Gendarmerie aus Montargis wohl nicht allzu viel erwarten.

»Man wird ihnen den Fall bestimmt entziehen«, fasste Ferber

die Situation zusammen. »Wir haben die Fahndung in Gang gesetzt, weil er eine Verabredung in Paris hatte, zu der er nicht erschienen ist, und man uns daraufhin angerufen hat. Und da er hier seinen Wohnsitz hat, habe ich die Gendarmen beauftragt, die Sache zu überprüfen, und sie haben ihn gefunden.«

»Wenn sie die Leiche gefunden haben, können sie beantragen, dass man sie mit der Angelegenheit betraut.«

»Ich glaube nicht, dass sie das tun werden.«

»Und warum bist du dir da so sicher?«

»Ich vermute, dass du mir zustimmen wirst, wenn du ... den Zustand des Opfers gesehen hast.« Er hielt inne, wurde abermals von einem Brechreiz geschüttelt, hatte aber bis auf etwas Gallenflüssigkeit nichts mehr auszuspeien.

Jasselin warf einen Blick auf die weit geöffnete Haustür. Ein Fliegenschwarm hatte sich davor gebildet, die Fliegen flogen summend im Kreis, als warteten sie darauf, an die Reihe zu kommen. Vom Standpunkt einer Fliege ist ein menschlicher Leichnam einfach Fleisch, nichts als Fleisch; wieder drang ein grässlicher Gestank zu ihnen herüber, der wirklich unerträglich war. Wenn er den Anblick am Tatort ertragen wollte, musste er wohl für ein paar Minuten den Standpunkt einer Fliege einnehmen, sagte sich Jasselin schnell, die bewundernswerte Objektivität der Fliege, *Musca domestica*. Jedes Weibchen der *Musca domestica* kann bis zu fünfhundert und manchmal bis zu tausend Eier legen. Diese Eier sind weiß und etwa 1,2 Millimeter lang. Nach einem einzigen Tag schlüpfen die Larven (*Maden*) aus; sie ernähren sich von organischen Substanzen (die im Allgemeinen tot sind und sich in einem fortgeschrittenen Verwesungsstadium befinden, wie Kadaver, Abfälle oder Exkremente). Die Maden sind fahlweiß und 3 bis 9 Millimeter lang. Sie laufen vorn konisch zu und haben keine Beine. Nach der dritten

Häutung kriechen die Maden an einen kühlen, trockenen Ort und *verpuppen* sich.

Erwachsene Fliegen leben in freier Natur zwei bis vier Wochen und unter Laborbedingungen etwas länger. Nachdem sie aus ihrer rötlichen Puppe geschlüpft sind, wachsen Fliegen nicht mehr. Kleine Fliegen sind nicht etwa junge Fliegen, sondern Fliegen, die während ihres Larvenstadiums nicht genug Nahrung gefunden haben.

Etwa sechsunddreißig Stunden nach dem Schlüpfen ist das Weibchen empfänglich für die Paarung. Das Männchen steigt auf ihren Rücken, um ihr Samen einzuspritzen. Normalerweise paart sich ein Weibchen nur einmal und bewahrt den Samen auf, um ihn für mehrere Gelege zu verwenden. Die Männchen weisen Territorialverhalten auf: Sie verteidigen ein bestimmtes Revier gegen eindringende andere Männchen und versuchen jedes Weibchen zu begatten, das in ihr Revier kommt.

»Außerdem war das Opfer prominent«, fügte Ferber hinzu.

»Wer war es denn?«

»Michel Houellebecq.«

Da sein Vorgesetzter nicht reagierte, fügte er hinzu: »Er ist Schriftsteller. Ich meine, er war Schriftsteller. Er war sehr bekannt.«

Tja, *der bekannte Schriftsteller* diente jetzt zahlreichen Maden als Nahrungsgrundlage, sagte sich Jasselin in einem couragierten Versuch der Bewusstseinskontrolle.

»Meinst du, ich sollte reingehen?«, fragte er schließlich seinen Untergebenen. »Mir das Haus von innen ansehen?«

Ferber zögerte lange, ehe er antwortete. Ein für die Ermittlungen verantwortlicher Beamter müsse immer persönlich den Tatort besuchen, hatte Jasselin bei den Vorträgen, die er an der

Polizeiakademie von Saint-Cyr-au-Mont-d'Or vor angehenden Kriminalkommissaren hielt, stets betont. Verbrechen, zumal solche, die nicht auf außergewöhnlich gewalttätige oder brutale Weise begangen worden seien, hätten für gewöhnlich etwas sehr Intimes, der Mörder drücke darin zwangsläufig etwas von seiner Persönlichkeit und seiner Beziehung zum Opfer aus. Daher finde man am Tatort fast immer irgendeinen individuellen, einzigartigen Hinweis, der die Handschrift des Verbrechers trage; das treffe ganz besonders auf grausame oder rituelle Verbrechen zu, wie er hinzufügte, also auf jene, bei denen sich der Verdacht ganz automatisch auf einen Psychopathen richte.

»An deiner Stelle würde ich die Ankunft der Typen vom Erkennungsdienst abwarten«, antwortete Ferber schließlich. »Die bringen sterile Gesichtsmasken mit, das erlaubt dir wenigstens, dem Gestank zu entgehen.«

Jasselin dachte nach; das war ein guter Kompromiss.

»Wann treffen sie ein?«

»In zwei Stunden.«

Der Brigadier Bégaudeau trat noch immer von einem Fuß auf den anderen, sein Wanken hatte inzwischen die Regelmäßigkeit eines Pendels angenommen, doch er schien kaum in der Lage zu sein, irgendetwas Beunruhigendes zu tun, es genügte wohl, ihn ins Bett zu schicken – in einem Krankenhaus oder sogar zu Hause – und ihm ein starkes Beruhigungsmittel zu geben. Seine beiden Untergebenen, die noch immer neben ihm knieten, begannen den Kopf zu schütteln und sich ebenfalls langsam hin und her zu wiegen wie ihr Chef. Na gut, das sind Gendarmen aus einem ländlichen Bezirk, sagte sich Jasselin begütigend. Sie sind es nur gewohnt, Geschwindigkeitsüberschreitungen oder einen kleinen Kreditkartenbetrug zu ahnden.

»Wenn du einverstanden bist«, sagte er zu Ferber, »sehe ich mir derweilen das Dorf mal etwas näher an. Nur um mir einen kleinen Eindruck von der Atmosphäre dort zu verschaffen.«

»Geh nur, geh nur ... Du bist schließlich der Boss«, sagte Ferber mit einem müden Lächeln. »Ich kümmere mich um alles und nehme unsere Gäste in Empfang, falls du bis dahin noch nicht zurück bist.«

Er setzte sich wieder ins Gras, zog mehrmals die Nase hoch und holte ein Taschenbuch aus seiner Jacke hervor – es war *Aurelia* von Gérard de Nerval, wie Jasselin bemerkte. Dann wandte er sich um und ging auf das Dorf zu – in Wirklichkeit war es nur ein kleiner Weiler, eine Gruppe verschlafener Häuser am Saum eines Waldes.

II

HAUPTKOMMISSARE SIND DAS Rückgrat und bilden das leitende Organ der französischen Polizei, einer Institution mit hoher technischer Qualifikation und interministerieller Bestimmung, die dem Innenministerium untersteht. Sie haben den Auftrag, die Richtlinien für die Delegation der Aufgaben und die Leitung der verschiedenen Dienststellen auszuarbeiten und durchzusetzen, für die sie in operationeller sowie personeller Hinsicht verantwortlich sind. Die Belegschaften dieser Dienststellen unterstehen ihrer Weisungsbefugnis. Sie nehmen an der Konzeption, Realisierung und Auswertung von Maßnahmen zur Abwehr von Gefahren für die öffentliche Sicherheit und zur Bekämpfung der Kriminalität teil. Sie üben in einem gesetzlich festgelegten Rahmen gewisse Amtsbefugnisse hoher Beamter aus.

Zu Beginn ihrer Laufbahn liegen ihre Bezüge bei 2898 Euro.

Jasselin ging langsam eine Straße entlang, die zu einem geradezu unwirklich grünen Wäldchen führte, in dem es vermutlich von Schlangen und Fliegen wimmelte – oder sogar von Skorpionen und Bremsen; Skorpione waren im Departement Yonne nicht selten, und manche wagten sich sogar bis an die Grenzen des Loiret, das hatte er vor seiner Abfahrt aus Paris auf *Info Gendarmeries* gelesen, einer ausgezeichneten Website mit ausschließlich sorgfältig überprüften Informationen. Kurz gesagt, allem Anschein entgegen musste man sich auf dem Land auf unliebsame Überraschungen und häufig auf das Schlimmste gefasst machen, sagte sich Jasselin traurig. Das Dorf selbst hatte einen sehr schlechten Eindruck auf ihn gemacht: Die ungemein sauberen weißen Häuser mit den schwarzen Dachschindeln, die mit unerbittlicher Strenge restaurierte Kirche, die betont spielerischen Hinweistafeln – all das erweckte den Eindruck eines Filmdekors, eines unechten Dorfes, das für die Bedürfnisse einer Fernsehserie originalgetreu wieder aufgebaut worden war. Er war im Übrigen keinem einzigen Bewohner begegnet. In so einer Umgebung konnte man davon ausgehen, dass niemand etwas gesehen oder gehört hatte, die Aufgabe, Zeugenaussagen zu bekommen, kündigte sich von vornherein als fast unmöglich an.

Dennoch machte er noch einmal kehrt, allerdings eher, um die Zeit totzuschlagen. Wenn ich einer Menschenseele begegne, nur einer einzigen, sagte er sich in einer kindlichen Eingebung, wird es mir gelingen, den Mordfall aufzuklären. Einen Augenblick lang glaubte er, Glück zu haben, als er das Bistro *Chez Lucie* sah, dessen auf die Hauptstraße gehende Tür offenstand. Er beschleunigte den Schritt, aber gerade als er die Straße überqueren wollte, tauchte ein Arm – ein weiblicher Arm, Lucie persönlich? – in der Türöffnung auf und zog heftig die Tür zu. Er hörte, wie der Schlüssel zweimal im Schloss umgedreht wurde. Er hätte die Frau zwingen können, das Bistro wieder zu öffnen und eine Zeugenaussage zu Protokoll zu geben, er verfügte über die nötige Polizeigewalt, doch dieses Vorgehen schien ihm verfrüht. Irgendjemand aus Ferbers Team würde das sowieso übernehmen. Ferber selbst war hervorragend bei Zeugenbefragungen, niemand, der ihm begegnete, hatte den

Eindruck, es mit einem Bullen zu tun zu haben, und selbst nachdem er seinen Polizeiausweis gezeigt hatte, vergaßen die Leute das sofort wieder – er erweckte eher den Eindruck eines Psychologen oder Ethnologen – und vertrauten sich ihm mit verblüffender Leichtigkeit an.

Direkt neben dem Bistro *Chez Lucie* führte die Rue Martin-Heidegger in einen Teil des Dorfes hinab, den er noch nicht erkundet hatte. Er schlug diesen Weg ein und sann dabei über die fast absolute Entscheidungsfreiheit nach, die Bürgermeistern bei der Namensgebung der Straßen in ihrer Gemeinde eingeräumt wurde. An der Ecke der Impasse Leibniz blieb er vor einem grotesken, mit grellen Acrylfarben auf ein Blechschild gepinselten Bild stehen, das einen Mann mit einem Entenkopf und einem überdimensionalen Penis darstellte; sein Brustkorb und seine Beine waren von einem dichten braunen Pelz bedeckt. Einer Hinweistafel entnahm er, dass er sich vor der »Klapsmuse« befand, einem Museum für *Art brut*, das den malerischen Erzeugnissen von Geisteskranken aus der Anstalt von Montargis gewidmet war. Seine Bewunderung für den Erfindungsreichtum der Gemeinde wuchs noch, als er die Place Parménide erreichte und einen nagelneuen Parkplatz entdeckte – die weißen Farbstreifen, die die für die Fahrzeuge vorgesehenen Plätze eingrenzten, waren vermutlich noch keine Woche alt –, ausgerüstet mit einem elektronischen Parkscheinautomaten, der europäische und japanische Kreditkarten annahm. Im Moment parkte dort ein einziges Fahrzeug, ein wassergrüner Maserati GranTurismo, dessen amtliches Kennzeichen sich Jasselin für alle Fälle notierte. Im Rahmen einer Fahndung war es, wie er seinen Studenten in Saint-Cyr-au-Mont-d'Or stets eingeschärft hatte, eine Grundregel, sich Notizen zu machen – zu diesem Zeitpunkt seines Vortrags holte er immer seinen eigenen Notizblock hervor, ein gängiges Produkt der Marke Rhodia im Format 105 x 148 mm. Man dürfe während einer Ermittlung nicht einen Tag vergehen lassen, ohne sich wenigstens eine Notiz zu machen, hämmerte er ihnen ein, selbst wenn das festgehaltene Detail zunächst völlig unwichtig erscheine. In der Folge der Ermittlung stelle sich fast immer heraus, dass dieses Detail tatsächlich unwichtig war, aber das sei nicht die Hauptsache: Die Hauptsache sei es, aktiv zu bleiben und eine minimale intellektuelle Tätigkeit beizubehalten, denn ein untätiger Kriminalbeamter lasse sich entmutigen und sei dadurch unfähig zu reagieren, wenn plötzlich wichtige Einzelheiten ans Licht kamen.

Erstaunlicherweise formulierte Jasselin, ohne es zu wissen, fast die gleichen Empfehlungen wie jene, die Houellebecq im April 2011 an der Universität Louvain-la-Neuve bezüglich des schriftstellerischen Berufs gegeben hatte, als er sich, übrigens zum einzigen Mal, bereiterklärt hatte, einen Workshop für *creative writing* zu leiten.

In südlicher Richtung endete das Dorf am Rond-point Emmanuel-Kant, einem Paradebeispiel für städtebauliches Genie: ein einfacher, mit tadellos grauer Schotterdecke versehener Kreisel von großer ästhetischer Nüchternheit, der nirgendwohin führte – keine Straße zweigte von ihm ab, kein einziges Haus war in seiner Nähe errichtet worden. Ein bisschen weiter hinten plätscherte ein Fluss gemächlich dahin. Die auf die Wiesen fallenden Sonnenstrahlen wurden allmählich immer heißer, doch zum Glück boten die Zitterpappeln, die den Fluss säumten, ein wenig Schatten. Jasselin ging etwa zweihundert Meter an dem Gewässer entlang, bis ihn ein Hindernis zwang, Halt zu machen: Eine breite, schräg verlaufende Betonrampe, deren oberes Ende sich auf Höhe des Flussbetts befand, versorgte eine Ableitung mit Wasser, einen winzigen Bach, der, wie Jasselin nach ein paar Metern feststellte, eher ein länglicher Tümpel war.

Er setzte sich am Ufer des Tümpels ins dichte Gras. Selbstverständlich konnte er nicht wissen, dass das Fleckchen Erde, an dem er sich ermüdet niedergelassen hatte, um sich ein wenig von seinen Kreuzschmerzen und den im Lauf der Jahre zunehmenden Verdauungsschwierigkeiten zu erholen, genau das Fleckchen war, das Houellebecq in seiner Jugend als Schauplatz für seine Spiele gedient hatte – die zumeist einsame Spiele gewesen waren. In Jasselins Vorstellung war Houellebecq nur ein *Fall*, ein Fall, von dem er ahnte, dass er unangenehm sein würde. Bei Morden an *Prominenten* erwartete die Öffentlichkeit eine äußerst rasche Aufklärung des Verbrechens; ihr Hang, die Arbeit der Polizei herabzuwürdigen und ihre Unfähigkeit zu verspotten, kam bereits nach ein paar Tagen zum Ausdruck. Noch schlimmer war nur die Aufgabe, einen Kindesmord aufzuklären, und erst recht, wenn es sich um den Mord an einem *Baby* handelte: Bei Babys war es grässlich, in solchen Fällen musste der Mörder möglichst umgehend gefasst werden, noch ehe er um die Straßenecke verschwunden war, einen Zeitraum von achtundvierzig Stunden betrachtete die Öffentlichkeit bereits als unzumutbar. Er warf einen Blick auf seine Armbanduhr, er war schon seit über einer Stunde fort und machte sich kurz den Vorwurf, dass er Ferber so lange allein gelassen hatte. Die Oberfläche des Tümpels war von Wasserlinsen bedeckt, seine Farbe undurchsichtig, ungesund.

III

Als er wieder an den Tatort zurückkehrte, war die Temperatur leicht gefallen, und er hatte auch den Eindruck, dass die Fliegen nicht mehr ganz so zahlreich waren. Ferber lag im Gras – sein zusammengerollter Anorak diente ihm als Kopfkissen –, noch immer in die Lektüre von *Aurelia* vertieft. Er erweckte jetzt den Eindruck, als sei er zu einem Ausflug aufs Land eingeladen worden. »Er ist wirklich ein widerstandsfähiger Kerl«, sagte sich Jasselin, vermutlich zum zwanzigsten Mal, seit er ihn kannte.

»Sind die Gendarmen schon wieder weggefahren?«, fragte er verwundert.

»Es waren ein paar Typen da, die sich um sie kümmern sollen. Von der Abteilung für psychologische Nothilfe am Krankenhaus in Montargis.«

»So schnell schon?«

»Ja, das hat mich auch gewundert. Die Arbeit der Gendarmen ist in den letzten Jahren immer härter geworden, bei denen gibt's jetzt fast so viele Selbstmorde wie bei uns; aber man muss zugeben, dass die psychologische Betreuung große Fortschritte gemacht hat.«

»Woher weißt du das denn? Hast du das den Selbstmordstatistiken entnommen?«

»Liest du nie die *Fachzeitschrift für Sicherheitskräfte*?«

»Nein.« Er ließ sich schwerfällig neben seinen Kollegen ins Gras sinken. »Ich lese im Allgemeinen nicht sehr viel.« Die Schatten unter den Linden verlängerten sich allmählich. Jasselin schöpfte wieder Hoffnung, er hatte die materielle Präsenz der Leiche in einer Entfernung von wenigen Metern fast vergessen, als der Peugeot Partner des Erkennungsdienstes abrupt vor dem Gartentor Halt machte. Die beiden Männer in ihren lächerlichen weißen Schutzanzügen, die ihnen das Aussehen eines Teams für nukleare Dekontamination verliehen, sprangen mit schöner Gleichzeitigkeit aus dem Wagen.

Jasselin hasste die Spurensicherer vom Erkennungsdienst, insbesondere die Tatsache, dass sie immer zu zweit auftauchten, er hasste ihre kleinen, speziell ausgestatteten Kombis, die mit teuren, unverständlichen Geräten vollgestopft waren, und ihre deutlich bekundete Verachtung für die Beamten der Kripo. Aber ehrlich gesagt waren die Männer vom Erkennungsdienst überhaupt nicht daran interessiert, sich beliebt zu machen, im Gegenteil, sie taten alles, um sich möglichst von normalen Polizeibeamten zu unterscheiden, und kehrten in jeder Situation die unverschämte Arroganz des Technikers gegenüber dem Laien heraus, und all das vermutlich nur, um die übermäßige Zunahme ihres Jahresbudgets zu rechtfertigen. Es ließ sich nicht leugnen, dass ihre Methoden spektakuläre Fortschritte gemacht hatten und dass sie heutzutage unter Bedingungen, unter denen das noch vor ein paar Jahren unvorstellbar gewesen wäre, Spuren finden oder DNA-Proben entnehmen konnten, aber was war ihr Verdienst an diesem Fortschritt? Sie wären völlig unfähig gewesen, die Geräte, mit denen sie diese Ergebnisse erzielten, zu erfinden oder auch nur zu verbessern, sie begnügten sich damit, diese zu benutzen, was keinerlei Intelligenz und kein besonderes Talent erforderte, sondern nur eine entsprechende technische Ausbildung, die man besser direkt den vor Ort arbeitenden Beamten der Kriminalpolizei geben sollte, das war jedenfalls die These, die Jasselin regelmäßig, wenn auch bisher ohne Erfolg, in den jährlichen Berichten vertrat, die er an das Polizeipräsidium sandte. Er hegte im Übrigen keinerlei Hoffnung, offene Ohren für seine Empfehlung zu finden, die Arbeitsteilung innerhalb der verschiedenen Polizeidienste war alt und fest eingefahren, er tat das vor allem, um seine Nerven zu beruhigen.

Ferber war geschmeidig und zuvorkommend aufgestanden und erklärte den beiden Männern die Situation. Sie nickten bewusst sehr kurz, um ihre Ungeduld und ihr professionelles Verständnis zu zeigen. Zu einem bestimmten Zeitpunkt wies er mit der Hand auf ihn, vermutlich um ihn als Leiter der Ermittlungen kenntlich zu machen. Sie erwiderten nichts darauf, deuteten nicht einmal einen Schritt in seine Richtung an, sondern begnügten sich damit, ihre Schutzmasken aufzusetzen. Jasselin war nie sonderlich pedantisch gewesen, was Fragen des Protokolls anging, hatte nie eine strikte Einhaltung der formalen Regeln des Respekts verlangt, den man ihm als Hauptkommissar schuldete, das konnte ihm wirklich niemand vorwerfen, aber diese beiden Witzfiguren begannen ihn zu nerven. Er ging absichtlich mit noch schwereren Schritten als gewöhnlich auf sie zu, dem alten Oberhaupt einer Affenhorde gleich, schnaufte laut und wartete auf einen Gruß, der nicht kam, ehe er in einem Ton, der keine Widerrede duldete, verkündete: »Ich begleite Sie.« Einer der beiden Männer zuckte zusammen, sie waren es natürlich gewohnt, ihren üblichen Kram in aller Ruhe zu erledigen, den Tatort abzuriegeln und niemanden der Absperrung nahe kommen zu lassen, um sich dann auf ihren mobilen Datenerfassungsgeräten lächerliche Notizen zu machen. Aber was konnten sie ihm schon entgegenhalten? Absolut nichts, und so reichte ihm einer der Männer eine Schutzmaske. Als Jasselin sie aufsetzte, kehrte die Realität des Verbrechens in sein Bewusstsein zurück, und das verstärkte sich noch, als er sich dem Gebäude näherte. Er gab ihnen ein paar Schritte Vorsprung und bemerkte mit leichter Zufriedenheit, dass die beiden Zombies wie angewurzelt auf der Schwelle stehen blieben. Er ging an ihnen vorbei und betrat lässig, wenn auch mit einer gewissen Unruhe, das Wohnzimmer. »Ich bin der lebendige Körper des Gesetzes«, sagte er sich. Die Helligkeit nahm allmählich ab. Diese Chirurgenmasken waren erstaunlich wirksam, sie hielten die Gerüche fast völlig ab. Er spürte hinter sich – ohne sie wirklich zu hören –, wie sich die beiden Spurensicherer ein Herz fassten, um das Wohnzimmer zu betreten, doch sie machten noch in der Tür wieder Halt. »Ich bin der Körper des Gesetzes, der unvollkommene Körper des Moralgesetzes«, wiederholte er immer wieder, wie eine Art Mantra, ehe er sich dazu entschloss, das näher zu betrachten, was seine Augen im Grunde schon wahrgenommen hatten.

Ein Kriminalbeamter zieht seine Schlussfolgerungen ausgehend von der *Leiche*, das hat man ihm in seiner Ausbildung beigebracht, er ist damit vertraut, die Stellung einer Leiche zu bestimmen und zu beschreiben, die Verletzungen, die ihr zugefügt worden sind, und ihren Erhaltungszustand; aber hier gab es streng genommen gar keine Leiche. Jasselin wandte sich um und sah hinter sich die beiden Techniker des Erkennungsdienstes, die anfingen, mit dem Kopf zu wackeln und von einem Bein aufs andere zu treten, genau wie die Gendarmen aus Montargis.

Der Kopf des Opfers war unverletzt. Sauber abgetrennt ruhte er auf einem der Sessel vor dem Kamin, eine kleine Blutlache hatte sich auf dem dunkelgrünen Samt gebildet; auf dem Sofa, ihm gegenüber, lag der Kopf eines großen schwarzen Hundes, der ebenfalls sauber abgetrennt war. Der Rest war ein einziges Blutbad, ein unglaubliches Gemetzel, der Fußboden war mit Fleischbrocken und Hautfetzen übersät. Doch weder das Gesicht des Mannes noch das des Hundes war in einem Ausdruck des Entsetzens erstarrt, sie spiegelten eher Ungläubigkeit und Wut wider. Zwischen den vermischten Fleischstücken des Mannes und des Hundes führte ein fünfzig Zentimeter breiter sauberer Gang bis zum Kamin, in dem sich Knochen stapelten, an denen noch Fleischreste hingen. Jasselin betrat vorsichtig den Gang und sagte sich dabei, dass er vermutlich von dem Mörder angelegt worden war. Dann drehte er sich um und ließ mit dem Rücken zum Kamin den Blick durch das Wohnzimmer schweifen, das eine Größe von etwa sechzig Quadratmetern haben mochte. Die gesamte Oberfläche des Teppichs war mit Blutflecken überzogen, die an manchen Stellen komplexe Arabesken bildeten. Die Fleischbrocken selbst, deren rote Farbe hier und dort schwärzliche Töne annahm, schienen nicht aufs Geratewohl hingelegt worden zu sein, sondern einer schwer zu entziffernden Logik zu gehorchen; er hatte den Eindruck, ein Puzzle vor sich zu haben. Kein Fußabdruck war zu sehen, der Mörder war methodisch vorgegangen, er hatte als Erstes die Fleischstücke abgetrennt, die er in den Winkeln des Raumes verteilen wollte, und war dann nach und nach zur Mitte zurückgekehrt, wobei er einen Weg zum Ausgang freigelassen hatte. Jasselin sagte sich, dass er Fotos machen lassen müsse, um das Gesamtbild rekonstruieren zu können. Er warf einen Blick auf die beiden Techniker des Erkennungsdienstes – einer der beiden trat weiterhin von einem Bein aufs andere wie ein Schwachsinniger, der andere hatte in der Bemühung um Selbstbeherrschung einen Fotoapparat mit Scanrückteil aus seiner Tasche geholt und schwenkte ihn mit ausgestreckten Armen hin und her, schien aber noch nicht imstande zu sein, auf den Auslöser zu drücken. Jasselin zog sein Handy hervor.

»Christian? Hier ist Jean-Pierre. Kannst du mir einen Gefallen tun?«

»Schieß los.«

»Du musst die beiden Typen vom Erkennungsdienst abholen, die sind im Moment sowieso dienstuntauglich, außerdem müssen wir bei den Fotos in diesem Fall ein bisschen tricksen. Es hat keinen Sinn, dass sie wie üblich nur Nahaufnahmen machen, ich brauche Gesamtansichten von Teilen des Raumes und wenn möglich vom ganzen Raum. Aber das kann ich ihnen nicht sofort verklickern, wir müssen erst mal warten, bis sie wieder etwas zu sich kommen.«

»Ich kümmere mich darum ... Übrigens kommt unser Team gleich an. Sie haben mich von der Ausfahrt Montargis angerufen, sie sind in zehn Minuten da.«

Nachdenklich beendete er das Gespräch. Sein junger Kollege erstaunte ihn immer wieder. Sein gesamtes Team traf wenige Stunden nach dem Ereignis ein, und zwar vermutlich mit ihren eigenen Privatwagen; sein ätherisches, zartes Äußeres war eindeutig trügerisch, er hatte sein Team fest in der Hand und war vermutlich der beste Gruppenleiter, den Jasselin je unter sich gehabt hatte. Zwei Minuten später sah er, wie Ferber diskret den Raum betrat, den beiden Technikern des Erkennungsdienstes auf die Schulter klopfte und sie rücksichtsvoll nach draußen führte. Jasselin stand kurz vor der Pensionierung: Er hatte noch ein gutes Jahr abzuleisten und konnte, wenn er wollte, vielleicht noch zwei, drei oder maximal vier Jahre im Dienst bleiben. Er wusste insgeheim, und manchmal gab es ihm sein Dienststellenleiter bei ihren monatlich zweimal stattfindenden Mitarbeitergesprächen auch offen zu verstehen, dass man von ihm jetzt nicht mehr unbedingt erwartete, Fälle *aufzuklären*, sondern eher, seine Nachfolger zu benennen und jene Beamten zu kooptieren, die diese Fälle nach ihm aufzuklären hatten.

Ferber und die beiden Spurensicherer gingen nach draußen, er befand sich nun allein im Raum. Die Helligkeit nahm weiter ab, aber er hatte keine Lust, das Licht einzuschalten, er spürte, ohne sich das erklären zu können, dass der Mord am helllichten Tag begangen worden war. Die Stille war fast unwirklich. Weshalb hatte er nur den Eindruck, dass es bei diesem Fall etwas gab, das ihn ganz persönlich betraf? Er betrachtete noch einmal das komplexe Motiv, das die auf dem Fußboden des Wohnzimmers verstreuten Fleischbrocken bildeten. Er empfand nicht wirklich Ekel, sondern vielmehr ein allgemeines Mitleid mit der ganzen Erde und der Menschheit, in deren Schoß solche Abscheulichkeiten begangen werden konnten. Ehrlich gesagt wunderte er sich ein bisschen, dass er diesen Anblick ertragen konnte, der sogar die Techniker des Erkennungsdienstes umgehauen hatte, obwohl sie abgehärtete, mit dem Schlimmsten vertraute Männer waren. Als er ein Jahr zuvor gespürt hatte, dass es ihm immer schwerer fiel, den Anblick von Leichen am Tatort zu ertragen, hatte er das buddhistische Zentrum in Vincennes aufgesucht, um sich zu erkundigen, ob es möglich sei, dort *Asubhã* zu praktizieren, die Meditation in Präsenz eines Leichnams. Der diensthabende Lama hatte zunächst versucht, ihn davon abzubringen: Diese Art von Meditation, meinte er, sei schwierig und kaum mit westlicher Mentalität in Einklang zu bringen. Doch als Jasselin ihm seinen Beruf verriet, besann er sich und bat um Bedenkzeit. Ein paar Tage später rief der Lama ihn an und sagte ihm, ja, in seinem besonderen Fall könne

Asubhā vermutlich durchaus das Richtige sein. In Europa werde es zwar nicht praktiziert, da es mit den hiesigen sanitären Normen unvereinbar sei, aber er könne ihm die Adresse eines Klosters in Sri Lanka geben, das manchmal Besuchern aus westlichen Ländern den Zugang gestatte. Jasselin hatte zwei Wochen seines Urlaubs darauf verwandt, nachdem er – und das war die größte Schwierigkeit gewesen – eine Fluggesellschaft gefunden hatte, die bereit war, seinen Hund mitfliegen zu lassen. Während seine Frau an den Strand ging, begab er sich jeden Morgen auf einen Totenplatz, auf dem die Leichen von vor kurzem verstorbenen Menschen niedergelegt wurden, ohne dass irgendwelche Maßnahmen getroffen wurden, um sie vor Raubtieren oder Insekten zu schützen. Und so konnte er bei äußerster Konzentration all seiner geistigen Fähigkeiten und unter Beachtung der Lehre, die Buddha in seiner Rede über das Erwecken der Achtsamkeit auf den Körper zum Ausdruck gebracht hat, achtsam den aufgedunsenen Leichnam betrachten, achtsam den eitrigen Leichnam betrachten, achtsam den zerhackten und zerstreuten Leichnam betrachten, achtsam den madigen Leichnam betrachten. In jedem Stadium musste er achtundvierzig Mal wiederholen: »Dies ist mein Schicksal, das Schicksal der gesamten Menschheit, dem kann ich nicht entgehen.«

Wie ihm jetzt bewusst wurde, war die *Asubhā*-Methode ein voller Erfolg gewesen, und zwar in einem solchen Maß, dass er sie ohne zu zögern jedem Polizeibeamten empfohlen hätte. Trotzdem war er nicht zum Buddhisten geworden, und obwohl sich sein instinktiver Ekel beim Anblick einer Leiche beträchtlich verringert hatte, empfand er noch immer *Hass* auf den Mörder, Hass und Angst; er wünschte sich, der Mörder möge vernichtet, vom Erdboden verschluckt werden. Als er die Tür öffnete – eingehüllt von den Strahlen der untergehenden

Sonne, die die Wiese beleuchtete –, freute er sich, dass der Hass noch immer in ihm fortbestand, der seiner Meinung nach für wirksame Verbrechensaufklärung notwendig war. Die rationale Motivation, die Wahrheit herauszufinden, reichte im Allgemeinen nicht; dabei war sie im vorliegenden Fall ungewöhnlich stark. Er spürte, dass er es mit einem komplexen Wesen zu tun hatte, einem grauenhaften, aber rationalen Menschen, wahrscheinlich einem Schizophrenen. Sobald sie wieder in Paris waren, mussten sie sofort die Datenbank der Serienmörder zu Rate ziehen und vermutlich auch die entsprechenden Dateien aus dem Ausland anfordern, denn er konnte sich nicht entsinnen, jemals von einem solchen Verbrechen innerhalb Frankreichs gehört zu haben.

Als er das Haus verließ, sah er Ferber, der von seinen Männern umringt war und ihnen Anweisungen gab. Jasselin war so in seine Gedanken versunken gewesen, dass er die Ankunft der Autos nicht gehört hatte. Er entdeckte auch einen ihm unbekannten hochgewachsenen Mann in Anzug und Krawatte – vermutlich der Vertreter des Staatsanwalts aus Montargis. Jasselin wartete, bis Ferber mit der Verteilung der Aufgaben fertig war, um noch einmal zu erklären, was er wollte: allgemeine Aufnahmen des Tatorts, Gesamtansichten.

»Ich fahre nach Paris zurück«, verkündete er anschließend. »Begleitest du mich, Christian?«

»Ja, ich glaube, alles ist so weit vorbereitet. Treffen wir uns morgen Vormittag zu einer Besprechung?«

»Nicht zu früh. Gegen Mittag dürfte reichen.« Er wusste, dass sie bis spät in die Nacht, vermutlich sogar bis zum Morgengrauen arbeiten würden.

IV

Die Nacht brach an, als sie die Auffahrt zur Autobahn A10 erreichten. Ferber stellte den Tempomat auf 130 km/h ein und fragte seinen Kollegen, ob es ihn störe, wenn er etwas Musik auflege; Jasselin hatte nichts dagegen.

Vielleicht drückt kein anderes Musikstück so gut wie die letzten Klavierkompositionen von Franz Liszt das düstere und zugleich sanfte Gefühl eines alten Mannes aus, dessen Freunde bereits alle gestorben sind und dessen Leben im Wesentlichen abgeschlossen ist. Er selbst gehört in gewisser Weise schon der Vergangenheit an, er spürt, wie auch sein Lebensende immer näher rückt, und betrachtet den Tod wie einen Bruder, einen Freund, wie das Versprechen, bald in das Geburtshaus heimkehren zu können. Mitten im *Angelus* musste Jasselin an seine Jugend und seine Studienjahre zurückdenken.

Es entbehrte nicht einer gewissen Ironie, dass Jasselin sein Medizinstudium nach dem zweiten Semester abgebrochen hatte, weil er das Sezieren und selbst den Anblick von Leichen nicht mehr ertrug. Das Jurastudium hatte ihn sofort sehr interessiert, und wie fast alle seine Kommilitonen strebte er den Anwaltsberuf an, aber die Scheidung seiner Eltern hatte ihn gezwungen umzusatteln. Es war eine Scheidung nach langjähriger Ehe, er war schon dreiundzwanzig und der einzige Sohn. Bei Scheidungen von jungen Ehepaaren wird die Härte der Auseinandersetzung durch die Existenz von Kindern, für die oft beide Elternteile weiterhin gemeinsam sorgen müssen und die sie trotz allem noch mehr oder weniger lieben, häufig gemildert, aber bei Scheidungen nach langjähriger Ehe, wo es nur noch um finanzielle Interessen und Fragen der Besitzaufteilung geht, kommt es zu Kämpfen, deren Grausamkeit keine Grenzen kennt. Damals war ihm klar geworden, worin der Anwaltsberuf wirklich bestand, er hatte die Mischung aus Gerissenheit und Faulheit genau ermessen können, in der sich die Berufspraxis eines Anwalts und ganz besonders die eines Scheidungsanwalts zusammenfassen ließ. Das Verfahren hatte über zwei Jahre gedauert, zwei Jahre, in denen der Kampf immer erbitterter wurde – mit dem Ergebnis, dass sich seine Eltern so abgrundtief hassten, dass sie sich bis zu ihrem Tod nie wiedersahen und nicht einmal miteinander telefonierten –, und all das führte zu einem Scheidungsurteil von niederschmetternder Banalität, das jeder Dummkopf in einer Viertelstunde hätte abfassen können, vorausgesetzt, er hatte *Scheidung für Dummies* gelesen. Es war erstaunlich, hatte er sich mehrmals gesagt, dass in Scheidung lebende Eheleute sich nicht öfter dazu hinreißen ließen, ihren Ehepartner zu ermorden – entweder persönlich oder mit Hilfe eines bezahlten Killers. Die Angst vor der Polizei, hatte er schließlich begriffen, war eindeutig die wahre Grundlage der menschlichen Gesellschaft, und so hatte er sich gewissermaßen ganz selbstverständlich dem Auswahlverfahren für externe Bewerber unterzogen, um in den Polizeidienst einzutreten. Er war mit einem recht guten Dienstgrad eingestellt worden und hatte, da er in Paris ansässig war, das einjährige Praktikum im Kommissariat des 13. Arrondissements abgeleistet. Es war eine Ausbildung, die hohe Anforderungen an ihn stellte. Keiner der Kriminalfälle, die er später zu bearbeiten hatte, übertraf die komplizierten, undurchdringlichen Vergeltungsakte innerhalb der chinesischen Mafia, mit denen er zu Beginn seiner Laufbahn konfrontiert worden war.

Unter den Studenten der Polizeiakademie von Saint-Cyr-au-Mont-d'Or träumten viele – manchmal schon seit ihrer Kindheit – von einer Karriere im Hauptquartier der Pariser Kriminaldirektion am Quai des Orfèvres, manche waren nur aus diesem Grund zur Polizei gegangen, die Konkurrenz war hart, und daher war er ein wenig überrascht, dass sein Antrag auf Versetzung an das Kriminaldezernat angenommen wurde, nachdem er fünf Jahre lang in verschiedenen Polizeikommissariaten gearbeitet hatte. Er war damals gerade mit einer Frau zusammengezogen, die zu dem Zeitpunkt, als er sie kennenlernte, Wirtschaftswissenschaften studierte und sich anschließend fürs Lehrfach entschied: Sie bekam in jenen Tagen eine Assistentenstelle an der Universität Paris-Dauphine. Aber er hatte nie erwogen, sie zu heiraten oder auch nur einen Zivilen Solidaritätspakt mit ihr zu schließen – die Spuren, die die Scheidung seiner Eltern bei ihm hinterlassen hatte, waren unauslöschlich.

»Soll ich dich zu Hause absetzen?«, fragte Ferber leise. Sie waren an der Porte d'Orléans angelangt. Jasselin stellte plötzlich fest, dass sie während der ganzen Fahrt nicht ein einziges Wort gewechselt hatten; er war so in seine Gedanken vertieft gewesen, dass er nicht einmal bemerkt hatte, wie sie an den Mautstellen Halt gemacht hatten. Es war ohnehin noch zu früh, um irgendetwas über den Fall sagen zu können – die Nacht würde ihnen erlauben, etwas Abstand zu gewinnen und den Schock ein wenig zu mildern. Aber er machte sich keine Illusionen: Aufgrund der Abscheulichkeit des Verbrechens und der Tatsache, dass das Opfer ein *Prominenter* war, würde alles sehr schnell gehen, sie würden sofort unter riesigen Druck geraten. Die Presse war noch nicht informiert, aber diese Atempause würde nur von kurzer Dauer sein: Noch heute Abend musste er seinen Chef auf dessen Handy anrufen. Und der würde vermutlich sofort den Polizeipräsidenten anrufen.

Jasselin wohnte in der Rue Geoffroy-Saint-Hilaire, fast an der Ecke der Rue Poliveau, nur ein paar Schritte vom Jardin des Plantes entfernt. Wenn er nachts mit seiner Frau durch das Viertel ging, hörten sie manchmal das Trompeten der Elefanten, das Brüllen der Raubtiere – Löwen? Panther? Pumas? Sie waren nicht imstande, sie anhand der Geräusche zu unterscheiden – und besonders in Vollmondnächten auch das Heulen mehrerer Wölfe, das bei Michou, ihrem Bologneser, panische, atavistische Angst auslöste. Sie hatten keine Kinder. Als Hélène nach mehreren Jahren des Zusammenlebens noch immer nicht schwanger geworden war, obwohl ihr Sexualleben – dem gängigen Ausdruck zufolge – »durchaus zufriedenstellend« war und sie keinerlei empfängnisverhütende Maßnahmen ergriffen hatten, beschlossen sie, zum Arzt zu gehen. Leicht demütigende, aber rasche Untersuchungen ergaben, dass er an einer *Oligospermie* litt. Der Name der Krankheit war in seinem Fall eher ein Euphemismus: Seine Ejakulate, deren Volumen im Übrigen recht bescheiden war, zeichneten sich nämlich nicht durch *eine zu geringe Anzahl von Spermien* aus, sondern sie enthielten *überhaupt keine Spermien.* Eine Oligospermie kann sehr unterschiedliche Ursachen haben: Krampfadernbildung im Hodensack, Hodenschwund, hormonales Defizit, chronische Entzündung der Prostata, Grippe oder anderes. Sie hat nur in den seltensten Fällen etwas mit männlicher Potenz zu tun. Manche Männer, die nur sehr wenige oder gar keine Spermien produzieren, haben bisweilen Erektionen *wie ein Stier*, während andere, fast impotente Männer, so reichliche und fruchtbare Ejakulate haben, dass sie damit ganz Westeuropa wiederbevölkern könnten. Die Kombination dieser beiden Eigenschaften charakterisiert hinreichend das männliche Ideal, das Pornofilme in den Vordergrund stellen. Jasselin befand sich nicht in dieser vorteilhaften Lage: Er konnte zwar mit über fünfzig Jahren seine Frau noch mit kräftigen, dauerhaften Erektionen beglücken, aber er wäre gewiss nicht imstande gewesen, ihr eine *Spermadusche* zu bieten, falls es sie danach verlangt hätte; seine Samenmenge überstieg kaum das Fassungsvermögen eines Kaffeelöffels.

Die Oligospermie, Hauptursache männlicher Zeugungsunfähigkeit, ist grundsätzlich schwer und bisweilen gar nicht zu heilen. Es gab daher nur zwei Lösungen: den Samen eines Spermaspenders in Anspruch zu nehmen oder ein Kind zu adoptieren. Nachdem sie mehrmals darüber gesprochen hatten, beschlossen sie, darauf zu verzichten. Hélène legte ehrlich gesagt gar nicht so großen Wert darauf, ein Kind zu haben, und daher schlug sie ihm ein paar Jahre später vor, sich einen Hund anzuschaffen. Der faschistische Autor Drieu la Rochelle prangert in einer Passage, in der er sich über die Dekadenz und den Geburtenrückgang in Frankreich beklagt – der schon in den dreißiger Jahren akut war –, das Geschwätz eines dekadenten französischen Ehepaars seiner Zeit an, das er ungefähr so wiedergibt: »Außerdem ist doch Kiki da, unser Hund, an dem wir uns erfreuen …« Sie war im Grunde der gleichen Ansicht, wie sie ihrem Mann schließlich gestand: An einem Hund könne man sich ebenso sehr und sogar noch viel mehr erfreuen als an einem Kind, und wenn sie sich eine Zeitlang ein Kind gewünscht habe, dann vor allem aus Konformismus und ein bisschen auch, um ihrer Mutter eine Freude zu machen, aber in Wirklichkeit liebe sie Kinder gar nicht so sehr, habe sie nie wirklich geliebt, und er doch auch nicht, mal ganz ehrlich, er hasse doch ihren natürlichen, systematischen Egoismus, ihre angeborene Missachtung der Gesetze und ihre fundamentale Unmoral, die einen zwingt, sie zu erziehen, was erschöpfend und fast immer fruchtlos ist. Nein, nein, Kinder, zumindest menschliche Kinder liebe er ganz bestimmt nicht.

Er hörte ein Knirschen auf der rechten Seite und merkte plötzlich, dass sie vor seiner Wohnung angehalten hatten, möglicherweise schon vor längerer Zeit. Im Licht der Straßenlaternen sah er, dass die Rue Poliveau menschenleer war.

»Entschuldige, Christian«, sagte er beschämt. »Ich war ... mit den Gedanken woanders.«

»Das macht doch nichts.«

Es war erst neun Uhr, sagte er sich, als er die Treppe hinaufstieg, Hélène hatte vermutlich mit dem Essen auf ihn gewartet. Sie kochte gern, manchmal begleitete er sie am Sonntagmorgen, wenn sie auf dem Markt in der Rue Mouffetard ihre Einkäufe machte. Diese Pariser Ecke bezauberte ihn jedes Mal von neuem, die Saint-Médard-Kirche mit dem kleinen daran angeschlossenen Platz und dem Wetterhahn auf dem Turm wie bei einer Dorfkirche.

Als er den Treppenabsatz des dritten Stocks erreichte, wurde er tatsächlich vom charakteristischen Geruch eines Kaninchens in Senfsoße und vom fröhlichen Kläffen Michous empfangen, der seine Schritte erkannt hatte. Er schloss die Tür auf; ein altes Paar, sagte er sich, ein traditionelles Paar, das nach einem Modell lebte, das im zweiten Jahrzehnt des einundzwanzigsten Jahrhunderts unter Menschen ihres Alters kaum noch verbreitet war, wenngleich es anscheinend von jungen Leuten wieder als anstrebenswertes, wenn auch im Allgemeinen nicht zu verwirklichendes Ideal erachtet wurde. Ihm war klar, dass sie in einer kaum vorstellbaren Oase des Glücks und des Friedens lebten, ihm war klar, dass sie sich eine friedliche Insel geschaffen hatten, dem Lärm der Welt entrückt und von fast kindlicher Gutartigkeit – in absolutem Gegensatz zu der Barbarei und der Gewalt, mit der er jeden Tag in seinem Beruf konfrontiert wurde. Sie waren ein glückliches Paar gewesen, sie waren noch immer ein glückliches Paar, und sie würden es vermutlich auch bleiben, *bis dass der Tod sie scheiden würde.*

Er packte Michou, der glücklich kläffend in die Luft sprang, und hob ihn hoch bis vor sein Gesicht; der kleine Körper erstarrte in ekstatischer Freude. Während sich die Herkunft des Maltesers bis ins Altertum zurückverfolgen lässt – im Grabmal von Pharao Ramses II. wurden Statuetten dieser Hunde gefunden –, geht die Einführung des mit dem Malteser eng verwandten Bolognesers an den Königshof von Franz I. auf ein Geschenk des Herzogs von Ferrara zurück. Die von zwei Miniaturen des Malers Correggio begleitete Gabe wurde vom französischen Herrscher sehr geschätzt, der das Tier als »liebenswerter als hundert Jungfrauen« erachtete und dem Herzog entscheidende militärische Unterstützung bei der Eroberung des Herzogtums Mantua gewährte. Der Bologneser wurde anschließend der Lieblingshund mehrerer französischer Könige, unter ihnen Heinrich II., ehe er durch Mops und Pudel aus seiner Vorrangstellung verdrängt wurde. Im Gegensatz zu anderen Hunden wie Shelties oder Tibet-Terriern, die erst sehr spät den Status eines *Gesellschaftshundes* erlangten, nachdem sie lange als *Arbeitshunde* eingesetzt worden waren, scheint die Existenzberechtigung der Bologneser und Malteser seit jeher nur darin bestanden zu haben, dem Menschen Glück und Freude zu bescheren. Beharrlich erfüllen sie diese Aufgabe seit unzähligen Generationen: Mit Kindern sind sie geduldig und alten Leuten gegenüber sanft. Sie leiden jedoch sehr stark darunter, allein gelassen zu werden, das muss man beim Kauf eines solchen Hundes bedenken: Bei jeder Abwesenheit des Gebieters fühlt er sich im Stich gelassen, und dann bricht für ihn im Nu die Welt zusammen, die Welt mit allem, was sie für ihn an Struktur und Essenz besitzt; er verfällt in eine tiefe Depression und weigert sich in den meisten Fällen, Nahrung aufzunehmen, daher kann man nur streng davon abraten, ihn allein zu lassen, und sei es nur für ein paar Stunden. Das hatte auch die Universitätsverwaltung schließlich eingesehen, sodass Hélène Michou zu ihren Kursen mitnehmen durfte, in Ermangelung einer förmlichen Erlaubnis war das zumindest zu einer Art Gewohnheitsrecht geworden. Er blieb still in seiner Tragetasche sitzen, und wenn er ab und zu etwas unruhig wurde und aus der Tasche herauswollte, setzte ihn Hélène zur Freude der Studenten auf ihr Pult. Dann lief er ein paar Minuten auf dem Pult auf und ab, warf hin und wieder einen Blick auf sein Frauchen und reagierte manchmal mit einem Gähnen oder einem kurzen Bellen auf dieses oder jenes Zitat von Schumpeter oder Keynes; anschließend kehrte er wieder in seine Tragetasche aus Stretchgewebe zurück. Die Fluggesellschaften dagegen, durch und durch faschistische Organisationen, weigerten sich, die gleiche Toleranz zu zeigen, und so hatten die beiden zu ihrem Bedauern alle Pläne für Reisen in ferne Länder aufgeben müssen. Sie fuhren jeden Sommer im August mit dem Auto weg und beschränkten sich darauf, Frankreich und die umliegenden Länder zu erkunden. Der Status des Autos wurde von der Rechtsprechung traditionellerweise dem eines individuellen Wohnsitzes gleichgesetzt, und so blieb es für Besitzer von Haustieren wie auch für

Raucher einer der letzten Freiräume, eine der letzten *Temporären Autonomen Zonen*, die den Menschen zu Beginn des dritten Jahrtausends geboten wurde.

Es war nicht ihr erster Bologneser; seinen Vorgänger und Vater, Michel, hatten sie kurz nach dem Zeitpunkt gekauft, als die Ärzte Jasselin mitgeteilt hatten, dass seine Zeugungsunfähigkeit vermutlich unheilbar sei. Sie waren sehr glücklich zusammen gewesen, so glücklich, dass sie einen richtigen Schock erlebten, als Michel im Alter von acht Jahren von einer Herzwurmerkrankung befallen wurde. Die Herzwurmerkrankung ist eine Parasitenkrankheit, ausgelöst durch einen Fadenwurm, der sich in der rechten Herzkammer und in der Lungenarterie ansiedelt. Die Symptome sind stärkere Ermüdbarkeit, Husten und schließlich Herzinsuffizienz, die zu Ohnmachtsanfällen führen kann. Die Behandlung ist nicht ganz risikolos: Manchmal befinden sich mehrere Dutzend Fadenwürmer, von denen manche eine Länge von dreißig Zentimetern erreichen, im Herzen des Hundes. Mehrere Tage lang bangten die beiden um sein Leben. Der Hund ist so etwas wie ein endgültiges Kind, gefügiger und sanfter und gleichsam in einem Alter, in dem das Kind vernünftig wird, stehen geblieben; aber darüber hinaus ist es ein Kind, das man überleben wird: Wenn man bereit ist, einen Hund zu lieben, muss man auch dazu bereit sein, ein Wesen zu lieben, das einem unweigerlich eines Tages entrissen wird, und das war ihnen erstaunlicherweise vor Michels Krankheit nie klar geworden. Am Tag nach seiner Genesung beschlossen sie, dass er Nachkommen bekommen solle. Die Züchter, an die sie sich wandten, hatten gewisse Vorbehalte: Sie hätten zu lange gewartet, der Hund sei schon recht alt, seine Spermienqualität sei möglicherweise nicht mehr ausreichend. Schließlich erklärte sich einer von ihnen, der in der Nähe von Fontainebleau angesiedelt war, bereit, und die Verpaarung von Michel mit einer jungen Hündin namens Lizzy Lady de Heurtebise führte zur Geburt von zwei Welpen, einem Männchen und einem Weibchen. Als Besitzer des Deckrüden (wie das in Züchterkreisen genannt wird) durften sie sich, so war es Brauch, den ersten Welpen aussuchen. Sie wählten den Rüden und gaben ihm den Namen Michou. Er schien keinen Geburtsfehler zu haben, und entgegen ihren Befürchtungen nahm der Vater seine Ankunft sehr gut auf und zeigte keinerlei Eifersucht.

Nach einigen Wochen stellten sie jedoch fest, dass sich Michous Hoden noch nicht gesenkt hatten, was allmählich als unnormal zu betrachten war. Sie zogen einen Tierarzt zu Rate und dann einen zweiten: Beide führten die Ursache übereinstimmend auf das zu hohe Alter des Erzeugers zurück. Der zweite zog anfangs einen chirurgischen Eingriff in Erwägung, ehe er sich besann und einen solchen Schritt als zu gefährlich und fast aussichtslos bezeichnete. Es war ein harter Schlag für sie, der sie noch schwerer traf als Jasselins eigene Zeugungsunfähigkeit. Dieser arme kleine Hund würde nicht nur auf Nachkommen verzichten müssen, sondern darüber hinaus auf Geschlechtstrieb und jegliche sexuelle Befriedigung. Er war dazu verdammt, ein eingeschränktes, zeitlich begrenztes Leben zu führen, ohne die Möglichkeit zu haben, sich fortzupflanzen und dem elementaren Lockruf seiner Rasse zu folgen.

Nach und nach fanden sie sich mit diesem Gedanken ab, und zugleich wurde ihnen klar, dass das Sexualleben, das ihrem kleinen Hund versagt war, ihm in keiner Weise fehlen würde. Hunde sind generell nicht sonderlich hedonistisch veranlagt, zügellose Sitten wie auch erotische Feinheiten sind ihnen fremd, und die Befriedigung, die sie beim Koitus empfinden, entspricht nur einer kurzen, mechanischen Abreaktion des natürlichen

Selbsterhaltungstriebs der Gattung. Der Machtwille ist bei Bolognesern ohnehin nicht sehr stark ausgeprägt, und als Michou von den letzten Banden der Vermehrung des Genoms befreit war, wirkte er noch fügsamer, sanfter, fröhlicher und reiner, als sein Vater es je gewesen war. Er war das ideale Maskottchen, unschuldig und unbefleckt, dessen ganzes Leben an dem seiner verehrten Gebieter hing – und für sie eine Quelle ständiger, ungebrochener Freude. Jasselin ging damals auf die fünfzig zu. Wenn er zusah, wie dieses kleine Wesen mit seinem Spielzeug auf dem Wohnzimmerteppich herumtollte, überkamen ihn manchmal ungewollt düstere Gedanken. Vermutlich beeinflusst von gewissen, in seiner Generation weitverbreiteten Vorstellungen, hatte er bis dahin die Sexualität als positive Macht betrachtet, als Quelle der Vereinigung, die die Eintracht unter den Menschen über den unschuldigen Weg des geteilten Sinnengenusses erhöhte. Inzwischen aber sah er darin immer mehr ein Gefecht, einen brutalen Kampf um die Herrschaft, die Ausschaltung eines Rivalen und eine riskante Zunahme des Sexualverkehrs, dessen Existenzberechtigung ausschließlich darin bestand, die maximale Verbreitung der Gene sicherzustellen. Er sah darin die Quelle aller Konflikte, aller Massaker, allen Leids. Die Sexualität erschien ihm immer mehr als unmittelbarer, offenkundiger Ausdruck des Bösen. Und seine Berufserfahrung als Kriminalbeamter konnte das nur bestätigen: Das Motiv fast aller Verbrechen war entweder Geld oder Sex, das eine oder das andere, die Menschheit war anscheinend nicht imstande, darüber hinaus etwas anderes zu ersinnen, zumindest was kriminelle Handlungen betraf. Der Fall, den sie gerade zu bearbeiten hatten, wirkte auf den ersten Blick ganz originell, aber es war das erste Mal seit drei Jahren, die kriminellen Motive der Menschen waren im Allgemeinen ungemein einheitlich. Wie die meisten seiner Kollegen las Jasselin nur selten Kriminalromane; dennoch war er im vergangenen Jahr auf ein Buch gestoßen, bei dem es sich streng genommen nicht um einen Roman, sondern um die Lebenserinnerungen eines ehemaligen Privatdetektivs handelte, der in Bangkok tätig gewesen war und seine Laufbahn in Form von dreißig Kurzgeschichten schilderte. In fast allen Fällen waren seine Auftraggeber Männer aus der westlichen Welt, die sich unsterblich in eine junge Thailänderin verliebt hatten und wissen wollten, ob sie ihnen während ihrer Abwesenheit treu geblieben war, wie sie es ihnen zugesichert hatte. Fast in allen Fällen hatte die junge Frau einen oder mehrere Liebhaber, mit denen sie das Geld der Männer verprasste, und häufig noch ein Kind aus einer früheren Beziehung. In gewisser Weise war es sicherlich ein schlechtes Buch, zumindest ein schlechter Kriminalroman: Der Autor besaß nicht die geringste Phantasie und machte sich nicht einmal die Mühe, Motive und Handlungsabläufe zu variieren; aber gerade diese erdrückende Monotonie verlieh dem Buch einen realistischen, authentischen Charakter, der einzigartig war.

»Jean-Pierre!« Hélènes Stimme drang wie aus weiter Ferne an sein Ohr, und als er wieder richtig zu sich kam, merkte er, dass seine Frau mit offenem Haar im Hauskleid vor ihm stand, keinen Meter entfernt. Er hielt noch immer Michou mit vor der Brust erhobenen Armen in den Händen, schwer zu beurteilen, wie lange schon. Der kleine Hund blickte ihn überrascht, aber furchtlos an.

»Ist alles in Ordnung? Was machst du denn für ein Gesicht?«

»Ich hatte es heute mit einem seltsamen Fall zu tun.«

Hélène verstummte und wartete, ob er etwas mehr darüber verlauten lassen würde. In den fünfundzwanzig Jahren ihres Zusammenlebens hatte ihr Mann so gut wie nie etwas aus seinem Berufsalltag erzählt. Da die Kriminalbeamten täglich mit Abscheulichkeiten konfrontiert waren, die das Maß des Erträglichen für Menschen von normaler Empfindsamkeit überstieg, zogen es fast alle vor, darüber zu schweigen, sobald sie zu Hause waren. Das beste Mittel, um nicht depressiv zu werden, bestand darin, komplett abzuschalten, wenigstens am Feierabend zu versuchen, komplett abzuschalten. Manche Kollegen suchten Zuflucht im Alkohol und beendeten das Abendessen in dumpfer Benebelung, sodass sie sich anschließend nur noch ins Bett schleppen konnten. Andere, vor allem jüngere Kollegen, suchten Zuflucht in Sinnenfreuden, um zu versuchen, beim Liebesakt die Horrorvisionen gefolterter, verstümmelter Leichen zu vergessen. Fast keiner von ihnen war bereit, darüber zu sprechen, und daher ging auch Jasselin an jenem Abend, nachdem er Michou wieder hatte laufen lassen, direkt zum Tisch, setzte sich an seinen gewohnten Platz und wartete, dass seine Frau den Selleriesalat mit Remouladensoße brachte – Selleriesalat mit Remouladensoße aß er für sein Leben gern.

V

Am nächsten Tag ging er zu Fuß zu seiner Dienststelle, bog in die Rue des Fossés-Saint-Bernard ein und schlenderte dann am Ufer der Seine entlang. Er blieb lange auf dem Pont de l'Archevêché stehen: Von dort aus hatte man, wie er fand, den schönsten Blick auf Notre-Dame. Es war ein prächtiger Oktobermorgen, die Luft war frisch und klar. Anschließend blieb er noch eine Weile auf dem Square Jean-XXIII stehen, beobachtete die Touristen und die Homosexuellen, die meist zu zweit dort spazieren gingen, sich küssten oder Hand in Hand liefen.

Ferber kam fast zur gleichen Zeit wie er in der Dienststelle an und holte ihn auf der Treppe vor dem Kontrollposten im dritten Stock ein. Es würde im Quai des Orfèvres niemals einen Fahrstuhl geben, sagte er sich resigniert und bemerkte, dass Ferber den Schritt verlangsamt hatte, um ihn nicht auf dem letzten Treppenabschnitt zu überholen.

Lartigue kam als Erster zu ihnen in das Büro, das dem ganzen Team zur Verfügung stand. Er schien ziemlich deprimiert, sein glattes Gesicht mit dem dunklen Teint eines Südfranzosen war angespannt und sorgenvoll, obwohl er normalerweise ein recht fröhlicher Mensch war. Ferber hatte ihn beauftragt, vor Ort Zeugenaussagen aufzunehmen.

»Totaler Flop«, verkündete er sofort. »Ich habe nichts erfahren. Niemand hat etwas gesehen oder gehört. Und in den letzten Wochen hat nicht mal jemand ein auswärtiges Fahrzeug im Dorf bemerkt.«

Messier traf ein paar Minuten später ein, grüßte sie und legte den Rucksack, den er lässig über der rechten Schulter hängen hatte, auf seinen Schreibtisch. Er war erst dreiundzwanzig und seit sechs Monaten im Kriminaldezernat. Der Jüngste in ihrem Team. Ferber mochte ihn gern und sah über seine zwanglose Kleidung hinweg, die im Allgemeinen aus Trainingshose, Sweatshirt und Segeltuchjacke bestand und im Übrigen schlecht zu seinem kantigen, strengen Gesicht passte, über das nur selten ein Lächeln glitt; wenn er ihm manchmal nahelegte, seinen Bekleidungsstil zu ändern, war das eher ein freundschaftlicher Rat. Messier holte sich eine Flasche Cola light aus dem Getränkeautomaten, ehe er ihnen die Ergebnisse seiner Ermittlungen mitteilte. Seine Züge waren noch angespannter als gewöhnlich, er sah aus, als habe er die ganze Nacht nicht geschlafen.

»Mit dem Handy gab's kein Problem«, sagte er, »das hatte nicht mal einen PIN-Code. Aber dabei kam auch nichts Interessantes heraus. Gespräche mit seiner Verlegerin, mit dem Typen, der ihm Heizöl liefern, und mit einem anderen, der in seinem Haus Wärmedämmverglasung einsetzen sollte ... Also nur praktische oder berufliche Gespräche. Dieser Typ scheint überhaupt kein Privatleben gehabt zu haben.«

Messiers Verwunderung war in gewisser Weise unlogisch: Die Aufzeichnung seiner eigenen Telefongespräche wäre im Großen und Ganzen auf das Gleiche hinausgelaufen. Allerdings hatte er nicht die Absicht, sich ermorden zu lassen, und man vermutet eben immer, dass es im Leben eines Mordopfers etwas gegeben hat, das die Tat rechtfertigt oder erklärt, dass sich wenigstens in einem fernen Winkel seines Lebens irgendetwas *Interessantes* abgespielt hat.

»Bei dem Computer sah die Sache leider anders aus«, fuhr er fort. »Es ging schon damit los, dass er zwei aufeinander folgende Kennworte benutzt hat, die nicht leicht zu knacken sind, Kennworte mit Kleinbuchstaben und wenig verbreiteten Interpunktionszeichen ... Und dann sind alle Dateien verschlüsselt, und zwar in einer sicheren SSL-Double-Layer-Codierung mit 128 Bit. Kurz und gut, da stehe ich auf dem Schlauch, ich habe ihn an unsere Computerspezialisten geschickt. War der Typ paranoid oder was?«

»Der war Schriftsteller«, bemerkte Ferber. »Er wollte vielleicht seine Texte schützen, verhindern, dass sich ein Hacker Zugriff zu seinen Manuskripten verschafft.«

»Ich weiß nicht.« Messier schien das nicht zu überzeugen. »So ein hoher Codierungslevel lässt eher an einen Typen denken, der pädophile Videofilme austauscht.«

»Das eine schließt das andere ja nicht aus«, bemerkte Jasselin tiefsinnig. Diese simple Bemerkung ohne böse Hintergedanken vergiftete die ohnehin gespannte Atmosphäre der Besprechung noch ein bisschen mehr, da sie die betrübliche Ungewissheit, die diesen Mordfall umgab, noch stärker zum Ausdruck brachte. Sie hatten, das mussten alle zugeben, bisher absolut nichts: kein offenkundiges Motiv, keine Zeugenaussage, keine Spur. Das drohte auf einen jener unangenehmen Fälle mit leerer Akte hinauszulaufen, die – wenn es überhaupt je dazu kommt – manchmal erst nach Jahren durch reinen Zufall aufgeklärt werden, etwa durch einen rückfälligen Mörder, der für ein anderes Verbrechen festgenommen wird und im Verlauf der Ermittlungen einen zusätzlichen Mord gesteht.

Als Aurélie eintraf, wurde die Stimmung ein bisschen gelöster. Sie war eine hübsche junge Frau mit lockigem Haar und Sommersprossen. Jasselin fand sie etwas konfus und inkonsequent, bei Aufgaben, die äußerste Genauigkeit erforderten, konnte man sich nicht immer hundertprozentig auf sie verlassen, aber sie war dynamisch und stets guter Laune, was bei Teamarbeit wichtig war. Sie hatte gerade die ersten Resultate des Erkennungsdienstes erhalten und reichte Jasselin umgehend eine dicke Akte: »Die Fotos, um die du gebeten hattest.« Es waren etwa fünfzig Hochglanzabzüge im Format DIN A4. Jedes Foto gab ein Rechteck mit einer etwas mehr als einen Meter breiten Grundlinie vom Fußboden des Wohnzimmers wieder, in dem der Mord stattgefunden hatte. Die Fotos waren scharf und gut belichtet, ohne Schatten, praktisch aus der Vertikalen aufgenommen, und sie überschnitten sich kaum, das Ganze gab den Fußboden des Raumes getreu wieder. Sie hatte auch ein paar vorläufige Ergebnisse hinsichtlich der Waffe erhalten, mit der sowohl der Mann als auch der Hund enthauptet worden waren, was, wie alle festgestellt hatten, außerordentlich sauber und präzise vonstatten gegangen war: Sie hatte kaum Blutspritzer verursacht, obwohl das Sofa und alles rundherum eigentlich voller Blutflecken hätte sein müssen. Der Mörder hatte ein sehr eigentümliches Gerät benutzt, einen Laserschneider, vergleichbar etwa einem Draht zum Butterschneiden, bei dem die Rolle des Drahtes einem Argon-Laser zufällt, der das Fleisch zerschneidet und gleichzeitig die Wunde ausbrennt. Dieses Gerät, das Zehntausende von Euro kostete, wurde nur in chirurgischen Abteilungen von Krankenhäusern eingesetzt, wo man es für schwierige Amputationen benutzte. In Anbetracht der präzisen, sauberen Schnitte war auch der Rest der Leiche vermutlich mit chirurgischen Instrumenten zerschnitten worden.

Ein beifälliges Gemurmel ging durch das Büro. »Dann führt die Spur wohl zu einem Mörder aus dem medizinischen Bereich«, meinte Lartigue.

»Möglicherweise«, sagte Ferber. »Wir müssen sowieso überprüfen, ob in irgendeinem Krankenhaus so ein Gerät abhandengekommen ist; wobei der Mörder es sich natürlich auch für ein paar Tage ausgeliehen haben könnte.«

»Welche Krankenhäuser?«, fragte Aurélie.

»Fürs Erste alle französischen Krankenhäuser und natürlich auch Privatkliniken. Außerdem müssen wir uns beim Hersteller erkundigen, ob es in den letzten Jahren nicht irgendeinen ungewöhnlichen Verkauf gegeben hat, an eine Privatperson zum Beispiel. Ich nehme an, dass es für diese Art von Geräten nicht viele Hersteller gibt, oder?«

»Einen einzigen. Einen einzigen auf der ganzen Welt. Eine dänische Firma.«

Sie unterrichteten Michel Khoury, der soeben eingetroffen war, über den Stand der Dinge. Er war libanesischer Abstammung und im gleichen Alter wie Ferber. Von der äußeren Erscheinung her – er war füllig und adrett –, konnte man sich kaum zwei unterschiedlichere Menschen vorstellen, aber er besaß genau wie Ferber die für einen Polizeibeamten seltene Eigenschaft, *Vertrauen einzuflößen*, und daher entlockte er den Leuten ohne sichtliche Mühe die intimsten Dinge. Er hatte es an jenem Morgen übernommen, die nächsten Angehörigen des Opfers zu benachrichtigen und zu befragen.

»Wenn man überhaupt von Angehörigen sprechen kann«, präzisierte er. »Man muss sagen, dass er sehr einsam gelebt hat. Zwei Scheidungen und ein Kind, das er aus den Augen verloren hatte. Er hatte seit über zehn Jahren keinerlei Kontakt mehr zu seiner Familie. Liebesbeziehungen hatte er offensichtlich auch nicht. Vielleicht erfahren wir etwas mehr, wenn wir seine Telefongespräche auswerten, aber bisher habe ich nur zwei Namen gefunden: Teresa Cremisi, seine Verlegerin, und Frédéric Beigbeder, einen anderen Schriftsteller. Und auch das führt nicht sehr weit; ich habe Beigbeder heute Morgen angerufen, er war zutiefst bestürzt, und das war, glaube ich, nicht gespielt, aber er hat mir immerhin gesagt, dass sie sich seit zwei Jahren nicht mehr gesehen hatten. Seltsamerweise haben er und seine Verlegerin genau dasselbe gesagt: Er habe viele Feinde gehabt. Ich bin heute Nachmittag mit ihnen verabredet, dann erfahre ich vielleicht mehr.«

»Viele Feinde …«, wiederholte Jasselin nachdenklich. »Das ist interessant, denn im Allgemeinen haben Opfer nicht einen einzigen Feind, man hat den Eindruck, als hätten alle sie geliebt … Wir müssen zu seiner Beerdigung gehen. Ich weiß, dass das heutzutage kaum noch üblich ist, aber manchmal erfährt man etwas dabei. Es kommen nicht nur Freunde zur Beerdigung, sondern manchmal auch Feinde, sie scheinen irgendein Vergnügen daran zu finden.«

»Übrigens …«, sagte Ferber. »Ist eigentlich die Todesursache bekannt? Woran er genau gestorben ist?«

»Nein«, erwiderte Aurélie. »Wir müssen abwarten, bis sie die … Leichenteile obduziert haben.«

»Kann die Enthauptung nicht bei lebendigem Leib stattgefunden haben?«

»Auf keinen Fall. Das ist eine langwierige Sache, die eine Stunde dauern kann.« Sie erschauerte leicht und schüttelte sich.

Die meisten Mitarbeiter gingen danach fort und widmeten sich ihren jeweiligen Aufgaben. Nur Ferber und Jasselin blieben noch eine Weile im Büro. Die Besprechung hatte besser geendet, als sie begonnen hatte. Alle hatten jetzt etwas zu tun; auch wenn ihnen noch eine richtige Spur fehlte, hatten sie wenigstens ein paar Hinweise, denen sie nachgehen konnten.

»In der Presse ist noch nichts erschienen«, bemerkte Ferber. »Niemand ist auf dem Laufenden.«

»Ja«, erwiderte Jasselin und ließ den Blick auf einem Lastkahn ruhen, der die Seine hinabfuhr. »Das ist seltsam, ich hätte gedacht, dass es sofort losgeht.«

VI

Es geschah am folgenden Tag. »Der Schriftsteller Michel Houellebecq auf brutale Weise ermordet«, lautete die Schlagzeile in *Le Parisien*, der dem Ereignis eine halbe Spalte mit relativ wenigen Informationen widmete. Die anderen Tageszeitungen räumten ihm etwa den gleichen Platz ein, ohne mehr Einzelheiten anzugeben; sie beschränkten sich im Wesentlichen darauf, das Kommuniqué des Staatsanwalts von Montargis wiederzugeben. Anscheinend hatte keine Zeitung einen Berichterstatter an den Tatort entsandt. Wenig später wurden die Presseerklärungen verschiedener Persönlichkeiten sowie die des Kulturministers abgedruckt: Alle erklärten sich als »niedergeschmettert« oder zumindest »zutiefst betroffen« und ehrten den Verstorbenen als »großen Autor, der uns für immer im Gedächtnis bleiben wird« – kurz gesagt, alles spielte sich wie immer beim Tod eines prominenten Künstlers ab, mit der üblichen einstimmigen Lobhudelei und den entsprechenden Albernheiten, all das brachte die Beamten nicht viel weiter.

Michel Khoury kam enttäuscht von seinen Treffen mit Teresa Cremisi und Frédéric Beigbeder zurück. Ihr Kummer war ihm zufolge ohne jeden Zweifel aufrichtig. Jasselin hatte es schon immer verblüfft, mit welch ruhiger Bestimmtheit Khoury solche Dinge vorbrachte, die in den, wie er fand, äußerst komplizierten, ungewissen Bereich der menschlichen Psychologie fielen. »Sie hat ihn wirklich geliebt«, behauptete er zum Beispiel, oder »Ihr Kummer war ohne jeden Zweifel aufrichtig«, und all das sagte er, als stelle er durch Versuche belegte, beobachtbare Tatsachen dar; und das Seltsame an der Sache war, dass die späteren Ermittlungen ihm im Allgemeinen recht gaben. »Ich kenne mich mit Menschen aus«, hatte er einmal zu Jasselin gesagt, und zwar im selben Ton, als hätte er gesagt »Ich kenne mich mit Katzen aus« oder »Ich kenne mich mit Computern aus«.

Die beiden Zeugen hatten ihm jedoch kaum etwas Nützliches berichten können. Houellebecq habe viele Feinde, hatten beide noch einmal wiederholt, man habe ihn in ungerechtfertigter Weise aggressiv und grausam behandelt. Als er um eine genauere Liste bat, schlug Teresa Cremisi ihm mit einem ungeduldigen Achselzucken vor, ihm eine Pressemappe zu schicken. Aber die Frage, ob einer seiner Feinde ihn hätte umbringen können, hatten sie beide ganz eindeutig verneint. Teresa Cremisi, die sich übertrieben deutlich ausdrückte, als habe sie einen Schwachkopf vor sich, erklärte ihm, dass es sich um *literarische* Feinde handele, die ihren Hass auf Websites, in Zeitungs- oder Zeitschriftenartikeln, schlimmstenfalls in Büchern zum Ausdruck brachten, aber keiner von ihnen sei imstande, einen physischen Mord zu begehen. Nicht so sehr aus moralischen Gründen im Übrigen, fuhr sie mit einer spürbaren Note der Bitterkeit fort, sondern weil sie ganz einfach nicht den Mumm dazu hatten. Nein, sagte sie abschließend, der Täter sei bestimmt nicht – er hatte den Eindruck, dass sie fast gesagt hätte »leider nicht« – in literarischen Kreisen zu suchen.

Beigbeder hatte ihm im Großen und Ganzen das Gleiche gesagt. »Ich habe volles Vertrauen in die Polizei meines Landes«, hatte er als Erstes behauptet, ehe er laut auflachte, als handele es sich dabei um einen besonders guten Witz, aber Khoury hatte ihm das nicht übelgenommen, denn der Schriftsteller war sichtlich angespannt und verstört, dieser jähe Tod hatte ihn völlig aus der Bahn geworfen. Anschließend fügte er hinzu, dass Houellebecq »so ziemlich alle Arschlöcher aus der Pariser Szene« zum Feind habe. Auf Khourys Drängen nannte er schließlich die Journalisten der Website *nouvelobs.com*, wobei er jedoch hinzusetzte, dass diese sich gegenwärtig bestimmt über Houellebecqs Tod freuten, dass er aber keinen von ihnen für fähig halte, auch nur das geringste persönliche Risiko einzugehen. »Können Sie sich vorstellen, dass Didier Jacob eine rote Ampel überfährt? Selbst mit dem Fahrrad würde er das nie wagen«, hatte der Autor von *Ein französischer Roman* das Gespräch sichtlich angewidert beendet.

»Kurz gesagt handelt es sich um ein ganz normales berufliches Umfeld mit der üblichen Missgunst und den üblichen Rivalitäten«, meinte Jasselin und legte die beiden Zeugenaussagen in einen gelben Aktendeckel. Er heftete den Aktendeckel an letzter Stelle im Ordner »Zeugenaussagen« ab, in dem Bewusstsein, dass er damit das Kapitel *literarische Kreise* der Ermittlung abschloss und vermutlich nie wieder Gelegenheit haben würde, mit *literarischen Kreisen* in Kontakt zu kommen. Ihm war im Übrigen auch schmerzhaft bewusst, dass die Ermittlungen keinen Schritt vorankamen. Inzwischen lag ihnen der Befund des Erkennungsdienstes vor: Der Mann und der Hund waren mit einer SIG-Sauer M-45 erschossen worden, in beiden Fällen mit einer einzigen Kugel aus allernächster Nähe in Höhe des Herzens; die Waffe war mit einem Schalldämpfer versehen gewesen. Zuvor waren sie mit einem stumpfen, länglichen Gegenstand niedergeschlagen worden – es mochte sich um einen

Baseballschläger gehandelt haben. Ein sauberer Mord ohne überflüssige Gewaltanwendung. Erst im Anschluss daran waren die Leichen in Stücke und Streifen geschnitten worden. Dieser Vorgang musste, wie sie aufgrund einer kurzen Simulation berechnet hatten, etwas über sieben Stunden gedauert haben. Der Tod war drei Tage vor dem Auffinden der Leiche eingetreten; der Mord hatte also an einem Samstag stattgefunden, vermutlich gegen Mittag.

Die Auswertung der detaillierten Liste aller geführten Telefongespräche, die der Telefonanbieter entsprechend der Gesetzesvorschrift über einen Zeitraum von einem Jahr gespeichert hatte, hatte nichts ergeben. Tatsächlich hatte Houellebecq innerhalb dieses Zeitraums nur wenig telefoniert – insgesamt nur dreiundneunzig Gespräche, und keines davon hatte irgendeinen persönlichen Charakter gehabt.

VII

Die Beerdigung war auf den folgenden Montag angesetzt. Der Schriftsteller hatte diesbezüglich bei einem Notar genaue Anweisungen und die für die Durchführung erforderliche Geldsumme hinterlegt. Er wollte nicht eingeäschert, sondern auf herkömmliche Weise beerdigt werden. »Ich habe den Wunsch, dass mein Skelett von Würmern freigelegt wird«, hatte er angegeben und sich in dem ansonsten eher in bürokratischem Stil verfassten Text eine persönliche Anmerkung erlaubt: »Ich habe immer eine ausgezeichnete Beziehung zu meinem Skelett unterhalten und freue mich darüber, dass es sich von seiner Hülle aus Fleisch lösen kann.« Er wünschte, auf dem Friedhof Montparnasse beerdigt zu werden, und hatte schon im Voraus ein dreißigjähriges Nutzungsrecht an einer einfachen Grabstätte erworben, die zufällig ein paar Meter von Emmanuel Boves Grab entfernt lag.

Jasselin und Ferber waren beide *ziemlich gut* in Beerdigungen. Ferber mit seinen abgezehrten Zügen, seiner blassen Gesichtsfarbe und seiner im Allgemeinen dunklen Kleidung fiel es nicht schwer, die bei solchen Gelegenheiten erforderliche Trauer und Würde zur Schau zu stellen, und Jasselins erschöpfte, resignierte Haltung eines Mannes, der das Leben kennt und sich keinen allzu großen Illusionen mehr hingibt, war ebenfalls durchaus angemessen. Sie hatten im Übrigen schon an ziemlich vielen Beerdigungen gemeinsam teilgenommen, bisweilen an Beerdigungen von Opfern, meistens aber an solchen von Kollegen: Manche hatten Selbstmord begangen, andere waren in der Ausübung ihres Dienstes umgekommen – und deren Begräbnisse waren besonders eindrucksvoll, denn im Allgemeinen war die Zeremonie mit der Verleihung eines Ordens verbunden, der feierlich in Anwesenheit eines hohen Staatsbeamten oder gar des Innenministers an ein auf dem Sarg ruhendes Samtkissen geheftet wurde – kurz gesagt, eine Feier mit allen Ehren der Republik.

Sie trafen sich um zehn Uhr im Kommissariat des 6. Arrondissements; von den Fenstern des Empfangssaals des Gemeindeamts aus, den man ihnen zu diesem Anlass aufgeschlossen hatte, hatten sie einen sehr guten Blick auf die Place Saint-Sulpice. Zur Überraschung aller war bekannt geworden, dass sich der Autor der *Elementarteilchen*, der sein ganzes Leben lang einen kompromisslosen Atheismus vertreten hatte, sechs Monate zuvor in einer Kirche in Courtenay unauffällig hatte taufen lassen. Diese Nachricht befreite die Kirchenbehörden aus einem unangenehmen Dilemma: Aus einleuchtenden Gründen der Medienwirksamkeit legten sie großen Wert darauf, nicht von der Bestattung von Personen des öffentlichen Lebens ausgeschlossen zu sein. Doch die ständige Zunahme des Atheismus und die tendenziell rückläufige Taufrate – trotz einer nicht unerheblichen Anzahl von Taufen aus reiner Konvention – sowie das rigide Festhalten der Kirche an überkommenen Regeln führten immer öfter zu diesem für sie entmutigenden Ergebnis.

Der Erzbischof von Paris, der per E-Mail benachrichtigt worden war, gab begeistert seine Zustimmung zu einer Messe, die um elf Uhr stattfinden sollte. Der Kardinal beteiligte sich persönlich an der Ausarbeitung der Predigt, die die universelle humanistische Tragweite der Werke des Schriftstellers hervorhob und nur sehr diskret, gleichsam als *Koda*, seine heimliche Taufe in einer Kirche in Courtenay erwähnte. Die Totenmesse würde einschließlich der Heiligen Kommunion und sonstiger grundlegender Riten etwa eine Stunde dauern; gegen Mittag sollte Houellebecq also *zu seiner letzten Ruhestätte geleitet* werden.

Auch in dieser Hinsicht, teilte ihm Ferber mit, hatte der Schriftsteller genaue Anweisungen hinterlassen, er hatte sogar eine Zeichnung seines Grabmals angefertigt: eine schlichte Platte aus schwarzem Basalt in Bodenhöhe. Er hatte ausdrücklich verlangt, dass sie auf keinen Fall den Erdboden überragen dürfe, nicht einmal um wenige Zentimeter. Auf der Grabplatte waren nur sein Name, ohne Daten oder sonstige Hinweise, sowie ein Möbiusband eingemeißelt. Er hatte sie vor seinem Tod von einem Pariser Steinmetz anfertigen lassen und die Ausführung persönlich überwacht.

»Mit anderen Worten«, sagte Jasselin, »ein verdammt eingebildeter Kerl.«

»Da tust du ihm unrecht«, erwiderte Ferber leise. »Er war kein schlechter Schriftsteller, weißt du.«

Jasselin schämte sich sofort für diese Bemerkung, die er ohne wirklichen Grund geäußert hatte. Was Houellebecq für sich selbst getan hatte, war nicht mehr, ja eher weniger als das, was jeder x-beliebige Großbürger des 19. Jahrhunderts oder jeder kleine Adlige der vorhergehenden Jahrhunderte getan hätte. Bei weiterem Nachdenken wurde ihm plötzlich klar, dass er die gegenwärtige Tendenz absolut nicht billigte, sich einäschern und die Asche bescheiden in freier Natur verstreuen zu lassen, als wolle man dadurch zum Ausdruck bringen, dass man wieder in ihren Schoß zurückkehrte und sich mit den Elementen vermischte. Selbst seinen Hund, der vor fünf Jahren gestorben war, hatte er unbedingt beerdigen wollen. Er hatte, bevor er ihn mit Erde bedeckte, sogar ein Spielzeug neben den kleinen Kadaver gelegt, das das Tier besonders geliebt hatte, und ihm schließlich ein schlichtes Denkmal im Garten des Hauses seiner Eltern in der Bretagne gesetzt, in dem sein Vater ein Jahr zuvor gestorben war. Er hatte das Haus übrigens nicht verkauft, weil er mit dem Gedanken spielte, dass Hélène und er sich vielleicht eines Tages dort zur Ruhe setzen könnten. Der Mensch war nicht Teil der Natur, er hatte sich über die Natur erhoben, und auch der Hund hatte sich, seit er zum Haustier geworden war, über sie erhoben, das war seine innerste Überzeugung. Und als er weiter darüber nachdachte, erschien es ihm *frevelhaft*, obwohl er nicht an Gott glaubte, es erschien ihm *anthropologisch betrachtet frevelhaft*, die Asche eines Menschen auf Wiesen, über Flüssen oder dem Meer und sogar im Auge eines Zyklons zu verstreuen, wie es sich der Hanswurst Alain Gillot-Pétré gewünscht hatte, der seinerzeit, er erinnerte sich noch, im Ruf stand, den Wetterbericht im Fernsehen *aufgepeppt* zu haben. Der Mensch zeichnete sich durch sein Bewusstsein aus, ein einzigartiges, individuelles, unersetzbares Bewusstsein, und verdiente damit ein Denkmal, eine Stele oder wenigstens eine Inschrift, jedenfalls irgendetwas, das für die zukünftigen Jahrhunderte ein Zeugnis seines Daseins ablegte, das war Jasselins innerste Überzeugung.

»Sie treffen allmählich ein«, sagte Ferber leise zu ihm und riss ihn aus seinem Grübeln. Obwohl es erst halb elf war, hatten sich tatsächlich schon etwa dreißig Leute vor dem Eingang der Kirche versammelt. Wer mochten diese Leute sein? Namenlose

Leser von Houellebecq vermutlich. Besonders bei aus Rache begangenen Morden kann es geschehen, dass der Täter zur Beerdigung seines Opfers kommt. Jasselin hielt das in diesem Fall für ziemlich unwahrscheinlich, dennoch hatte er zwei mit Teleobjektivkameras ausgerüstete Fotografen des Erkennungsdienstes in eine Wohnung in der Rue Froidevaux kommen lassen, aus der man einen guten Blick auf den Friedhof Montparnasse hatte.

Zehn Minuten später trafen sowohl Teresa Cremisi als auch Frédéric Beigbeder zu Fuß ein. Als der Schriftsteller Teresa Cremisi entdeckte, begrüßte er sie mit einem Kuss auf die Wangen. Sie besaßen beide, dachte Jasselin, ein bemerkenswert angemessenes Äußeres. Die Verlegerin mit ihren orientalischen Gesichtszügen hätte durchaus eines jener *Klageweiber* sein können, die noch bis vor kurzem bei gewissen Beerdigungen im Mittelmeerraum eingesetzt worden waren, und Beigbeder schien besonders düsteren Gedanken nachzuhängen. Tatsächlich war der Autor von *Ein französischer Roman* zu diesem Zeitpunkt erst einundfünfzig Jahre alt, es war vermutlich eine der ersten Beerdigungen von jemandem aus seiner Generation, an der er teilnahm. Er sagte sich vielleicht, dass es bestimmt nicht die letzte sei und dass die Telefongespräche mit seinen Freunden bald nicht mehr mit der Frage »Was machst du heute Abend?« beginnen würden, sondern eher mit den Worten »Rat mal, wer gestorben ist …«

Jasselin und Ferber verließen unauffällig das Gemeindeamt und mischten sich unter die Menge. Inzwischen hatten sich etwa fünfzig Leute dort versammelt. Um fünf Minuten vor elf hielt der Leichenwagen vor der Kirche – ein schlichter, schwarzer Kastenwagen des beauftragten Bestattungsdienstes. In dem Augenblick, da die beiden Angestellten den Sarg aus dem Fahrzeug holten, ging ein entsetztes, betroffenes Gemurmel durch die Menge. Die Techniker des Erkennungsdienstes hatten die grässliche Aufgabe übernehmen müssen, die am Tatort über den ganzen Boden verstreuten Fleischklumpen einzusammeln und sie in hermetisch verschlossene, versiegelte Plastiksäcke zu stecken, die sie mitsamt dem unversehrten Kopf nach Paris geschickt hatten. Nachdem die Untersuchungen beendet waren, blieb nur noch ein kompaktes Häufchen von viel geringerer Masse als der eines normalen menschlichen Leichnams übrig, und die Angestellten des Bestattungsdienstes hatten es als sinnvoll erachtet, einen Kindersarg mit einer Länge von einem Meter zwanzig zu nehmen. Diese auf einer rationalen Überlegung basierende Entscheidung war vielleicht prinzipiell lobenswert, aber die Wirkung, die der Anblick des Sarges hervorrief, den die beiden Angestellten über den Vorplatz der Kirche trugen, war außerordentlich betrüblich. Jasselin hörte, wie Ferber einen Schmerzenslaut unterdrückte, und ihm selbst schnürte sich dabei das Herz zusammen, obwohl er äußerst abgehärtet war. Mehrere Anwesende brachen in Tränen aus.

Während der Messe selbst langweilte er sich wie gewöhnlich ungemein. Er hatte im Alter von zehn Jahren den Glauben verloren und trotz der zahlreichen Beerdigungen, an denen er hatte teilnehmen müssen, nie wieder Zugang zum Katholizismus gefunden. Im Grunde begriff er überhaupt nichts, verstand nicht einmal, worauf der Priester hinauswollte; es gab Anspielungen auf Jerusalem, die ihm unangebracht vorkamen, aber sie hatten wohl einen symbolischen Sinn, sagte er sich. Er musste immerhin zugeben, dass ihm der Ritus durchaus *angemessen* erschien und das Versprechen eines zukünftigen Lebens in diesem Fall natürlich sehr willkommen war. Die Einmischung der Kirche im Rahmen einer Beerdigung war im Grunde viel legitimer als bei

Geburt oder Hochzeit. Hier war die Kirche völlig in ihrem Element, hatte über den Tod tatsächlich *etwas zu sagen* – bei der Liebe war das schon viel problematischer.

Normalerweise stellen sich die Familienangehörigen neben den Sarg, um die Beileidsbezeugungen entgegenzunehmen, doch hier gab es keine Familie. Gleich nachdem die Messe beendet war, hoben daher die beiden Angestellten den kleinen Sarg wieder hoch – abermals durchfuhr Jasselin ein betrübter Schauer – und trugen ihn zum Leichenwagen. Zu seiner großen Überraschung standen auf dem Vorplatz etwa fünfzig Personen, die darauf warteten, dass die Leute aus der Kirche kamen – vermutlich Houellebecq-Leser, die gegen alle religiösen Zeremonien allergisch waren.

Da keine besonderen Maßnahmen zur Absperrung irgendwelcher Straßen oder zum Kanalisieren des Verkehrs getroffen worden waren, fuhr der Leichenwagen ohne Umweg zum Friedhof Montparnasse, und die etwa hundert versammelten Personen schlugen denselben Weg ein: über die Rue Guynemer am Jardin du Luxembourg entlang, dann über die Rue Vavin, die Rue Bréa und ein kurzes Stück auf dem Boulevard Raspail, ehe sie die Abkürzung über die Rue Huyghens nahmen. Jasselin und Ferber hatten sich ihnen angeschlossen. Es waren Menschen aller Altersstufen und aus allen Gesellschaftsschichten, meistens allein, manche zu zweit; Leute, die im Grunde nichts Besonderes zu verbinden schien und an denen sich kein gemeinsames Merkmal erkennen ließ. Jasselin hatte plötzlich die Gewissheit, dass Ferber und er ihre Zeit verschwendeten. Es handelte sich um Houellebecq-Leser und nichts anderes, es war unwahrscheinlich, dass sich unter ihnen irgendjemand befand, der mit dem Mord etwas zu tun hatte. Dann eben nicht, sagte er sich, wenigstens war es ein angenehmer Spaziergang; das Wetter im Pariser Becken blieb weiterhin schön, der Himmel tiefblau, fast winterlich.

Die Totengräber hatten, vermutlich auf Anraten des Priesters, bis zu ihrer Ankunft gewartet, ehe sie mit dem Zuschaufeln begannen. Angesichts des offenen Grabes wuchs Jasselins Begeisterung für Erdbestattungen, und zwar so weit, dass er den festen, endgültigen Entschluss fasste, sich seinerseits dereinst in der Erde beisetzen zu lassen und schon am nächsten Tag seinen Notar anzurufen, um das ausdrücklich in seinem Testament festzulegen. Eine einzelne Frau um die dreißig warf eine weiße Rose ins Grab – Frauen sind doch wirklich bewundernswert, sagte er sich, die denken an Dinge, die keinem Mann in den Sinn gekommen wären. Bei Feuerbestattungen hört man immer das Geratter der Senkvorrichtung, und die Gasbrenner machen einen furchtbaren Lärm, während hier die Stille fast vollkommen war, bis auf das beruhigende Geräusch der ins Grab geschaufelten Erde, die auf das Holz schlug und auf der Oberfläche des Sarges sanft auseinanderfiel. In der Mitte des Friedhofs war der Verkehrslärm kaum zu hören. Als sich das Grab allmählich mit Erde füllte, wurde das Geräusch immer gedämpfter, immer schwächer. Dann wurde die Marmorplatte daraufgelegt.

VIII

Er erhielt die Fotos schon im Lauf des folgenden Vormittags. Die Techniker des Erkennungsdienstes nervten Jasselin zwar mit ihrer Selbstgefälligkeit, aber er musste zugeben, dass sie im Allgemeinen ausgezeichnete Arbeit leisteten. Die Abzüge waren perfekt belichtet und trotz der Entfernung gestochen scharf, man konnte das Gesicht jeder einzelnen Person, die zum Begräbnis des Schriftstellers gekommen war, gut erkennen. Zusätzlich zu den Abzügen hatte er einen USB-Stick mit den Fotos in digitaler Form erhalten. Er schickte ihn sofort an die interne Informatikabteilung, mit der Bitte, die Bilder mit der Datenbank erfasster Straffälliger abzugleichen; sie verfügten inzwischen über ein Programm für Gesichtserkennung, das es ihnen erlaubte, den Vorgang innerhalb weniger Minuten durchzuführen. Er versprach sich nicht viel davon, aber man musste es wenigstens versuchen.

Das Ergebnis erhielt er gegen Abend, als er im Begriff war, nach Hause zu gehen – es war wie erwartet negativ. Gleichzeitig hatte die Informatikabteilung einen dreißigseitigen Bericht mit der Inhaltsanalyse von Houellebecqs Computer beigelegt – dessen Codes sie schließlich geknackt hatten. Er nahm den Bericht mit nach Hause, um ihn dort in Ruhe studieren zu können.

Er wurde vom Kläffen Michous empfangen, der mindestens eine Viertelstunde lang Luftsprünge machte, und vom Geruch von Kabeljau nach galizischer Art – Hélène bemühte sich, die Geschmacksrichtungen zu variieren, von burgundischer zu elsässischer Küche, von provenzalischen Gerichten zu denen aus dem Südwesten Frankreichs; sie verstand es auch sehr gut, italienisch, türkisch oder marokkanisch zu kochen und hatte sich zu einem vom Gemeindeamt des 5. Arrondissements veranstalteten Einführungskurs in die Kochtraditionen aus dem Fernen Osten eingeschrieben. Er ging auf sie zu und drückte ihr einen Kuss auf die Lippen; sie trug ein hübsches Seidenkleid. »Wenn du Lust hast, können wir in zehn Minuten essen«, sagte sie. Sie machte einen entspannten, glücklichen Eindruck, wie immer, wenn sie nicht an die Uni musste – die Herbstferien hatten gerade begonnen. Hélènes Interesse für die Wirtschaftswissenschaften war im Lauf der Jahre ziemlich erlahmt. Sämtliche Theorien, die wirtschaftliche Phänomene zu erklären und ihre Entwicklung vorherzusagen versuchten, kamen ihr immer unbegründeter und gewagter vor, sie neigte inzwischen dazu, sie für reinen Schwindel zu halten. Sie fand es sogar überraschend, dass es überhaupt einen Wirtschaftsnobelpreis gab, als könne diese Fachrichtung die gleiche methodologische Strenge und die gleiche geistige Gewissenhaftigkeit wie Chemie oder Physik für sich in Anspruch nehmen. Auch am Unterricht hatte sie nicht mehr so viel Freude wie früher. Überhaupt interessierte sie sich nicht mehr für die heutige Jugend, das geistige Niveau ihrer Studenten war erschreckend niedrig, man musste sich manchmal sogar fragen, was sie dazu veranlasst hatte zu studieren. Die einzige Antwort darauf, das wusste sie im Grunde, war ihr Wunsch, Geld zu verdienen, möglichst viel Geld zu verdienen; trotz einer kurz aufflammenden Begeisterung für humanitäre Belange war das das Einzige, was sie wirklich motivierte. Hélènes Berufsleben bestand im Grunde daraus, karrieregeilen Dummköpfen absurdes, widersprüchliches Zeug beizubringen, auch wenn sie es vermied, es sich in so deutlicher Form einzugestehen. Sie hatte den Wunsch, eine vorzeitige Pensionierung zu beantragen, sobald ihr Mann in den Ruhestand ging, doch er war in dieser Hinsicht anderer Meinung, er liebte seine Arbeit wie eh und je, das Böse und das Verbrechen waren in seinen Augen noch genauso dringliche, wesentliche Probleme wie vor achtundzwanzig Jahren, als er in den Polizeidienst eingetreten war.

Er schaltete den Fernseher ein, gleich würden die Nachrichten kommen. Michou sprang aufs Sofa und legte sich neben ihn. Nach der Beschreibung eines besonders meuchlerischen Attentats von palästinensischen Selbstmordkandidaten in Hebron ging der Sprecher zu der Krise über, die seit mehreren Tagen die Börsenplätze ins Wanken brachte und die manchen Fachleuten zufolge noch schlimmer zu werden drohte als jene von 2008. Alles in allem eine sehr konventionelle Zusammenfassung. Er war im Begriff, das Programm zu wechseln, als Hélène ihr Essen im Stich ließ und sich auf die Armlehne des Sofas setzte. Er legte die Fernbedienung wieder zurück. Das war schließlich ihr Arbeitsbereich, sagte er sich, vielleicht interessierte es sie doch ein bisschen.

Nach einem kurzen Überblick über die bedeutendsten Finanzplätze war ein *Experte* zu Gast im Studio. Hélène hörte ihm mit einem undefinierbaren Lächeln aufmerksam zu. Jasselin betrachtete ihre Brüste durch den Ausschnitt ihres Kleides: Brüste mit Silikonimplantaten zwar, Hélène hatte die Operation vor zehn Jahren vornehmen lassen, aber es war ein Erfolg gewesen, der Chirurg hatte gute Arbeit geleistet. Jasselin war mit Brustvergrößerungen durchaus einverstanden, da sie eine gewisse *erotische Bereitschaft* der Frau zum Ausdruck brachten, die für die Sexualität eines der wichtigsten Dinge der Welt ist und das Ende des Sexuallebens eines Paares um zehn, wenn nicht gar um zwanzig Jahre hinauszögern kann. Außerdem hatte ihm die Sache Momente wunderbarer Verzückung beschert: Am Swimmingpool eines Club-Hotels in der Dominikanischen Republik, in dem sie nur ein einziges Mal ihre Ferien verbracht hatten (Michel, ihr erster Bologneser, hätte ihnen das um ein Haar nie verziehen, und sie hatten sich geschworen, es nie wieder zu tun, es sei denn sie fanden ein Club-Hotel, das Hunde zuließ – doch leider hatten sie keines ausfindig gemacht), also kurz gesagt, bei diesem Ferienaufenthalt hatte er verzückt die Brüste seiner am Swimmingpool auf dem Rücken liegenden Frau betrachtet, die mit kühner Verachtung der Schwerkraft zum Himmel aufragten.

Brüste mit Silikonimplantaten sind lächerlich, wenn das Gesicht einer Frau voller Falten und ihr Körper fett, schlaff und verunstaltet ist, aber das war bei Hélène bei weitem nicht der Fall. Ihr Körper war schlank geblieben, ihr Po fest und kaum verformt, und ihr dichtes, lockiges, kastanienbraunes Haar fiel ihr anmutig auf die gerundeten Schultern. Anders ausgedrückt, sie war eine sehr hübsche Frau, anders ausgedrückt, er hatte Glück, sehr viel Glück.

Langfristig betrachtet werden Brüste mit Silikonimplantaten natürlich irgendwann lächerlich, aber zu jenem Zeitpunkt hat man andere Sorgen, dann denkt man an Gebärmutterkrebs, Gehirnschlag und Ähnliches. Und man denkt an die Weitergabe des Vermögens, an die Aufteilung der Immobilien unter den mutmaßlichen Erben, auf jeden Fall beschäftigen einen dann andere Dinge als Brustimplantate, aber so weit waren sie noch nicht, sagte er sich, noch nicht ganz, vielleicht würden sie heute Abend miteinander schlafen – oder besser noch morgen früh, morgens war es ihm lieber, dann war er anschließend den ganzen Tag gut gelaunt –, man konnte sagen, dass sie noch ein paar schöne Jahre vor sich hatten.

Das Wirtschaftsthema war inzwischen beendet, nun wurde eine Liebeskomödie vorgestellt, die am folgenden Tag in die französischen Kinos kam. »Hast du gehört, was dieser Typ gesagt hat, der Experte?«, fragte Hélène. »Hast du seine Prognosen mitbekommen?« Nein, tatsächlich hatte er überhaupt nicht zugehört, sondern sich damit begnügt, ihre Brüste zu betrachten, aber er vermied es, sie zu unterbrechen.

»In einer Woche wird man feststellen, dass all seine Prognosen falsch waren. Dann laden sie einen anderen Experten ein oder sogar noch einmal denselben, und der stellt ebenso selbstsicher neue Prognosen ...« Sie schüttelte betrübt, fast empört den Kopf. »Wieso kann eine Fachrichtung, die nicht einmal imstande ist, verifizierbare Prognosen zu stellen, als *Wissenschaft* angesehen werden?«

Jasselin hatte Popper nicht gelesen und konnte ihr keine brauchbare Antwort darauf geben, also begnügte er sich damit, ihr die Hand auf den Schenkel zu legen. Sie lächelte ihm zu und sagte: »Wir können gleich essen.« Dann kehrte sie zu ihren Kochtöpfen zurück, aber im Verlauf des Essens sprach sie das Thema noch einmal an. Ein Verbrechen, sagte sie zu ihrem Mann, erscheine ihr als eine zutiefst menschliche Handlung, die zwar mit den düstersten Zonen des Menschen verbunden, aber dennoch menschlich sei. Die Kunst, um ein anderes Beispiel zu nehmen, sei mit allem verbunden: mit den düsteren, den sonnigen und allen dazwischen liegenden Zonen. Die Wirtschaft dagegen stehe mit so gut wie gar nichts in Verbindung oder höchstens mit den Seiten des Menschen, die ausgesprochen mechanisch, vorhersehbar und automatisch seien. Sie sei keine Wissenschaft und erst recht keine Kunst, letztlich sei sie so gut wie gar nichts.

Er war damit nicht einverstanden und sagte es ihr. Da er schon seit langem mit Verbrechern zu tun hatte, könne er ihr versichern, dass es sich dabei um Individuen handele, deren Handlungen äußerst mechanisch und vorhersehbar seien, in noch viel stärkerem Maße, als man sich das vorstellen könne. In fast allen Fällen töteten sie um des Geldes willen, ausschließlich deswegen; daher sei es im Allgemeinen auch so leicht, sie zu fassen. Im Gegensatz dazu arbeite fast niemand *ausschließlich* um des Geldes willen. Es gäbe immer noch andere Motivationen: das Interesse an der Arbeit, die Anerkennung, die man dadurch bekommen könne, die freundschaftlichen Beziehung zu den Kollegen ... Und fast niemand habe ein völlig rationales Kaufverhalten. Dass die wirtschaftlichen Theorien so unbegründet und letztlich schlichtweg falsch waren, lag vermutlich daran, dass die Motivation der Erzeuger wie auch die der Verbraucher völlig unbestimmbar sei. Beim Aufdecken von Verbrechen hingegen konnte man fast wissenschaftlich oder zumindest äußerst rational vorgehen. Hélène wusste darauf nichts zu erwidern. Die Existenz irrationaler ökonomischer Faktoren war schon immer die *Schattenseite*, der blinde Fleck, aller Wirtschaftstheorien gewesen. Auch wenn sie inzwischen großen Abstand zu ihrer Arbeit gewonnen hatte, erlaubte ihr die Beschäftigung mit der Wirtschaftstheorie immerhin, ihren Beitrag zu den Haushaltskosten zu leisten und ihren Status an der Universität beizubehalten: Vorteile, die eher symbolischen Charakter hatten. Jean-Pierre hatte recht, auch ihr Verhalten war nicht von *rationalen ökonomischen Faktoren* bestimmt. Sie entspannte sich auf dem Sofa und betrachtete ihren kleinen Hund, der in ekstatischer Pose mit in die Luft gestreckten Pfoten auf der linken hinteren Ecke des Wohnzimmerteppichs auf dem Rücken lag.

Später am Abend nahm sich Jasselin den Bericht der Informatikabteilung über den Computer des Opfers vor. Als Erstes hatten sie festgestellt, dass sich Houellebecq seinen Behauptungen in zahlreichen Interviews zum Trotz noch bis zum Schluss dem Schreiben gewidmet hatte; er hatte sogar sehr viel geschrieben. Aber was er schrieb, war ziemlich seltsam: Es hatte Ähnlichkeit mit Poesie oder politischen Pamphleten, jedenfalls begriff Jasselin so gut wie nichts von den im Bericht abgedruckten Auszügen. Das schicken wir am besten seiner Verlegerin, sagte er sich.

Ansonsten enthielt der Computer kaum etwas Nützliches. Houellebecq hatte die Adressbuch-Funktion seines Macintosh benutzt. Der gesamte Inhalt seines Adressbuches war in dem Bericht wiedergegeben, und es war ergreifend: Insgesamt waren dreiundzwanzig Namen darin enthalten, darunter zwölf Künstler, ein paar Ärzte und einige andere Dienstleister. Die Terminkalender-Funktion hatte er ebenfalls benutzt, und auch da sah es nicht anders aus, er hatte sich im Allgemeinen Dinge wie »Müllsäcke« oder »Heizöllieferung« notiert. Alles in allem hatte Jasselin selten jemanden gesehen, der ein so beschissenes Leben führte. Auch sein Internet-Browser verriet nichts Aufregendes. Houellebecq hatte weder pädophile noch pornographische Websites besucht, seine gewagtesten Verbindungen waren die mit Websites für Damenunterwäsche und Reizwäsche wie *Belle et Sexy* oder *liberette.com* gewesen. Der arme Kerl hatte sich also damit begnügt, Mädchen in hautengen Miniröcken oder durchsichtigen Unterhemden anzustarren, Jasselin schämte sich fast, die Seite gesehen zu haben. Die Aufklärung dieses Verbrechens würde bestimmt nicht leicht werden. Normalerweise deuten die Laster eines Menschen die Spur zu seinem Mörder an, seine Laster oder sein Geld. Geld hatte Houellebecq zwar gehabt, wenn auch nicht so viel, wie Jasselin sich vorgestellt hatte, aber anscheinend war nichts gestohlen worden, man hatte in seinem Haus sogar sein Scheckheft, seine Kreditkarte und eine Brieftasche mit mehreren hundert Euro gefunden. Er schlief in dem Moment ein, als er versuchte, Houellebecqs politische Pamphlete noch einmal zu lesen, als hoffe er, darin eine Erklärung oder einen Sinn zu finden.

IX

Gleich am nächsten Morgen nahmen sie die elf Einträge in seinem Adressbuch unter die Lupe, die persönliche Kontakte zu sein schienen. Abgesehen von Teresa Cremisi und Frédéric Beigbeder, die sie bereits befragt hatten, waren es ausschließlich Frauen.

Während SMS von den Telefonanbietern nur ein Jahr lang gespeichert werden, gibt es bei E-Mails keine zeitliche Begrenzung, vor allem wenn der Benutzer, wie Houellebecq, dafür nicht seinen eigenen Computer, sondern den Speicherplatz in Anspruch nimmt, den ihm sein Provider zur Verfügung stellt; in diesem Fall bleiben die Nachrichten sogar bei einem Wechsel der Hardware erhalten. Der Provider *me.com* hatte Houellebecq eine persönliche Speicherkapazität von 40 GB eingeräumt; bei gleichbleibendem Rhythmus seiner bisherigen Korrespondenz hätte er siebentausend Jahre gebraucht, ehe der Speicherplatz voll gewesen wäre.

Die Frage, ob E-Mails aus juristischer Sicht privater Korrespondenz gleichzustellen sind oder nicht, hatte einen richtigen Rechtsstreit ausgelöst. Jasselin beauftragte sofort sein ganzes Team mit der Auswertung von Houellebecqs E-Mails, vor allem da in Kürze ein Untersuchungsrichter mit dem Fall betraut würde, dem er den Stand der Ermittlungen berichten musste. Während Staatsanwälte und deren Vertreter im Allgemeinen großes Verständnis aufbrachten, konnten sich Untersuchungsrichter, sogar bei Ermittlungen in Mordfällen, als echte Nervensägen entpuppen.

Seine Männer arbeiteten fast zwanzig Stunden am Tag – Houellebecq hatte kurz vor seinem Tod im Gegensatz zu früher nur noch sehr wenig per Internet korrespondiert, aber zu manchen Zeiten, vor allem direkt nach dem Erscheinen eines Buches, hatte er im Durchschnitt dreißig E-Mails pro Tag erhalten – und konnten bereits am folgenden Donnerstag die neun Frauen identifizieren. Die geographische Bandbreite war beeindruckend: eine Spanierin, eine Russin, eine Chinesin, eine Tschechin, zwei Deutsche – und immerhin drei Französinnen. Da entsann sich Jasselin wieder, dass er es mit einem Autor zu tun hatte, der in fast alle Sprachen übersetzt war. »Das hat jedenfalls sein Gutes«, sagte er zu Lartigue, der die Liste gerade fertiggestellt hatte. Er sagte das eher, um sein Gewissen zu beruhigen, so wie man einen unumgänglichen Scherz macht. In Wirklichkeit beneidete er den Schriftsteller nicht im Geringsten. Alle waren ehemalige Geliebte, wie der Inhalt ihrer Korrespondenz eindeutig belegte – bisweilen Geliebte aus alten Zeiten; in einigen Fällen lag ihre Beziehung schon über dreißig Jahre zurück.

Es erwies sich als einfach, diese Frauen zu erreichen: Er stand noch mit allen in Kontakt, schrieb ihnen nette, harmlose E-Mails, in denen er die kleinen oder großen Qualen des Lebens heraufbeschwor und manchmal auch dessen Freuden.

Die drei Französinnen erklärten sich sofort bereit, in die Dienststelle am Quai des Orfèvres zu kommen – dabei lebte eine von ihnen in Perpignan, die zweite in Bordeaux und die dritte in Orléans. Die Ausländerinnen sagten im Übrigen auch nicht Nein, sie baten nur um etwas Zeit, um die Reise zu organisieren.

Jasselin und Ferber empfingen sie getrennt, um ihre Eindrücke vergleichen zu können, und ihre Eindrücke waren bemerkenswert übereinstimmend. All diese Frauen empfanden noch eine zärtliche Liebe für Houellebecq. »Wir standen noch per E-Mail in Kontakt, ziemlich regelmäßig«, sagten sie. Jasselin sagte ihnen nicht, dass er die E-Mails gelesen hatte. Nie war die Möglichkeit einer erneuten Begegnung in Betracht gezogen worden, aber man spürte, dass die Frauen ihr gegebenenfalls wohl zugestimmt hätten. Es war erschreckend, sagte er sich, richtig erschreckend: Frauen vergessen ihre ehemaligen Liebhaber nie, das kam hier ganz deutlich zum Ausdruck. Auch Hélène hatte ehemalige Liebhaber – obwohl sie noch relativ jung gewesen war, als er sie kennengelernt hatte, hatte sie vor ihm schon andere Liebhaber gehabt; was würde geschehen, wenn sie ihnen erneut begegnete? Das ist der Nachteil an polizeilichen Ermittlungen, man wird plötzlich ungewollt mit unangenehmen persönlichen Fragen konfrontiert. Aber im Hinblick auf die Suche nach dem Mörder brachte ihnen das nichts. Diese Frauen hatten Houellebecq gekannt, hatten ihn sogar sehr gut gekannt, doch Jasselin spürte, dass sie mehr nicht sagen würden – damit hatte er gerechnet, Frauen sind in solchen Dingen immer sehr zurückhaltend, selbst wenn sie nicht mehr verliebt sind, bleibt ihnen die Erinnerung an diese Liebe unendlich kostbar – aber wie auch immer, sie hatten ihn seit Jahren, manche sogar seit Jahrzehnten nicht wiedergesehen, und allein die Vorstellung, sie könnten daran denken, ihn zu ermorden, oder sie könnten jemanden kennen, der ihn ermorden wollte, war grotesk.

Ein Ehemann, ein eifersüchtiger Liebhaber nach so langer Zeit? Daran glaubte er keine Sekunde. Wenn jemand weiß, dass seine Frau vor ihm schon andere Liebhaber gehabt hat und er das Pech hat, eifersüchtig auf sie zu sein, weiß er dennoch genau, dass es nichts nützt, sie umzubringen – das würde die Wunde nur erneut aufreißen. Nun ja, er würde trotzdem jemanden aus seinem Team dieser Sache nachgehen lassen – jedoch ohne großen Aufwand, nur ganz nebenbei. Er glaubte nicht an diese Spur, das stand fest, aber er wusste auch, dass man sich manchmal irren konnte. Doch als Ferber ihn fragte: »Sollen wir mit den Ausländerinnen weitermachen? Das kostet natürlich ein bisschen Geld, weil wir jemanden hinschicken müssen, aber wir sind durchaus dazu berechtigt, immerhin handelt es sich um einen Mord«, erwiderte er ohne zu zögern, das sei nicht nötig. In jenem Augenblick befand er sich in seinem Büro und betrachtete noch einmal, wie schon Dutzende von Malen innerhalb der letzten zwei Wochen, aufs Geratewohl die Fotos vom Fußboden des Tatorts – verzweigte, ineinander verschlungene rote und schwarze Blutspuren – und die Aufnahmen der beim Begräbnis des Schriftstellers anwesenden Personen: technisch einwandfreie Nahaufnahmen von Menschen mit traurigen Gesichtern.

»Du machst einen besorgten Eindruck, Jean-Pierre«, sagte Ferber.

»Ja, ich spüre, dass wir nicht weiterkommen, und ich weiß nicht mehr, was wir tun sollen. Setz dich, Christian.«

Ferber betrachtete einen Augenblick seinen Vorgesetzten, der noch immer mechanisch die Fotos durchblätterte, ohne sie im Einzelnen zu betrachten, ein bisschen wie ein Kartenspiel.

»Was erhoffst du dir denn genau von diesen Fotos?«

»Ich weiß nicht. Ich spüre, dass sie uns irgendwie weiterhelfen können, aber ich weiß nicht, auf welche Weise.«

»Vielleicht sollten wir Lorrain mal fragen.«

»Ist der nicht schon pensioniert?«

»Doch, mehr oder weniger, ich weiß nicht so recht, was für einen Status er hat; er kommt ein paar Stunden in der Woche vorbei. Auf jeden Fall ist seine Stelle nicht neu besetzt worden.«

Guillaume Lorrain war nur einfacher Kriminalobermeister, aber er besaß eine seltsame Fähigkeit: Er hatte ein absolutes visuelles, fotografisches Gedächtnis – wenn er einmal das Foto von jemandem gesehen hatte, und sei es nur in der Zeitung, war er imstande, ihn zehn oder zwanzig Jahre später wiederzuerkennen. Bevor es das Softwareprogramm Visio gegeben hatte, das es erlaubte, das Foto eines Verdächtigen mit der Datenbank erfasster Verbrecher abzugleichen, hatte man ihn zu Rate gezogen. Selbstverständlich beschränkte sich seine Gabe nicht nur auf Verbrecher, sondern betraf jeden Menschen, dessen Foto er unter ganz gleich welchen Umständen gesehen hatte.

Sie statteten ihm am folgenden Freitag in seinem Büro einen Besuch ab. Lorrain war ein kleiner stämmiger Mann mit grauem Haar. Er war ruhig und besonnen und erweckte den Eindruck, als habe er sein ganzes Leben in einem Büro verbracht – was im Übrigen nicht ganz falsch war: Gleich nachdem man seine seltsame Begabung festgestellt hatte, war er ans Kriminaldezernat versetzt und von allen anderen Aufgaben entlastet worden.

Jasselin erklärte ihm, was er von ihm erwartete. Lorrain machte sich sofort an die Arbeit und betrachtete nacheinander die am Tag der Beerdigung aufgenommenen Fotos. Manchmal legte er eine Aufnahme sehr schnell wieder beiseite, in anderen Fällen schaute er sie fast eine Minute lang unverwandt an, ehe er sie weglegte. Seine Konzentration war furchteinflößend; wie funktionierte sein Gehirn bloß? Es war ein seltsamer Anblick.

Nach zwanzig Minuten nahm er ein Foto und wiegte den Oberkörper vor und zurück. »Ich hab ihn gesehen … Ich hab den Typen irgendwo schon mal gesehen …«, sagte er mit fast tonloser Stimme. Jasselin zuckte nervös zusammen, beherrschte sich aber, um ihn nicht zu unterbrechen. Lorrain wiegte den Oberkörper noch eine Zeitlang, die Jasselin endlos vorkam, vor und zurück und sagte immer wieder halblaut: »Ich hab ihn gesehen … Ich hab ihn gesehen …«, wie eine Art persönliches Mantra; dann hielt er plötzlich jäh inne und reichte Jasselin das Foto, das einen Mann um die vierzig mit feinen Zügen, sehr heller Gesichtsfarbe und halblangem, schwarzem Haar zeigte.

»Wer ist das?«, fragte Jasselin.

»Jed Martin. Bei dem Namen bin ich mir sicher. Wo ich sein Foto gesehen habe, kann ich nicht mit hundertprozentiger Sicherheit sagen, aber mir scheint, es war in *Le Parisien*, der die Eröffnung einer Ausstellung ankündigte. Dieser Typ muss in irgendeiner Weise etwas mit Kunst zu tun haben.«

X

JED HATTE VON HOUELLEBECQS TOD zu einem Zeitpunkt erfahren, da er von Tag zu Tag mit einer unheilvollen Nachricht gerechnet hatte, die seinen Vater betraf. Entgegen seinen Angewohnheiten hatte dieser Ende September angerufen und Jed gebeten, ihn zu besuchen. Er lebte inzwischen in einem Seniorenheim mit Pflegestation in Le Vésinet, das in einem großen, unter Napoleon III. erbauten Landsitz untergebracht und viel schicker und viel teurer war als das vorhergehende, eine Art elegante Hightech-Sterbeanstalt. Die geräumigen Wohnungen bestanden aus einem Wohn- und einem Schlafzimmer, und die Bewohner verfügten über einen großen LCD-Fernseher mit Abonnements für Kabel- und Satellitenkanäle, einen DVD-Player und einen DSL-Internetanschluss. Die Gebäude befanden sich in einem Park mit einem kleinen See voller Enten und schnurgeraden Alleen, auf denen Rehe liefen. Sie konnten sogar, wenn sie es wünschten, einen kleinen Garten nutzen, um Gemüse und Blumen zu ziehen – doch nur wenige machten davon Gebrauch. Jed hatte sich lange mit seinem Vater herumstreiten müssen, ehe dieser dem Heimwechsel zugestimmt hatte, er war mehrfach in ihn gedrungen, um ihm zu verstehen zu geben, dass es wirklich nicht mehr nötig war, auf absurde Weise zu sparen – um ihm zu verstehen zu geben, dass er nun *reich* war. Selbstverständlich nahm das Heim nur Leute auf, die während ihres aktiven Lebens in den höchsten Kreisen der französischen Bourgeoisie verkehrt hatten; »kleine Scheißer und Snobs«, hatte Jeds Vater, der aus obskuren Gründen stolz auf seine kleinbürgerliche Abstammung blieb, sie einmal genannt.

Jed begriff nicht sofort, warum sein Vater ihn hatte herkommen lassen. Nach einem kurzen Spaziergang durch den Park – er hatte inzwischen Mühe zu laufen – setzten sie sich in einen großen Raum, dessen Holzverkleidung und Ledersessel den Eindruck eines englischen Clubs hervorrufen sollten, und bestellten sich einen Kaffee. Er wurde ihnen in einer Silberkanne serviert, mit Kaffeesahne und einem Teller Feingebäck. Der Raum war leer bis auf einen Greis, der allein vor einer Tasse heißer Schokolade saß, den Kopf hin und her wiegte und im Begriff war einzunicken. Er hatte langes, weißes, lockiges Haar, trug einen hellen Anzug und um den Hals einen locker gebundenen Seidenschal. Er wirkte wie ein ehemaliger Varietékünstler – ein Operettensänger zum Beispiel, der seine größten Erfolge auf dem Festival von Lamalou-les-Bains erzielt haben mochte –, jedenfalls hätte man eher erwartet, ihm in einem von einer karitativen Vereinigung für notleidende alte Künstler finanzierten Heim zu begegnen als in dieser Institution, die in Frankreich, selbst an der Côte d'Azur ihresgleichen suchte, man musste schon nach Monaco oder in die Schweiz fahren, um etwas Entsprechendes zu finden.

Jeds Vater betrachtete den alten Beau eine ganze Weile stumm, ehe er sich an seinen Sohn wandte. »Der da hat Glück«, sagte er schließlich. »Er hat eine sehr seltene Krankheit – eine Demeleumaiose oder wie immer das heißt. Er leidet überhaupt nicht, sondern ist nur ständig erschöpft und schläft alle paar Minuten ein, selbst beim Essen. Wenn er spazieren geht, setzt er sich nach wenigen Metern auf eine Bank und nickt ein. Er schläft jeden Tag ein bisschen mehr, und irgendwann wacht er dann gar nicht mehr auf. Es gibt Menschen, die haben bis zum letzten Moment Glück.«

Er drehte sich zu seinem Sohn um und blickte ihm fest in die Augen. »Ich wollte nicht am Telefon mit dir darüber sprechen, aber erfahren sollst du es natürlich: Ich habe mich an eine Schweizer Sterbehilfeorganisation gewandt. Ich habe beschlossen, ihre Dienste in Anspruch zu nehmen.«

Jed reagierte nicht sofort, was seinem Vater die Zeit ließ, seine Argumente vorzubringen, die sich darauf beschränkten, dass er das Leben satt habe.

»Fühlst du dich hier nicht wohl?«, fragte sein Sohn schließlich mit zitternder Stimme.

Doch, er sei hier sehr gut untergebracht, er hätte nicht besser untergebracht sein können, aber Jed müsse einfach begreifen, dass er sich *nirgendwo* mehr wohlfühlen könne, dass er sich *ganz allgemein im Leben* nicht mehr wohlfühle (er begann sich aufzuregen und sprach inzwischen mit lauter, fast wütender Stimme, aber der alte Sänger schlief sowieso fest, und in dem Raum war alles ruhig). Wenn er noch weiterleben wolle, müsse man ihm einen neuen künstlichen Darmausgang legen, und allmählich reiche es ihm mit diesen Späßen. Außerdem habe er große Schmerzen, die kaum zu ertragen seien.

»Geben sie dir denn kein Morphium?«, fragte Jed verwundert.

O doch, sie gäben ihm so viel Morphium, wie er haben wolle, ihnen sei natürlich daran gelegen, dass sich die Heimbewohner ruhig verhielten, aber ob das vielleicht ein Leben sei, die ganze Zeit unter Morphium zu stehen?

Jed war davon überzeugt, dass es sogar ein besonders beneidenswertes Leben ohne Sorgen sei, ohne belastende Verantwortungen, ohne Begierde und ohne Furcht, fast wie ein pflanzliches Leben, in dem man die sanfte Liebkosung von Sonne und Wind genoss. Er vermutete jedoch, dass sein Vater diesen Standpunkt wohl kaum teilen würde. Er war ein ehemaliger Firmenchef, ein aktiver Mensch, und solche Leute standen Drogen zumeist ablehnend gegenüber, sagte er sich.

»Und außerdem, was geht dich das eigentlich an?«, rief sein Vater aggressiv. (Jed wurde plötzlich bewusst, dass er der Nörgelei des alten Mannes schon seit einer ganzen Weile nicht mehr zugehört hatte.) Er zögerte und druckste herum, ehe er schließlich erwiderte, doch, in gewissem Sinn habe er den Eindruck, dass ihn das immerhin etwas angehe. »Es ist schon nicht sehr witzig, das Kind einer Selbstmörderin zu sein ...«, fügte er dann hinzu. Sein Vater sank sichtlich getroffen in sich zusammen, ehe er äußerst heftig entgegnete: »Damit hat das überhaupt nichts zu tun!«

Wenn beide Elternteile Selbstmord verübt hatten, fuhr Jed fort, ohne den Einwurf seines Vaters zu beachten, geriet man als deren Kind in die unangenehme, heikle Lage von jemandem, dessen Bande ans Leben einer gewissen Festigkeit entbehrten. Er sprach sehr lange und ziemlich gewandt, was ihn im Nachhinein etwas erstaunte, da er eigentlich nicht sonderlich lebenslustig war, im Allgemeinen wurde er eher als zurückhaltender, trauriger Mensch angesehen. Aber er hatte sofort begriffen, dass die einzige Möglichkeit, seinen Vater zu beeinflussen, darin bestand, an sein Pflichtbewusstsein zu appellieren – sein Vater war seit jeher ein pflichtbewusster Mensch gewesen, im Grunde hatten nur Arbeit und Pflicht in seinem Leben gezählt. »*Das Subjekt der Sittlichkeit in seiner eigenen Person zernichten, ist eben so viel, als die Sittlichkeit selbst, ihrer Existenz nach, so viel an ihm ist, aus der Welt vertilgen*«, sagte Jed immer wieder mechanisch zu sich selbst, ohne den Satz wirklich zu begreifen. Ihn betörte vor allem dessen plastische Eleganz sowie das darin enthaltene Argument von allgemeiner Tragweite: die kulturelle Regression, die die generell verbreitete Zuflucht zur Sterbehilfe darstellte, die Heuchelei und der im Grunde eindeutig *schlechte* Charakter ihrer berühmtesten Verfechter, die moralische Überlegenheit der Palliativpflege usw.

Als er gegen fünf Uhr das Seniorenheim verließ, stand die Sonne schon knapp über dem Horizont, und ihre letzten Strahlen hatten eine herrliche goldene Färbung angenommen. Spatzen hüpften über das vom Raureif glitzernde Gras. Purpur- und scharlachrote Wolken zogen in seltsam zerrissenen Formen in Richtung Westen. Es war unmöglich, an jenem Abend die Schönheit der Welt zu leugnen. War sein Vater empfänglich für solche Dinge? Er hatte nie das geringste Interesse für Natur gezeigt, aber wer weiß, vielleicht tat er es im hohen Alter doch? Er selbst hatte während seines Besuchs bei Houellebecq festgestellt, dass er die ländliche Schönheit, die ihm bis dahin immer gleichgültig gewesen war, allmählich zu schätzen begann. Er legte seinem Vater ungelenk den Arm um die Schultern und drückte ihm einen Kuss auf die rauen Wangen – in diesem Augenblick hatte er den Eindruck, als habe er die Partie gewonnen, doch noch am selben Abend, und erst recht an den folgenden Tagen, kamen ihm Zweifel. Es hätte nichts genutzt, seinen Vater anzurufen oder ihn erneut zu besuchen – eher im Gegenteil, denn es bestand die Gefahr, ihn dadurch vor den Kopf zu stoßen. Er stellte sich seinen Vater als jemanden vor, der reglos auf einem Bergkamm stand und zögerte, auf welche Seite er sich fallen lassen sollte. Es war die letzte wichtige Entscheidung, die er in seinem Leben zu treffen hatte, und Jed befürchtete, dass er, wie er es früher bei Problemen auf einer Baustelle stets getan hatte, wieder einmal beschließen würde, *zum äußersten Mittel zu greifen.*

An den folgenden Tagen wurde er immer unruhiger, er rechnete nun jeden Moment damit, einen Anruf von der Leiterin des Seniorenheims zu bekommen: »Ihr Vater ist heute Morgen um zehn Uhr nach Zürich gefahren. Er hat Ihnen einen Brief hinterlassen.« Als ihm daher eine Frau am Telefon den Tod von Houellebecq mitteilte, begriff er nicht gleich und glaubte an einen Irrtum. (Marilyn hatte ihren Namen nicht genannt, und er hatte ihre Stimme nicht wiedererkannt. Sie wusste nicht mehr als das, was in den Zeitungen stand, aber sie hatte es für richtig gehalten, ihn anzurufen, da sie sich – im Übrigen zu Recht – gesagt hatte, dass er keine Zeitungen las.) Und selbst nachdem er aufgelegt hatte, glaubte er noch eine Weile an einen Irrtum, weil sich seine Beziehung zu Houellebecq in seinen Augen im Anfangsstadium befand; er hatte noch immer die Vorstellung, dass sie dazu bestimmt waren, sich oft wiederzusehen und vielleicht sogar *Freunde* zu werden, wenn sich dieser Begriff überhaupt auf Menschen ihres Schlages anwenden ließ. Sie hatten sich zwar nicht wiedergesehen, seit er ihm Anfang Januar das Gemälde gebracht hatte, und nun war es schon Ende November. Er hatte Houellebecq auch nicht angerufen und nicht den Versuch gemacht, ihn zu treffen, aber schließlich handelte es sich um einen Mann, der zwanzig Jahre älter war als er, und für Jed bestand das Privileg des Alters, das einzige, traurige Privileg des Alters darin, das Recht zu haben, *in Frieden gelassen zu wer-*

den, und er war bei ihren Begegnungen zu der Überzeugung gekommen, dass Houellebecq sich vor allem wünschte, *in Frieden gelassen zu werden*; dennoch hatte er gehofft, dass Houellebecq ihn anrufen würde, denn nach ihrer letzten Begegnung hatte er gespürt, dass er ihm noch viel zu sagen hatte und begierig auf seine Antworten war. Er hatte seit Beginn des Jahres ohnehin so gut wie nichts getan: Er hatte seinen Fotoapparat hervorgeholt, ohne jedoch Pinsel und Leinwand wegzuräumen – wie auch immer, er befand sich in einem Zustand extremer Ungewissheit. Er war nicht einmal umgezogen, obwohl das sehr leicht gewesen wäre.

Am Tag der Beerdigung war er ziemlich müde gewesen und hatte nicht viel von der Messe mitbekommen. Es war um Schmerz, aber auch um Hoffnung und Wiederauferstehung gegangen, jedenfalls war die Botschaft ziemlich verworren gewesen. Auf den sauberen, schachbrettartig angelegten Alleen des Friedhofs Montparnasse mit ihrem kalibrierten Kies dagegen war ihm die Sache absolut klar vorgekommen: Das Ende seiner Beziehung zu Houellebecq war ein Fall von *höherer Gewalt*. Die Menschen, die um ihn herum versammelt waren und von denen er niemanden kannte, schienen ebenfalls davon überzeugt zu sein. Und als er sich jetzt zurückerinnerte, erfüllte ihn mit einem Schlag die Gewissheit, dass sein Vater das Vorhaben, seinem Leben ein Ende zu setzen, unweigerlich ausführen würde und dass Jed früher oder später den Anruf der Heimleiterin bekommen werde. Das würde der Schlussstrich sein, ohne nochmalige Aussprache oder Erklärung: Das letzte Wort würde nie gesagt werden, womit er sich mutlos und voller Bedauern abzufinden hatte.

Doch ihn erwartete auch noch etwas anderes, denn ein paar Tage später rief ihn ein Typ namens Ferber an. Seine Stimme war sanft und angenehm, ganz anders, als er sich die eines Polizeibeamten vorgestellt hatte. Er teilte ihm mit, dass sein Vorgesetzter Hauptkommissar Jasselin ihn in ihrer Dienststelle am Quai des Orfèvres empfangen würde.

XI

HAUPTKOMMISSAR JASSELIN SEI in einer Besprechung, wurde ihm bei seiner Ankunft mitgeteilt. Jed setzte sich in ein kleines Wartezimmer mit grünen Plastikstühlen und blätterte in einer alten Ausgabe der Zeitschrift *Polizeikräfte*, ehe es ihm in den Sinn kam, aus dem Fenster zu schauen: Der Blick auf den Pont Neuf, den Quai de Conti und weiter hinten den Pont des Arts war herrlich. Im winterlichen Licht wirkte die Seine wie erstarrt, die Wasseroberfläche war mattgrau. Die Kuppel des Institut de France hatte geradezu etwas Anmutiges, musste er ein wenig gegen seinen Willen einräumen. Einem Gebäude eine gerundete Form zu geben, das ließ sich natürlich durch nichts rechtfertigen, rational betrachtet war das ganz einfach verlorener Raum. Aber vielleicht war die Moderne ja ein Irrtum, sagte sich Jed zum ersten Mal in seinem Leben. Eine Überlegung rein rhetorischer Natur, denn in Westeuropa war die Moderne schon seit langem beendet.

Jasselin stürzte in den Raum und riss ihn aus seinen Gedanken. Er wirkte angespannt und ziemlich genervt. Er hatte tatsächlich im Lauf des Vormittags eine weitere Enttäuschung erlebt: Der Vergleich der Vorgehensweise des Täters mit jener von Serienmördern hatte absolut nichts ergeben. Weder in ganz Europa noch in den USA noch in Japan war ein Mörder in einer Datenbank erfasst worden, der seine Opfer in Streifen schnitt und diese im Raum verteilte, das hatte es noch nie gegeben. »Ausnahmsweise ist Frankreich mal ganz vorn«, hatte Lartigue bemerkt, um die Atmosphäre zu entspannen, doch sein Versuch war elend gescheitert.

»Es tut mir leid«, sagte er, »mein Büro ist im Moment besetzt. Darf ich Ihnen einen Kaffee anbieten? Er ist nicht schlecht, wir haben gerade eine neue Maschine bekommen.«

Zwei Minuten später kam er mit zwei kleinen Pappbechern zurück, der Kaffee war tatsächlich ausgezeichnet. Es sei unmöglich, sagte er zu Jed, eine ernsthafte polizeiliche Ermittlung durchzuführen, wenn man keine ordentliche Kaffeemaschine habe. Dann bat er ihn, seine Beziehung zum Opfer zu schildern. Jed erzählte die ganze Geschichte: die geplante Ausstellung, das Vorwort zum Katalog, das Porträt, das er von dem Schriftsteller gemalt hatte … Er bemerkte, wie sich das Gesicht seines Gesprächspartners nach und nach immer mehr verfinsterte und wie dieser auf seinem Plastikstuhl in sich zusammensank.

»Ich verstehe … Kurz gesagt, Sie waren nicht wirklich miteinander befreundet«, fasste Jasselin die Situation zusammen.

Nein, befreundet nicht, stimmte ihm Jed zu; aber er habe sowieso nicht den Eindruck, dass Houellebecq mit irgendjemandem so etwas wie eine *freundschaftliche Beziehung* unterhalten habe, zumindest nicht in den letzten Jahren seines Lebens.

»Ja, ja …«, erwiderte Jasselin völlig entmutigt. »Ich weiß nicht, wieso ich mir mehr erhofft hatte … Ich fürchte, ich habe Sie umsonst hergebeten. Na gut, aber lassen Sie uns trotzdem in mein Büro gehen, damit ich Ihre Aussage aufnehmen kann.«

Sein Arbeitstisch war fast völlig mit Fotos vom Tatort übersät, die er an einem Großteil des Vormittags vielleicht zum fünfzigsten Mal vergeblich unter die Lupe genommen hatte. Jed näherte sich neugierig und nahm eines der Fotos in die Hand, um es genauer zu betrachten. Jasselin gelang es nur halb, eine Geste der Überraschung zu unterdrücken.

»Entschuldigen Sie«, sagte Jed verlegen. »Ich nehme an, ich habe nicht das Recht, mir das anzusehen.«

»Allerdings, im Prinzip unterliegen sie dem Berufsgeheimnis. Aber tun Sie es ruhig, ich bitte Sie. Vielleicht sagen Ihnen die Bilder ja etwas ...«

Jed musterte mehrere Abzüge, die Jasselin alle fast gleich vorkamen: geronnenes Blut, Fleischfetzen, ein formloses Puzzle. »Seltsam«, sagte Jed schließlich. »Es sieht fast aus wie ein Pollock, aber ein Pollock, der fast ausschließlich monochrom gestaltet ist. Das hat er übrigens manchmal getan, aber nicht oft.«

»Und wer ist Pollock? Entschuldigen Sie meinen Mangel an Bildung.«

»Jackson Pollock war ein amerikanischer Maler der Nachkriegszeit. Ein Maler des Abstrakten Expressionismus, sogar einer der Hauptvertreter dieser Stilrichtung. Er war stark vom Schamanismus beeinflusst. Er ist 1956 gestorben.«

Jasselin betrachtete ihn plötzlich mit neu erwachtem Interesse.

»Und was sind das für Fotos?«, fragte Jed. »Ich meine, was stellen sie tatsächlich dar?«

Jasselin war über Jeds heftige Reaktion überrascht. Er hatte gerade noch Zeit, einen Sessel heranzuziehen, in den sich Jed zitternd und von Krämpfen geschüttelt sinken ließ. »Bleiben Sie hier sitzen ... Sie müssen unbedingt etwas trinken«, sagte Jasselin. Er eilte in das Büro von Ferbers Team und kam mit einer Flasche Lagavulin und einem Glas zurück. Es war unmöglich, eine ernsthafte polizeiliche Ermittlung durchzuführen, wenn man nicht über einen Vorrat von hochwertigem Alkohol verfügt, davon war er überzeugt, aber diesmal verzichtete er darauf, es laut zu formulieren. Jed trank ein ganzes Glas mit tiefen Zügen, bis sein Zittern allmählich nachließ. Jasselin zwang sich dazu, Geduld aufzubringen, und zügelte seine Aufregung.

»Ich weiß, wie grässlich das ist«, sagte er schließlich. »Es ist eines der grässlichsten Verbrechen, mit dem ich je zu tun hatte. Glauben Sie …«, fuhr er behutsam fort, »… glauben Sie, dass der Mörder von Jackson Pollock beeinflusst sein könnte?«

Jed schwieg ein paar Sekunden und schüttelte ungläubig den Kopf, ehe er erwiderte: »Ich weiß nicht … Es erinnert durchaus daran. Gegen Ende des 20. Jahrhunderts hat es zahlreiche Künstler gegeben, die ihren eigenen Körper für künstlerische Zwecke benutzt haben, und manche Vertreter der *Body Art* haben sich tatsächlich auf Pollock berufen. Aber die Körper anderer Menschen … Nur die Wiener Aktionisten haben in den sechziger Jahren diese Grenze überschritten, doch das ist zeitlich sehr begrenzt geblieben und hat heutzutage keinerlei Einfluss mehr.«

»Ich weiß, dass Ihnen das absurd erscheinen mag«, hakte Jasselin nach, »aber in der augenblicklichen Lage, in der wir uns befinden … Ich dürfte Ihnen das eigentlich nicht sagen, aber wir sind mit unseren Ermittlungen keinen Schritt weitergekommen, wir haben die Leiche schon vor zwei Monaten gefunden und befinden uns noch immer in einer totalen Sackgasse.«

»Wo ist denn das passiert?«

»Bei ihm zu Hause im Loiret.«

»Ach natürlich, ich hätte den Teppichboden wiedererkennen müssen.«

»Sie haben ihn dort besucht? Im Loiret?«

Diesmal gelang es ihm nicht, seine Erregung zu verbergen. Jed war der erste von all den Zeugen, die sie befragt hatten, der das Haus kannte, in dem Houellebecq gewohnt hatte. Selbst seine Verlegerin war nie dort gewesen: Sie hatten sich immer in Paris getroffen.

»Ja, einmal«, erwiderte Jed ruhig. »Um ihm sein Porträt zu bringen.«

Jasselin verließ sein Büro und rief Ferber. Er gab ihm auf dem Flur eine kurze Zusammenfassung dessen, was er gerade erfahren hatte.

»Das ist interessant«, sagte Ferber nachdenklich. »Wirklich. Weitaus interessanter als all das, was wir seit dem Beginn der Ermittlungen herausgefunden haben, wie mir scheint.«

»Aber wie sollen wir die Sache jetzt weiterverfolgen?«, entgegnete Jasselin.

Sie setzten sich zu einer improvisierten Besprechung in Ferbers Büro; Aurélie, Lartigue und Michel Khoury nahmen daran teil. Messier war nicht da, er war mit einer anderen Untersuchung beschäftigt, die ihn zu faszinieren schien – ein psychotischer Jugendlicher, ein völlig zurückgezogener Computerfreak, hatte die Handlungsvorlagen für die von ihm verübten Morde anscheinend im Internet gefunden. (Seine Mitarbeiter interessierten sich allmählich nicht mehr ausschließlich für den Mord an Houellebecq, sagte sich Jasselin traurig, sie begannen sich mit der Möglichkeit eines Misserfolgs abzufinden.) Eine ganze Weile wurden die verschiedensten Vorschläge gemacht – keiner von ihnen hatte die geringste Ahnung von Kunst –, doch schließlich kam Ferber die rettende Idee: »Ich denke, wir sollten mit ihm ins Loiret fahren, zum Tatort. Vielleicht entdeckt er etwas, das wir übersehen haben.«

Jasselin warf einen Blick auf seine Armbanduhr: Es war halb drei, die Essenszeit war schon lange vorbei – aber vor allem wartete der Zeuge schon fast drei Stunden allein in seinem Büro.

Als er den Raum betrat, warf Jed ihm einen zerstreuten Blick zu. Er schien sich überhaupt nicht zu langweilen: Er saß am Schreibtisch des Hauptkommissars und betrachtete aufmerksam die Fotos. »Wissen Sie«, sagte er schließlich, »das ist nur eine ziemlich schlechte Imitation von Pollock. Die Formen und die auseinanderfließenden Farben haben zwar eine gewisse Ähnlichkeit mit seinen Bildern, aber die Anordnung ist völlig mechanisch, da fehlen die Kraft und der Lebensdrang.«

Jasselin zögerte, er wollte ihn nicht vor den Kopf stoßen. »Das ist mein Schreibtisch ...«, sagte er schließlich, da ihm nichts Besseres einfiel. »Oh, entschuldigen Sie!« Jed sprang auf und überließ ihm den Platz, machte aber nicht gerade einen betretenen Eindruck. Jasselin erklärte ihm seinen Plan. »Kein Problem«, erwiderte Jed sofort. Sie einigten sich darauf, schon am folgenden Tag zu fahren, Jasselin würde seinen Privatwagen nehmen. Als sie den Treffpunkt vereinbarten, stellten sie fest, dass sie nur wenige hundert Meter voneinander entfernt wohnten.

»Ein komischer Typ ...«, sagte sich Jasselin, nachdem Jed fort war, und wie schon oft in der Vergangenheit dachte er an all die Menschen, die ohne besonderen Grund und ohne gemeinsame Interessen oder Belange gleichzeitig im Herzen derselben Stadt lebten und getrennte, nicht vergleichbare Existenzen führten, auch wenn sich ihre Wege manchmal aufgrund von Sex (immer seltener) oder aufgrund eines Verbrechens (immer öfter) kreuzten. Aber zum ersten Mal rief dieser Gedanke – der ihn zu

Beginn seiner Laufbahn als Polizeibeamter fasziniert und angeregt hatte, sich eingehender damit zu befassen, mehr darüber zu erfahren und dieser Art von menschlichen Beziehungen auf den Grund zu gehen – in ihm nur noch vagen Überdruss hervor.

XII

Obgleich Jed nichts über Jasselins Leben wusste, überraschte es ihn kaum, ihn am Steuer einer A-Klasse vorfahren zu sehen. Die A-Klasse von Mercedes ist das ideale Auto für kinderlose, alte Ehepaare, die in der Stadt oder in einem Vorort leben, es sich aber nicht nehmen lassen, sich hin und wieder eine Eskapade in einem *Romantikhotel* zu gönnen; auch junge Paare mit konservativer Einstellung können diese Wahl treffen – in diesem Fall ist es meistens ihr erster Mercedes. Dieser Wagen aus der preiswertesten Klasse der Firma mit dem Stern fällt ein wenig aus der Reihe, die Limousinen der C-Klasse und der E-Klasse entsprechen eher den Vorstellungen, die die klassische Käuferschicht mit einem Mercedes verbindet. Mercedes-Fahrer sind im Allgemeinen Menschen, die sich nicht sonderlich für Autos interessieren und Sicherheit sowie Komfort dem *Fahrerlebnis* vorziehen – und die natürlich über entsprechend hohe Einkünfte verfügen. Seit über fünfzig Jahren ist die Bourgeoisie der ganzen Welt – trotz der eindrucksvollen wirtschaftlichen Schlagkraft von Toyota und der Hartnäckigkeit von Audi – Mercedes treu geblieben.

Der Verkehr auf der Südautobahn war flüssig, und sie schwiegen beide. Nach einer halben Stunde sagte sich Jasselin, er müsse *das Eis brechen*, denn es war wichtig, dem Zeugen die Befangenheit zu nehmen, das hatte er bei seinen Vorträgen in Saint-Cyr-au-Mont-d'Or oft genug hervorgehoben. Jed war völlig geistesabwesend, tief in Gedanken versunken – oder vielleicht einfach im Begriff einzunicken. Dieser Typ erweckte seine Neugier und beeindruckte ihn ein wenig. Er musste allerdings zugeben, dass er während seiner Laufbahn als Kriminalbeamter im Wesentlichen nur *Verbrecher* kennengelernt hatte, also engstirnige, schlechte Menschen, die unfähig waren, neue Gedanken zu entwickeln, und nur in den seltensten Fällen überhaupt so etwas wie einen Gedanken kannten, degenerierte Tiere, die man in ihrem eigenen Interesse und dem der anderen sowie dem der gesamten Menschheit am besten gleich nach ihrer Verhaftung zur Strecke bringen sollte, zu dieser Ansicht kam er zumindest mehr und mehr. Nun ja, aber das war nicht seine Angelegenheit, das war Sache der *Richter*. Seine Aufgabe bestand darin, das Wild aufzuspüren und zu fangen, um es anschließend den Richtern und allgemeiner ausgedrückt dem *französischen Volk* (in dessen Namen sie, zumindest der üblichen Formel zufolge, handelten) vor die Füße zu legen. Im Rahmen einer Jagd war das zu Füßen des Jägers niedergelegte Wild meistens tot – es hatte sein Leben im Verlauf der Jagd verloren, eine gut platzierte Kugel hatte das Tier erlegt, manchmal hatten die Zähne der Hunde die Arbeit vollendet. Im Rahmen einer polizeilichen Ermittlung war der zu Füßen des Richters niedergelegte Schuldige einigermaßen lebendig – was Frankreich erlaubte, in den regelmäßig von *Amnesty International* veröffentlichten Berichten über die Situation der Menschenrechte weiterhin eine gute Note zu erhalten. Der Richter – der dem *französischen Volk* unterstand, das er im Allgemeinen vertrat und dem er sich bei schweren Verbrechen, die von einer Geschworenenjury geahndet wurden, tatsächlich unterwerfen musste, was auf die Strafsachen aus Jasselins Arbeitsgebiet fast immer zutraf – musste dann über sein Schicksal entscheiden. Verschiedene internationale Abkommen untersagten es (selbst für den Fall, dass sich das *französische Volk* mehrheitlich dafür ausgesprochen hätte), ihn zu töten.

Als sie die Mautstelle von Saint-Arnoult-en-Yvelines hinter sich gelassen hatten, schlug er Jed vor, eine kurze Pause einzulegen, um einen Kaffee zu trinken. Die Raststätte machte einen zwiespältigen Eindruck auf Jasselin. Einerseits war ein deutlicher Bezug zur Nähe von Paris erkennbar: Es gab ein breites Sortiment an Zeitschriften und überregionalen Tageszeitungen – das rasch abnahm, sobald man tiefer in die Provinz vordrang –, und die Andenken, die man den Autofahrern anbot, waren im Wesentlichen Nachbildungen von Eiffelturm und Sacré Cœur in allen erdenklichen Varianten. Andererseits konnte man schlecht so tun, als befinde man sich noch in einem Pariser Vorort: Die Mautstelle sowie die jenseits dieser Zone nicht mehr gültige *Carte Orange* des Pariser Verkehrsmittelverbunds waren ein symbolisches Kennzeichen für das Ende der Vororte und den Beginn der *Regionen*; im Übrigen wurden hier die ersten *Regionalerzeugnisse* angeboten (Honig aus dem Gâtinais, Kaninchen-Rilletten). Kurz gesagt, in dieser Autobahnraststätte war alles darauf angelegt, sich nicht für das eine oder andere Lager entscheiden zu müssen, und das gefiel Jasselin nicht sonderlich. Dennoch nahm er sich ein Brownie zu seinem Kaffee, und sie setzten sich an einen der etwa hundert freien Tische.

Einige einleitende Worte erschienen Jasselin unerlässlich. Er räusperte sich mehrmals. »Wissen Sie«, begann er schließlich, »ich bin Ihnen sehr dankbar für Ihre Bereitschaft, mich zu begleiten. Niemand hätte Sie dazu zwingen können.«

»Ich finde es normal, der Polizei zu helfen«, erwiderte Jed ernst.

»Tja.« Jasselin lächelte, ohne dass es ihm gelang, bei seinem Gesprächspartner die gleiche Reaktion auszulösen. »Das freut mich natürlich, denn längst nicht alle unserer Mitbürger sind dieser Ansicht.«

»Ich glaube an das Böse«, fuhr Jed im gleichen Ton fort. »Ich glaube an Schuld und Strafe.«

Jasselin traute seinen Ohren nicht. Er hatte nicht erwartet, dass das Gespräch diese Wendung nehmen würde.

»Glauben Sie an den exemplarischen Charakter von Strafen?«, fragte er, um Jed zu ermutigen. Eine Angestellte in relativ hohem Alter, die zwischen den Tischen den Boden aufwischte, näherte sich ihnen und warf ihnen unwirsche Blicke zu. Sie schien nicht nur erschöpft und entmutigt, sondern voller Erbitterung über die ganze Welt zu sein, sie wrang den Putzlappen über ihrem Eimer in einer Weise aus, als ließe sich für sie die Welt darin zusammenfassen: eine zweifelhafte, von Schmutzschichten aller Art bedeckte Oberfläche.

»Ich weiß nicht so recht«, erwiderte Jed nach einer Weile. »Ehrlich gesagt habe ich mir diese Frage nie gestellt. Strafen erscheinen mir gerecht, weil sie normal und notwendig sind, weil es normal ist, dass der Schuldige bestraft wird, um das Gleichgewicht wieder herzustellen, und weil es notwendig ist, dass das Böse bestraft wird. Warum? Glauben Sie etwa nicht daran?«, fuhr er leicht aggressiv fort, als er merkte, dass sein Gesprächspartner stumm blieb. »Dabei ist das doch Ihr Beruf.«

Jasselin fand seine Beherrschung wieder und erklärte ihm, das sei vielmehr Aufgabe des *Richters*, dem eine *Jury* zur Seite stand. Dieser Typ, dachte er, würde einen unerbittlichen Geschworenen abgeben. Es gebe die *Gewaltenteilung*, sagte er nachdrücklich, das sei eine der Grundlagen der Verfassung. Jed nickte schnell, um zu zeigen, dass er begriffen hatte, dass ihm das aber nebensächlich erschien. Jasselin spielte mit dem Gedanken, eine Diskussion über die Todesstrafe zu beginnen, ohne einen richtigen Grund, nur aus Vergnügen an einem Gespräch, doch dann verzichtete er darauf; er hatte wirklich Mühe, sich über diesen Typen schlüssig zu werden. Sie verstummten beide wieder eine Weile.

»Ich habe Sie auch aus anderen, eher persönlichen Gründen begleitet«, nahm Jed den Faden wieder auf. »Ich will, dass Houellebecqs Mörder gefasst und bestraft wird. Das ist mir sehr wichtig.«

»Aber Sie waren doch gar nicht wirklich befreundet.« Jed gab ein schmerzliches Knurren von sich, und Jasselin begriff, dass er ungewollt einen empfindlichen Punkt berührt hatte. Ein ziemlich dicker Mann, der einen verschlissenen grauen Anzug trug, ging, einen Teller Pommes frites in der Hand, in einem Abstand von wenigen Metern an ihnen vorbei. Er wirkte wie ein Handelsvertreter und schien am Ende seiner Kräfte zu sein. Ehe er sich setzte, legte er die Hand auf die Brust und blieb einen Moment reglos stehen, als rechne er jeden Augenblick mit einem Herzanfall.

»Die Welt ist schlecht«, sagte Jed schließlich. »Und derjenige, der diesen Mord begangen hat, hat sie noch schlechter gemacht.«

XIII

Als sie in Souppes eintrafen (das war der Name des Dorfes, in dem der Schriftsteller seine letzten Jahre verbracht hatte), stellten sie beide etwa im gleichen Moment die Überlegung an, dass sich nichts verändert hatte. Es gab im Übrigen auch keinen Grund, weshalb sich etwas hätte ändern sollen: Das Dorf war in seiner für touristische Zwecke ländlichen Vollkommenheit erstarrt, und daran würde sich bis auf das Hinzukommen von ein paar unauffälligen Elementen wie Internet-Terminals und Parkplätzen zur Verbesserung der Lebensqualität jahrhundertelang nichts ändern; doch es konnte nur dann in diesem Zustand erhalten bleiben, wenn eine intelligente Gattung für die Instandhaltung sorgte und es vor dem Einwirken der Elemente sowie der zerstörerischen Kraft der Pflanzen schützte.

Das Dorf war auch noch ebenso menschenleer – eine friedliche, strukturbedingte Leere. Genau so, sagte sich Jed, würde die Welt nach der intergalaktischen Explosion einer Neutronenbombe aussehen. Die außerirdischen Wesen könnten dann die ruhigen, gepflegten Straßen des kleinen Marktfleckens besuchen und sich an dessen gemäßigter Schönheit erfreuen. Falls es sich um Wesen mit einem gewissen, und sei es nur elementaren Sinn für Ästhetik handelte, würden sie rasch die Notwendigkeit der Instandhaltung begreifen und die erforderlichen Restaurierungsarbeiten vornehmen; das war eine beruhigende und zugleich wahrscheinliche Hypothese.

Jasselin stellte seinen Mercedes vor dem Langhaus ab. Jed stieg aus, und in der Kälte, die ihm entgegenschlug, fiel ihm plötzlich sein erster Besuch wieder ein, der Hund, der zur Begrüßung an ihm hochgesprungen und hin und her gelaufen war. Er stellte sich den Kopf des enthaupteten Hundes sowie den seines enthaupteten Herrn vor, wurde sich erst dadurch des grässlichen Verbrechens bewusst und bedauerte es kurz, hergekommen zu sein. Doch dann fasste er sich wieder, denn er hatte den Wunsch, sich nützlich zu machen, schon sein ganzes Leben lang hatte er den Wunsch gehabt, sich nützlich zu machen, und mehr denn je, seit er reich war. Hier ergab sich diese Gelegenheit, das ließ sich nicht leugnen, er konnte dazu beitragen, dass ein Mörder gefasst und unschädlich gemacht wurde, und er konnte auch diesem alten, entmutigten, mürrischen Kriminalbeamten helfen, der inzwischen mit leicht besorgter Miene neben ihm stand und sich reglos im winterlichen Licht bemühte, ruhig zu atmen.

Sie hatten ausgezeichnete Arbeit geleistet, um den Tatort zu säubern, sagte sich Jasselin beim Betreten des Wohnzimmers und stellte sich seine Kollegen vor, wie sie Stück für Stück die verstreuten Fleischstücke aufsammelten. Auf dem Teppichboden waren nicht einmal mehr Blutspuren zu erkennen, nur hier und dort ein paar helle abgenutzte Stellen. Abgesehen davon hatte sich auch das Haus nicht im Geringsten verändert, er erkannte die Anordnung der Möbel sofort wieder. Er setzte sich auf ein Sofa und zwang sich, Jed nicht anzublicken. Man muss den Zeugen in Ruhe lassen, man muss seine spontanen Reaktionen respektieren, seine Emotionen oder möglichen Eingebungen nicht im Keim ersticken, man muss sich ganz in seinen Dienst stellen, damit er sich anschließend in den Dienst der Sache stellt.

Tatsächlich war Jed auf eines der Schlafzimmer zugegangen und begann das ganze Haus zu besichtigen. Jasselin bedauerte, dass er Ferber nicht mitgenommen hatte: Der war ein empfindsamer Mensch, ein *empfindsamer Kriminalbeamter*, er hätte es verstanden, mit einem Künstler umzugehen – während er selbst nur ein gewöhnlicher, alter Beamter war, der leidenschaftlich an seiner alternden Frau und an seinem impotenten kleinen Hund hing.

Jed ging weiterhin von Raum zu Raum und kam in regelmäßigen Abständen ins Wohnzimmer zurück, er vertiefte sich in die Betrachtung der Bibliothek, deren Inhalt ihn noch stärker als bei seinem ersten Besuch erstaunte und beeindruckte. Dann blieb er vor Jasselin stehen, der zusammenzuckte und mit einem Satz aufsprang.

Dabei hatte Jeds Haltung nichts Beunruhigendes; er stand mit auf dem Rücken verschränkten Händen da wie ein Schüler, der sich anschickt, seine Lektion aufzusagen.

»Mein Bild fehlt«, sagte er schließlich.

»Ihr Bild? Was für ein Bild?«, fragte Jasselin fieberhaft, und dabei war ihm klar, dass er das wissen müsste, dass er das *eigentlich* wissen müsste und dass er wohl nicht ganz im Besitz all seiner geistigen Fähigkeiten war. Ihn überlief ein Schauer; vielleicht brütete er eine Grippe oder noch etwas Schlimmeres aus.

»Das Bild, das ich von ihm gemalt und das ich ihm geschenkt habe. Es ist nicht mehr da.«

Jasselin brauchte eine Weile, um diese Information zu verdauen, sein Gehirn arbeitete im Zeitlupentempo, er fühlte sich immer elender, er war todmüde, dieser Fall ermüdete ihn in höchstem Maße, und es dauerte unglaublich lange, ehe er die entscheidende, einzig richtige Frage stellte: »War es viel wert?«

»Ja, ziemlich viel«, erwiderte Jed.

»Wie viel?« Jed dachte ein paar Sekunden nach, ehe er antwortete: »Derzeit steigen die Preise meiner Bilder etwas, wenn auch nur langsam. Ich würde sagen neunhunderttausend Euro.«

»Was? Was haben Sie da gesagt?« Jasselin hatte fast geschrien.

»Neunhunderttausend Euro.«

Jasselin ließ sich auf das Sofa fallen, blieb reglos und zusammengesunken sitzen und murmelte nur ab und zu ein paar unverständliche Worte.

»Hilft Ihnen das weiter?«, fragte Jed zögernd.

»Der Fall ist geklärt.« Seine Stimme klang mutlos und furchtbar traurig. »Es hat schon Morde gegeben wegen fünfzigtausend, zehntausend, manchmal sogar nur tausend Euro. Aber neunhunderttausend Euro, da ist die Sache klar …«

Kurz darauf stiegen sie in den Wagen, um nach Paris zurückzufahren. Jasselin bat Jed, sich ans Steuer zu setzen, da er sich unwohl fühle. Sie machten an derselben Raststätte Halt wie auf der Hinfahrt. Ohne ersichtlichen Grund waren mehrere Tische mit einem rot-weißen Plastikband abgesperrt – vielleicht war der dicke Handelsvertreter von vor ein paar Stunden doch noch einem Herzinfarkt erlegen. Jed nahm wieder einen Kaffee; Jasselin wollte etwas Alkoholisches, aber das verkauften sie nicht. In der Abteilung für Regionalerzeugnisse des Tankstellen-Shops entdeckte er schließlich eine Flasche Rotwein, doch sie hatten keinen Korkenzieher. Er ging zu den Toiletten, schloss sich in einer Kabine ein, zertrümmerte den Flaschenhals mit einem kurzen, heftigen Schlag auf dem Rand der Kloschüssel und kam mit der geköpften Flasche wieder in die Cafeteria zurück; ein paar Tropfen Wein waren auf sein Oberhemd gespritzt. All das hatte ein wenig Zeit in Anspruch genommen, und Jed war aufgestanden und betrachtete verträumt die gemischten Salate. Schließlich entschied er sich für ein Club-Sandwich mit Pute und Cheddar und eine Sprite. Jasselin hatte sich das erste Glas eingeschenkt und in einem Zug geleert. Ein wenig aufgemuntert beendete er inzwischen etwas langsamer sein zweites. »Wenn ich Sie so essen sehe, kriege ich auch Appetit«, sagte er. Er stand auf, um sich einen provenzalischen Wrap zu holen, und schenkte sich dann das dritte Glas ein. Im gleichen Augenblick stürmte eine Gruppe von spanischen Jugendlichen, die gerade aus einem Bus gestiegen waren, lärmend in die Cafeteria. Die Mädchen waren völlig aus dem Häuschen und schrien durcheinander, ihr Hormonspiegel musste unglaublich hoch sein. Die Gruppe befand sich wohl auf einer Klassenfahrt und hatte vermutlich den Louvre, das Centre Pompidou und ähnliche Sehenswürdigkeiten besichtigt. Jasselin erschauerte bei dem Gedanken, dass er zum gegenwärtigen Zeitpunkt Vater eines etwa gleichaltrigen Kindes sein könnte.

»Sie haben gesagt, der Fall sei geklärt«, bemerkte Jed. »Aber Sie haben den Mörder noch nicht gefunden.«

Er erklärte ihm, dass der Diebstahl von Kunstgegenständen ein ganz spezifischer Bereich sei, der von der eigens dafür eingerichteten Zentralstelle zur Bekämpfung des illegalen Handels mit Kunstgegenständen bearbeitet werde. Selbstverständlich würden sie selbst weiterhin mit den Ermittlungen beauftragt bleiben, immerhin handele es sich ja um einen Mord, aber entscheidende Fortschritte könne man jetzt nur von dieser Behörde erwarten. Nur wenige Menschen wüssten, wo die Kunstwerke aufzutreiben seien, wenn sie sich im Privatbesitz eines Sammlers befänden, und Leute, die sich ein Bild für eine Million Euro leisten könnten, seien noch seltener, mehr als zehntausend weltweit dürften es kaum sein.

»Ich nehme an, Sie können eine genaue Beschreibung des Gemäldes geben.«

»Selbstverständlich, ich habe eine ganze Reihe Fotos davon.«

Sein Gemälde werde sofort in die französische Datenbank für gestohlene Kunstwerke TREIMA aufgenommen, die bei jeder Transaktion von über fünfzigtausend Euro konsultiert werden müsse; die Nichtbeachtung dieser Auflage werde schwer geahndet, sagte er, der Verkauf gestohlener Kunstgegenstände sei dadurch immer schwieriger geworden. Ein rituelles Verbrechen zu inszenieren, um einen Diebstahl zu verschleiern, sei im Übrigen eine geniale Idee, und ohne Jeds Eingreifen wären sie noch immer im Dunkeln getappt. Aber nun würde sich alles ändern. Früher oder später werde das Bild auf dem Markt auftauchen, und dann sei es leicht, die Spur zurückzuverfolgen.

»Und trotzdem machen Sie nicht den Eindruck, sich darüber zu freuen«, sagte Jed.

»Das stimmt«, gab Jasselin zu und leerte den Rest der Flasche. Anfangs habe es so ausgesehen, als sei es ein zwar ungemein grauenhaftes, aber zumindest sehr ungewöhnliches Verbrechen. Es habe sich um eine im Affekt begangene Tat, eine Krise religiösen Wahns oder Ähnliches handeln können. Es sei irgendwie deprimierend, dass es letztlich doch wieder auf die am weitesten verbreitete, universelle Motivation hinauslaufe: das Geld. Im nächsten Jahr könne er auf eine dreißigjährige Laufbahn im Polizeidienst zurückblicken. Wie viele Male habe er es in dieser Zeit mit einem Verbrechen zu tun gehabt, das nicht durch Geld motiviert war? Das könne er an einer Hand abzählen. Einerseits sei das natürlich beruhigend, das sei der Beweis dafür, dass der Mensch nur selten den Gipfel des Bösen erreiche. Aber heute Abend fände er das außerordentlich traurig, ohne zu wissen, warum.

XIV

Der Heizkessel hatte Houellebecq letzten Endes überlebt, sagte sich Jed, als er zu Hause ankam und das Gerät betrachtete, das ihn mit hinterhältigem Brummen empfing wie ein böses Tier.

Er hatte wohl auch Jeds Vater überlebt, wie er ein paar Tage später vermuten musste. Es war schon der 17. Dezember, in einer Woche war Weihnachten, und er hatte noch immer nichts von dem alten Mann gehört; er beschloss daher, die Leiterin des Seniorenheims anzurufen. Sie teilte ihm mit, dass sein Vater vor einer Woche nach Zürich gefahren sei, ohne ein genaues Datum für seine Rückkehr anzugeben. Ihre Stimme verriet keine besondere Beunruhigung, und Jed wurde plötzlich bewusst, dass Zürich nicht nur die Operationsbasis eines Vereins war, der alte Menschen in den Tod schickte, sondern auch der Wohnort begüterter und sogar sehr begüterter Leute, die zu den reichsten der Welt zählten. Viele ihrer Heimbewohner hatten vermutlich Familienangehörige oder Bekannte in Zürich, und daher musste ihr die Tatsache, dass einer von ihnen dorthin reiste, völlig normal erscheinen. Er legte entmutigt auf und buchte bei Swiss International Air Lines ein Ticket für den folgenden Tag.

Während er im riesigen Terminal 2 des Flughafens Roissy mit seiner düsteren, ja ziemlich tödlichen Atmosphäre auf den Abflug wartete, fragte er sich plötzlich, was er überhaupt in Zürich zu tun gedachte. Sein Vater war aller Wahrscheinlichkeit nach seit mehreren Tagen tot, seine Asche schwamm wahrscheinlich schon im Wasser des Zürichsees. Bei seinen Recherchen im Internet hatte er erfahren, dass ein Umweltschutzverein Strafanzeige gegen *Dignitas* – so lautete der Name der Vereinigung von Sterbehelfern – erstattet hatte. Nicht etwa aufgrund ihrer Aktivitäten, im Gegenteil, die besagten Umweltschützer waren über die Existenz von *Dignitas* äußerst erfreut, sie erklärten sich sogar *völlig solidarisch mit deren Kampf*; aber die Menge der Asche und der menschlichen Knochen, die sie ins Wasser des Sees schütteten, war ihnen zufolge zu hoch und hatte den Nachteil, die Verbreitung einer seit kurzem in Europa eingeführten brasilianischen Karpfenart zu begünstigen – zum Schaden des Seesaiblings und ganz allgemein der einheimischen Fischarten.

Jed hätte das Hotel *Widder* oder einen der am Seeufer errichteten Paläste wie etwa das *Baur au Lac* wählen können, aber er spürte, dass er deren übermäßigen Luxus nur schwer ertragen hätte. Er nahm daher mit einem großen, zweckmäßigen Hotel in der Nähe des Flughafens vorlieb, das in der Gemeinde Glattbrugg lag. Selbst dieses war übrigens ziemlich teuer und wirkte sehr gemütlich, aber gab es in der Schweiz überhaupt billige oder ungemütliche Hotels?

Er traf gegen zweiundzwanzig Uhr bei eisiger Kälte ein, aber das Zimmer war trotz der erbärmlichen Fassade des Hotels ausgesprochen behaglich und warm. Das Restaurant des Hotels hatte gerade geschlossen. Jed studierte eine Weile die Karte des Zimmerservice, ehe er merkte, dass er gar keinen Hunger hatte, ja sich noch nicht einmal imstande fühlte, irgendetwas zu essen. Er spielte einen Augenblick mit dem Gedanken, sich irgendeinen Pornofilm anzusehen, schlief aber ein, bevor es ihm gelang, die Funktionsweise des *Pay per view*-Systems zu begreifen.

Als er am nächsten Morgen aufwachte, war die ganze Umgebung in weißen Nebel gehüllt. Die Flugzeuge könnten nicht starten, erklärte ihm die Empfangsdame, der Flughafen sei lahmgelegt. Er ging zum Frühstücksbuffet, kriegte aber nicht mehr als einen Kaffee und ein halbes Milchbrötchen hinunter. Nachdem er eine ganze Weile den Stadtplan studiert hatte – es war ziemlich kompliziert, der Verein war ebenfalls in einem Vorort von Zürich angesiedelt, aber in einem anderen –, gab er es auf und beschloss, ein Taxi zu nehmen. Der Taxifahrer kannte die Ifangstraße gut; Jed hatte vergessen, sich die Hausnummer zu notieren, aber der Mann versicherte ihm, dass es eine kurze Straße sei. Sie befinde sich in der Nähe des Schwerzenbacher Bahnhofs und verlaufe im Übrigen parallel zu den Gleisen. Jed war ein wenig befangen bei dem Gedanken, der Fahrer könne in ihm einen Selbstmordkandidaten sehen. Dabei warf ihm dieser – ein Mann in den Fünfzigern, der Englisch mit einem schweren schweizerdeutschen Akzent sprach – ab und zu im Rückspiegel einen anzüglichen, belustigten Blick zu, der wenig zu der Vorstellung eines *würdigen Todes* passte. Jed begriff den Sinn der Blicke erst, als das Taxi zu Beginn der Ifangstraße vor einem riesigen neobabylonischen Gebäude hielt, dessen Eingang, zu dem ein mit Topfpalmen gesäumter, verschlissener roter Teppich führte, mit kitschigen erotischen Fresken verziert war: Es handelte sich ganz offensichtlich um ein Bordell. Jed war zutiefst erleichtert, dass man ihn gedanklich mit einem Bordell in Verbindung gebracht hatte und nicht mit einer Organisation, die sich der Sterbehilfe widmete. Er zahlte, geizte nicht mit dem Trinkgeld und wartete, bis der Fahrer gewendet hatte, ehe er die Straße weiter entlangging. Der Verein *Dignitas* brüstete sich damit, in Stoßzeiten die Nachfrage von hundert Kunden pro Tag zu befriedigen. Es war durchaus nicht sicher, ob die *FKK-Relax-Oase Babylon* vergleichbare Besucherzahlen geltend machen konnte, obwohl die Öffnungszeiten länger waren – *Dignitas* war im Wesentlichen zu den Bürozeiten geöffnet und mittwochs bis 21 Uhr – und man beträchtliche Anstrengungen hinsichtlich der Dekoration unternommen hatte, die zwar von zweifelhaftem Geschmack, aber unzweifelhaft sehr aufwendig war. *Dignitas* dagegen – Jed stellte es fest, als er fünfzig Meter weiter vor dem Gebäude angelangte – war in einem weißen, mustergültig banalen Betonklotz untergebracht, der ganz dem Stil von Le Corbusier entsprach: nach dem Pfostensystem errichtet, das eine freie Fassade ermöglicht, und ohne jegliche Ornamente. Kurz gesagt ein Gebäude, das den weißen Betonblocks glich, wie man sie überall auf der Welt zu Tausenden in den Wohnsiedlungen der Vororte antrifft. Ein Unterschied bestand jedoch: die Qualität des Betons. Und da gab es keinen Zweifel, Schweizer Beton war polnischem, indonesischem oder madagassischem Beton bei weitem überlegen. Nicht die geringste Unregelmäßigkeit, nicht der kleinste Riss verunstaltete die Fassade, und das vermutlich mehr als zwanzig Jahre nach der Errichtung des Gebäudes. Er war sich sicher, dass sein Vater selbst noch ein paar Stunden vor seinem Tod die gleiche Feststellung gemacht hatte.

In dem Augenblick, als er klingeln wollte, kamen zwei Männer in Windjacken und Baumwollhosen mit einem Sarg aus hellem Holz – ein leichtes, billiges Modell, vermutlich sogar aus Spanplatten – aus der Tür und setzten ihn in einem Peugeot Partner ab, der vor dem Haus parkte. Ohne Jed zu beachten, kehrten sie sofort wieder ins Haus zurück. Sie hatten die Türen des Lieferwagens offen gelassen und kamen eine Minute später mit einem zweiten Sarg aus dem gleichen Material heraus, den sie ebenfalls in das Nutzfahrzeug brachten. Sie hatten den Schließmechanismus der Haustür blockiert, um sich die Arbeit zu erleichtern. Seine Vermutung bestätigte sich also: In der *FKK-Relax-Oase Babylon* ging es längst nicht so geschäftig zu wie hier. Der Marktwert von Leiden und Tod übertraf den von Vergnügen und Sex, sagte sich Jed, das war vermutlich auch der Grund, weshalb Damien Hirst einige Jahre zuvor Jeff Koons den weltweit ersten Platz auf dem Kunstmarkt streitig gemacht hatte. Zwar war Jed das Bild misslungen, das dieses Ereignis vor Augen führen sollte, er hatte es nicht einmal fertigzustellen vermocht, aber so ein Bild blieb durchaus vorstellbar, jemand anders hätte es malen können – es hätte vermutlich jemanden gebraucht, der mehr Talent besaß als er. Dagegen erschien es ihm unmöglich, in einem Gemälde die unterschiedliche wirtschaftliche Dynamik dieser beiden Unternehmen klar zum Ausdruck zu bringen, die keine fünfzig Meter voneinander entfernt am selben Bürgersteig einer ganz gewöhnlichen und ziemlich tristen Straße an einer Bahnlinie in einem östlichen Züricher Vorort lagen.

Währenddessen wurde ein dritter Sarg in den Lieferwagen gebracht. Statt auf den vierten zu warten, betrat Jed das Gebäude und ging ein paar Stufen hinauf bis zu einem Treppenflur, wo er zwischen drei Türen zu wählen hatte. Er öffnete die rechte mit der Aufschrift *Wartesaal* und gelangte in einen Raum mit cremefarbenen Wänden und glanzlosen Plastikmöbeln, der tatsächlich dem ein wenig ähnelte, in dem er im Kommissariat am Quai des Orfèvres gewartet hatte, nur dass er diesmal nicht einen *herrlichen Blick auf den Pont des Arts* hatte, sondern ein unpersönliches Wohnviertel einer Vorstadt vor sich liegen sah.

Aus den unter der Decke angebrachten Lautsprechern ertönte traurige Musik, die aber immerhin die Bezeichnung *würdevoll* verdiente – vermutlich Samuel Barber.

Die fünf Personen im Wartesaal waren zweifellos *Selbstmordanwärter*, aber Jed hatte Mühe, sie darüber hinaus zu charakterisieren. Selbst ihr Alter war schwer zu bestimmen, vermutlich lag es zwischen fünfzig und siebzig – sie waren also nicht sehr alt, sein Vater dürfte bei seinem Aufenthalt wohl der älteste Selbstmordkandidat des Tages gewesen sein. Ein Mann mit weißem Schnurrbart und hochroter Gesichtsfarbe war ganz offensichtlich Engländer, aber die anderen ließen sich nur schwer einschätzen, sogar was ihre Staatsangehörigkeit anging. Ein südländisch wirkender, abgezehrter Mann mit bräunlichgelber Gesichtsfarbe und furchtbar hohlen Wangen – der Einzige, der tatsächlich den Eindruck machte, an einer schweren Krankheit zu leiden – las mit großer Hingabe (er hatte bei Jeds Ankunft nur kurz den Kopf gehoben und sich dann sofort wieder in die Lektüre vertieft) eine spanische Ausgabe von *Spirou & Fantasio*; er stammte vermutlich aus irgendeinem südamerikanischen Land.

Jed zögerte und wandte sich schließlich an eine Frau in den Sechzigern, die das typische Aussehen einer Hausfrau aus dem Allgäu hatte und den Eindruck vermittelte, im Stricken außerordentlich bewandert zu sein. Sie teilte ihm mit, dass es tatsächlich ein Empfangszimmer gebe, er brauche nur auf den Treppenflur zu gehen, es sei die linke Tür.

Jed öffnete die linke Tür, auf der sich kein Schild befand. Eine junge, ganz ansprechende Frau (in der *FKK-Relax-Oase Babylon* waren die Mädels bestimmt noch viel hübscher, sagte er sich) saß hinter einem Empfangsschalter und war über ein Kreuzworträtsel gebeugt, das ihr offensichtlich großes Kopfzerbrechen bereitete. Jed erklärte ihr sein Anliegen, das sie zu schockieren schien: Familienangehörige kämen nicht nach dem Tod, entgegnete sie ihm. Manchmal vorher, aber nie hinterher. »*Sometimes before ... never after ...*«, wiederholte sie mehrere Male mit entsetzlich schleppender Stimme. Diese Zicke begann ihn zu nerven, er wurde lauter und sagte noch einmal, dass er nicht früher habe kommen können und unbedingt jemanden von der Geschäftsleitung sprechen wolle, schließlich habe er das Recht, die Akte seines Vaters einzusehen. Das Wort *Recht* schien sie zu beeindrucken, mit sichtlichem Widerwillen griff sie zum Telefonhörer. Ein paar Minuten später betrat eine etwa vierzigjährige Frau in hellem Kostüm den Raum. Sie habe sich die Akte angesehen: Sein Vater habe tatsächlich am Vormittag des 10. Dezember bei ihnen vorgesprochen; die Prozedur sei *ganz normal* verlaufen, fügte sie hinzu.

Er musste am Sonntag, dem 9. Dezember, abends in Zürich eingetroffen sein, sagte sich Jed. Wo hatte er seine letzte Nacht verbracht? Hatte er sich das Hotel *Baur au Lac* geleistet? Er hoffte es, auch wenn er es eher bezweifelte. Er war sich auf jeden Fall sicher, dass sein Vater vor dem Weggehen *die Rechnung bezahlt* hatte und dass nichts mehr *offenstand.*

Jed ließ nicht locker, er flehte sie an. Er sei zum besagten Zeitpunkt auf Reisen gewesen, behauptete er, und habe nicht da sein können, aber jetzt wolle er mehr darüber wissen, alle Einzelheiten über die letzten Augenblicke seines Vaters erfahren. Sichtlich gereizt gab die Frau schließlich nach und forderte ihn auf, sie zu begleiten. Er folgte ihr auf einen langen, dunklen Flur, auf dem sich Metallschränke mit Aktenordnern aneinanderreihten, bevor sie in ihr helles, funktional eingerichtetes Büro gelangten, das auf einen kleinen Park hinausging.

»Hier ist die Akte Ihres Vaters«, sagte sie und hielt ihm einen dünnen Ordner hin. Das Wort *Akte* kam ihm leicht übertrieben vor: Es handelte sich um ein beidseitig beschriebenes, auf Deutsch abgefasstes Blatt Papier.

»Ich verstehe kein Wort ... Ich müsste es übersetzen lassen.«

»Was wollen Sie eigentlich?« Sie verlor allmählich die Geduld. »Ich sage Ihnen doch, dass alles in Ordnung ist!«

»Ich nehme an, dass es eine ärztliche Untersuchung gegeben hat, nicht wahr?«

»Selbstverständlich.«

Nach dem, was Jed in verschiedenen Artikeln gelesen hatte, beschränkte sich die ärztliche Untersuchung auf das Messen des Blutdrucks und ein paar belanglose Fragen, also gewissermaßen auf ein *Motivationsgespräch*, mit dem Unterschied jedoch, dass jeder Bewerber angenommen wurde, in weniger als zehn Minuten war die Sache systematisch abgetan.

»Wir handeln in völliger Übereinstimmung mit dem Schweizer Recht«, sagte die Frau eisig.

»Und was ist aus der Leiche geworden?«

»Nun, wie die große Mehrheit unserer Kunden hat sich Ihr Vater für eine Feuerbestattung entschieden. Wir haben seinem Wunsch entsprochen. Anschließend haben wir seine Asche in der Natur verstreut.«

Es war also wirklich so, sagte sich Jed; sein Vater diente nun den brasilianischen Karpfen des Zürichsees als Nahrung.

Die Frau nahm die Akte wieder an sich, da sie das Gespräch offensichtlich als beendet ansah, und stand auf, um sie wieder in den Schrank zu legen. Jed stand ebenfalls auf, ging auf sie zu und ohrfeigte sie heftig. Sie gab ein halb unterdrücktes Stöhnen von sich, hatte aber nicht die Zeit, einen Gegenangriff zu machen. Er setzte direkt zu einem Uppercut aufs Kinn an, gefolgt von einer Serie schneller Hiebe. Während sie noch schwankend nach Atem rang, wich er ein paar Schritte zurück, um Schwung zu holen, und versetzte ihr mit aller Kraft einen Fußtritt in die Magengrube. Diesmal stürzte sie zu Boden und schlug dabei heftig gegen die Metallkante ihres Schreibtisches; ein deutliches Knacken war zu hören. Ihre Wirbelsäule hatte wohl etwas abgekriegt, sagte sich Jed. Er beugte sich über sie: Sie war benommen und atmete schwer, aber sie atmete.

Er ging schnell zum Ausgang und erwartete mehr oder weniger, dass jemand Alarm schlug, aber die junge Frau am Empfangsschalter blickte kaum von ihrem Kreuzworträtsel auf; tatsächlich hatte der Kampf in völliger Stille stattgefunden. Der Bahnhof war nur zweihundert Meter entfernt. In dem Augenblick, da er das Gebäude betrat, hielt ein Zug an einem der Bahnsteige. Jed stieg ein, ohne eine Fahrkarte zu lösen, wurde nicht kontrolliert und verließ im Züricher Hauptbahnhof den Zug.

Als er im Hotel ankam, merkte er, dass ihn diese Gewalthandlung in Form gebracht hatte. Es war das erste Mal in seinem Leben, dass er irgendjemandem gegenüber körperliche Gewalt angewandt hatte, und das hatte ihn hungrig gemacht. Er aß mit großem Appetit zu Abend: Raclette mit Bündnerfleisch und Bergschinken, dazu einen ausgezeichneten Rotwein aus dem Wallis.

Am nächsten Morgen herrschte wieder schönes Wetter in Zürich, eine dünne Schneeschicht bedeckte den Boden. Er fuhr zum Flughafen und rechnete halb damit, bei der Passkontrolle festgenommen zu werden, aber nichts dergleichen geschah. Und auch an den folgenden Tagen hörte er nichts von der Sache. Es war erstaunlich, dass sie darauf verzichtet hatten, ihn anzuzeigen. Vermutlich wollten sie es unbedingt vermeiden, mit ihrer Tätigkeit Aufmerksamkeit zu erregen. Vielleicht war an den im Internet verbreiteten Vorwürfen, dass einige Mitglieder des Vereins sich persönlich bereichert hatten, doch etwas dran. Für eine Einschläferung wurden im Durchschnitt fünftausend Euro berechnet, während eine tödliche Dosis Natrium-Pentobarbital nur etwa zwanzig Euro kostete und eine schlichte Einäscherung vermutlich auch nicht sehr teuer war. Bei einem Markt mit hoher Wachstumsrate, für den die Schweiz praktisch das Monopol besaß, konnten sie sich tatsächlich *eine goldene Nase verdienen.*

Seine Erregung legte sich ziemlich schnell und wurde von einer Welle tiefer Trauer abgelöst, von der er wusste, dass sie endgültig sein würde. Drei Tage nach seiner Rückkehr verbrachte er zum ersten Mal in seinem Leben den Weihnachtsabend allein. Den Silvesterabend ebenfalls. Und auch an den darauf folgenden Tagen war er allein.

Epilog

EIN PAAR MONATE SPÄTER ging Jasselin in den Ruhestand. Es war zwar der normale Zeitpunkt, aber bisher hatte er immer gedacht, er würde eine Verlängerung um ein oder zwei Jahre beantragen. Der Fall Houellebecq hatte ihn zutiefst verunsichert, und seine Überzeugung, dass er seinen Beruf gewissenhaft ausübte, war in den Grundfesten erschüttert worden. Niemand hatte ihm Vorwürfe gemacht, im Gegenteil, er war sogar *in letzter Sekunde* zum Ersten Hauptkommissar befördert worden; er würde zwar diesen Posten nicht mehr bekleiden, aber dadurch erhielt er eine höhere Pension. Eine große Abschiedsfeier war geplant, das gesamte Kriminaldezernat war eingeladen, und der Pariser Polizeipräsident würde eine Rede halten. Kurz gesagt, er ging *mit allen Ehren* in den Ruhestand, man wollte ihm ganz offensichtlich zu verstehen geben, dass er, wenn man seine gesamte Laufbahn in Betracht zog, ein guter Kriminalbeamter gewesen war. Und das stimmte durchaus, er meinte auch, dass er die meiste Zeit ein ehrbarer oder zumindest hartnäckiger Kriminalbeamter gewesen war, und die Hartnäckigkeit ist letztlich vielleicht die einzige menschliche Eigenschaft, die nicht nur für den Beruf eines Polizeibeamten, sondern für viele Berufe eine wichtige Voraussetzung ist, zumindest für all jene, in denen der Begriff *Wahrheit* eine Rolle spielt.

Ein paar Tage vor seinem tatsächlichen Ausscheiden lud er Ferber zum Mittagessen in ein kleines Restaurant an der Place Dauphine ein. Es war Montag, der 30. April, viele Leute hatten sich den Tag freigenommen, um sich ein verlängertes Wochenende zu gönnen. Paris war sehr ruhig, und es befanden sich nur einige Touristenpaare im Restaurant. Der Frühling war tatsächlich zu spüren, die Knospen waren aufgegangen, Pollen- und Staubkörnchen tanzten im Licht. Sie hatten sich an einen Tisch auf der Terrasse gesetzt und bestellten sich beide vor dem Essen einen Pastis.

»Weißt du«, sagte Jasselin, als der Ober die Gläser vor sie auf den Tisch stellte, »ich habe in diesem Fall wirklich Scheiße gebaut, von Anfang bis Ende. Wenn diesem Typen nicht aufgefallen wäre, dass sein Gemälde fehlte, würden wir noch immer im Dunkeln tappen.«

»Du solltest nicht so streng mit dir sein, schließlich hast du doch die Idee gehabt, ihn an den Tatort mitzunehmen.«

»Nein, Christian«, erwiderte Jasselin behutsam. »Du hast es vielleicht vergessen, aber das war deine Idee.«

»Ich bin zu alt«, fuhr er ein wenig später fort. »Ich bin einfach zu alt für diesen Beruf. Im Lauf der Jahre rostet das Gehirn ein wie alles andere, sogar noch schneller als alles andere, wie mir scheint. Der Mensch war ursprünglich nicht darauf geeicht, achtzig oder hundert Jahre alt zu werden, sondern höchstens fünfunddreißig oder vierzig wie in prähistorischen Zeiten. Einige Organe halten gut, sogar erstaunlich gut durch, und andere verkümmern langsam oder auch schnell.«

»Und was hast du jetzt vor?«, fragte Ferber in dem Versuch, das Thema zu wechseln. »Bleibst du in Paris?«

»Nein, ich lasse mich in der Bretagne nieder. In dem Haus, in dem meine Eltern gelebt haben, ehe sie nach Paris gezogen sind.«

Er musste allerdings das Haus noch gründlich renovieren lassen, ehe er an einen Umzug denken konnte. Es war schon erstaunlich, sagte sich Jasselin, dass all diese Menschen vor noch gar nicht allzu langer Zeit – seine eigenen Eltern sogar noch bis vor wenigen Jahren – einen Großteil ihres Lebens unter Bedingungen verbracht hatten, die heutzutage völlig unzumutbar erschienen: weder Badewanne noch Dusche und keine richtig wirksame Heizmöglichkeit. Hélène musste sowieso noch bis Ende des Semesters unterrichten, der Umzug konnte vermutlich erst nach Ablauf des Sommers stattfinden. Er sei im Übrigen kein großer Hobbybastler, sagte er zu Ferber, Gartenarbeit dagegen verrichte er gern, er freue sich schon darauf, einen Gemüsegarten anzulegen.

»Und dann«, sagte er mit einem verkniffenen Lächeln, »habe ich vor, Kriminalromane zu lesen. Das habe ich während meiner ganzen Dienstjahre fast nie getan, doch jetzt möchte ich es versuchen. Aber ich habe keine Lust auf amerikanische Krimis, ich habe nur den Eindruck, dass es kaum etwas anderes gibt. Kannst du mir nicht einen französischen Autor empfehlen?«

»Jonquet«, erwiderte Ferber, ohne zu zögern. »Thierry Jonquet. In Frankreich ist er meiner Ansicht nach der Beste.«

Während sich Jasselin den Namen in sein Notizbuch schrieb, brachte ihm der Ober eine Seezunge nach Müllerin Art. Das Restaurant war gut, sie sprachen ziemlich wenig, aber er freute sich darüber, noch ein letztes Mal mit Ferber zusammen zu sein, und er war ihm dankbar, dass dieser keine abgedroschenen Phrasen über die Möglichkeit, sich wiederzusehen und Kontakt zu halten, von sich gab. Er würde sich auf dem Land niederlassen, und Ferber würde in Paris bleiben und ein guter Kriminalbeamter werden, ein sehr guter sogar, vermutlich würde er gegen Ende des Jahres zum Oberkommissar und später zum Hauptkommissar befördert werden; aber sie würden sich vermutlich nie wiedersehen.

Sie blieben noch eine Weile in diesem Restaurant, alle Touristen waren inzwischen fort. Jasselin beendete seinen Nachtisch – eine Charlotte mit kandierten Maronen. Ein durch die Platanen fallender Sonnenstrahl tauchte den Platz in herrliches Licht.

»Christian«, sagte er nach kurzem Zögern, und zu seiner eigenen Überraschung stellte er fest, dass seine Stimme leicht zitterte. »Ich möchte, dass du mir eines versprichst: Verfolge den Fall Houellebecq weiter. Ich weiß, dass das nicht mehr wirklich von uns abhängt, aber ich möchte, dass du in regelmäßigen Abständen die Typen von der Zentralstelle anrufst und mir Bescheid gibst, wenn sie etwas gefunden haben.«

Ferber nickte und versprach es ihm.

Im Lauf der folgenden Monate bekamen sie aus den einschlägigen Kreisen nicht den geringsten Hinweis auf den Verbleib des Gemäldes, und es wurde immer deutlicher, dass der Mörder kein professioneller Dieb, sondern ein Sammler war, der auf eigene Rechnung gehandelt hatte und nicht die Absicht hatte, sich von dem Kunstwerk zu trennen. Das war die denkbar schlechteste Situation, und Ferber setzte seine Ermittlungen in den Krankenhäusern fort und weitete sie auf die Privatkliniken aus – zumindest auf jene, die bereit waren, ihnen zu antworten; die Benutzung hochspezialisierter chirurgischer Geräte blieb ihre einzige ernsthafte Spur.

Der Fall wurde erst drei Jahre später gelöst, und zwar durch Zufall. Eine Streife der Gendarmerie, die auf der A8 zwischen Nizza und Marseille eine Radarkontrolle durchführte, versuchte einen Porsche 911 Carrera abzufangen, der mit einer Geschwindigkeit von 210 Stundenkilometern über die Autobahn raste. Der Fahrer ergriff die Flucht und konnte erst auf der Höhe von Fréjus gestoppt werden. Es stellte sich heraus, dass es sich um ein gestohlenes Fahrzeug handelte, dass der Mann unter Alkoholeinfluss stand und er *der Polizei nicht unbekannt* war. Patrick Le Braouzec war schon mehrfach für belanglose, relativ unerhebliche Straftaten verurteilt worden – Zuhälterei, Körperverletzung –, aber einem hartnäckigen Gerücht zufolge hatte er sich auf die ziemlich ausgefallene Tätigkeit des *illegalen Insektenhandels* spezialisiert. Es gibt über eine Million Insektenarten, und jedes Jahr werden weitere unbekannte Arten entdeckt, insbesondere in den Äquatorregionen. Manche reiche Interessenten sind bereit, hohe, ja sogar sehr hohe Summen für ein schönes – präpariertes oder besser noch lebendiges – Exemplar einer seltenen Art zu zahlen. Das Fangen und erst recht die Ausfuhr dieser Tiere unterliegen sehr strengen Bedingungen, die Le Braouzec bisher zu umgehen verstanden hatte – er war nie auf frischer Tat ertappt worden und rechtfertigte seine regelmäßigen Reisen nach Neuguinea, Sumatra und Guayana mit seiner Vorliebe für den Dschungel und das Leben in der Wildnis. Tatsächlich hatte der Mann das Temperament eines Abenteurers und bewies beträchtliche körperliche Beherztheit: Er begab sich allein, ohne Führer, nur mit ein paar Vorräten, einem Kampfmesser und Wasserreinigungstabletten ausgestattet, manchmal für mehrere Wochen in einige der gefährlichsten Urwälder der Erde.

Diesmal entdeckte man im Kofferraum des Autos ein festes, mit weichem Leder bezogenes Köfferchen mit zahlreichen winzigen Luftlöchern. Die Löcher waren fast unsichtbar, sodass der Gegenstand auf den ersten Blick durchaus wie ein Aktenkoffer eines gewöhnlichen Angestellten wirkte. Im Inneren befanden sich, durch Plexiglaswände getrennt, etwa fünfzig Insekten, darunter eine Bandassel, eine Vogelspinne und ein Riesenohrwurm, die die Gendarmen sofort zu bestimmen wussten; die anderen Insekten wurden erst ein paar Tage später von Mitarbeitern des Nizzaer Museums für Naturgeschichte identifiziert. Sie schickten die Liste an einen auf diese Verbrechenssparte spezialisierten Beamten – übrigens den einzigen französischen Fachmann auf diesem Gebiet –, der eine rasche Schätzung vornahm: Das Ganze stellte nach handelsüblichen Preisen einen Wert von etwa hunderttausend Euro dar.

Le Braouzec gab die Sache sofort zu. Er hatte sich mit einem seiner Abnehmer – einem Chirurgen aus Cannes – über die Zahlung einer vorherigen Lieferung nicht einigen können und sich bereiterklärt, zusätzliche Exemplare mitzubringen, um nochmals mit ihm über den Preis zu verhandeln. Im Verlauf des Gesprächs war es zum Streit gekommen, er hatte dem Chirurgen einen Hieb versetzt, und dieser war gestürzt und mit dem Hinterkopf auf einen niedrigen Marmortisch geschlagen. Le Braouzec war überzeugt gewesen, dass der Mann tot war. »Es war ein dummer Zufall«, verteidigte er sich, »ich hatte wirklich nicht die Absicht, ihn zu töten.« Daraufhin sei er durchgedreht und habe den Wagen seines Opfers gestohlen, anstatt sich ein Taxi zu bestellen, wie er es bei der Hinfahrt getan habe. Und so ging seine Verbrecherlaufbahn auf ebenso dumme und gewalttätige Weise zu Ende, wie sie seit jeher verlaufen war.

Die Beamten der Nizzaer Kriminalpolizei übernahmen den Fall und fuhren zur Villa von Adolphe Petissaud, dem Chirurgen aus Cannes. Er wohnte auf einer Anhöhe am Stadtrand in der Avenue de la Californie und besaß 80 Prozent einer Privatklinik, die auf plastische und rekonstruktive Chirurgie für männliche Patienten spezialisiert war. Er lebte allein und war sichtlich wohlhabend. Rasen und Swimmingpool waren äußerst gepflegt, und das Haus mochte etwa zehn Zimmer haben.

Die Untersuchung der Räume im Erdgeschoss und im ersten Stock brachte die Beamten nicht viel weiter. Es war der herkömmliche, vorhersehbare Lebensrahmen eines nicht sonderlich kultivierten, hedonistischen Großbürgers, der gegenwärtig mit zertrümmertem Schädel in einer Blutlache auf dem Wohnzimmerteppich lag. Le Braouzec hatte vermutlich die Wahrheit gesagt: Es hatte zwischen ihnen eine simple geschäftliche Verhandlung stattgefunden, die eine dramatische Wendung genommen hatte, der Tatbestand der vorsätzlichen Tötung war nicht erfüllt. Dennoch würde er vermutlich mindestens zehn Jahre hinter Gittern verbringen.

Das Untergeschoss sollte ihnen jedoch eine echte Überraschung vorbehalten. Das Team bestand fast nur aus erfahrenen, abgehärteten Beamten aus dem Nizzaer Raum, der seit langem für eine hohe und seit dem Auftauchen der russischen Mafia noch höhere Kriminalitätsrate bekannt war; aber weder Oberkommissar Bardèche, der die Untersuchung leitete, noch einer seiner Untergebenen hatte so etwas je gesehen.

Der Raum von zwanzig mal zehn Metern war an allen vier Wänden mit zwei Meter hohen Glasschränken möbliert. Im Inneren dieser Schränke reihten sich, von Spots beleuchtet, in regelmäßigen Abständen abscheuliche menschliche Schimären aneinander. Oberkörper mit darauf verpflanzten Geschlechtsorganen, Nasen, die mit den winzigen Armen von Föten rüsselförmig verlängert waren. Andere Kompositionen bestanden aus Köpfen mit verzerrtem Gesichtsausdruck, die von einem Gewirr aus aneinandergefügten, miteinander vernähten, verflochtenen menschlichen Gliedern umgeben waren. All diese Gebilde waren durch Konservierungsmethoden, die den Beamten unbekannt waren, so gut erhalten, dass sie unerträglich realistisch wirkten: Die mit Schnittwunden verunstalteten Gesichter, deren Augäpfel häufig ausgeschält waren, trugen einen Ausdruck von erstarrtem, furchtbarem Schmerz, Kronen aus geronnenem Blut umgaben die Amputationen. Petissaud war ein Mensch mit zutiefst abartiger Veranlagung, dessen Perversion ein ungewöhnliches Niveau erreichte, und man musste davon ausgehen, dass es Mitschuldige gab, illegalen Handel mit Leichen und vermutlich mit Föten, all das würde lange Ermittlungen erfordern, sagte sich Bardèche, während einer seiner jungen Kollegen, ein Kriminalmeister, der gerade in sein Team aufgenommen worden war, ohnmächtig wurde und anmutig wie eine geschnittene Blume ein paar Meter neben ihm zu Boden sank.

Er dachte auch flüchtig daran, dass sich das für Le Braouzec nur positiv auswirken konnte: Ein guter Anwalt würde diese Tatsache ohne Mühe ausnutzen können, um den abgrundtief perversen Charakter des Opfers vor Augen zu stellen, das würde sicherlich die Entscheidung der Geschworenen beeinflussen.

Mitten im Raum befand sich ein riesiger Leuchttisch von mindestens fünf mal zehn Metern. Im Inneren wimmelte es von Insekten, die nach Arten gruppiert und von durchsichtigen Wänden voneinander getrennt waren. Als ein Beamter versehentlich einen der Bedienungshebel auf dem Tischrand betätigte, öffnete sich eine Trennwand, und sogleich rannte ein Dutzend Vogelspinnen mit behaarten Beinen in das Nachbarabteil und fiel über die darin befindlichen Insekten her: große rötliche Tausendfüßler. Damit verbrachte also Dr. Petissaud seine Abende, anstatt, wie die Mehrzahl seiner Kollegen, in harmlosen Orgien mit slawischen Prostituierten Zerstreuung zu suchen. Er hielt sich ganz einfach für Gott, und er behandelte seine Insektenvölker wie Gott die menschlichen Völker.

Bei diesem Stand der Dinge hätten sie es vermutlich bewenden lassen, wenn nicht Le Guern, ein junger bretonischer Kriminalmeister, den Bardèche nach dessen vor kurzem erfolgter Versetzung nach Nizza freudig in sein Team aufgenommen hatte, eine entscheidende Entdeckung gemacht hätte. Bevor Le Guern in den Polizeidienst eingetreten war, hatte er in Rennes zwei Jahre an der École des Beaux-Arts Kunst studiert, und in einer kleinen Kohlezeichnung, die an einer der wenigen freien Stellen zwischen den Glasschränken hing, erkannte er eine Skizze von Francis Bacon wieder. Tatsächlich befanden sich vier Kunstwerke in dem Keller, und zwar direkt neben den vier Winkeln des Raumes. Neben der Skizze von Bacon waren es zwei Plastinate von Gunther von Hagens – die an sich schon ziemlich widerwärtig waren – und schließlich ein Gemälde, in dem Le Guern Jed Martins bisher letztes Gemälde *Michel Houellebecq, Schriftsteller* wiederzuerkennen glaubte.

Gleich nach ihrer Rückkehr ins Kommissariat ging Bardèche der Sache in der Datenbank TREIMA nach: Le Guern hatte in allen Punkten recht. Die beiden Plastinate waren offensichtlich völlig legal erworben, die Skizze von Bacon dagegen gut zehn Jahre zuvor in einem Chicagoer Museum gestohlen worden. Die Diebe waren vor ein paar Jahren gefasst worden, hatten sich aber systematisch geweigert, die Namen ihrer Käufer zu verraten, was in diesen Kreisen ziemlich selten war. Es war eine Zeichnung von bescheidenem Format, die Petissaud zu einem Zeitpunkt erworben hatte, da die Preise für Bacons Werke leicht gesunken waren, und vermutlich hatte er sie ohnehin für die Hälfte des Marktpreises bekommen, das war in etwa das Preisverhältnis bei gestohlenen Werken. Für jemanden aus seiner Einkommensschicht war das eine zwar hohe, aber noch durchaus vorstellbare Investition. Über die Preise, die Jed Martins Werke inzwischen erreichten, war Bardèche hingegen völlig verblüfft; selbst zum halben Preis hätte sich der Chirurg unmöglich ein Gemälde dieser Preislage leisten können.

Er rief sofort die Zentralstelle zur Bekämpfung des illegalen

Handels mit Kunstgegenständen an, wo sein Anruf beträchtliche Aufregung auslöste: Es handelte sich ganz einfach um die größte Affäre, die sie seit fünf Jahren zu bearbeiten hatten. Als sie festgestellt hatten, dass die Preise für Jed Martins Werke allmählich schwindelerregende Höhen erreichten, hatten sie damit gerechnet, dass das Gemälde sehr bald auf dem Markt auftauchen würde, aber zu ihrem großen Erstaunen war das nicht der Fall gewesen.

Noch ein Pluspunkt für Le Braouzec, sagte sich Bardèche: Er verlässt das Haus mit einem Köfferchen im Wert von etwa hunderttausend Euro und einem Porsche, der kaum mehr wert sein dürfte, und lässt ein Gemälde zurück, dessen Wert auf zwölf Millionen Euro geschätzt wird. Ein deutliches Zeichen für sein kopfloses Handeln, sein improvisiertes Vorgehen und ein rein zufälliges Verbrechen, wie ein guter Anwalt leicht geltend machen konnte, selbst wenn der Abenteurer ganz offensichtlich nicht gewusst hatte, was für Schätze er in Reichweite gehabt hatte.

Eine Viertelstunde später rief der Leiter der Zentralstelle persönlich an, um ihn herzlich zu beglückwünschen und ihm die Telefonnummern – Büro- und Handynummer – von Oberkommissar Ferber zu geben, der im Pariser Kriminaldezernat mit dem Fall beauftragt war.

Bardèche rief sofort seinen Kollegen an. Es war kurz nach einundzwanzig Uhr, aber Ferber war noch im Büro und wollte gerade gehen. Auch er wirkte zutiefst erleichtert über diese Nachricht; er habe befürchtet, sie würden nie zu einem Ergebnis kommen, sagte er, ein nicht aufgeklärter Fall sei wie eine alte Wunde, fügte er halb im Scherz hinzu, so etwas lasse einen nie ganz in Ruhe, aber er nehme an, Bardèche kenne das selbst.

Ja, Bardèche kannte das auch; er versprach ihm, schon am nächsten Morgen einen kurzen Bericht zu senden, ehe er auflegte.

Am folgenden Tag erhielt Ferber gegen Mittag eine E-Mail mit einer Zusammenfassung der wichtigsten Ergebnisse. Dr. Petissauds Klinik gehörte zu jenen, die auf seine Anfrage geantwortet hatten, stellte er nebenbei fest. Sie hatten eingeräumt, einen Laserschneider zu besitzen, hatten aber behauptet, das Gerät befinde sich noch immer in ihren Räumen. Er fand den Brief wieder: Er war von Petissaud persönlich unterzeichnet. Man hätte sich darüber wundern können, dachte er flüchtig, dass eine Klinik für plastische und rekonstruktive Chirurgie einen Apparat besitzt, der für Amputationen bestimmt ist; aber andererseits ließ sich dem Namen der Klinik kein Hinweis auf ihr Fachgebiet entnehmen, und sie hatten Hunderte von Antworten erhalten. Nein, sagte er sich, sie hatten sich in dieser Angelegenheit keine ernsten Vorwürfe zu machen. Ehe er Jasselin in seinem Haus in der Bretagne anrief, musterte er noch eine Weile die Gesichtszüge der beiden Mörder. Le Braouzec hatte das Aussehen eines einfachen skrupellosen Rohlings, wenn auch ohne sichtbare Zeichen von Grausamkeit. Er war ein gewöhnlicher Verbrecher, wie er ihnen jeden Tag begegnete. Petissaud wirkte erstaunlicher: Er war recht gutaussehend, gebräunt – vermutlich das ganze Jahr über – und lächelte mit ungehemmter Selbstsicherheit in die Kamera. Er hatte im Grunde ganz das Aussehen, das man mit einem Schönheitschirurgen aus Cannes verbindet, der in der Avenue de la Californie wohnt. Bardèche hatte recht: Er war ein Mann, wie er ab und zu der Sittenpolizei in die Netze geht, aber nie der Kriminalpolizei. Die Menschheit ist manchmal seltsam, sagte er sich, während er die

Nummer wählte, aber leider meistens in der Kategorie *seltsam und widerwärtig*, nur ganz selten in der Kategorie *seltsam und bewundernswert*. Dennoch war er besänftigt und innerlich beruhigt, und er wusste, dass Jasselin es noch stärker sein würde als er und dass es ihm erst jetzt wirklich gelingen würde, *seinen Ruhestand zu genießen*. Auch wenn es auf indirekte und unnormale Weise geschehen war, hatte den Schuldigen nun seine gerechte Strafe ereilt. Das Gleichgewicht war wieder hergestellt. Die Wunde konnte sich schließen.

Houellebecqs testamentarische Verfügungen waren unzweideutig: Falls er vor Jed Martin sterben würde, sollte das Gemälde an diesen zurückfallen. Ferber hatte keine Mühe, Jed telefonisch zu erreichen: Er war zu Hause; nein, er störe ihn nicht. In Wirklichkeit störte er doch ein wenig, er sah sich gerade auf Disney Channel die Serie *DuckTales* an, aber das sagte er ihm nicht.

Das Gemälde, das schon in zwei Mordfällen eine Rolle gespielt hatte, wurde Jed ohne besondere Sicherheitsmaßnahmen in einem gewöhnlichen Mannschaftswagen der Polizei gebracht. Er stellte es mitten im Raum auf seine Staffelei, ehe er sich wieder seiner üblichen Beschäftigung zuwandte, die momentan ziemlich geruhsam war: Er reinigte seine Vorsatzlinsen und räumte ein wenig auf. Sein Gehirn arbeitete ziemlich langsam, und erst nach ein paar Tagen wurde ihm bewusst, dass ihn das Bild *störte*, dass er sich in seiner Anwesenheit unwohl fühlte. Es war nicht nur der Hauch von Blut, in dem es zu schweben schien, ähnlich wie manche berühmte Juwelen und viele andere Gegenstände, die menschliche Leidenschaften entfesselt haben; es war vor allem Houellebecqs Blick, dessen ungemein starke Ausdruckskraft ihm unpassend und unnormal erschien – nun da der Schriftsteller tot war und Jed gesehen hatte, wie mitten auf dem Friedhof Montparnasse die Erde Schaufel für Schaufel auf seinen Sarg gefallen war. Auch wenn er das Bild nicht mehr ertragen konnte, war es doch unbestreitbar ein äußerst gelungenes Gemälde; der lebendige Eindruck, den der Schriftsteller vermittelte, war geradezu verblüffend, und falsche Bescheidenheit an den Tag zu legen, wäre sicherlich unangebracht gewesen. Dass das Bild inzwischen einen Wert von zwölf Millionen Euro besaß, das war natürlich eine ganz andere Sache, zu der er bisher jeden Kommentar verweigert hatte, bis auf einmal, als er einem besonders aufdringlichen Journalisten gesagt hatte: »Man sollte keinen Sinn in Dingen suchen, die keinen haben«, womit er sich, ohne sich dessen wirklich bewusst zu sein, die Schlussfolgerung von Wittgensteins *Tractatus* zu eigen machte: »Wovon man nicht sprechen kann, darüber muss man schweigen.«

Er rief Franz noch am gleichen Abend an, um ihm von den Ereignissen zu berichten und ihm seine Absicht mitzuteilen, das Bild *Michel Houellebecq, Schriftsteller* zu verkaufen.

Als er im Bistro *Chez Claude* in der Rue du Château-des-Rentiers ankam, hatte er das deutliche, unleugbare Gefühl, dieses Lokal zum letzten Mal zu betreten; er wusste auch, dass es seine letzte Begegnung mit Franz sein würde. Der Galerist saß zusammengesunken an seinem Stammplatz vor einem Glas Rotwein. Er war mit einem Schlag gealtert, als habe er große Sorgen. Er hatte natürlich viel Geld verdient, aber vielleicht sagte er sich, dass er zehnmal mehr hätte verdienen können, wenn er ein paar Jahre gewartet hätte, und vermutlich hatte er das Geld *angelegt*, eine Quelle unausbleiblicher Ärgernisse. Überhaupt schien er seinen neuen Status als reicher Mann nur schwer zu ertragen, wie es häufig bei Menschen der Fall ist, die aus ärmlichen Verhältnissen stammen: Reichtum macht nur

Leute glücklich, die schon immer einen gewissen Wohlstand gewöhnt und seit ihrer Kindheit darauf vorbereitet sind; wenn jemandem, der es im Leben nicht immer leicht hatte, plötzlicher Reichtum zufällt, empfindet er als Erstes *Angst*, auch wenn es ihm manchmal gelingt, sie vorübergehend zu bekämpfen, bis sie ihn schließlich ganz überwältigt. Jed dagegen, als Sohn wohlhabender Eltern, der sehr früh Erfolg gehabt hatte, störte sich nicht im Geringsten daran, einen Betrag von vierzehn Millionen Euro auf seinem Scheckkonto zu haben. Er wurde nicht einmal ernsthaft von seinem Bankier belästigt. Seit der letzten Finanzkrise, die sehr viel schlimmer als die des Jahres 2008 gewesen war und zum Konkurs der Crédit Suisse und der Royal Bank of Scotland geführt hatte, ganz zu schweigen von zahlreichen weniger bedeutenden Banken, waren die Bankiers gelinde gesagt ziemlich *kleinlaut* geworden. Sie hatten natürlich noch das Geschwätz auf Lager, das man ihnen während ihrer Ausbildung beigebracht hatte, aber wenn man ihnen sagte, dass man sich für keines ihrer Anlageprodukte interessierte, gaben sie sofort auf, seufzten resigniert, räumten ruhig die dünne Akte weg, die sie vorbereitet hatten, und entschuldigten sich fast; nur ein letzter Funken beruflichen Stolzes hielt sie davon ab, dem Kunden ein Sparbuch mit einer Vergütung von 0,45 Prozent Zinsen anzubieten. Ganz allgemein befand man sich in einer ideologisch seltsamen Epoche, in der jeder in Westeuropa davon überzeugt zu sein schien, dass der Kapitalismus zum Scheitern verurteilt sei – und zwar sogar kurzfristig – und seine allerletzten Jahre erlebte, ohne dass es aber den ultralinken Parteien gelungen wäre, über ihre übliche Kundschaft von gehässigen Masochisten hinaus neue Anhänger zu gewinnen. Ein Ascheschleier schien sich über den Geist der Menschen gelegt zu haben.

Sie sprachen ein paar Minuten über die Situation des Kunstmarkts, die ziemlich absurd war. Viele Sachverständige hatten geglaubt, dass nach der fieberhaften Spekulation der vergangenen Jahre nun eine ruhigere Zeit eintrete, in der die Preise auf dem Kunstmarkt nur langsam und regelmäßig wachsen würden, sozusagen in normalem Rhythmus; manche hatten sogar vorausgesagt, dass die Kunst zu einem Zufluchtswert werden würde. Sie hatten sich geirrt. »Es gibt keinen Zufluchtswert mehr«, wie die *Financial Times* neulich in einem Leitartikel geschrieben hatte, und im Bereich der Kunst war die Spekulation noch intensiver, noch verrückter, noch hektischer geworden, die Kurse stiegen oder fielen blitzschnell, die in *ArtPrice* veröffentlichten Ranglisten wurden inzwischen wöchentlich erstellt.

Sie tranken ein zweites und schließlich ein drittes Glas Wein.

»Ich kann bestimmt einen Käufer finden«, sagte Franz schließlich. »Das wird natürlich ein bisschen Zeit erfordern. Bei den Preisen, die deine Werke inzwischen erreicht haben, können nicht mehr viele Leute mithalten.«

Jed hatte es sowieso nicht eilig. Das Gespräch verlief immer stockender, ehe es ganz einschlief. Sie blickten sich ein wenig betrübt an. »Wir haben gemeinsam … so manches erlebt«, bemühte sich Jed mit letzter Anstrengung zu sagen, aber seine Stimme erstarb, noch bevor er den Satz zu Ende geführt hatte. Als er aufstand, um zu gehen, sagte Franz zu ihm: »Du hast hoffentlich bemerkt … dass ich dich nicht gefragt habe, was du machst.«

»Das habe ich.«

Tatsächlich drehte er sich gelinde gesagt im Kreis. Er war derart unbeschäftigt, dass er seit ein paar Wochen mit seinem Heizkessel sprach. Aber das eigentlich Beunruhigende war – das hatte er vor zwei Tagen begriffen –, dass er jetzt fast überzeugt war, der Heizkessel würde ihm antworten. Tatsachlich gab der Apparat immer unterschiedlichere Geräusche von sich: Ächzen, Brummen, Knacken, Pfeifen in unterschiedlicher Höhe und Lautstärke; man konnte wirklich fast damit rechnen, dass er sich eines Tages in einer artikulierten Sprache ausdrücken würde. Er war im Grunde Jeds ältester Weggefährte.

Sechs Monate später beschloss Jed, umzuziehen und sich im Haus seiner Großeltern in der Creuse niederzulassen. Ihm war dabei schmerzlich bewusst, dass er den gleichen Weg einschlug wie Houellebecq ein paar Jahre zuvor. Er versuchte sich einzureden, dass es sich bei ihm um etwas ganz anderes handele. Zunächst einmal war Houellebecq von Irland aus ins Loiret gezogen; der wahre Bruch hatte bei ihm schon vorher stattgefunden, als er Paris – das gesellschaftliche Zentrum seiner Tätigkeit als Schriftsteller und seines Freundeskreises – verlassen hatte, um nach Irland zu gehen, zumindest durfte man das vermuten. Der Bruch, den Jed jetzt vollzog, indem er das gesellschaftliche Zentrum seiner eigenen künstlerischen Tätigkeit verließ, war ähnlich geartet. Ehrlich gesagt hatte er diesen Bruch in der Praxis schon mehr oder weniger vollzogen. In den ersten Monaten nachdem er zu internationaler Berühmtheit gelangt war hatte er bereitwillig an Biennalen teilgenommen, war auf Vernissagen erschienen und hatte zahlreiche Interviews gegeben – und sogar einmal einen Vortrag gehalten, an den er sich übrigens nicht im Geringsten erinnerte. Dann hatte er all das eingeschränkt, auf Einladungen und E-Mails nicht mehr reagiert, und in knapp zwei Jahren war er in die bedrückende, aber in seinen Augen unerlässliche, fruchtbare Einsamkeit verfallen, die ein wenig dem »an unzähligen Möglichkeiten reichen« Nichts der buddhistischen Lehre ähnelte. Allerdings brachte das Nichts bisher nichts anderes als ein Nichts hervor, und das war der eigentliche Grund, weshalb er den Wohnsitz wechselte, in der Hoffnung, den seltsamen Impuls wiederzufinden, der ihm früher den Antrieb verliehen hatte, den unzähligen natürlichen oder künstlichen schon in der Welt vorhandenen Objekten neue Objekte, die als *künstlerisch* bezeichnet wurden, hinzuzufügen. Er tat es nicht, um wie Houellebecq zu versuchen, einen hypothetischen Kindheitszustand wiederzufinden. Im Übrigen hatte er seine Kindheit gar nicht in der Creuse verbracht, sondern nur manchmal die Sommerferien, an die ihm kaum noch eine Erinnerung blieb, bis auf das Gefühl unbestimmten, jähen Glücks.

Ehe er Paris verließ, musste er noch eine letzte, unangenehme Aufgabe erledigen, die er so lange wie möglich hinausgeschoben hatte: Schon vor ein paar Monaten hatte er einen Kaufvertrag für das Haus in Le Raincy mit Alain Sémoun unterschrieben, einem Typen, der seine Firma dorthin verlegen wollte. Er hatte es dank einer Website für den Download von Mailbox-Ansagen und Displaybildern für Handys zu Reichtum gebracht. Das schien auf den ersten Blick eine ziemlich banale, simple Tätigkeit zu sein, aber er war innerhalb weniger Jahre zum Marktführer auf diesem Gebiet geworden. Er hatte Exklusivverträge mit zahlreichen Persönlichkeiten abgeschlossen, und man konnte beim Besuch seiner Website gegen ein geringes Entgelt seinem Handy mit dem Foto und der Stimme von Paris Hilton, Deborah Channel, Dimitri Medwedew, Puff Daddy und vielen anderen eine persönliche Note verleihen. Er wollte das Haus zu seinem Firmensitz machen – er fand die Bibliothek »super« – und moderne Werkstätten in dem Park errichten lassen. Ihm zufolge verfügte Le Raincy über eine »Wahnsinnsenergie«, die er sich zu kanalisieren erbot. Nun ja, so konnte man das wohl auch sehen. Jed fand, dass er mit seinem Interesse für *schwierige Vororte* ein bisschen zu viel Wind machte, aber er war ein Typ, der selbst beim Kauf eines Sechserpacks Volvic noch Wind gemacht hätte. Auf jeden Fall hatte er ein schnelles Mundwerk, und es war ihm gelungen, das Maximum aller verfügbaren regionalen oder nationalen Subventionen einzuheimsen; er hätte Jed beim Kaufpreis sogar fast übers Ohr gehauen, doch der hatte sich gerade noch rechtzeitig wieder gefasst, und schließlich hatte ihm der Typ einen vernünftigen Preis angeboten. Jed brauchte dieses Geld natürlich nicht, aber er hätte es als dem Gedenken seines Vaters unwürdig erachtet, dieses Haus zu einem Schleuderpreis zu verkaufen: das Haus, in dem sein Vater versucht hatte zu leben, das Haus, in dem er zumindest ein paar Jahre lang versucht hatte, ein *Familienleben* aufzubauen.

Als Jed in die Ausfahrt Richtung Le Raincy einbog, blies ein heftiger Ostwind. Er war seit zehn Jahren nicht mehr dort gewesen. Das Tor quietschte ein wenig, ließ sich aber mühelos öffnen. Die Zweige der Pappeln und der Espen schlugen vor dem dunkelgrauen Himmel hin und her. Zwischen dem hohen Gras und dem Dickicht aus Brennnesseln und Brombeerranken war noch die Spur eines Weges zu erkennen. Er dachte mit leichtem Schrecken daran zurück, dass er hier seine ersten Jahre und sogar seine ersten Monate verbracht hatte; es war, als schlössen sich die Hüllen der Zeit mit einem dumpfen Geräusch über ihm. Er war noch jung, sagte er sich, er hatte erst die erste Hälfte seines Verfalls erlebt.

Die geschlossenen weißen Klappläden wiesen keine Einbruchsspuren auf, und das Schloss der diebstahlsicheren Haustür gab ohne Schwierigkeiten nach; das war erstaunlich. Vermutlich hatte sich in den benachbarten Großsiedlungen herumgesprochen, dass es in diesem Haus nichts zu stehlen gab und es nicht einmal einen Einbruchsversuch lohnte. Das stimmte, es gab dort nichts, was sich wieder verkaufen ließe. Keine modernen elektronischen Geräte, nur massive Möbel ohne besonderen Stil. Den nicht gerade umfangreichen Schmuck seiner Mutter hatte sein Vater mitgenommen – in das Seniorenheim in Boulogne und später in das Heim in Le Vésinet. Die Schatulle war Jed kurz nach dessen Tod übergeben worden. Er hatte sie sofort oben auf einen Schrank gestellt, obwohl er wusste, dass er sie besser dem Schließfach einer Bank anvertraut hätte, um nicht früher oder später wieder darauf zu stoßen, was ihn unweigerlich auf traurige Gedanken gebracht hätte, denn das Leben seines Vaters war schon nicht sonderlich fröhlich gewesen, aber das seiner Mutter erst recht nicht.

Er erkannte die Anordnung der Möbel und die Lage der Zimmer sofort wieder. Diese funktionale menschliche Wohneinheit hätte ohne Schwierigkeiten zehn Personen Raum geboten, hatte aber in ihrer Glanzzeit nur drei Personen beherbergt – dann zwei, dann eine und schließlich niemanden mehr. Er stellte sich flüchtig die Frage nach der Heizung. Nie hatte er in seiner Kindheit oder seiner Jugend etwas von Heizungsproblemen gehört, und als er als junger Mann vorübergehend bei seinem Vater gewohnt hatte, war auch da nie die Rede davon gewesen. Vielleicht hatte sich sein Vater ja einen außergewöhnlichen Heizkessel angeschafft, einen Heizkessel mit »ehernen Füßen und Gliedern fest wie die Pfeiler des Tempels in Jerusalem«, wie die Heilige Schrift die weise Frau kennzeichnet.

Auf einem dieser tiefen Ledersofas hatte er, durch die Kathedralglasfenster vor der Hitze des Sommernachmittags geschützt, *Spirou & Fantasio* oder die Gedichte von Alfred de Musset gelesen. Mit einem Mal begriff er, dass er sich wohl besser beeilen sollte, und ging in das Arbeitszimmer seines Vaters.

Er fand die Zeichenmappen ohne Schwierigkeit im ersten Schrank, den er öffnete. Es waren etwa dreißig Mappen von je 50 x 80 cm, beklebt mit jenem Papier mit tristen schwarzen und grünen Motiven, das im vorigen Jahrhundert systematisch alle Zeichenmappen gekennzeichnet hatte. Sie waren von zerschlissenen schwarzen Bändern zusammengehalten, die zu reißen drohten, und zum Bersten gefüllt mit Hunderten von Blättern im Format DIN A2 – bestimmt die Arbeit zahlreicher Jahre. Er klemmte sich vier Mappen unter die Arme, ging nach draußen und öffnete den Kofferraum seines Audi.

Als er zum dritten Mal zu seinem Wagen zurückkehrte, bemerkte er einen großen Schwarzen, der ihn von der anderen Straßenseite aus beobachtete und dabei mit jemandem telefoniert. Ein richtiger Kleiderschrank von etwa einem Meter neunzig Größe mit kahlrasiertem Schädel und einem Gewicht von mindestens zwei Zentnern, aber seine Züge waren noch jugendlich, er war vermutlich höchstens sechzehn. Jed vermutete, dass Alain Sémoun seine Kapitalanlage schützen ließ, und überlegte sich, ob er dem Jungen eine Erklärung geben solle, verzichtete dann aber darauf und hoffte, dass die Beschreibung, die Sémoun von Jed lieferte, seinem Gesprächspartner erlauben würde, ihn wiederzuerkennen. Das war offensichtlich der Fall, denn der Schwarze unternahm nichts, um ihn zu unterbrechen, sondern begnügte sich damit, ihn zu überwachen, bis er mit dem Beladen des Autos fertig war.

Anschließend irrte er noch ein paar Minuten durch den ersten Stock, ohne irgendetwas zu empfinden und ohne sich an irgendetwas zu erinnern, dabei wusste er, dass er dieses Haus, das sowieso gründlich renoviert werden würde, nie wieder betreten würde; vermutlich würde dieser Blödmann die Zwischenwände einreißen und alles weiß streichen lassen, aber auch das änderte nichts, sein Gehirn war einfach nicht aufnahmebereit, er lief, von unbestimmter Trauer wie benebelt, mechanisch durch die Räume. Beim Weggehen verschloss er sorgfältig das Tor. Der Schwarze war nicht mehr da. Mit einem Schlag legte sich der Wind, die Zweige der Pappeln bewegten sich nicht mehr, einen Augenblick lang war alles völlig still. Er wendete, bog in die Rue de l'Égalité ein und fand die Auffahrt zur Autobahn leicht wieder.

Jed waren Aufrisse, Grundrisse und Schnittzeichnungen, mit denen Architekten die Einzelheiten der geplanten Gebäude festhalten, nicht sonderlich vertraut, daher versetzte ihm der Anblick der ersten künstlerischen Darstellung, die er auf den letzten Blättern der ersten Zeichenmappe entdeckte, geradezu einen Schock. Das Ganze wirkte überhaupt nicht wie ein Wohnhaus, sondern eher wie ein neuronales Netz, bei dem die Wohnzellen durch lange, gekrümmte Gänge voneinander getrennt waren, die sich überdacht oder unter freiem Himmel sternförmig verzweigten. Die Wohnzellen hatten sehr unterschiedliche Größen und waren meistens kreisförmig oder oval – was Jed überraschte, der geglaubt hatte, dass sein Vater stärker an geradlinigen Formen hing. Eine weitere erstaunliche Einzelheit war das völlige Fehlen von Fenstern; die Dächer dagegen waren durchsichtig. Sobald die Bewohner dieser Großsiedlung also heimgekehrt waren, würden sie keinerlei Sichtkontakt mit der Außenwelt mehr haben – mit Ausnahme des Himmels.

Die zweite Zeichenmappe war den Innenansichten der Wohnungen gewidmet. Das Erstaunliche daran war die Tatsache, dass es so gut wie keine Möbel gab – was durch die systematische Verwendung von kleinen Höhenunterschieden im Fußboden ermöglicht wurde. Die Schlafbereiche bestanden daher aus rechtwinkligen Mulden von vierzig Zentimetern Tiefe, sodass man in sein Bett hinabstieg, anstatt hinaufzusteigen. Die nach dem gleichen Prinzip konzipierten Badewannen waren große, runde Becken, deren Rand sich auf Höhe des Fußbodens befand. Jed fragte sich, was für Materialien sein Vater dafür zu verwenden gedacht hatte; vermutlich Kunststoff, sagte er sich, Polystyrol, das sich durch Thermoformverfahren in nahezu jede Form pressen ließ.

Gegen neun Uhr erhitzte er eine Lasagne in der Mikrowelle. Er aß sie langsam und trank dazu eine Flasche roten Landwein. Er fragte sich, ob sein Vater wirklich daran geglaubt hatte, eine Finanzierung für diese Vorhaben zu finden, um sie tatsächlich realisieren zu können. Anfangs vermutlich ja, und dieser einfache Gedanke war betrüblich, denn im Nachhinein war es völlig offensichtlich, dass die Chancen gleich null waren. Auf jeden Fall schien er nie so weit gegangen zu sein, ein maßstabsgetreues Modell seiner Projekte angefertigt zu haben.

Jed leerte die Flasche Wein, ehe er sich wieder den Projekten seines Vaters zuwandte, da er spürte, dass die Sache wohl immer deprimierender werden würde. Der Architekt Jean-Pierre Martin hatte in Wirklichkeit wohl nach einer Reihe von Misserfolgen in einer Phantasiewelt mit immer mehr Niveauunterschieden, Verästelungen und Herausforderungen an die Schwerkraft Zuflucht gesucht und ohne jede Rücksicht auf Durchführbarkeit und Budget unrealistische, kristalline Zitadellen entworfen.

Gegen sieben Uhr morgens öffnete Jed die letzte Zeichenmappe. Über der Place des Alpes dämmerte zögernd der Morgen; das Wetter versprach, bis zum Abend grau und bedeckt zu bleiben. Die letzten Zeichnungen seines Vaters ließen überhaupt nicht mehr an von Menschen bewohnbare Gebäude denken. Spiralförmige Treppen erhoben sich schwindelerregend bis in den Himmel und waren mit kleinen durchsichtigen Verbindungsgängen verbunden, die zu unregelmäßigen, lanzettförmigen Gebäuden von blendendem Weiß führten, deren Formen manchmal an Federwolken erinnerten. Im Grunde, sagte sich Jed beim Zuklappen der Zeichenmappe traurig, hatte sein Vater nie den Wunsch aufgegeben, Schwalbennester zu bauen.

JED MACHTE SICH KEINERLEI Illusionen darüber, wie ihn die Bewohner des Dorfes, in dem seine Großeltern gelebt hatten, aufnehmen würden. Er hatte es vor vielen Jahren schon feststellen können, als er mit Olga durch die *französische Provinz* gereist war: Abgesehen von einigen ausgesprochen touristischen Regionen wie etwa dem provenzalischen Hinterland oder der Dordogne sind die Landbewohner im Allgemeinen ungastlich, aggressiv und dumm. Wenn man auf der Reise unliebsame Belästigungen und Scherereien aller Art vermeiden wollte, war es in jeder Hinsicht vorzuziehen, nicht von *ausgetretenen Pfaden* abzuweichen. Und diese nur latente Feindseligkeit durchreisenden Besuchern gegenüber verwandelte sich in offenen Hass, sobald sich diese ein Haus in der Nähe kauften. Die Antwort auf die Frage, wann die Einheimischen in einer ländlichen französischen Region jemanden akzeptierten, der von auswärts kam, war: *niemals*. Das war im Übrigen nicht einmal Rassismus oder Fremdenhass. Für sie war jemand aus Paris im Großen und Ganzen ebenso ein Ausländer wie ein Norddeutscher oder ein Senegalese; und für Ausländer hatten sie nun einmal nichts übrig.

Einer lakonischen Nachricht von Franz entnahm er, dass dieser das Bild *Michel Houellebecq, Schriftsteller* soeben an einen indischen Mobiltelefonanbieter verkauft hatte. Es kamen also weitere sechs Millionen Euro auf sein Bankkonto. Selbstverständlich war der Reichtum der Fremden – die für den Erwerb eines Landhauses Summen zahlten, die die Einheimischen nie hätten zusammentragen können – einer der Hauptgründe für das Ressentiment der Landbewohner. In Jeds Fall kam noch erschwerend hinzu, dass er *Künstler* war: Sein Reichtum war in den Augen eines Landwirts aus der Creuse auf eine zweifelhafte Weise erworben worden, die an Betrug grenzte. Andererseits hatte er das Landhaus nicht gekauft, sondern *geerbt* – manche erinnerten sich noch an ihn, als er in mehreren aufeinanderfolgenden Jahren die Sommerferien im Haus seiner Großmutter verbracht hatte. Schon damals war er ein ungeselliges, scheues Kind gewesen, und auch nach seiner jetzigen Ankunft tat Jed nicht das Geringste, um sich beliebt zu machen – ganz im Gegenteil.

Hinter dem Haus seiner Großeltern befand sich ein großer Garten von fast einem Hektar. Zu der Zeit, als sie beide noch gelebt hatten, war er ganz für den Gemüseanbau genutzt worden, doch als Jeds Großmutter verwitwet war, ihre Kräfte allmählich nachließen und sie zunächst resigniert und später ungeduldig auf den Tod wartete, wurde die angebaute Oberfläche kleiner und kleiner, immer mehr Gemüsebeete wurden aufgegeben und dem Unkraut überlassen. Der nicht umzäunte hintere Teil des Gartens grenzte direkt an den Wald von Grandmont – Jed erinnerte sich noch an den Tag, da ein von Jägern verfolgtes Reh Zuflucht im Garten gesucht hatte. Ein paar Wochen nach seiner Ankunft erfuhr er, dass ein an seinen Garten angrenzendes, fast vollständig bewaldetes Gelände von etwa fünfzig Hektar zu verkaufen war; er kaufte es, ohne zu zögern.

Das Gerücht, dass ein etwas verrückter Typ aus Paris Ländereien aufkaufte, ohne über den Preis zu verhandeln, machte sehr schnell die Runde, und am Ende des Jahres besaß Jed ein zusammenhängendes Gelände von siebenhundert Hektar. Seine hügelige und stellenweise schwer zugängliche Domäne war fast ganz mit Buchen, Kastanien und Eichen bewaldet, in der Mitte befand sich ein Teich mit einem Durchmesser von etwa fünfzig Metern. Jed wartete, bis die starken Fröste vorüber waren, und ließ dann einen drei Meter hohen Metallzaun errichten, der das ganze Gelände umgab. Oben auf dem Zaun verlief ein von einem Niederspannungsgenerator gespeister Leitungsdraht. Die Stromstärke war nicht ausreichend, um eine tödliche Wirkung hervorzurufen, genügte aber, um jeden abzuschrecken, der über den Zaun zu klettern versuchte – es war im Übrigen die gleiche Schwachstromanlage, wie sie Landwirte für Elektrozäune benutzten, um Kuhherden am Verlassen der Weide zu hindern. Jed befand sich somit durchaus auf dem Boden der Legalität, wie er den Gendarmen erklärte, die ihn zweimal aufsuchten, um Näheres über die durch den Zaun erfolgte Veränderung des Landschaftsbilds zu erfahren. Auch der Bürgermeister besuchte ihn und gab ihm zu bedenken, dass er sich, wenn er den Jägern, die seit Generationen in diesen Wäldern Rehe und Wildschweine jagten, das Wegerecht verwehre, beträchtliche Feindschaften zuziehen werde. Jed hörte ihm aufmerksam zu und räumte ein, dass das in gewisser Weise bedauerlich sei, brachte aber erneut das Argument vor, dass er sich eindeutig auf dem Boden der Legalität befinde. Kurz nach diesem Gespräch beauftragte er eine Hoch- und Tiefbaufirma mit dem Bau einer Straße, die seine Domäne vom einen bis zum anderen Ende durchquerte und in ein Tor mit Fernbedienung mündete, das ihm einen direkten Zugang auf die D50 ermöglichte. Von dort aus waren es nur noch drei Kilometer bis zur Auffahrt auf die Autobahn A20. Er machte es sich zur Gewohnheit, seine Einkäufe bei Carrefour in Limoges zu erledigen, wo er so gut wie sicher war, niemanden aus dem Dorf anzutreffen. Er fuhr im Allgemeinen dienstags bei Geschäftsöffnung dorthin, da er festgestellt hatte, dass zu diesem Zeitpunkt der Kundenandrang am geringsten war. Er hatte den Supermarkt manchmal ganz für sich – was schon fast an Glück grenzte, wie er fand.

Die Hoch- und Tiefbaufirma legte auch rings um das Haus einen zehn Meter breiten grauen Asphaltstreifen an. Im Haus selbst ließ er keine Veränderungen vornehmen.

All diese Umgestaltungen hatten ihn etwas über acht Millionen Euro gekostet. Er stellte eine Berechnung an und kam zu dem Ergebnis, dass ihm bis zum Lebensende reichlich Geld zur Verfügung stand – selbst wenn er sehr alt werden sollte. Seine bei weitem größte Ausgabe würde die Vermögensteuer sein. Einkommensteuer würde er nicht zu bezahlen haben. Er hatte kein Einkommen und auch nicht die Absicht, wieder Kunstwerke zu schaffen, die für den Verkauf bestimmt waren.

Die Jahre gingen, wie man so sagt, ins Land.

EINES MORGENS, ALS JED zufällig Radio hörte – das hatte er seit mindestens drei Jahren nicht mehr getan –, erfuhr er, dass Frédéric Beigbeder im Alter von einundsiebzig Jahren gestorben war. Er war in seinem Haus an der baskischen Küste entschlafen, dem Radiosender zufolge im »liebevollen Kreis der Seinen«. Jed wollte das gern glauben. Soweit er sich erinnerte, hatte Beigbeder tatsächlich etwas gehabt, das liebevolle Zuneigung hervorrief, und allein die Existenz von »Seinen« war etwas, was Houellebecq nicht gekannt hatte und er auch nicht: eine Art von Vertrautheit mit dem Leben.

Auf diese indirekte Art, gewissermaßen durch den Vergleich, wurde ihm bewusst, dass er selbst sechzig geworden war. Das überraschte ihn, er hatte gar nicht gemerkt, dass er schon so alt war. Durch die Beziehung zu anderen und durch deren Vermittlung wird einem das eigene Altern erst wirklich bewusst; man selbst tendiert immer dazu, sich für unsterblich zu halten. Gewiss, sein Haar war weiß und sein Gesicht faltig geworden, aber all das war unmerklich geschehen, ohne dass ihn irgendetwas direkt mit den Bildern seiner Jugend konfrontiert hätte. Und mit einem Schlag wurde Jed etwas bewusst: Obwohl er während seiner künstlerischen Laufbahn Tausende von Fotos gemacht hatte, besaß er keine einzige Aufnahme von sich selbst. Er hatte auch nie in Betracht gezogen, ein Selbstporträt zu malen, da er sich zu keinem Zeitpunkt als geeignetes künstlerisches Objekt betrachtet hatte.

Seit über zehn Jahren war das südliche Tor seiner Domäne, über das man Zugang zum Dorf hatte, nicht benutzt worden; dennoch öffnete es sich ohne Schwierigkeiten, und Jed beglückwünschte sich wieder einmal dazu, dass er die Arbeiten von der Firma aus Lyon hatte ausführen lassen, die ihm ein ehemaliger Kollege seines Vaters empfohlen hatte.

Er hatte nur noch eine vage Vorstellung von Châtelus-le-Marcheix, in seiner Erinnerung war es nichts anderes als ein kleines, etwas ungepflegtes Dorf wie viele andere in Frankreichs ländlichen Regionen. Doch kaum hatte er die Dorfstraße betreten, war er äußerst verblüfft. Zunächst einmal hatte sich das Dorf erheblich vergrößert, es gab mindestens zwei- oder dreimal so viele Häuser wie früher. Und nur hübsche, blumengeschmückte Häuser, die unter geradezu manischer Wahrung des traditionellen Baustils des Limousin errichtet waren. Überall auf der Hauptstraße wurden in den Auslagen der Geschäfte regionale Erzeugnisse und kunsthandwerkliche Gegenstände angeboten, auf hundert Metern zählte er drei Cafés mit preiswerten Internetverbindungen. Er hatte den Eindruck, auf Ko Phi Phi oder in Saint-Paul-de-Vence zu sein und nicht in einem Dorf in der Creuse.

Etwas benommen blieb er auf dem Dorfplatz stehen und erkannte das Café gegenüber der Kirche wieder. Genauer gesagt erkannte er den *Standort* des Cafés wieder. Die Inneneinrichtung mit Jugendstillampen, Tischen aus dunklem Holz mit schmiedeeisernen Beinen und lederbezogenen Bänken war ganz offensichtlich der Atmosphäre eines Pariser Cafés der Belle Époque nachempfunden. Jeder Tisch war jedoch mit einer Dockingstation für Laptops, einem 21-Zoll-Bildschirm und Steckdosen nach europäischer und amerikanischer Norm ausgerüstet, und einer Broschüre war zu entnehmen, wie man die Verbindung mit dem *Creuse-Sat*-Netz herstellte – das Departement hatte den Bau eines geostationären Satelliten finanziert, um die Schnelligkeit der Internetverbindungen in seinem Bereich zu verbessern, wie Jed bei der Lektüre der Broschüre erfuhr. Er bestellte sich ein Glas Menetou-Salon, einen Rosé, den er langsam trank, während er über diese Veränderungen nachsann. Um diese morgendliche Stunde war das Café noch kaum besetzt. Eine chinesische Familie beendete ihr *limousin breakfast,* das für 23 Euro pro Person angeboten wurde, wie Jed der Speisekarte entnahm. Nicht weit von ihm las ein stämmiger bärtiger Typ mit einem Pferdeschwanz zerstreut seine E-Mails; er warf einen neugierigen Blick auf Jed, runzelte die Stirn, überlegte kurz, ob er das Wort an ihn richten sollte, und wandte sich dann wieder seinem Computer zu. Jed trank sein Glas Wein leer, ging hinaus und blieb ein paar Minuten nachdenklich am Steuer seines SUV von Audi mit Elektromotor sitzen – er hatte im Lauf der letzten zwanzig Jahre dreimal das Auto gewechselt, aber er war der Marke treu geblieben, die ihm sein erstes echtes Fahrvergnügen verschafft hatte.

In den folgenden Wochen erforschte er gemächlich in kleinen Etappen, ohne das Limousin wirklich zu verlassen – bis auf einen kurzen Ausflug in die Dordogne und einen noch kürzeren in die Berge bei Rodez –, Frankreich, dieses Land, das unbestreitbar das seine war. Frankreich hatte sich ganz offensichtlich stark verändert. Er ging zahlreiche Male ins Internet, führte ein paar Gespräche mit Hoteliers, Restaurantinhabern und anderen Dienstleistern (dem Inhaber einer Autoreparaturwerkstatt im Périgueux, einem Escort Girl aus Limoges), und alles bestätigte den ersten Eindruck, der ihn beim Besuch des Dorfes Châtelus-le-Marcheix geradezu überwältigt hatte: Ja, das Land hatte sich verändert, von Grund auf verändert. Die einheimischen Bewohner der ländlichen Gebiete waren fast alle verschwunden. Neuankömmlinge aus der Stadt mit ausgeprägtem Unternehmungsgeist und bisweilen auch gemäßigten ökologischen Überzeugungen, die sich mitunter vermarkten ließen, hatten sie abgelöst. Sie hatten es unternommen, das Hinterland zu bevölkern – und nach diversen unfruchtbaren Versuchen in früherer Zeit war dieses Unternehmen, das nun auf einer soliden Kenntnis der Marktgesetze und deren einsichtiger Hinnahme gründete, ein voller Erfolg.

Die erste Überlegung, die Jed anstellte – und in der die typische Egozentrik des Künstlers zum Ausdruck kam –, war die Frage, ob seine *Serie einfacher Berufe* etwa zwanzig Jahre nachdem er sie konzipiert hatte noch immer relevant war. Das traf in der Tat nur noch mit Einschränkungen zu. Das Bild *Maya Dubois, Fernwartungsassistentin* besaß keine Existenzberechtigung mehr: Die Fernwartung war inzwischen zu 100 Prozent ins Ausland verlagert worden – im Wesentlichen nach Indonesien und Brasilien. Das Bild *Aimée, Escort Girl* war dagegen noch immer aktuell. Die Prostitution hatte aus wirtschaftlicher Sicht sogar eine echte Blütezeit erlebt, die zum einen auf dem vor allem in den südamerikanischen Ländern und in Russland noch immer herrschenden imaginären Klischee der *Pariserin* beruhte und zum anderen auf der unermüdlichen Tätigkeit der aus Westafrika eingewanderten Frauen. Frankreich war zum ersten Mal seit dem ersten Jahrzehnt des zwanzigsten Jahrhunderts wieder zu einem bevorzugten Reiseziel des *Sextourismus* geworden. Auch neue Berufe waren in Erscheinung getreten – oder besser gesagt alte, dem Zeitgeschmack angepasste Berufe wie der des Kunstschlossers und des Kupferschmieds; auch der Gemüseanbau auf Sumpfboden war wieder in Mode gekommen. In Jabreilles-les-Bordes, einem fünf Kilometer von Jeds Haus entfernten Dorf, hatte sich wieder ein Hufschmied niedergelassen – die Creuse mit ihrem Netz von gut unterhaltenen Wanderwegen, Wäldern und Lichtungen eignete sich wunderbar für Ausflüge zu Pferd.

Ganz allgemein ging es Frankreich in wirtschaftlicher Hinsicht gut. Das Land, das seine Einkünfte vor allem aus Landwirtschaft und Tourismus bezog, hatte die verschiedenen Krisen, die in den letzten zwanzig Jahren fast unablässig aufeinander gefolgt waren, außerordentlich gut verkraftet. Diese Krisen waren immer heftiger und derart unvorhersehbar geworden, dass es geradezu burlesk war – zumindest vom Standpunkt eines spöttischen Gottes, der sich wahrscheinlich hemmungslos über die finanziellen Zuckungen lustig gemacht hätte, die quasi über Nacht ganze Erdteile von der Größe Indonesiens, Russlands oder Brasiliens mit Reichtum überhäuften, ehe diese ebenso plötzlich von Hungersnöten heimgesucht wurden, was jeweils Bevölkerungen von Hunderten Millionen Menschen betraf. Da Frankreich aber kaum mehr als Romantikhotels, Parfum und Rilletten anzubieten hatte – was man die *Kunst zu leben* nennt –, hatte das Land diese unliebsamen Überraschungen ohne Schwierigkeiten überstanden. Von einem Jahr aufs andere wechselte die Staatsangehörigkeit der Kunden, das war alles.

Nach seiner Rückkehr nach Châtelus-le-Marcheix gewöhnte Jed es sich an, täglich gegen Ende des Vormittags einen Spaziergang durchs Dorf zu machen. Meistens trank er einen Aperitif im Café am Dorfplatz (das seltsamerweise seinen alten Namen

Bar des Sports beibehalten hatte), ehe er zum Mittagessen nach Hause zurückkehrte. Er stellte sehr schnell fest, dass viele der Neuankömmlinge ihn zu kennen schienen – oder wenigstens von ihm gehört hatten – und ihm ohne besondere Feindseligkeit begegneten. Tatsächlich glichen die neuen Landbewohner ihren Vorgängern nicht im Geringsten. Sie hatten sich nicht aufgrund einer Notlage fürs Korbflechten, die Renovierung eines Ferienquartiers oder die Herstellung von Käse entschieden, sondern diese Wahl beruhte auf einer wirtschaftlich wohlüberdachten, rationalen Entscheidung und einem gut vorbereiteten Unternehmensprojekt. Sie waren gebildet, tolerant, liebenswürdig und lebten in gutem Einvernehmen mit den in ihrer Region angesiedelten Ausländern – was im Übrigen durchaus in ihrem Interesse lag, da diese den Großteil ihrer Kunden darstellten. Die meisten Häuser, die ihre ehemaligen nordeuropäischen Besitzer nicht mehr zu unterhalten imstande waren, waren allerdings aufgekauft worden. Die Chinesen bildeten zwar eine Gemeinschaft, die sich ziemlich abkapselte, aber ehrlich gesagt auch nicht mehr, ja eher weniger als einst die Engländer – und wenigstens zwangen sie den anderen nicht den Gebrauch ihrer Sprache auf. Sie zeigten übermäßigen Respekt, ja geradezu Verehrung für die *lokalen Bräuche* – die die Neuankömmlinge anfangs kaum kannten, die sie aber mit großem Eifer in einer Form von mimetischer Anpassung reproduziert hatten; und so konnte man immer deutlicher das Wiederaufleben regionaler Kochrezepte, Tänze und Trachten beobachten. Nebenbei gesagt bildeten die Russen ohne Zweifel die am meisten geschätzte Kundschaft. Es wäre ihnen nie in den Sinn gekommen, den Preis für einen Aperitif oder einen Mietwagen mit Allradantrieb herunterzuhandeln. Sie gaben ihr Geld mit offenen Händen aus, getreu einer an das *potlatch* erinnernden Wirtschaftsform, die ohne Schwierigkeiten alle aufeinander folgenden politischen Systeme überlebt hatte.

Diese neue Generation stellte sich als konservativer und respektvoller im Hinblick auf Geld und etablierte soziale Rangordnungen heraus als all jene, die ihr vorausgegangen waren. Erstaunlicherweise war die Geburtenrate in Frankreich diesmal tatsächlich gestiegen, selbst wenn man die Einwanderungsquote außer Acht ließ, die seit dem Verschwinden der letzten industriellen Arbeitsplätze und der zu Beginn der zwanziger Jahre des dritten Jahrtausends vollzogenen drastischen Reduzierung sozialer Schutzmaßnahmen sowieso fast auf null gesunken war. Die afrikanischen Migranten, die in die neuen Industrieländer strebten, waren jetzt auf ihrer Reise noch größeren Gefahren ausgesetzt. Bei der Überquerung des Indischen Ozeans oder des Chinesischen Meeres wurden ihre Boote häufig von Piraten angegriffen, die ihnen ihre letzten Ersparnisse raubten, wenn sie sie nicht gar einfach ins Meer warfen.

Eines Morgens, als Jed gerade in kleinen Schlucken ein Glas Chablis trank, sprach ihn der bärtige Typ mit dem Pferdeschwanz an – einer der ersten Dorfbewohner, die ihm aufgefallen waren. Ohne genau zu wissen, welchen Beruf Jed ausübte, hatte er ihn als *Künstler* ausgemacht. Er selbst male »ein bisschen«, gestand er und schlug Jed vor, ihm seine Werke zu zeigen.

Er hatte als Kraftfahrzeugmechaniker in Courbevoie gearbeitet und einen Kredit aufgenommen, um sich im Dorf niederzulassen, wo er eine Firma gegründet hatte, die Quads vermietete – Jed dachte flüchtig an den Kroaten der Avenue Stephen-Pichon und seine Jet-Boote zurück. Privat war er Harley-Davidson-Fan, und Jed musste sich eine Viertelstunde lang die Beschreibung der in seiner Werkstatt thronenden Maschine anhören und wie er sie im Lauf der Jahre individuell umgestaltet hatte. Aber auch Quads waren ihm zufolge »tolle Maschinen«, die es ermöglichten, »schöne Spritztouren« zu machen. Und was die Pflege angehe, erklärte er mit gesundem Menschenverstand, so sei diese immerhin nicht so aufwendig wie die eines Pferdes. Auf jeden Fall laufe das Geschäft gut, er könne sich nicht beklagen.

Seine Bilder, die ganz offensichtlich Werke der *High Fantasy* zum Vorbild hatten, stellten zumeist einen bärtigen Krieger mit Pferdeschwanz dar, der auf einem eindrucksvollen mechanischen Streitross ritt, sichtlich ein im *Space Opera*-Stil abgewandeltes Modell seiner Harley-Davidson. Er bekämpfte manchmal Horden zudringlicher Zombies, manchmal Heere militärischer Roboter. Andere Bilder, die eher die *Entspannung des Kriegers* darstellten, enthüllten eine typisch männliche erotische Phantasie auf der Grundlage von im Allgemeinen zu zweit auftauchenden geilen Schlampen mit gierigen Lippen. Es handelte sich im Grunde um Autofiktionen, um imaginäre Selbstporträts; seine mangelnde Maltechnik erlaubte ihm leider nicht, das für die *High Fantasy* üblicherweise erforderliche Niveau an Hyperrealismus und Akribie zu erreichen. Alles in allem hatte Jed selten etwas so Hässliches gesehen. Er suchte eine Stunde lang nach einem geeigneten Kommentar, während der Typ unermüdlich seine Gemälde aus ihren Papphüllen holte, und stammelte schließlich, dass es sich um ein Werk *von großer visionärer Kraft* handele. Er fügte umgehend hinzu, dass er keinerlei Kontakte zu Künstlerkreisen bewahrt habe. Was im Übrigen die reine Wahrheit war.

Die Einzelheiten über Jed Martins künstlerisches Schaffen innerhalb der letzten dreißig Jahre seines Lebens wären uns völlig unbekannt geblieben, wenn er sich nicht einige Monate vor seinem Tod bereiterklärt hätte, einer jungen Journalistin von *Art Press* ein Interview zu gewähren. Obwohl der Dialog mehr als vierzig Seiten der Zeitschrift füllt, spricht er darin – nahezu ausschließlich – über das technische Vorgehen, das es ihm ermöglicht hatte, jene seltsamen Videogramme herzustellen, die sich heutzutage im MOMA in Philadelphia befinden. Sie haben nicht die geringste Ähnlichkeit mit seinem früheren Werk und noch nicht einmal mit sonst irgendetwas Bekanntem und rufen dreißig Jahre danach bei den Besuchern noch immer eine Mischung aus Beklemmung und Unbehagen hervor.

Er hat sich geweigert, irgendeine Aussage über den Sinn der Werke zu treffen, die ihn in seinem gesamten letzten Lebensabschnitt beschäftigt haben. »Ich will die Welt darstellen … Ich will ganz einfach *die Welt darstellen* …«, wiederholt er über mehr als eine Seite hinweg gegenüber der jungen Journalistin, die derart von ihm eingeschüchtert ist, dass sie seinem senilen Geschwätz keinen Einhalt zu gebieten vermag, und vielleicht ist das sogar besser so, ungehindert gibt Jed Martin sein wirres Zeug von sich, bei dem es im Wesentlichen um Blenden, Einstellungen und Softwarekompatibilität geht. Ein bemerkenswertes Interview, bei dem sich die junge Journalistin »hinter dem Thema verschanzt«, wie *Le Monde* gehässig schrieb, deren Redakteure vor Neid darüber platzten, die Gelegenheit zu einem exklusiven Interview mit Jed Martin verpasst zu haben. Die junge Journalistin dagegen wurde aufgrund des Interviews ein paar Monate später zur stellvertretenden Chefredakteurin ihrer Zeitschrift ernannt – genau an dem Tag, an dem die Pressemeldung über Jed Martins Tod erschien.

Auch wenn sich Jed auf mehreren Seiten darüber auslässt, hatte seine Filmausrüstung als solche nichts Bemerkenswertes: ein Manfrotto-Stativ, ein semiprofessioneller Camcorder von Panasonic – den er wegen der außergewöhnlichen Lichtempfindlichkeit des Sensors gewählt hatte, die ihm erlaubte, bei fast völliger Dunkelheit zu filmen – und eine am USB-Ausgang des Camcorders angeschlossene Festplatte mit zwei Terabyte. Zehn Jahre lang verstaute Jed Martin jeden Vormittag bis auf dienstags (den Tag, an dem er seine Einkäufe machte) dieses Material im Kofferraum seines Audi und fuhr die Privatstraße entlang, die er in seiner Domäne hatte anlegen lassen. Es war kaum möglich, von dieser Straße abzuweichen: Das hohe, von Dornensträuchern überwucherte Gras führte sehr bald zu einem dichten Wald mit undurchdringlichem Unterholz. Die Spur der Wege, die früher durch den Wald geführt hatten, war seit langem verschwunden. Nur der schwammige Uferbereich des Teiches mit seiner aufgrund der Nässe spärlichen Grasdecke war noch halbwegs begehbar.

Obwohl Jed über eine große Auswahl von Objektiven verfügte, benutzte er fast ausschließlich ein Schneider Apo-Sinar, das sich durch die erstaunliche Besonderheit auszeichnete, bei Blende 1,9 eine maximale Brennweite von 1200 mm zu erzielen, bezogen auf das Format 24 x 36. Für die Wahl seiner Motive habe er »keinen feststehenden Plan«, behauptete er der Journalistin gegenüber mehrfach, er lasse sich »ganz einfach von einem momentanen Impuls leiten«. Er benutzte jedenfalls fast immer sehr lange Brennweiten und konzentrierte sich manchmal auf einen vom Wind bewegten Buchenzweig, auf ein Grasbüschel, auf die Spitzen eines Brennnesselmassivs oder die Oberfläche einer aufgeweichten, lockeren Erdschicht zwischen zwei Pfützen. Sobald die Bildeinstellung erfolgt war, schloss er die Stromversorgung des Camcorders an die Buchse des Zigarettenanzünders in seinem Wagen an, betätigte den Auslöser und ging zu Fuß nach Hause, wobei er den Motor mehrere Stunden lang, manchmal sogar für den Rest des Tages und die darauffolgende Nacht laufen ließ – die Speicherkapazität der Festplatte hätte ihm erlaubt, fast eine Woche lang ununterbrochen zu filmen.

Antworten, die sich auf einen »momentanen Impuls« berufen, sind für ein allgemeines Nachrichtenmagazin eher enttäuschend, und daher bemüht sich die junge Journalistin diesmal, etwas mehr zu erfahren: Die an einem bestimmten Tag gedrehten Aufnahmen, wirft sie ein, dürften doch wohl die Aufnahmen der folgenden Tage beeinflussen; ein Projekt müsse doch Schritt für Schritt konstruiert und weiterentwickelt werden. Ganz und gar nicht, erwidert Martin hartnäckig: Wenn er sich morgens in den Wagen setze, wisse er nicht, was er filmen werde; jeder Tag sei für ihn ein neuer Tag. Und diese Periode völliger Ungewissheit habe fast zehn Jahre gedauert, erklärte er.

Anschließend behandelte er die erhaltenen Bilder nach einer Methode, die im Wesentlichen auf dem Prinzip des Schnitts beruhte, auch wenn es sich um einen Schnitt besonderer Art handelte, da er manchmal von einem dreistündigen Film nur ein paar Einzelbilder zurückbehielt; aber tatsächlich erlaubte ihm vor allem der Schnitt, sich mit raubtierhafter Geschmeidigkeit bewegende friedvolle und zugleich unerbittliche pflanzliche Raster zu schaffen, die innerhalb der westlichen Kunst ohne Zweifel den gelungensten Versuch darstellen, die pflanzliche Sichtweise der Welt wiederzugeben.

Jed Martin »hatte vergessen«, das behauptet er zumindest, was ihn nach gut zehn Jahren, in denen er ausschließlich einen pflanzlichen Blickwinkel auf die Welt eingenommen hatte, wieder zur Darstellung industriell gefertigter Gegenstände hatte zurückkehren lassen: zunächst ein Handy, dann eine Computertastatur, eine Bürolampe und anfänglich noch sehr unterschiedliche Gegenstände, bis er sich ausschließlich auf solche konzentrierte, die elektronische Bauteile enthielten. Seine eindrucksvollsten Bilder bleiben ohne Zweifel jene von ausrangierten Computerhauptplatinen, die ohne jeden Maßstabshinweis gefilmt sind und an seltsame futuristische Zitadellen denken lassen. Er filmte diese Gegenstände in seinem Keller vor einem neutralen grauen Hintergrund, der nach dem Einfügen der Bilder in Videofilme verschwinden sollte. Um den Verfallsprozess zu beschleunigen, begoss er sie mit verdünnter Schwefelsäure, die er in großen Flaschen kaufte – ein Präparat, das, wie er hinzusetzte, gewöhnlich zur Unkrautvernichtung benutzt werde. Dann beschäftigte er sich auch dabei wieder lange mit dem Schnitt und entnahm in langen Abständen ein paar Einzelbilder; das Ergebnis unterschied sich grundsätzlich von einfachen Zeitrafferaufnahmen, da der Verfallsprozess dem Betrachter nicht kontinuierlich, sondern stufenweise, mit jähen Brüchen, vor Augen trat.

Nachdem er fünfzehn Jahre lang gefilmt und die Filme geschnitten hatte, verfügte er über etwa dreitausend ziemlich seltsame Sequenzen mit einer durchschnittlichen Dauer von drei Minuten. Aber die eigentliche Arbeit begann erst anschließend, als er sich auf die Suche nach einem Programm für Mehrfachbelichtung machte. Die Mehrfachbelichtung, die zunächst vor allem beim Stummfilm eingesetzt worden war, wurde von Filmregisseuren und Amateurfilmern so gut wie gar nicht mehr benutzt, selbst von jenen nicht mehr, die auf künstlerischem Gebiet arbeiteten; wegen ihres beabsichtigten, deutlich erkennbaren Irrealismus wurde sie als überholter, altmodischer Spezialeffekt angesehen. Nach mehrtägiger Suche entdeckte er dennoch schließlich eine einfache Freeware zur Mehrfachbelichtung. Jed nahm Kontakt zu dem Entwickler auf, der in Illinois lebte, und fragte ihn, ob er bereit sei, gegen Bezahlung für ihn eine erweiterte Fassung des Programms zu erstellen. Sie einigten sich über die Bedingungen, und ein paar Monate später stand Jed Martin für seinen alleinigen Gebrauch ein außerordentliches Hilfsmittel zur Verfügung, für das es auf dem Markt keine Entsprechung gab. Auf einem ähnlichen Prinzip basierend wie die Photoshop-Filter, ermöglichte das Programm, bis zu sechsundneunzig Videofilme übereinanderzukopieren, wobei sich Helligkeit, Sättigung und Kontrast für jeden Film individuell regeln ließen; außerdem konnte man sie nach und nach in den Vordergrund holen oder im Hintergrund verschwinden lassen. Dieses Programm erlaubte ihm, jene langen, hypnotisierenden Ansichten zu schaffen, bei denen die industriell gefertigten Gegenstände erdrückt und allmählich unter immer zahlreicheren pflanzlichen Schichten begraben zu werden scheinen. Manchmal erwecken sie den Eindruck, sich zu wehren und zu versuchen, wieder an die Oberfläche zu gelangen, doch dann werden sie von einem Wirbel von Gräsern und Blättern weggefegt, sie tauchen in einem pflanzlichen Magma unter, und während sich ihre Oberfläche auflöst, werden Mikroprozessoren, Batterien und Speicherkarten sichtbar.

Jeds Gesundheitszustand verschlechterte sich, er konnte nur noch Milchprodukte und süße Nahrung zu sich nehmen und befürchtete, dass er wie sein Vater an Darmkrebs sterben würde. Untersuchungen im Krankenhaus von Limoges bestätigten die Krebs-Diagnose, aber er weigerte sich, sich behandeln, eine Strahlentherapie oder irgendeinen schweren Eingriff vornehmen zu lassen, und begnügte sich damit, Komfortmedikamente, die seine besonders am Abend starken Schmerzen lindern sollten, sowie Schlaftabletten in hohen Dosen einzunehmen. Er setzte ein Testament auf und vermachte sein Vermögen verschiedenen Tierschutzvereinen.

Etwa um die gleiche Zeit begann er Fotos von allen Menschen, die er gekannt hatte, abzufilmen, von Geneviève, Olga, Franz, Michel Houellebecq, seinem Vater und anderen – tatsächlich allen, von denen er Fotos besaß. Er heftete sie an eine neutral graue, wasserdichte Leinwand, die auf einen Metallrahmen gespannt war, filmte sie direkt vor seinem Haus und überließ sie diesmal dem natürlichen Verfall. Die Fotos, die der abwechselnden Einwirkung von Regenschauern und Sonnenlicht ausgesetzt waren, wellten sich, verwitterten, rissen in Stücke und waren nach ein paar Wochen völlig zerstört. Noch erstaunlicher war es, dass er kleine Spielfiguren erwarb, schematische Darstellungen menschlicher Wesen, die er der gleichen Behandlung unterzog. Die Figuren waren widerstandsfähiger, und er musste, um ihren Verfall zu beschleunigen, wieder seine Säureflaschen benutzen. Er ernährte sich jetzt nur noch von Flüssignahrung, und jeden Abend kam eine Krankenschwester, die ihm eine Morphiumspritze gab. Aber morgens ging es ihm besser, und so konnte er bis zum letzten Tag wenigstens zwei oder drei Stunden arbeiten.

Auf diese Weise nahm Jed Martin von einem Dasein Abschied, in dem er sich nie ganz heimisch gefühlt hatte. Bilder kamen ihm wieder vor Augen, und obwohl sein Sexualleben nicht gerade außergewöhnlich verlaufen war, waren es erstaunlicherweise vor allem Bilder von Frauen. Geneviève, die liebenswerte Geneviève, und die unglückliche Olga verfolgten ihn in seinen Träumen. Er erinnerte sich sogar wieder an Marthe Taillefer, die ihn auf einem Balkon in Port-Grimaud die Begierde hatte kennenlernen lassen, als sie ihren Büstenhalter aufgehakt und ihren Busen entblößt hatte. Sie war damals fünfzehn gewesen und er dreizehn. Noch am selben Abend hatte er auf der Toilette der Dienstwohnung onaniert, die seinem Vater zur Überwachung einer Baustelle zur Verfügung gestellt worden war, und hatte sich gewundert, so viel Gefallen daran zu finden. Auch Erinnerungen an weiche Brüste, gewandte Zungen und enge Scheiden kehrten zurück. Tja, so übel war das Leben doch gar nicht gewesen.

Etwa dreißig Jahre zuvor (und das ist der einzige Hinweis, der in seinem Interview in *Art Press* über die rein technischen Angaben hinausgeht) hatte Jed eine Reise ins Ruhrgebiet unternommen, wo eine große Retrospektive seiner Werke stattfinden sollte. Von Duisburg bis Dortmund und von Bochum bis Gelsenkirchen waren die meisten ehemaligen Stahlwerke in Freizeitzentren verwandelt worden, in denen Ausstellungen, Theatervorführungen und Konzerte veranstaltet wurden, und gleichzeitig bemühten sich die Kulturinstanzen, einen *industriellen Tourismus* ins Leben zu rufen, der die Nachbildung der Lebensweise der Arbeiter zu Beginn des 20. Jahrhunderts zum Rahmen hatte. Tatsächlich glich die ganze Gegend mit ihren Hochöfen, Abraumhalden, stillgelegten Bahngleisen, auf denen Güterwagen endgültig verrosteten, und Siedlungen mit blitzsauberen, identischen kleinen Häusern, die manchmal über einen kleinen Gemüsegarten verfügten, einem Museum für das erste Industriezeitalter in Europa. Jed war damals beeindruckt von den bedrohlich dichten Wäldern, die nach knapp hundert Jahren der Untätigkeit die Fabriken umgaben. Nur jene, die ihrer neuen kulturellen Bestimmung angepasst werden konnten, waren saniert worden, die anderen verfielen allmählich. Diese industriellen Kolosse, in denen sich früher der Großteil der deutschen Produktionskapazität konzentriert hatte, waren inzwischen verrostet oder halb eingestürzt, Pflanzen nahmen von den ehemaligen Werkstätten Besitz, überwucherten die Ruinen und verwandelten das Ganze nach und nach in einen undurchdringlichen Dschungel.

Die Werke, die Jed Martin in den letzten Jahren seines Lebens schuf, können daher – das ist die Interpretation, die einem unmittelbar in den Sinn kommt – als nostalgisches Nachsinnen über das Ende des industriellen Zeitalters in Europa und über den vergänglichen Charakter aller von Menschenhand gefertigten Dinge im Allgemeinen angesehen werden. Diese Interpretation reicht jedoch nicht aus, um das Unbehagen zu erklären, das uns beim Betrachten dieser kleinen, ergreifenden Playmobilfiguren befällt, die sich inmitten einer riesigen, abstrakten futuristischen Stadt verlieren, einer Stadt, die ihrerseits zerfällt, sich auflöst und nach und nach in der pflanzlichen, sich bis ins Endlose hinziehenden Weite unterzugehen scheint. Und sie erklärt auch nicht das Gefühl der Verzweiflung, das uns überkommt, wenn die Bilder der Menschen, die Jed im Lauf seines irdischen Leben begleitet haben, verwittern, sich zersetzen, in Fetzen auflösen und in den letzten Videofilmen gleichsam zum Symbol der allgemeinen Vernichtung der Menschengattung werden. Sie versinken, scheinen sich noch einen Augenblick lang zu sträuben, ehe sie von sich überlagernden Pflanzenschichten erstickt werden. Dann wird alles ruhig, und zurück bleiben nur sich im Wind wiegende Gräser. Die Vegetation trägt den endgültigen Sieg davon.

Dank

Gewöhnlich brauche ich mich bei niemandem zu bedanken, weil ich nur wenig recherchiere, im Vergleich zu amerikanischen Autoren sogar sehr wenig. Aber im vorliegenden Fall hat die Polizei großen Eindruck auf mich gemacht und mich neugierig werden lassen, und daher erschien es mir nötig, diesmal etwas mehr als sonst zu tun.

Somit gilt mein aufrichtiger Dank Teresa Cremisi, die die erforderlichen Schritte unternommen hat, Henry Moreau, dem persönlichen Referenten des Polizeipräsidenten, und Hauptkommissar Pierre Dieppois, die mich freundlicherweise im Polizeipräsidium am Quai des Orfèvres empfangen und mir viele nützliche Hinweise zu ihrem schwierigen Beruf gegeben haben.

Es versteht sich von selbst, dass ich mir die Freiheit genommen habe, Tatsachen in veränderter Form darzustellen, und dass die von den Romanfiguren zum Ausdruck gebrachten Ansichten nur von ihnen selbst zu verantworten sind; kurz gesagt, dass wir uns im fiktiven Rahmen eines Romans bewegen.

Ich danke außerdem Wikipedia (http://fr.wikipedia.org) und den daran beteiligten Autoren, deren Texte, insbesondere jene, die sich auf die Stubenfliege (Musca domestica), die Stadt Beauvais oder Frédéric Nihous beziehen, mir mitunter als Inspirationsquelle gedient haben.